Eine Nacht zum Sterben

Das Jahr des Tigers

Paul Chavasse ist beim englischen Geheimdienst der Mann für alle Fälle. Er muß zur Tat schreiten, wenn es gilt, die Kastanien aus dem Feuer zu holen. Als die Leiche eines Schwerverbrechers im Ärmelkanal entdeckt wird, findet er heraus, daß der Tote offenbar zu einer gefährlichen Organisation gehört hat, die Menschen nach England schmuggelt. Aber Chavasse ist nicht nur in England aktiv. Um in den Besitz einer mathematischen Formel zu kommen, die von unschätzbarem Wert ist, reist er ins Hochland von Tibet.

Jack Higgins hat sich zunächst in vielen Berufen versucht. Er war Zirkushelfer, Versicherungsvertreter und gehörte zur Royal Horse Guard. Bis er nach einem Soziologiestudium anfing zu schreiben. Seit den siebziger Jahren gilt er als einer der profiliertesten internationalen Thriller-Autoren.

Jack Higgins

Eine Nacht zum Sterben
Das Jahr des Tigers

Zwei Thriller in einem Band

Deutsch von Manfred Helling und Norbert Wölfl

ECON Taschenbuch Verlag

Sonderausgabe 1997
mit Genehmigung des Scherz Verlages, Bern und München

Veröffentlicht im ECON Taschenbuch Verlag
Der ECON Taschenbuch Verlag
ist ein Unternehmen der ECON & List Verlagsgesellschaft

2. Auflage 1998

Titel des Originals: The Year of the Tiger
Einzig berechtigte Übersetzung aus dem Englischen
von Norbert Wölfi

Titel des Originals: A Fine Night for Dying
Einzig berechtigte Übersetzung aus dem Englischen
von Manfred Helling

Umschlaggestaltung: Init GmbH, Bielefeld
Titelabbildung: ZEFA, Düsseldorf
Druck und Bindearbeiten: Ebner Ulm
Printed in Germany
ISBN 3-612-27341-8

Eine Nacht zum Sterben

1

Es gab Zeiten, da fragte sich Jean Mercier, was das Leben für einen Sinn hatte; in dieser Nacht war es wieder einmal soweit. Irgendwo in der Dunkelheit weit vor dem Schiffsbug lag eine Küste, die er nicht erreichen konnte, lauerten Gefahren, die er nur ahnen konnte; sie fuhren ohne Navigationslampen, und das machte die Sache auch nicht besser.

Ein eisiger Wind wehte im Golf von St. Malo; er kam von weit her aus dem russischen Ural, trieb Schaumkronen auf die Wellen und warf Gischt gegen die Windschutzscheibe der Steuerkabine. Mercier drosselte die Maschine und drehte das Steuerrad auf Kurs. Er starrte in die schwarze Dunkelheit, um das Lichtsignal nicht zu verpassen, das er herbeisehnte wie ein Zeichen des Himmels.

Mit einer Hand rollte er sich ungeschickt eine Zigarette; seine Finger wollten nicht aufhören zu zittern. Er war todmüde, ihm war kalt, und er hatte furchtbare Angst, aber er bekam gutes Geld, bei Ablieferung alles bar auf die Hand und dazu noch steuerfrei – mehr als er mit der Fischerei in drei Monaten verdienen konnte. Wenn ein Mann eine kranke Frau im Haus hatte, mußte er zufrieden sein mit dem, was kam; da durfte er sich über den Job keine großen Gedanken machen.

Ein Lichtzeichen leuchtete dreimal kurz auf und verlöschte so schnell, daß er sekundenlang dachte, er hätte es sich nur eingebildet. Er fuhr sich mit der Hand über seine angestrengten Augen, und dann war es wieder da. Noch ein drittes Mal sah er es aufleuchten; er döste einen Moment, dann riß er sich zusammen und stampfte kräftig auf den hölzernen Boden der Steuerkabine. Auf der Kabinentreppe hörte man Schritte, und Jacaud erschien. Er hatte wieder getrunken, und Mercier wäre fast schlecht geworden von seinem übelriechenden sauerscharfen Atem in der reinen Salzluft. Jacaud schob ihn zur Seite und übernahm das Steuer.

»Wo war es?« brummte er.

Das Lichtzeichen gab ihm Antwort; es lag ein paar Strich Backbord voraus. Er nickte, brachte die Maschine auf volle Touren und drehte das Steuerrad. Die Barkasse beschleunigte schnell. Er nahm eine halbvolle Flasche Rum aus der Tasche, trank den Rest in einem einzigen Zug und warf die leere Flasche durch die offene Kabinentür. In dem schwachen Licht des Kompaßhäuschens sah es aus, als ob sein Kopf körperlos durch die Dunkelheit schwebte wie in einem makabren Film. Er hatte ein animalisches Gesicht; es sah aus wie ein Untier auf zwei Beinen mit seinen winzigen Schweinsaugen, der Plattnase und Gesichtszügen, die durch jahrelanges Trinken und Krankheiten grob und gemein geworden waren.

Mercier erschauderte; ein Zittern lief durch seinen ganzen Körper, und Jacaud mußte grinsen. »Angst hast du gar nicht, Kleiner, was?« Mercier gab keine Antwort, und Jacaud packte ihn an den Haaren. Eine Hand behielt er am Steuer. Mercier schrie auf vor Schmerz. Jacaud lachte. »Bleib du nur immer ängstlich, so gefällst du mir. Und nun verschwinde und mach das Beiboot klar.«

Er gab ihm einen wuchtigen Stoß durch die offene Tür, und Mercier mußte nach der Reling greifen, um nicht über Bord zu gehen. Die Wut trieb ihm Tränen in die Augen; er tastete sich auf dem stockdunklen Deck entlang; neben dem Beiboot kniete er sich hin. Er zog ein Klappmesser und zerschnitt die Leine, an der das Boot festgemacht war. Mit dem Daumen fuhr er über die scharf geschliffene Klinge und dachte an Jacaud. Ein gutgezielter Hieb würde genügen, aber schon bei dem Gedanken krampfte sich sein Inneres zusammen, und er ließ das Messer zuschnappen, rappelte sich hoch und stellte sich an die Reling.

Die Barkasse machte volle Fahrt, und in der Dunkelheit leuchtete wieder das Lichtzeichen auf. Jacaud stellte den Motor ab; sie wurden langsamer und trieben mit der Breitseite auf die Küste zu, die jetzt durch die phosphoreszierende Brandung in rund hundert Metern Entfernung zu erkennen war. Mercier warf den Anker, und Jacaud kam hinzu. Er hob das Boot mit seinen kräftigen Armen über die Reling, ließ es zu Wasser und hielt es an der Leine fest.

»Rüber mit dir«, sagte er ungeduldig. »Ich will hier schnell wieder weg.«

Wasser war in das Boot geschlagen; es war feucht, kalt und ungemütlich. Mercier nahm die beiden hölzernen Riemen und ruderte los. Die Angst überkam ihn wieder wie schon so oft in diesen Tagen; denn er wußte nicht, was ihn am Strand erwartete; der Strand war ein unbekanntes Territorium für ihn, obwohl er ihn schon oft genug unter denselben Umständen betreten hatte. Immer war da das Gefühl, daß diesmal alles anders war, daß die Polizei auf ihn warten könnte – und das bedeutete fünf Jahre Gefängnis.

Eine Welle hob das Boot plötzlich an und warf es in einen öligen Streifen Brandung; es rutschte noch ein paar Meter und kam auf Kieselsteinen zum Stehen. Mercier zog die Ruder ein, sprang heraus und zog das Boot herum. Der Bug zeigte jetzt in die offene See. Er richtete sich auf, und da leuchtete ihn aus der Dunkelheit eine Lampe an. Einen Augenblick war er geblendet.

Er hielt abwehrend die Hand vor das Gesicht, die Lampe verlöschte, und ein Mann sagte mit ruhiger Stimme auf französisch: »Ihr seid spät gekommen. Wir müssen uns beeilen.«
Es war Rossiter, der Engländer. Mercier erkannte ihn an seinem Akzent, obwohl sein Französisch fast perfekt war. Der einzige Mann, den er kannte, der es mit Jacaud aufnehmen konnte. In der Dunkelheit waren er und der Mann in seiner Begleitung nur als Schatten zu erkennen. Die beiden sprachen ein paar Worte auf englisch, eine Sprache, die Mercier nicht verstand. Dann stieg der andere Mann ins Boot und kauerte sich im Bug nieder. Mercier folgte ihm, nahm die Ruder, und Rossiter schob das Boot über die erste Welle und kletterte dann selbst in den Bug.
Jacaud stand an der Reling und wartete auf sie; seine Zigarre glühte schwach in der Dunkelheit. Der Passagier stieg als erster auf die Barkasse, Rossiter kam mit seinem Koffer hinterher. Als auch Mercier an Deck geklettert war, waren die beiden nach unten gegangen. Jacaud half ihm das Boot über die Reling zu heben, das Festmachen überließ er ihm, und er ging in die Steuerkabine. Einen Augenblick später fingen die Maschinen an zu dröhnen, und sie stachen wieder in See.
Mercier hatte das Beiboot festgezurrt und mußte noch ein paar Routinearbeiten erledigen. Rossiter war zu Jacaud in das Steuerhäuschen gegangen; die beiden standen nebeneinander am Steuer. Das schmale, feinsinnige Gesicht des Engländers wirkte noch asketischer neben Jacauds brutalen Zügen – die beiden Männer waren Gegensätze wie Tag und Nacht. Der eine hatte etwas Animalisches, der andere war ein Gentleman von Kopf bis Fuß, und doch verstanden sie sich offenbar glänzend; etwas, das Mercier immer ein Rätsel geblieben war.
Als er am Steuerhäuschen vorbeikam, hörte er Jacaud mit gedämpfter Stimme reden, und dann brachen sie beide in

Gelächter aus. Selbst in ihrem Lachen waren sie verschieden, das fröhliche Kichern des Engländers mischte sich auf seltsame Weise mit Jacauds kehligem Grunzen, und dennoch schienen sich die beiden zu ergänzen.
Mercier zuckte die Achseln und ging nach unten in die Kombüse.

Die Überfahrt war bisher überraschend ruhig verlaufen, wenn man bedachte, wie ungestüm sich der Kanal manchmal gebärdete. Gegen Morgen fing es an zu regnen. Mercier stand am Steuer, und als sie den Bereich der englischen Küste verließen, stießen sie auf eine dichte, undurchdringlich scheinende Nebelwand. Er stampfte auf die Deckplanken, und nach einer Weile erschien Jacaud. Er sah furchtbar aus mit seinen geschwollenen Lidern und den blutunterlaufenen Augen; von der durchwachten Nacht war sein Gesicht grau und schwammig geworden.
»Was ist denn los?«
Mercier nickte und sah auf die Nebelwand. »Das sieht nicht gut aus.«
»Wie weit sind wir draußen?«
»Sieben oder acht Kilometer.«
Jacaud nickte und schob ihn zur Seite. »Schon gut – laß mich man machen.«
Rossiter erschien in der Tür. »Schwierigkeiten?«
Jacaud schüttelte den Kopf. »Ich mach das schon.«
Rossiter ging an die Reling. Er blickte mit unbewegtem Gesicht in den Nebel; ein kleiner Muskel in seinem Mundwinkel zuckte, die Anstrengung machte auch ihm zu schaffen. Er drehte sich um und stieß gegen Mercier, als er nach unten gehen wollte.
Mercier stand im Schiffsbug; er stellte den Kragen seiner Seemannsjacke hoch und schob die Hände in die Taschen. In dem trüben Licht der Dämmerung sah die Barkasse noch ärmlicher aus als sonst; man sah ihr an,

was sie war: das Fischerboot eines armen Mannes. Hummerkisten lagen im Hinterschiff in unordentlichen Stapeln neben dem Schlauchboot, und der Bretterverhau des Maschinenraums war mit Netzen behängt. Der Nieselregen hatte alles mit einem feuchten Schleier überzogen; und dann verschluckte sie der dichte Nebel. Grauweiße Schwaden trieben Mercier ins Gesicht; er fühlte sich kalt, feucht, schmutzig, als hätte der Tod ihn angerührt.
Und wieder überkam ihn die Angst; er fing am ganzen Körper an zu zittern, und sein Magen krampfte sich schmerzhaft zusammen. Er wischte sich mit dem Handrücken über den Mund und wollte sich eine Zigarette rollen. Wieder hörten seine Finger nicht auf zu zittern.
Die Barkasse schlüpfte durch einen grauen Vorhang. Die Sicht wurde etwas klarer. Da fiel Mercier das Zigarettenpapier aus der Hand, er beugte sich vor und hielt sich an der Reling fest. Keine zweihundert Meter entfernt bewegte sich ein glatter grauer Schatten, der ihren Kurs kreuzte.
Jacaud hatte die Maschine schon gedrosselt, als Rossiter an Deck erschien. Der Engländer lief an die Reling und blieb einen Augenblick dort stehen; eine Hand hielt er schützend gegen den Regen über die Augen. Ein Lichtsignal leuchtete auf. Er drehte sich um und machte ein grimmiges Gesicht.
»Beidrehen, sofort beidrehen! Das ist ein Torpedoboot von der Royal Navy. Wir müssen hier weg.«
Mercier krallte die Hände ineinander; panische Angst schnürte ihm die Kehle zu. »Die Dinger machen fünfunddreißig Knoten, Monsieur. Wir haben überhaupt keine Chance.«
Rossiter packte ihn an der Kehle. »Sieben Jahre brummen sie dir auf, wenn sie uns mit ihm an Bord erwischen. Und jetzt verschwinde.«
Er nickte Jacaud nur zu, lief dann über das Deck und verschwand auf der Treppe nach unten. Die Maschinen

dröhnten laut, als Jacaud Vollgas gab; gleichzeitig ließ er das Steuerrad kreiseln; die Barkasse legte sich auf die Seite, kam fast zum Stehen und machte dann volle Fahrt auf den Nebel zu.

Die weißgrauen Schwaden schlugen über ihnen zusammen; man konnte kaum noch ein paar Meter weit sehen.

Die Tür zur Kajütentreppe wurde von innen aufgestoßen, und Rossiter erschien mit dem Passagier. Es war ein großer und gutaussehender Neger, ein Mann in mittleren Jahren, er trug einen schweren Wettermantel mit einem Pelzkragen. Jetzt sah er verwirrt um sich, und Rossiter sagte etwas auf englisch zu ihm. Der Neger nickte, ging an die Reling, und Rossiter zog eine Automatik und versetzte ihm einen wuchtigen Schlag auf den Schädelansatz. Der Neger taumelte zur Seite und fiel ohne einen Laut auf die Deckplanken.

Und dann lief alles ab wie Bilder in einem Alptraum. Der Engländer bewegte sich mit unglaublicher Schnelligkeit und Gewandtheit. Er holte eine schwere Kette aus dem Hinterschiff und schlang sie mehrere Male um den Körper des Mannes. Zum Schluß legte er ihm die Kette noch zu einer Schlinge um den Hals und hakte die beiden Enden mit einem Schnappschloß zusammen.

Er drehte sich um, und über den Lärm der dröhnenden Maschinen rief er Mercier zu: »Los, komm, pack ihn an den Beinen und rüber mit ihm!«

Mercier blieb wie versteinert stehen. Ohne zu zögern kniete sich Rossiter hin und schob den Neger in eine sitzende Lage. Der Mann hob den Kopf und machte ein schmerzverzerrtes Gesicht; seine Augenlider flatterten, und dann bekam er die Augen auf. Er starrte Mercier an; seine Augen waren voller Haß, die Lippen öffneten sich, und er fing an, auf englisch zu schreien. Rossiter bückte sich und nahm ihn über die Schulter. Dann richtete er sich auf, und der Neger fiel mit dem Kopf zuerst ins Wasser und verschwand sekundenschnell.

Rossiter drehte sich um und schlug Mercier so heftig ins Gesicht, daß er der Länge nach auf die Planken fiel. »Jetzt reiß dich zusammen und nimm dir die Netze vor, oder ich schicke dich gleich hinterher.«
Er ging in die Steuerkabine. Mercier lag noch einen Augenblick regungslos da, dann rappelte er sich hoch und stolperte zum Hinterschiff. Das konnte nicht wahr sein. Mein Gott, das konnte doch nicht wahr sein! Das Deck neigte sich plötzlich, als Jacaud das Steuerrad kreisen ließ, und Mercier fiel mit dem Gesicht in die Knäuel der stinkenden Netze. Er mußte sich übergeben.
Der Nebel rettete sie; er bedeckte jetzt den Kanal bis zur Hälfte mit einem dichten Schleier und schirmte sie auf der Rückfahrt zur französischen Küste gegen alle Blicke ab.
In der Steuerkabine nahm Jacaud ein paar Schlucke aus der Rumflasche, die Rossiter ihm gereicht hatte, und lachte in sich hinein. »Die sind wir los.«
»Du hast Glück«, sagte Rossiter. »Wohl dem, der solches Glück im Leben hat.«
»Schade um unser Gepäck.«
»So kann's einem gehen, wenn man Pech hat.« Rossiter schien die Sache völlig kaltzulassen. Mit einem Kopfnikken wies er auf Mercier; der kauerte neben den Netzen und hatte die Hände vor das Gesicht geschlagen. »Was ist mit ihm?«
»Ein Wurm«, sagte Jacaud. »Der hat kein Rückgrat. Eigentlich müßte er auch baden gehen.«
»Und was willst du dann den Leuten in St. Denise erzählen?«
Rossiter schüttelte den Kopf. »Das laß mich man machen.«
Er ging aufs Deck und stand mit der Rumflasche vor Mercier.
»Du solltest was trinken.«
Mercier hob langsam den Kopf. Seine Haut sah schuppig

und grau aus wie Fischhaut. Seine Augen waren trübe. »Er war noch am Leben, Monsieur. Er war noch am Leben, als Sie ihn reingeworfen haben.«
Rossiters flachsblondes Haar glänzte in der Sonne; es war jetzt hell geworden. Er starrte Mercier an, und sein asketisches Gesicht war voller Mitleid. Er seufzte, griff in eine seiner Taschen und holte eine kunstvolle Madonnenfigur heraus. Sie war vielleicht fünfundzwanzig Zentimeter lang und offenbar sehr alt; ein alter Meister hatte sie in Elfenbein, der Farbe seines Haars, geschnitzt und mit Silber beschlagen. Als er mit dem Daumen von unten gegen die Füße der Madonna drückte, erschien wie durch Zauberei eine fast zwanzig Zentimeter lange blaue Stahlklinge, deren beide Schneiden scharf geschliffen waren wie eine Rasierklinge. Rossiter küßte die Madonna ehrfürchtig und ohne das leiseste Zeichen von Spott, dann hielt er die Klinge gegen Merciers rechte Wange.
»Du hast eine Frau, Mercier«, sagte er leise, und sein Gesicht hatte einen seltsam abwesenden Ausdruck. »Sie ist krank, habe ich gehört?«
»Monsieur?« flüsterte Mercier. Ihm war, als bliebe ihm das Herz stehen.
»Ein Wort, Mercier, die leiseste Andeutung, und ich schneide ihr die Kehle durch. Hast du verstanden?«
Mercier wandte sich ab; sein Magen krampfte sich zusammen, und er mußte sich wieder übergeben. Rossiter stand auf, ging über das Deck und blieb vor der Tür der Steuerkabine stehen.
»Alles in Ordnung?« fragte Jacaud.
»Natürlich.« Rossiter sog die frische Luft tief in seine Lungen und lächelte. »Ein schöner Morgen, Jacaud, ein wunderbarer Morgen. Und dann der Gedanke, man könnte noch im Bett liegen, und alles dies würde einem entgehen.«

2

Die Innenstadt erstickte im Nebel, und irgendwo weit draußen hörte man Nebelhörner schwermütig tuten; die Schiffe fuhren über den Unterlauf der Themse aufs offene Meer. Nebel – eine Art von Nebel, wie man ihn anscheinend nur in London und nirgendwo sonst auf der Welt erlebte. Nebel, der die Alten und Kranken dahinraffte, der in den Straßen hing und der den Verkehr einer Weltstadt zum Erliegen brachte.

Paul Chavasse stieg bei Marble Arch aus dem Taxi; er stellte den Kragen seines Trenchcoats hoch, fing an, leise vor sich hin zu pfeifen und ging durch das große Tor in den Park. Er hatte den Nebel gern; es gab nur ein Wetter, das ihm besser gefiel als Nebel, und das war Regen. Eine Eigentümlichkeit, die, wie er glaubte, auf irgendwelche Erlebnisse in seiner Kindheit zurückzuführen war, aber vielleicht gab es auch eine viel einfachere Erklärung. Nebel und Regenwetter, so fand er, schlossen ihn in eine kleine Welt ein, in der man ganz für sich allein war; und das konnte manchmal sehr angenehm sein.

Chavasse blieb stehen und zündete sich eine Zigarette an. Er war groß und sah gut aus; sein Gesicht war so französisch wie die Place Pigalle in einer Samstagnacht; die typisch keltischen Backenknochen hatte er von seinem bretonischen Vater. Ein Parkwächter löste sich aus den weißgrauen Schatten und tauchte wortlos wieder in die Nebelschwaden ein; eine geisterhafte Erscheinung, wie sie einem unter diesen Umständen nur in England begegnen konnte. Chavasse ging unbeirrt weiter, er war durch nichts von seiner unerklärlich heiteren Stimmung abzubringen.

Das St.-Bede-Krankenhaus lag am unteren Ende des Parks; es war ein scheußliches viktorianisches Gebäude im imitierten gotischen Stil, aber es hatte in der ganzen Welt einen guten Ruf. Er wurde erwartet und meldete sich

beim Portier. Ein blauuniformierter Wärter führte ihn durch grüngekachelte Korridore, die anscheinend überhaupt kein Ende nahmen.
Ein älterer Labortechniker, der in einem kleinen Büro mit Glaswänden saß, löste den Wärter ab; er begleitete ihn nach unten in die Leichenhalle, und sie fuhren mit einem erstaunlich modernen Fahrstuhl in das Kellergeschoß. Als sich die Fahrstuhltüren öffneten, schlug Chavasse ein penetranter antiseptischer Geruch entgegen, wie man ihn aus Krankenhäusern kennt; der geräumige Keller war eiskalt. Ihre Schritte hallten von den Wänden wider. In die Wände waren zu beiden Seiten Stahlschubladen eingelassen; in jeder lag wahrscheinlich eine Leiche, aber der Techniker führte ihn zu einem Rolltisch, der mit einem Gummilaken bedeckt war.
»Er war in keine Schublade zu bekommen; eine dumme Geschichte«, sagte er. »Er ist zu aufgedunsen. Und stinken tut er wie der Fisch vom letzten Jahr.«
Als sie dicht davorstanden, wurde der Gestank fast unerträglich, obwohl man offenbar alles getan hatte, um den Geruch zu neutralisieren. Chavasse hielt sich ein Taschentuch vor den Mund.
»Ich verstehe.«
Er hatte den Tod schon oft und in vielen Variationen gesehen, aber so etwas war ihm noch nicht vorgekommen. Er runzelte die Stirn.
»Wie lange ist er im Wasser gewesen?«
»Sechs oder sieben Wochen.«
»Wissen Sie das genau?«
»Ja. Wir haben Urintests gemacht, den Grad des Gewebezerfalls gemessen und so weiter. Es war übrigens ein Neger, oder wußten Sie das?«
»Das hat man mir gesagt, aber von allein wäre ich nicht darauf gekommen.«
Der Techniker nickte. »Der lange Aufenthalt im Salzwasser nimmt der Haut jede Pigmentierung.«

»Das sieht man.« Chavasse trat einen Schritt zurück und steckte das Taschentuch wieder in seine Westentasche. »Ich danke Ihnen. Ich habe alles gesehen; das genügt mir.«

»Können wir ihn dann wegschaffen, Sir?« fragte der Techniker.

»Das hätte ich fast vergessen.« Chavasse nahm ein gedrucktes Schriftstück aus der Brieftasche. »Er wird eingeäschert, und die Papiere sollen bis morgen ans Home Office gehen.«

»Die Mediziner von der Universität wollten ihn eigentlich unters Seziermesser nehmen.«

»Sagen Sie ihnen, sie sollten es mit Burke und Hare versuchen.« Chavasse streifte sich seine Handschuhe über. »Asche zu Asche für diesen Kameraden; und kein Belustigungszirkus. Ich finde allein nach draußen.«

Als er gegangen war, zündete sich der Techniker eine Zigarette an. Er runzelte die Stirn. Er dachte über Chavasse nach. Er wirkte wie ein Ausländer, war aber offenbar Engländer. Ein ganz netter Kerl soweit – ein Gentleman, um es altmodisch auszudrücken. Aber etwas war eigenartig an ihm. Das waren die Augen, ja. Diese schwarzen Augen, die so vollkommen ausdruckslos waren. Sie blickten vollkommen leer, so als ob man gar nicht da war. Dieselben Augen hatte jener japanische Oberst gehabt in dem Lager in Siam, wo der Techniker die schlimmsten drei Jahre seines Lebens verbracht hatte. Ein komischer Kerl, dieser Japaner. Manchmal konnte er nett und freundlich sein wie die Humanität in Person; und im nächsten Augenblick rauchte er seelenruhig eine Zigarette, während sie vor seinen Augen einen Gefangenen wegen einer Nichtigkeit zu Tode prügelten.

Der Techniker zuckte die Achseln und entfaltete das Papier, das Chavasse ihm gegeben hatte. Es war vom Innenminister selbst unterzeichnet. Das genügte. Er steckte es in seine Brieftasche und schob den Rolltisch

nach nebenan in das Krematorium. Genau drei Minuten später schloß er die Glastür von einem der drei Spezialöfen und drehte den Schalter. Flammen züngelten um die Leiche; sie fing sofort an zu brennen.
Der Techniker zündete sich noch eine Zigarette an. Professor Henson war sicher nicht sehr erbaut, aber nun war die Sache erledigt; und schließlich hatte er ja die Anweisung schriftlich. Er ging wieder nach nebenan, pfiff fröhlich vor sich hin und machte sich eine Tasse Tee.

Es war fast zwei Monate her, daß Chavasse das Haus in St. John's Wood zuletzt betreten hatte; und nun kam er sich vor, als sei er von einer langen Reise nach Hause zurückgekommen. Das war gar nicht so seltsam, wenn man bedachte, was er in den letzten zwölf Jahren als Agent dieses Büros für ein Leben geführt hatte. Es war eine fast völlig unbekannte Abteilung des britischen Geheimdienstes, die sich mit außergewöhnlichen Fällen befaßte.
Er stieg die Treppen hoch und drückte auf den Klingelknopf neben der Messingplatte mit der Aufschrift BROWN & CO – IMPORT & EXPORT. Die Tür wurde fast im selben Augenblick von einem großen Uniformierten mit grauen Haaren geöffnet, der gleich ein strahlendes Begrüßungslächeln aufsetzte.
»Ich freue mich, daß Sie wieder da sind, Mr. Chavasse. Sie sehen gut erholt aus; richtig braun geworden sind Sie.«
»Ich freue mich auch, George.«
»Mr. Mallory fragt laufend nach Ihnen, Sir. Miss Frazer hat schon alle paar Minuten bei mir angerufen.«
»Also wieder mal wie immer, George.«
Chavasse stieg eilig die enge Wendeltreppe empor. Es hatte sich nichts verändert. Nicht die geringste Kleinigkeit. Immer war es so gewesen. Lange Zeit passierte überhaupt nichts, und dann kam plötzlich irgendwas an die Oberfläche, und der Tag hätte siebenundzwanzig Stunden haben müssen.

Er ging in das kleine Vorzimmer am Ende des engen Korridors. Jean Frazer saß an ihrem Tisch. Sie sah auf, nahm ihre schwere Lesebrille ab und begrüßte ihn mit einem Lächeln, das für Chavasse immer um eine Nuance herzlicher war als für die andern.

»Paul, gut siehst du aus. Ich bin ja so froh, daß du wieder da bist.«

Sie stand auf und kam um den Tisch herum; eine kleine, schwermütige Frau von ungefähr dreißig Jahren. Sie sah auf eine sehr eigene Art attraktiv aus. Chavasse nahm ihre Hände und gab ihr einen Kuß auf die Wange.

»Ich bin doch immer noch nicht dazu gekommen, mein Versprechen einzulösen und dich für einen Abend in die *Scheune* einzuladen. Aber ich hab's noch nicht vergessen.«

»Oh, das habe ich auch nie bezweifelt.« Sie sah ihn skeptisch an. Dann sagte sie: »Hast du die Nachricht bekommen?«

»Meine Maschine hatte Verspätung, aber der Bote hat vor meiner Wohnung auf mich gewartet. Ich habe noch nicht einmal meine Koffer auspacken können. Ich bin im St.-Bede-Krankenhaus gewesen und habe mir die Leiche angesehen. War sehr unangenehm. Er hatte schon ziemlich lange im Wasser gelegen. War ausgebleicht wie frische Wäsche; das sah natürlich ziemlich eigenartig aus, wenn man bedenkt, wie du ihn mir beschrieben hast.«

»Erspar mir die Einzelheiten.« Sie schaltete die Sprechanlage ein. »Paul Chavasse ist da, Mr. Mallory.«

»Er soll hereinkommen.«

Die Stimme war kalt und klang, als ob sie aus einer anderen Welt käme – einer Welt, die Chavasse während der zweimonatigen Kur fast vergessen hatte. Ein unbehagliches Gefühl breitete sich in seinem Magen aus. Er machte die Tür auf und ging hinein.

Mallory hatte sich überhaupt nicht verändert. Er trug

immer noch denselben grauen Flanellanzug von demselben teuren Schneider; dieselbe Krawatte von der Schule, auf der man gewesen sein mußte; kein graues Härchen, das nicht an seinem Platz lag; derselbe frostige Blick über den oberen Rand der Brille. Ihm gelang nicht einmal ein Lächeln.

»Hallo, Paul, ich freue mich, Sie wiederzusehen«, sagte er, und es klang, als ob jedes Wort gelogen wäre. »Was macht das Bein?«

»Wieder soweit in Ordnung, Sir.«

»Keine Nachwirkungen mehr?«

»Bei feuchtem Wetter schmerzt es ein bißchen, aber die Ärzte haben mir gesagt, das gebe sich mit der Zeit.«

»Sie können von Glück sagen, daß Sie noch auf zwei Beinen gehen. Mit Magnumkugeln ist nicht zu spaßen. Wie geht's Alderney?«

Chavasses englische Mutter lebte als Pensionärin auf der schönsten aller Inseln im Kanal, und er hatte die Kur bei ihr verbracht und sich bei ihrer sachkundigen Pflege gut erholt. Ihm fiel plötzlich ein, daß sie gestern um diese Zeit noch auf dem weißen Strand von Telegraph Bay Picknick gehalten hatten; es hatte kaltes Huhn und Salat gegeben, und sie hatten eine Flasche Liebfrauenmilch getrunken, eiskalt aus dem Kühlschrank, und die Flasche in ein feuchtes Tuch gewickelt; gegen jede Tischsitte, aber die einzige Möglichkeit, ihn zu genießen.

Er seufzte. »Gut, Sir. Sehr gut.«

Mallory kam dann zum Dienstlichen. »Haben Sie die Leiche im St.-Bede-Krankenhaus gesehen?«

Chavasse nickte. »Weiß man, wer er war?«

Mallory legte eine Akte auf den Tisch und schlug sie auf. »Ein westindischer Neger namens Harvey Preston aus Jamaika.«

»Und wie haben Sie das herausgefunden?«

»Wir hatten seine Fingerabdrücke.«

Chavasse hob die Schultern. »Seine Finger waren

geschwollen wie Bananen, als ich ihn gesehen habe.«
»Die Leute im Labor haben eine spezielle Technik für solche Probleme. Sie lösen die Haut von den Fingern und lassen sie mit Hilfe von Chemikalien auf normale Größe zusammenschrumpfen. Das ergibt dann brauchbare Abdrücke.«
»Da haben sich die Leute ja eine Menge Mühe gemacht mit der Leiche eines Unbekannten, die nach sechs Wochen angeschwemmt wird. Aus welchem Grund?«
»Zunächst einmal ist die Geschichte nicht ganz so passiert. Man hat ihn aus dem Netz eines Fischerbootes aus Brixham geholt, und er war mit einer siebzig Pfund schweren Kette gefesselt.«
»Also wahrscheinlich ermordet?«
»Tod durch Ertränken.«
»Keine schöne Art zu sterben.«
Mallory schob ein Foto über den Tisch. »Das ist er, die Aufnahme ist 1967 bei seinem Prozeß im Old Bailey gemacht worden.«
»Wie lautete die Anklage?«
»Raubüberfall auf ein Spielkasino in Birmingham, die Beute: zweiundfünfzigtausend Pfund. Der Staat hat den Prozeß damals verloren. Er wurde aus Mangel an Beweisen freigesprochen. Die Zeugen kamen nicht mit der Sprache heraus. Die übliche Geschichte.«
»Dann hat er wohl eine Menge Schmiergelder gezahlt.«
Mallory nahm sich eine von seinen türkischen Zigaretten und lehnte sich in seinen Sessel zurück. »Harvey Preston ist 1938 in England eingewandert; er war damals zwanzig und diente bei Ausbruch der Krise in München in der Royal Army. Seine Mutter und sein Vater kamen ein paar Monate später mit seiner jüngeren Schwester nach, und Preston kaufte ihnen ein kleines Häuschen in Brixton. Er war in Aldershot bei einer Versorgungskompanie als Lastwagenfahrer stationiert. Seine Mutter brachte noch einen Sohn zur Welt, er bekam den Namen Darcy; das

war im September 1939. Eine Woche später wurde Harveys Kompanie nach Frankreich verlegt. Auf dem großen Rückzug, als die deutschen Panzer durchgebrochen waren, wurde seine Einheit dann fast aufgerieben, und er bekam zwei Schüsse ins rechte Bein. Er konnte sich nach Dünkirchen durchschlagen und kam nach England zurück, aber sein Bein blieb gelähmt, daß man ihn mit einer Pension entließ.«

»Was hat er dann gemacht?«

»Er nahm eine Stelle als Fahrer bei der Feuerwehr an, aber dann erlebte er wie so viele Leute damals eine furchtbare persönliche Tragödie. Das Haus in Brixton bekam einen Volltreffer ab, und der einzige Überlebende war sein kleiner Bruder. Von da an ist dann mit Preston alles anders geworden.«

»Was hat er dann gemacht?«

»Alles. Schwarzmarkthandel, Prostitution. Nach dem Krieg besaß er eine ganze Reihe von illegalen Spielkasinos. Er spielte damals in der Unterwelt eine wichtige Rolle. 1959 stieg er ins professionelle Verbrechen ein. Die Polizei war überzeugt, daß er hinter einer sehr erfolgreichen Entführerorganisation steckte; aber man konnte ihm nie etwas nachweisen. Er war auch an verschiedenen Überfällen auf Lohngelder beteiligt und betrieb mit ziemlicher Sicherheit Rauschgifthandel.«

»Ein vielseitiger Mensch. Was geschah nach seinem Freispruch im letzten Jahr? Ist er ausgewiesen worden?«

Mallory schüttelte den Kopf. »Dazu war er schon zu lange im Land. Aber Scotland Yard hat ihn dann unter Druck gesetzt. Man entzog ihm die Lizenz für seine Spielkasinos, damit war er aus dem Geschäft. Sie haben ihn auf Schritt und Tritt beobachtet; er hat kaum noch gewagt, aus dem Haus zu gehen. Man wollte herausfinden, wo das Geld von dem Überfall auf das Spielkasino in Birmingham geblieben war. Ihm war zwar nichts vorzuwerfen, was für eine Anklage gereicht hätte; aber bei der

ständigen Beschattung konnte er das erbeutete Geld auch nicht ausgeben.«
»War er verheiratet?«
»Nein, er lebte allein. Aber er war ganz normal. Ab und zu brachte er ein Mädchen mit zu sich nach Hause, das dann die Nacht bei ihm blieb.«
»Was ist mit dem Bruder geschehen, der den Bombenangriff überlebt hat?«
»Der kleine Darcy?« Mallory grinste zum erstenmal. »Das ist eine komische Geschichte. Harvey behielt den Jungen bei sich. Er schickte ihn als Tagesschüler in die St.-Paul's-Kathedrale. Das muß ein eigenartiges Leben für ihn gewesen sein. Tagsüber war er mit den Söhnen der oberen Zehntausend zusammen und nachts mit den übelsten Gestalten von ganz London. Er entschloß sich, Jura zu studieren und hat sein Referendarexamen vor drei Jahren abgelegt. Nach Harveys Prozeß ist er nach Jamaika zurückgegangen.«
»Und was hat Harvey gemacht?«
»Er ist vor zwei Monaten nach Rom geflogen. Auf dem Londoner Flughafen hat man ihn und sein Gepäck buchstäblich auseinandergenommen, aber nicht die geringste Kleinigkeit gefunden. Sie mußten ihn passieren lassen.«
»Und wohin ist er dann von Rom aus gefahren?«
»Interpol hat ihn bis Neapel verfolgt; dort hat man ihn aus den Augen verloren.«
»Bis er dann zwei Monate später in einem Fischernetz vor der englischen Küste an Land gezogen wurde. Interessant. Was glauben Sie, was er für ein Spiel gespielt hat?«
»Ich dachte, das sei Ihnen schon deutlich geworden.« Mallory hob die Schultern. »Er wollte illegal nach England einreisen. Solange die Polizei nicht wußte, daß er im Land war, konnte er in aller Ruhe an sein Geld und dann das Land wieder auf dieselbe Weise verlassen, wie er gekommen war.«
Chavasse sah nun größere Zusammenhänge. »Sie vermu-

ten also, daß ihn jemand im Kanal über Bord geworfen hat?«

»So ungefähr muß es gewesen sein. Mit diesem nächtlichen Fährverkehr wird eine Menge Geld gemacht, seit das neue Einwanderungsgesetz erlassen ist. Pakistanis, Inder, Westinder und Australier – alles Leute, die auf normalem Weg kein Einreisevisum bekommen, lassen sich die Überfahrt viel Geld kosten.«

»Da hat neulich so ein Fall in der Zeitung gestanden«, sagte Chavasse. »Die Royal Navy hat vor Felixstowe einen alten Kutter mit zweiunddreißig Pakistanis an Bord aufgebracht. Sie hatten jeder dreihundertfünfzig Pfund für die Überfahrt bezahlt. Kein schlechter Verdienst für den Fährmann.«

»Das sind Amateure«, sagte Mallory. »Die haben kaum eine Chance. Die Professionellen schöpfen den Rahm ab, die Leute, die organisiert sind. Es gibt da geheime Verbindungen, die sich bis Neapel zurückverfolgen lassen. Die italienische Polizei hat sich um die Sache bemüht und einen sehr aufschlußreichen Bericht über ein Schiff namens *Anya* geschickt; dieses Schiff befährt regelmäßig die Route Neapel–Marseille unter panamaischer Flagge.«

Chavasse sah sich die Akte an und ging die Schriftstücke und Fotos durch. Da waren mehrere von Harvey Preston aus den letzten Jahren; eins zeigte ihn vor dem Old Bailey nach seinem Prozeß. Im Arm hielt er seinen jüngeren Bruder. Chavasse überflog die Berichte und sah dann auf.

»Das ist doch Arbeit für die Polizei. Was haben wir damit zu tun?«

»Die Spezialabteilung von Scotland Yard hat uns um unsere Hilfe gebeten. Sie meinen, diese Aufgabe sei so schwierig, daß man einen unserer Agenten damit beauftragen müßte.«

»Als sie uns das letztemal um Hilfe gebeten haben, habe ich sechs Monate in dreien der schlimmsten Löcher von ganz England verbracht«, sagte Chavasse. »Außerdem

hätte ich dabei fast ein Bein verloren. Können die Leute denn ihre schmutzige Arbeit nicht allein machen?«
»Wir haben eine sehr brauchbare Rolle für Sie ausgearbeitet«, sagte Mallory ungerührt. »Sie werden Ihren eigenen Namen benutzen. Sie sind australischer Staatsbürger französischer Herkunft. Sie werden in Sydney wegen bewaffneten Raubüberfalls gesucht.« Er schob einen Schnellhefter über den Tisch. »Da ist alles drin, was Sie brauchen; auch ein Zeitungsartikel, der über den Raubüberfall berichtet. Sie sind natürlich bereit, jeden Preis zu zahlen, um nach England zu kommen, wenn man Ihnen keine dummen Fragen stellt.«
Chavasse hatte wie immer das Gefühl, als würde eine riesige Welle über ihm zusammenschlagen. »Wann soll ich fahren?«
»Sie nehmen den Flug nach Rom um 15.30 Uhr vom Londoner Flughafen. Wenn Sie sich beeilen, sind Sie eine Viertelstunde vor Abflug der Maschine am Flughafen. Draußen steht ein Koffer für Sie, fertig gepackt. Sie brauchen sich um nichts weiter zu kümmern.« Er erhob sich und streckte ihm die Hand hin. »Ich wünsche Ihnen viel Glück, Paul. Und bleiben Sie wie üblich mit uns in Verbindung.«
Mallory setzte sich wieder, nahm seine Lesebrille und vertiefte sich in eine Akte. Chavasse nahm seinen Schnellhefter unter den Arm und ging. Als er die Tür hinter sich zumachte, grinste er in sich hinein.
»Was ist denn so lustig?« fragte Jean Frazer.
Er beugte sich über ihren Tisch und kitzelte sie unter dem Kinn. »Die hübscheste Mieze, die mir über den Weg gelaufen ist, seit ich nicht mehr in Sydney bin«, sagte er in einem ziemlich echt klingenden australischen Slang.
Sie sah ihn verständnislos an. »Bist du verrückt geworden?«
Er nahm seinen Koffer und lachte. »Das muß ich wohl, Jean. Ich muß wirklich verrückt sein«, sagte er und ging.

3

Das Mädchen kam aus Indien und war sehr jung – kaum sechzehn Jahre, wenn Chavasse sich nicht täuschte. Sie hatte einen bleichen, makellosen Teint, und der scharlachrote Sari paßte sehr gut zu ihren traurigen braunen Augen. Chavasse hatte sie, seit sie vor zwei Tagen Neapel verlassen hatte, erst einmal gesehen; er nahm an, daß sie beide dasselbe Reiseziel hatten.

Er stand an der Reling und genoß die salzige Luft, als sie an Deck kam. Sie nickte ihm verlegen zu und klopfte dann an die Tür der Kapitänskajüte. Skiros machte auf. Sein Oberkörper war nackt, und eine Rasur hätte ihm nicht geschadet, aber er lächelte einladend, wobei er noch widerlicher aussah als sonst. Er trat zur Seite.

Das Mädchen zögerte einen Augenblick und ging dann hinein. Skiros sah zu Chavasse herüber, er zwinkerte ihm zu und schloß die Tür hinter sich. Chavasse zuckte die Schultern. Schließlich war das hier nicht sein Bier. Er hatte andere Dinge im Kopf, die ihm genug Sorgen machten. Er steckte sich eine Zigarette an und spazierte auf das Heck des alten Dampfers.

Pavlo Skiros hatte vor siebenundvierzig Jahren in Konstantinopel das Licht der Welt erblickt; über seine Herkunft wußte man nichts Genaues. Er hatte etwas Griechisches, etwas Türkisches und eine Menge Russisches, aber von allen drei Völkern hatte er nur die übelsten Unarten an sich. Er war sein Leben lang zur See gefahren, doch ob er seine Kapitänslizenz zu Recht besaß, war sehr zweifelhaft. Aber dafür hatte er andere und üblere Qualitäten, und das kam den Besitzern der *Anya* sehr gelegen. Er saß auf der Tischkante in der kleinen, schmutzigen Kajüte und kratzte sich unter dem linken Arm.

Mit lüsternen Augen sah er das Mädchen an.

»Was kann ich für dich tun?« fragte er auf englisch.

»Ich komme wegen meines Geldes«, sagte sie. »Sie wollten es mir zurückgeben, wenn wir den Hafen anlaufen, haben Sie gesagt.«
»Alles zu seiner Zeit, mein Engel. Wir sind in einer halben Stunde da, und du mußt dich verstecken, bis die Leute vom Zoll durch sind.«
»Gibt es Schwierigkeiten?« fragte sie verstört.
Er schüttelte den Kopf. »Keine Schwierigkeiten, das verspreche ich dir. Es ist für alles gesorgt. In ein paar Stunden bist du auf der Weiterreise.«
Er stand auf und ging so dicht an sie heran, daß sie seinen Körpergeruch spüren konnte. »Du brauchst dir keine Gedanken zu machen. Ich kümmere mich selbst um alles.«
Er wollte einen Arm um sie legen, aber sie wich zurück. »Danke – vielen, vielen Dank. Ich muß mich jetzt umziehen. Ein Sari ist wohl nicht sehr praktisch – nachts im Hafen von Marseille.«
Sie machte die Tür auf und blieb stehen; Chavasse stand noch an der Reling. »Was ist das für ein Mann?«
»Nur ein Passagier – ein Australier.«
»Ach so.« Sie zögerte. »Auch so ein Passagier wie ich?«
»Nein, er hat nichts damit zu tun.« Er wischte sich mit dem Handrücken Schweiß aus dem Gesicht. »Du gehst jetzt am besten in deine Kabine und bleibst dort, bis ich dich hole. Ich komme, wenn draußen alles ruhig ist.«
Sie lächelte, und dabei sah sie noch jünger aus. »Herzlichen Dank, Sie können sich gar nicht vorstellen, wie dankbar ich Ihnen bin.«
Sie machte die Tür hinter sich zu. Skiros stand da und sah ihr nach, dann nahm er die Flasche Whisky und goß sich seinen schmutzigen Blechbecher voll. Er nahm einen großen Schluck und dachte an das Mädchen und die Dinge, die er mit ihr tun wollte, wenn er mit ihr allein war. Sein Gesicht hatte keinen sehr angenehmen Ausdruck.

Abends bei Hochflut liefen sie den Hafen von Marseille an, und als sie festmachten, war es schon dunkel. Chavasse war in seine Kabine gegangen und hatte sich auf die Koje gelegt. Er rauchte und besah sich die Kabinendecke; der Putz blätterte von der Verschalung und hatte eine Menge interessanter Muster gebildet.
Das ganze Schiff ließ allerhand zu wünschen übrig. Die Mahlzeiten waren kaum eßbar, die Bettlaken verschmutzt; die Mannschaft von Skiros machte einen ziemlich verwegenen Eindruck.
Chavasse hatte sich an die Informationen der italienischen Polizei gehalten. Er hatte Skiros in einem zwielichtigen Café im Hafen von Neapel getroffen, hatte ihm ein Bündel von Geldscheinen unter die Nase gehalten, siebenhundert Pfund in Fünfernoten, und da hatte der gute Skiros große Augen gemacht. Von seiner kriminellen Vergangenheit hatte Chavasse nichts gesagt – es war ihm lieber, wenn Skiros von selbst dahinterkommen würde. Er hatte sich ganz einfach als Australier ausgegeben, der unbedingt nach England mußte und dem man das Einreisevisum verweigerte. Skiros hatte die Geschichte geschluckt. Für hundert Pfund wollte er Chavasse nach Marseille bringen, dort dafür sorgen, daß er illegal durch den Zoll kam, und ihn dann zu Leuten schicken, die ihn sicher über den Kanal brachten.
An Bord hatte er mit Bedacht seine Brieftasche offen in der Kabine liegenlassen; das Geld hatte er herausgenommen, aber zwischen seinen Papieren steckte ein Artikel aus dem *Sydney Morning Herald,* und darin war die Rede von einem Paul Chavasse, der von der Polizei wegen einer Reihe bewaffneter Raubüberfälle gesucht wurde. Dem Artikel war sogar ein Foto beigefügt, und offenbar hatte Skiros den Köder geschluckt, denn die Kabine war durchsucht worden – Chavasse wußte das, er kannte sich in solchen Sachen aus.
Er wunderte sich, daß man bis jetzt noch nicht versucht

hatte, ihn um sein Geld zu erleichtern und dann über Bord gehen zu lassen; denn Skiros sah wie ein Mann aus, der seine eigene Schwester für ein paar Pfund auf dem Markt verhökert hätte, als sei es das Selbstverständlichste von der Welt.

Chavasse hatte jede Nacht die Kabinentür zweifach verriegelt und sich seine Smith & Wesson griffbereit unters Kopfkissen gelegt. Er wog die Waffe in der Hand und überprüfte das Magazin. Als es klopfte, steckte er sie in die Spezialhalfter, die er am unteren Rücken auf der bloßen Haut trug. Melos, der einäugige zypriotische Bootsmann, sah herein.

»Kapitän Skiros erwartet Sie.«

»Der Herr sei mit dir, mein Freund.« Chavasse nahm seinen schwarzen Trenchcoat und den Koffer. »Na, dann wollen wir mal.«

Draußen regnete es, die Decksplanken waren feucht und schlüpfrig. Melos führte ihn zur Kapitänskajüte. Skiros saß an seinem Tisch und war gerade beim Essen. Sie traten ein.

»Nun, Mr. Chavasse, sind Sie zufrieden?«

»Sieht so aus, mein Freund«, sagte Chavasse gut gelaunt. »Wie war das noch – fünfzig Pfund habe ich Ihnen in Neapel gegeben. Dann schulde ich Ihnen also noch fünfzig.«

Er zückte das Bündel mit den Fünfernoten und zählte fünfzig Pfund auf den Tisch. Skiros nahm das Geld. »Mit Ihnen mache ich gern Geschäfte.«

»Wie komme ich von hier aus weiter?« fragte Chavasse.

»Auf diesem Dock sind keine Kontrollen. Sie gehen durch die Sperre und keiner wird Sie aufhalten. Nehmen Sie den Zug um neun Uhr dreißig nach Paris. Wenn Sie angekommen sind, bleiben Sie auf dem Bahnsteig und gehen zum nächsten Bahnhofskiosk; da wartet ein Mann auf Sie, der fragt, ob Sie sein Vetter Charles aus Marseille sind. Alles weitere wird dann arrangiert.«

»Fein. Na, das wär's dann wohl«, meinte Chavasse. Er zog sich den Trenchcoat an und nahm seinen Koffer. »War da nicht noch eine junge Inderin an Bord?«
»Was soll mit ihr sein?« sagte Skiros und grinste nicht mehr.
»Nichts weiter. Dachte nur, sie hätte dieselbe Route wie ich.«
»Da irren Sie sich.« Skiros stand auf, wischte sich über seinen Schnurrbart und streckte die Hand aus. »An Ihrer Stelle würde ich mich jetzt beeilen. Sie haben gerade noch Zeit genug, um den Zug zu erwischen.«
Chavasse lächelte freundlich. »Da haben Sie recht, den muß ich ja wohl unbedingt erwischen.«
Er ging über das Deck, draußen regnete es immer noch, und stieg über die Gangway an Land. Unten blieb er einen Augenblick neben einer Lampe stehen; dann verschwand er in der Dunkelheit.
Melos hatte ihm nachgesehen und meinte zu Skiros: »Eine Menge Geld hat der bei sich.«
Skiros nickte. »Hol ihn dir. Und nimm Andrew mit. Das werdet ihr ja wohl schaffen.«
»Und wenn er Theater macht?«
»Wie denn? Er ist illegal eingereist, und in Sydney wird er von der Polizei wegen Raubüberfalls gesucht. Köpfchen, Melos!«
Melos ging, und Skiros machte sich wieder über sein Abendessen her. Als er fertig war, goß er sich einen großen Becher voll Whisky und trank ihn langsam aus. Draußen regnete es jetzt heftiger. Skiros ging über das Deck zur Kabine des Mädchens, klopfte und trat ein.
Sie lag auf der Koje und sah sich um; fremd und eigenartig sah sie in ihrem blauen Pullover und dem karierten grauen Rock aus. Ihr Gesicht war ängstlich, aber sie gab sich alle Mühe und lächelte.
»Kapitän Skiros! Ist es soweit?«
»Es ist soweit«, sagte Skiros und bewegte sich plötzlich

mit einer Behendigkeit, die man ihm gar nicht zugetraut hätte. Er drückte sie auf die Pritsche und warf sich auf sie. Mit einer Hand hielt er ihr den Mund zu.

Melos und der Matrose Andrew waren über den Kai gelaufen; sie blieben an den Eisentoren stehen und lauschten. Es war alles still, und Melos runzelte die Stirn.
»Wo ist er denn geblieben?«
Er tat noch einen vorsichtigen Schritt, da löste sich Chavasse aus der Dunkelheit, packte ihn, drehte ihn um und stieß ihm sein Knie in den Unterleib. Melos sackte zusammen, wand und krümmte sich auf den nassen Steinen. Chavasse grinste und sah Andrew an.
»Worauf wartest du?«
Andrew wollte sich auf ihn stürzen; in seiner rechten Hand blitzte ein Messer. Von hinten wurden ihm fachmännisch die Füße weggezogen, er fiel auf die Steine. Sofort kam er wieder hoch, aber Chavasse bekam ihn am rechten Handgelenk zu fassen, drehte den Arm um und drückte ihn hoch in eine Richtung, für die ein Arm nicht vorgesehen ist. Andrew schrie auf, als ihm in der Schulter ein Muskel riß, und Chavasse ließ ihn mit dem Kopf zuerst gegen das Eisentor laufen.
Melos hatte sich wieder aufgerappelt, aber er würgte und mußte sich übergeben. Chavasse stieg über den am Boden liegenden Andrew und packte Melos am Hemd.
»Stimmt das wirklich mit dem Treffpunkt am Kiosk auf dem Bahnsteig in Paris?«
Melos schüttelte den Kopf.
»Und das indische Mädchen? Was ist mit ihr, was hat Skiros mit ihr vor?«
Melos antwortete nicht. Chavasse stieß ihn angeekelt zur Seite und lief zurück zum Schiff.

Das Mädchen hatte die Hand des Kapitäns zwischen die Zähne bekommen; sie biß heftig zu. Sie biß bis auf den

Knochen. Er stöhnte auf vor Schmerz und schlug ihr voll ins Gesicht.
»Verdammtes Luder, dir werd ich's zeigen«, sagte er. »Du wirst auf allen vieren kriechen, bevor ich mit dir fertig bin.«
Er wollte mit schmerzverzerrtem Gesicht auf sie los, da flog die Tür auf. Chavasse kam herein. Er hielt den Smith & Wesson lässig in der Hand, und seine Augen waren schwarz in dem bleichen Gesicht. Skiros drehte sich um, und Chavasse schüttelte den Kopf.
»Du bist doch ein richtiges Schwein, Skiros, was?«
Skiros ging einen Schritt auf ihn zu, und Chavasse schlug ihm den Pistolenlauf quer durchs Gesicht. Skiros blutete. Er fiel auf die Pritsche. Das Mädchen lief zu Chavasse. Er legte einen Arm um sie.
»Laß mich mal raten. Du willst nach England und bekommst kein Einreisevisum.«
»Ja, das stimmt«, sagte sie verwundert.
»Dann sitzen wir zwei im selben Boot. Wieviel Geld hat er von dir haben wollen?«
»Er hat in Neapel mein ganzes Geld an sich genommen. Über vierhundert Pfund. Er meinte, bei ihm wäre es in Sicherheit.«
»Und ist es nun in Sicherheit?« Chavasse zog Skiros hoch und stieß ihn zur Tür. »Pack deine Sachen und warte an der Gangway auf mich. Der gute Kapitän und ich, wir haben noch etwas zu bereden.«
Als er Skiros durch die Tür seiner Kabine schob, drehte Skiros sich um; sein Gesicht sah grimmig aus und war blutverschmiert.
»Du wirst dich noch wundern.«
Chavasse schlug ihm zweimal mit dem Revolverlauf ins Gesicht; die beiden Schläge warfen ihn zu Boden. Er kniete sich neben ihn hin und sagte mit freundlicher Stimme: »Gib mir das Geld von dem Mädchen, ich habe nicht viel Zeit.«

Skiros holte einen Schlüssel aus der Hosentasche, kroch zu einem Safe hinter der Koje und schloß ihn auf. Er nahm ein Bündel Geldscheine heraus und warf es Chavasse zu.
»Ich kann mir vorstellen, daß du schon mal bessere Geschäfte gemacht hast.«
Chavasse schob ihn zur Seite, langte in den Safe und holte eine schwarze Kassette heraus. Er drehte sie um, und zwei oder drei Bündel Geldscheine fielen heraus. Er steckte sie in die Tasche und grinste.
»Das sollte dir eine Lehre sein, Skiros.« Er hielt ihm den Lauf des Smith & Wesson an die Stirn. »Und jetzt will ich die Adresse wissen – und zwar die richtige. Wie kommen wir auf die Fähre, die uns über den Kanal bringt?«
»Fahrt nach St. Denise an der bretonischen Küste, das liegt in der Bucht von St. Malo«, keuchte Skiros. »Die nächste größere Stadt ist St. Brieuc. Da gibt es eine Kneipe, die heißt *Zum Freibeuter*. Fragt nach Jacaud.«
»Wenn du gelogen hast, komme ich zurück«, sagte Chavasse.
Skiros flüsterte nur noch: »Es stimmt, was ich sage, und was du machst, ist mir scheißegal.«
Chavasse stieß ihn gegen die Kajütenwand, stand auf und ging.
Das Mädchen wartete ungeduldig an der Gangway. Sie hatte sich einen Schal um den Kopf gebunden und trug einen Regenmantel.
»Ich habe große Angst gehabt«, sagte sie. Sie hatte eine leise und melodische Stimme.
»War nicht nötig.« Er gab ihr die Bündel Geldscheine aus dem Safe. »Das ist wohl dein Geld.«
Sie sah ihn an, als sei er eine Erscheinung aus einer anderen Welt. »Wer sind Sie?«
»Ein Freund«, sagte er leise und nahm ihren Koffer. »Aber jetzt müssen wir los. Hier ist es sowieso nicht besonders gemütlich.« Er nahm sie beim Arm, und sie gingen zusammen die Gangway hinunter.

4

Sie erreichten den Nachtzug nach Brest zehn Minuten vor der Abfahrt. Der Zug war nicht besonders voll. Chavasse entdeckte ziemlich weit hinten ein leeres Zweiter-Klasse-Abteil, brachte das Mädchen hinein und lief noch zum Bahnhofsimbiß. Nach einer Weile kam er mit ein paar Bechern Kaffee, belegten Broten und einem halben Dutzend Apfelsinen zurück.
Das Mädchen nahm den Kaffeebecher dankbar und trank; aber als er ihr ein Brot anbot, schüttelte sie den Kopf. »Ich kann nichts essen.«
»Die Nacht wird lang«, sagte er. »Ich bewahre dir was auf für nachher.«
Der Zug fuhr ab, und sie stand auf, stellte sich in den Gang und sah den Lichtern von Marseille nach. Als sie sich umdrehte und wieder ins Abteil kam, schien ihr Gesicht gelöster.
»Geht's jetzt besser?« fragte er.
»Ich dachte, es würde noch etwas passieren; daß vielleicht Kapitän Skiros nachkommen würde.«
»Das war nur ein schlechter Traum«, sagte er. »Versuch ihn zu vergessen.«
»Ich habe so viel schlechte Träume gehabt in letzter Zeit.«
»Erzähl mir doch was davon.«
Sie war sehr scheu und zurückhaltend und zögerte immer wieder; aber dann fing sie doch an zu sprechen. Sie hieß Famia Nadeem, und er hatte sie für jünger gehalten. Sie war neunzehn. In Bombay war sie geboren, ihre Mutter war bei der Geburt gestorben; ihr Vater war nach England ausgewandert und hatte sie der Pflege ihrer Großmutter überlassen. Ihr Vater hatte Erfolg gehabt; er war inzwischen Besitzer eines gutgehenden indischen Restaurants in Manchester und hatte vor drei Monaten, als die Großmutter starb, seine Tochter nach England holen wollen. Aber es hatten sich unvorhergesehene Hindernisse in

den Weg gestellt; Schwierigkeiten hatten sich ergeben, die Chavasse nun nur allzu geläufig waren. Nach dem neuen Einwanderungsgesetz bekamen nur noch leibliche Verwandte von Bürgern des Commonwealth, die schon jahrelang in England lebten, ein Einreisevisum, wenn keine Arbeitserlaubnis vorlag. Famia fehlte eine amtliche Geburtsurkunde, die ihre Identität bewiesen hätte. Zu allem Unglück hatte es in diesem Punkt in letzter Zeit eine Menge Fälschungen gegeben, und die Behörden hielten sich nun strikt an den Buchstaben des Gesetzes. Wenn kein amtliches Zeugnis über die leibliche verwandtschaftliche Beziehung vorgelegt werden konnte, gab es kein Einreisevisum. Man hatte Famia in das nächste Flugzeug nach Indien gesetzt.

Aber ihr Vater hatte nicht aufgegeben. Er hatte ihr Geld geschickt und ihr von der Untergrundorganisation geschrieben, die sich darauf spezialisiert hatte, Leuten in ihrer Lage zu helfen. Sie war unglaublich naiv, und Chavasse hatte keine Mühe, von ihr alle Informationen über die Organisation zu bekommen, die er haben wollte. Begonnen hatte ihre Reise in einer Exportfirma in Bombay; sie war über Kairo und Beirut gekommen und schließlich in Neapel von Leuten empfangen worden, die sie auf die *Anya* gebracht hatten.

»Aber warum hast du denn Skiros dein ganzes Geld gegeben?« sagte er.

»Er hat gesagt, bei ihm wäre es in Sicherheit. Für den Fall, daß mich jemand berauben würde.«

»Und du hast ihm geglaubt?«

»Er hat so einen netten Eindruck gemacht.«

Sie lehnte sich in ihren Sitz zurück und blickte durch ihr eigenes Spiegelbild im Fensterglas hinaus in die Dunkelheit. Sie war schön – zu schön für ihre Naivität, dachte Chavasse. Ein zartes und verletzliches junges Mädchen, ganz auf sich allein gestellt in einer Welt voller Alpträume.

Sie drehte sich um und errötete, als sie sah, daß er sie angeschaut hatte. »Und Sie, Mr. Chavasse? Haben Sie auch kein Visum bekommen?«
Er erzählte ihr seine Geschichte, ließ allerdings die Sache mit den Raubüberfällen aus. Er war Künstler, kam aus Sydney und wollte ein paar Monate in England arbeiten. Aber er hatte nicht gleich eine Arbeitserlaubnis bekommen und hätte lange darauf warten müssen. Und dazu reichte sein Geld nicht.
Sie glaubte ihm seine Geschichte und hatte nicht den geringsten Zweifel, obwohl seine Erzählung haarsträubend unglaubwürdig war. Sie lehnte sich zurück, und nach einer Weile fielen ihr die Augen zu. Er deckte sie mit seinem Mantel zu. Er spürte eine Art Verantwortungsgefühl für sie, was natürlich vollkommen absurd war. Sie bedeutete ihm nichts – überhaupt nichts. Jedenfalls würde mit einem bißchen Glück alles glattgehen, wenn sie erst einmal in St. Denise waren.
Aber was passierte, wenn sie die englische Küste erreichten und Mallory sich strikt an das Gesetz hielt? Man würde sie wieder nach Bombay abschieben. Nach einem illegalen Einreiseversuch konnte sie kein Visum mehr bekommen. Das Leben konnte manchmal doch kompliziert sein. Chavasse seufzte, verschränkte die Arme und versuchte einzuschlafen.

Kurz vor fünf Uhr morgens kamen sie in St. Brieuc an. Das Mädchen hatte die ganze Nacht friedlich geschlafen, und Chavasse weckte sie kurz vor der Ankunft. Sie verschwand draußen im Gang. Als sie wiederkam, waren ihre Haare gekämmt.
»Ist da heißes Wasser?« fragte er.
Sie schüttelte den Kopf. »Ich mag morgens kaltes Wasser lieber. Es erfrischt so schön.«
Chavasse fuhr sich über sein unrasiertes Kinn und meinte: »Ich will mir nicht bei lebendigem Leib die Haut

abziehen. Rasieren muß ich mich wohl später.«
Fünf Minuten später fuhr der Zug in den Bahnhof von St. Brieuc ein. Sie waren die einzigen, die ausstiegen. Es war kalt und ungemütlich; eine Atmosphäre, wie sie auf jedem Bahnhof der Welt zu solch früher Stunde herrscht. Es war, als ob gerade alle Leute abgefahren wären.
Der Beamte an der Sperre trug einen dicken Mantel und einen Wollschal, um sich gegen die frostige Morgenluft zu schützen. Er sah pensionsreif aus. Er sah aus wie ein Mann, dem alles gleichgültig geworden ist, sogar das Leben selbst. Er schien krank zu sein, seine Haut sah schlecht aus, und er mußte ständig husten. Auf Chavasses Frage antwortete er höflich, aber frostig, so als ob er mit den Gedanken ganz woanders wäre.
St. Denise? Ja, es gäbe da einen Bus nach Dinard, der würde bis eine Meile vor St. Denise fahren. Der Bus ginge um neun Uhr vom Marktplatz. Da sei auch ein Café, das sehr früh geöffnet habe wegen der Marktleute. Monsieur Pinaud sei ein Wirt, der sich das frühe Geschäft nicht entgehen ließe. Das war alles, was der Mann zu sagen wußte. Er schwieg, tauchte wieder in seine eigene, freudlose Welt ein, und sie gingen los.
Es fing an zu regnen, als sie den Marktplatz erreicht hatten, und sie gingen über ein paar Stufen durch die Tür des Cafés, dessen Fenster erleuchtet waren. Drinnen war es warm. Sie waren die ersten Gäste. Chavasse führte das Mädchen an einen Tisch neben dem Fenster und ging an die Theke aus Zink. Dahinter saß ein kahlköpfiger Mann in mittleren Jahren; er trug ein gestreiftes Hemd und eine weiße Kittelschürze und las Zeitung. Offenbar Monsieur Pinaud, von dem der Bahnbeamte gesprochen hatte. Er legte die Zeitung zur Seite und lächelte. »Sie sind mit dem Zug gekommen?«
»Das sind wir.« Chavasse bestellte Kaffee und Brötchen. »Ich habe gehört, daß um neun Uhr ein Bus nach Dinard geht. Ist das wirklich der erste?«

Pinaud nickte und goß den Kaffee ein. »Wollen Sie nach Dinard fahren?«
»Nein, nach St. Denise.«
Der Mann setzte die Kaffeekanne ab; sein Gesicht hatte einen wachsamen Ausdruck. »St. Denise? Sie wollen nach St. Denise fahren?«
Seine Reaktion war mehr als interessant, und Chavasse lächelte freundlich. »Ja. Meine Freundin und ich wollen dort ein paar Tage Urlaub machen. Wir werden in der Pension *Zum Freibeuter* wohnen bei einem Monsieur Jacaud. Kennen Sie ihn?«
»Kann schon sein, Monsieur. Wissen Sie, es kommen hier viele Leute vorbei.« Er schob den Kaffee und die Brötchen herüber.
»Fünfunddreißig Francs bitte.«
Chavasse nahm die beiden Tassen und die Brötchen und ging damit zu ihrem Tisch. Als er sich hingesetzt hatte, polierte Pinaud eine Weile seine Theke; dann verschwand er durch eine Tür, die wohl in die hinteren Räume führte.
»Ich bin gleich wieder da«, sagte Chavasse und ging ihm nach. Er kam in einen leeren, mit Fliesen belegten Flur. Ein Schild am anderen Ende wies zur Toilette. Von Pinaud war nichts zu sehen. Chavasse schlich vorsichtig weiter und blieb stehen. Auf der rechten Seite war eine Tür nur angelehnt, und er hörte Pinaud telefonieren. Seltsamerweise sprach er bretonisch, was auch Chavasse beherrschte wie ein Einheimischer, denn sein Großvater väterlicherseits führte trotz seiner achtzig Jahre in der Gegend von Vaux noch den Bauernhof der Familie.
»Hallo, Jacaud. Dein Frachtgut ist gerade angekommen wie erwartet. Auf das Mädchen paßt die Beschreibung hundertprozentig, aber der Mann gefällt mir gar nicht. Spricht Französisch wie ein Franzose oder wie einer, der's in der Schule gelernt hat, wenn du weißt, was ich meine. Ja – geht in Ordnung. Sie warten auf den Bus um

neun.«
Chavasse stand schon wieder im Café. Famia war inzwischen bei ihrem zweiten Brötchen. »Ihr Kaffee wird kalt, wenn Sie sich nicht beeilen.«
»Macht nichts. Ich gehe noch mal eben zur Haltestelle; ich will sehen, wann der Bus abfährt. Bin gleich wieder da.«
Er ging aus dem Café, ohne eine Antwort abzuwarten, und lief zu dem kleinen Bahnhof. Dort war immer noch keine Menschenseele zu sehen; aber er fand schnell, was er suchte: eine Reihe von Schließfächern, in denen man Gepäckstücke abstellen und verschließen konnte. Er nahm den Inhalt seiner Brieftasche und auch das Geld, das er Skiros abgenommen hatte, alles in allem zwölfhundert amerikanische Dollar und tausend Pfund Sterling. Er schob das Geld in den hinteren Teil des Faches, verschloß es und steckte den Schlüssel zwischen die Sohlen seines rechten Schuhs.
Famia machte ein ängstliches Gesicht, als er wieder ins Café kam. Er tätschelte ihr beruhigend die Hand und ging noch einmal an die Theke.
»Ich habe mich schon gefragt, wo Sie geblieben sind«, sagte Pinaud.
Chavasse hob die Schultern. »Ich habe mal nachgesehen, ob es nicht noch eine Bahnverbindung gibt nach St. Denise oder so was. Bis neun Uhr ist es noch lange hin.«
»Da machen Sie sich man keine Sorgen«, sagte Pinaud und lächelte freundlich. »Setzen Sie sich und trinken Sie in aller Ruhe Ihren Kaffee. Es gibt eine ganze Menge von Bauern und Marktleuten, die morgens die Strecke fahren. Ich werde schon einen auftreiben, der Sie mit nach St. Denise nimmt. Irgendeiner fährt bestimmt dahin.«
»Das ist sehr freundlich von Ihnen. Vielleicht trinken Sie einen Kognak mit mir? Es ist ziemlich kalt heute.«
»Eine gute Idee.« Pinaud griff eine Flasche und füllte die Gläser. »Auf Ihre Gesundheit, Monsieur.« Er hob sein Glas und lächelte.

Chavasse erwiderte das Lächeln. »Und auf Ihre.«
Der Kognak brannte in der Kehle. Er nahm seinen Kaffee, setzte sich wieder an den Tisch und harrte der Dinge, die da kommen sollten.

Leute kamen und gingen; die meisten waren Träger von dem nahe gelegenen Markt. Chavasse bestellte dem Mädchen noch einen Kaffee und wartete weiter. Ungefähr eine halbe Stunde später tauchte aus einer kleinen Straße auf der gegenüberliegenden Seite des Platzes ein alter Lieferwagen auf.
Chavasse sah ihn über den Platz fahren – und gleich dahinter einen Renault aus derselben Straße kommen und am Bordstein halten. Der Lieferwagen fuhr bis vor das Café und hielt dicht neben dem Fenster. Jacaud stieg aus.
Das Mädchen war plötzlich ganz aufgeregt. »Dieser Mann da – was der für ein furchtbares Gesicht hat. Er sieht so – so gemein aus.«
»Das Äußere eines Menschen täuscht oft«, sagte Chavasse.
Jacaud blieb einen Augenblick in der Tür stehen und warf einen beiläufigen Blick durch den Raum, als ob er einen Bekannten suchte. Dann ging er zur Theke, aber er hatte sie bemerkt; Chavasse war ganz sicher. Er verlangte eine Packung Zigaretten, und Pinaud sagte etwas zu ihm. Er warf einen Blick über die Schulter zu Chavasse und dem Mädchen und drehte ihnen wieder den Rücken zu. Pinaud goß ihm einen Kognak ein und kam dann hinter seiner Theke hervor.
»Sie haben Glück, Monsieur«, sagte er zu Chavasse. »Dieser Mann fährt nach St. Denise. Er will Sie mitnehmen.«
Chavasse wandte sich an das Mädchen und sagte auf englisch: »Unser gutaussehender Freund will uns mitnehmen. Sollen wir sein Angebot annehmen?«

»Warum nicht?«
Chavasse lächelte. »Einem geschenkten Gaul schaut man nicht ins Maul.«
Jacaud leerte sein Glas und ging zur Tür. Er blieb stehen und sah Chavasse mit ausdruckslosem Gesicht an. »Sie wollen nach St. Denise, habe ich gehört? Ich habe dieselbe Strecke. Ich nehme Sie gern mit.«
»Wunderbar«, sagte Chavasse freundlich. »Wir kommen gleich mit.« Jacaud sah Pinaud an und nickte. »Du hörst von mir über alles Weitere«, sagte er auf bretonisch und ging nach draußen. Er saß schon hinter seinem Steuer, als Chavasse und das Mädchen einstiegen. Vorn war nur noch ein Sitzplatz. Das Mädchen setzte sich neben Jacaud, und Chavasse hob die Koffer in den Laderaum und kletterte hinterher. Jacaud fuhr sofort los. Der alte Lieferwagen rumpelte über die schlechte Straße an dem Renault vorbei. Chavasse warf einen schnellen Blick auf den Fahrer; er hatte auffallend blondes Haar. Nun startete auch der Renault und fuhr ihnen nach. Interessant, dachte Chavasse.
Chavasse befühlte den Griff der Smith & Wesson in der Halfter an seinem Rücken, dann setzte er sich zurück und war gespannt, wie die Dinge sich entwickeln würden.

In ein paar Minuten waren sie aus der Stadt und fuhren über eine schmale Landstraße. Es regnete heftig, und über dem Boden lag leichter Nebel; die Sicht war schlecht, aber ab und zu war hinter den Kiefernbäumen in einiger Entfernung das Meer zu sehen.
Der Renault blieb so dicht hinter ihnen, daß er den Fahrer deutlich erkennen konnte; einen bleichen, asketisch wirkenden Mann mit ungewöhnlich hellblondem Haar. Der Mann sah aus wie ein Priester.
Sie kamen an eine Kreuzung. Der Lieferwagen fuhr geradeaus weiter, der Renault bog links ab und verschwand. Chavasse runzelte die Stirn. Er wurde immer

neugieriger – so neugierig wie Alice im Wunderland.
Der Lieferwagen verließ dann die Landstraße und bog in einen engen Sandweg ein. Sie fuhren durch einen Kiefernwald zum Strand. Ein paar Augenblicke später fing der Motor an zu würgen, stotterte und ging dann ganz aus. Der Lieferwagen rollte noch ein paar Meter und hielt. Die Tür wurde geöffnet, und Jacaud erschien.
»Eine Panne?« fragte Chavasse.
»Kein Benzin mehr«, sagte Jacaud. »Aber es macht nichts. Ich habe immer einen Reservekanister bei mir. Da, hinter der Sitzbank.« Chavasse entdeckte einen alten englischen Armeekanister, der aussah, als sei er schon in Dünkirchen benutzt worden. Er mußte voll sein bis zum Rand, denn er war schwer hochzuheben in dem engen Raum hinter der Sitzbank. Er mußte beide Hände gebrauchen, und das war offensichtlich genau das, womit Jacaud gerechnet hatte. Als Chavasse den Kanister mit viel Mühe auf die Bank hob, holte Jacaud mit einem Wagenheber aus und schlug mit voller Wucht zu.
Nur saß Chavasse nicht mehr da, wo er eben noch gesessen hatte. Er war zur Seite ausgewichen, hielt den Kanister mit beiden Händen, als ob er federleicht wäre, und der Wagenheber prallte auf das Holz der Sitzbank. Jacaud wich sofort zurück, brachte sich aus der Gefahrenzone; sein Instinkt, der ihm dreiundvierzig Jahre lang sein Leben erhalten hatte, signalisierte ihm, daß er einen Fehler gemacht hatte. Er war nicht schnell genug. Der Kanister traf ihn voll auf die Brust, und er stürzte. Er rollte auf den Bauch und wollte wieder aufstehen, aber da hatte Chavasse ihn schon gepackt.
Mit einem Arm wie aus Stahl drückte er Jacaud die Kehle zu und schnitt ihm die Luft ab; fast wäre er auf der Stelle erstickt.
Was dann passierte, nahm Chavasse nicht mehr genau wahr. Er hörte noch Famia schreien, sie rief seinen Namen, und dann war plötzlich alles dunkel. Er spürte

keinen Schmerz – es tat überhaupt nicht weh. Der Schlag hatte ihn unten am Hals getroffen, es war der Schlag eines Fachmanns – das konnte er noch denken, und im selben Augenblick wurde es wieder hell.

Über ihm war das Gesicht eines Heiligen, eines dämonischen Antonius; ein unwirkliches Gesicht, das aussah, als sei es nicht von dieser Welt. Unter dem flachsblonden Haar waren hellblaue leere Augen. Die Augen hatten keinen Ausdruck, sie blickten vollkommen teilnahmslos, aber auch ohne Grausamkeit. Der Mann kniete neben Chavasse, er schien in einer Art Trancezustand; mit beiden Händen hielt er eine kostbare elfenbeinerne Madonna. Chavasse spürte die Smith & Wesson in seinem Rücken; sie steckte noch in ihrer Halfter. Famia Nadeem stand neben dem Lieferwagen, die Hände ineinandergekrallt; man sah ihr an, daß sie schreckliche Angst hatte. Neben ihr stand Jacaud. Chavasse wollte noch ein paar Minuten abwarten. Er sah wieder Rossiter an, blickte durch ihn hindurch, als könne er ihn nicht wahrnehmen, und rieb sich die Augen.

Der Engländer gab ihm eine leichte Ohrfeige. »Chavasse, können Sie mich hören?« Chavasse versuchte hochzukommen und stützte sich auf einen Ellbogen. Rossiter lächelte kurz. »Ich dachte schon, Sie hätten mehr abbekommen, als ich wollte.«

»Es hat mir gereicht«, sagte Chavasse und setzte sich auf; mit einer Hand rieb er seinen Nacken. »Ich nehme an, Skiros hat sich bei Ihnen gemeldet?«

»Natürlich. Er hat mir mitgeteilt, daß Sie eine beträchtliche Summe bei sich haben, die der Organisation gehört, für die ich arbeite. Wo ist das Geld?«

»An einem sicheren Ort in St. Brieuc. Sozusagen ein Trumpf für mich, den ich noch im Ärmel behalten wollte. Mit wem habe ich übrigens die Ehre? Sie sind nicht Jacaud, oder?«

»Monsieur Jacaud haben Sie schon kennengelernt. Mein

Name ist Rossiter.«
»Und er und Skiros arbeiten für Sie?«
»Sozusagen.«
»Dann muß ich Ihnen sagen, daß ich nicht allzuviel von der Art und Weise halte, wie Sie Ihre zahlenden Kunden behandeln. Als ich in Marseille ankam, hat mich Skiros zu einem falschen Treffpunkt geschickt und obendrein ein paar Gauner auf mich angesetzt, die mir mein Geld abnehmen sollten. Als ich auf das Schiff zurückkam, um ihn zur Rede zu stellen, war er gerade dabei, das Mädchen zu vergewaltigen. Damit nicht genug; er hatte ihr auch noch vierhundert Pfund abgenommen. Ich weiß nicht, wie gut er sonst für Sie arbeitet; aber ein Blick auf sein Bankkonto wäre vielleicht nicht uninteressant.«
Rossiter schien gar nicht zuzuhören. Er hatte die Stirn gerunzelt und sah zu Famia Nadeem. Als er auf sie zuging, senkte sie den Kopf. Er legte seine Hand unter ihr Kinn, und sie mußte ihn ansehen. »Stimmt das, was er sagt?«
Es war seltsam, aber sie schien nun alle Furcht verloren zu haben. Sie war ganz ruhig, sah ihn fest an und nickte. Rossiter wandte sich von ihr ab und ging wieder zu Chavasse. Er machte ein betrübtes Gesicht, seine Augen sahen traurig aus.
»Was ist das für eine Welt«, sagte er leise. »Was ist das für eine schmutzige und gemeine Welt.« Er atmete tief ein, riß sich zusammen, und dann war er wieder er selbst. »Aufstehen!«
Chavasse stand auf, und im selben Augenblick hatte er die Smith & Wesson in der Hand. Jacaud stieß einen Schrei aus, aber Rossiter winkte ab. Er stand mit leicht gespreizten Beinen da, warf die elfenbeinerne Madonna hoch in die Luft und fing sie mit der rechten Hand wieder auf.
»Und was nun?«

»Nichts«, sagte Chavasse. »Ich will nur eins: bei lebendigem Leibe nach London kommen und dann in der Versenkung verschwinden.«
»Das ist verständlich.« Rossiter lächelte.
»Zehn Jahre in einem australischen Gefängnis wären auch keine sehr reizvolle Aussicht. Ich nehme an, daß sie dort im Strafvollzug immer noch die mittelalterlichen Methoden anwenden.«
Chavasse setzte ein erstauntes Gesicht auf. »Gibt es etwas, das Sie nicht wissen, mein Freund?«
»Über unsere Kunden wissen wir alles.«
Chavasse seufzte und steckte die Smith & Wesson wieder ein. »Ich habe in den letzten Monaten einen Haufen Schwierigkeiten gehabt, Rossiter. Jetzt habe ich die Nase voll. Bringen Sie mich nach England, das ist alles, was ich verlange. Ich zahle, was Sie verlangen. Für die Geschichte in Marseille war allein Skiros verantwortlich, glauben Sie mir.«
Rossiter steckte die Madonna in seine rechte Tasche. »Und wo ist das Geld?«
Chavasse erzählte ihm alles. Er zog auch seinen rechten Schuh aus und gab ihm den Schlüssel zum Schließfach. Rossiter gab ihn sofort an Jacaud weiter. »Wir warten hier auf dich. Du kannst den Renault nehmen.«
Jacaud entfernte sich, ohne ein Wort zu sagen, und Chavasse steckte sich eine Zigarette an. So weit, so gut. Er schaute durch die Kiefern auf das Meer und lächelte.
»Ein schönes Land. Ich habe mich die ganze Zeit gefreut, mal wieder hier zu sein. Mein Vater hat in der Bretagne gelebt.«
»Ich wunderte mich schon«, sagte Rossiter. »Sie sprechen ein fabelhaftes Französisch.«
»Meine Mutter war natürlich Engländerin, aber wir haben zu Hause immer französisch gesprochen, soweit ich mich erinnern kann. Mein alter Herr hat es so gewollt.«

Rossiter nickte; er nahm ein schmales Lederetui aus der Westentasche und zündete sich einen dünnen schwarzen Stumpen an.
»Erzählen Sie mir etwas von dem Mädchen.«
Sie saß jetzt wieder auf dem Beifahrersitz und sah ihnen zu. Chavasse lächelte zu ihr hinüber. »Ich weiß auch nur, was sie mir erzählt hat.«
Er berichtete knapp, was er erfahren hatte, und als er zu Ende war, nickte Rossiter nachdenklich. »Für ihr Alter hat sie schon viel durchmachen müssen.«
Seine Stimme klang, als ob er das wirklich meinte. Ihr Schicksal schien ihn zu rühren. Er ging zu ihr hinüber. Chavasse setzte sich auf den Stamm eines umgestürzten Baumes und beobachtete sie. Rossiter sprach mit ihr. Plötzlich lächelte sie, und dann lachte sie laut auf. Und Rossiter lachte mit, das war merkwürdig; er schien jetzt ein ganz anderer Mensch zu sein. Seltsame Leute.

Chavasse stand auf und ging auf eine Lichtung zu. Er atmete den scharfen Geruch der Kiefern ein und die salzige Seeluft; ein Duft, der in ihm jedesmal, wo er auch war, Erinnerungen an seine Kindheit in der Bretagne zurückrief. Es wäre schön gewesen, wenn er jetzt seinem Großvater in Vaux einen überraschenden Besuch hätte abstatten können. Das wäre so recht nach dem Geschmack des alten Herrn gewesen – ein Besuch von seinem cleveren halbenglischen Enkel, der an einer Universität lehrte, deren Namen er noch nie hatte behalten können. Vielleicht ein bißchen zu gelehrt, dieser Enkel mit seiner Promotion über moderne Fremdsprachen; aber immerhin war er auch ein Chavasse.
Chavasse sah immer noch durch die Kiefernbäume in die See, und es kam ihm vor, als ob seine Kindheit mit all den phantastischen Träumen von Abenteuern schon tausend Jahre zurück läge. Nun war er endlich einmal wieder in der Bretagne und konnte nicht nach Vaux

fahren . . .
Eine Autohupe rief ihn aus seinen Träumen zurück; Jacaud war wiedergekommen, und Rossiter rief ihn.

5

St. Denise bestand aus zwanzig oder dreißig kleinen Häuschen aus Granitgestein; Kiefern säumten eine winzige hufeisenförmige Bucht, die einen natürlichen Hafen bildete. Vor einer hölzernen Anlegebrücke lag eine alte, neun Meter lange Barkasse, die aussah, als ob sie schon bessere Tage gesehen hätte. Es war gerade Flut, und vier Fischerboote gingen in See, die Netze achteraus geworfen. Ein ähnlich aussehendes Boot lag gestrandet im Watt in Höhe der Hochwassermarke, und zwei Männer arbeiteten an seinem Rumpf.
Chavasse konnte das alles aus dem Lieferwagen sehen, der jetzt die schmale Landstraße verlassen hatte und über die Dorfstraße fuhr. Das einzige Zeichen von Leben in St. Denise war ein Hund, der sich verlaufen hatte und nun traurig im Regen vor der Tür eines kleinen Häuschens saß.
Der Lieferwagen hatte das Dorf hinter sich gelassen; der Motor spuckte, als Jacaud zwei Gänge herunterschaltete, um einen steilen Hügel hinaufzufahren. Der *Freibeuter* lag oben auf dem Hügel. Es war ein zweistöckiges Gebäude, gebaut aus demselben Granitgestein wie die anderen Häuser. Es lag geschützt hinter hohen Mauern. Jacaud fuhr durch einen Torbogen und brachte den Wagen auf dem Hof des Hauses zum Stehen. Chavasse stieg aus und sah sich interessiert um. Das Haus machte einen seltsam verlassenen Eindruck; es hätte einen neuen Anstrich bitter nötig gehabt. Der Wind schlug ein Holzgatter immer wieder auf und zu, und als er hochsah, bewegte sich der Vorhang hinter einem Fenster. Jemand mußte

ihn zur Seite geschoben und hinausgesehen haben.
Der Renault fuhr in den Hof ein und stoppte dicht hinter dem Lieferwagen. Famia stieg aus und stand ziemlich hilflos herum. Rossiter ging um das Auto, hob ihren Koffer heraus und nahm sie beim Arm. Sie sah todmüde aus. Er sprach beruhigend auf sie ein und führte sie ins Haus.
Chavasse wandte sich an Jacaud. »Was ist mit mir?«
»Von mir aus könnten Sie im Schweinestall schlafen.«
»Vorsichtig«, sagte Chavasse. »So redet nur ein Lebensmüder. Wir wollen doch lieb und nett zueinander sein.«
Jacaud ging ins Haus, ohne ein Wort zu sagen, und Chavasse nahm seinen Koffer und folgte ihm. Vor der Tür blieb er stehen und sah sich das handgemalte Schild über dem Eingang an. Es war offensichtlich schon sehr alt und zeigte einen Piraten auf der Flucht, verfolgt von einem Rudel scharfer Hunde. Kein sehr angenehmer Anblick; das zur Fratze verzerrte Gesicht eines Mannes, der in Todesangst schwebt.
Drinnen im Haus kam er in eine weiträumige Diele; der Raum war schlecht beleuchtet und der Boden mit Fliesen belegt. Stühle und Tische standen herum, in einem großen offenen Schmiedeherd brannte Feuer, und die Theke hatte eine Marmorplatte.
Jacaud war hinter den Tresen gegangen und goß sich einen großen Kognak ein. Er drückte den Korken wieder auf die Flasche, Chavasse setzte seinen Koffer ab. »Ich trinke einen mit.«
»Sie werden den Teufel tun. Erst will ich sehen, was Ihr Geld für eine Farbe hat.«
»Rossiter hat mein Geld, das wissen Sie.«
»Dann können Sie von mir aus verdursten.« Er stellte die Flasche wieder ins Regal und rief mit lauter Stimme: »He, Mercier, wo steckst du?«
Am anderen Ende ging eine Tür auf, und ein kleiner vergrämter Mann kam herein. Er mochte vielleicht vierzig

sein, trug geflickte Fischerhosen und wischte sich die Hände an einem schmierigen Handtuch ab. »Ja, Monsieur, was ist?«
»Ein neuer Passagier für die *Leopard*. Bring ihn nach oben. Er kommt in das Zimmer mit Jones.«
Er warf Chavasse einen grimmigen Blick zu, drehte sich um, trat eine Tür auf und verschwand in der Küche.
»Ein perfekter Gentleman«, sagte Chavasse. »Ist er immer so, oder ist heute ein besonderer Tag für ihn?«
Mercier hob den Koffer. »Hier entlang, Monsieur.«
Sie gingen eine Treppe hinauf in die erste Etage und kamen in einen schmalen weißgetünchten Flur mit mehreren Türen. Mercier blieb vor einer Tür am anderen Ende stehen und klopfte an. Es kam keine Antwort, und er trat ein.
Der Raum war klein und wirkte kahl mit seinen weißgetünchten Wänden, zwei schmale Betten standen nebeneinander. An der einen Wand hing ein Kruzifix und an der anderen eine billige Farbreproduktion vom heiligen Franziskus. Das Zimmer war sauber, aber nicht gerade wohnlich.
Mercier setzte den Koffer ab. »Monsieur Jones kommt sicher gleich wieder. Essen gibt es um zwölf Uhr dreißig. Wenn Sie sonst irgendwelche Wünsche haben, müssen Sie sich an Monsieur Rossiter wenden.«
»Und an wen muß sich Monsieur Rossiter wenden?«
Mercier runzelte die Stirn, er war ehrlich verwirrt. »Ich weiß nicht, was Sie meinen, Monsieur.«
»Nichts für ungut«, sagte Chavasse.
Mercier hob die Schultern und ging. Chavasse legte seinen Koffer auf eins der Betten, ging ans Fenster und sah hinaus. Das war also das Gasthaus *Zum Freibeuter*. Nicht gerade ein wohnlicher Ort. Hinter ihm sagte jemand: »Herzlich willkommen am Tor zur Freiheit.«

Über ihm schrie eine Möwe, der Vogel setzte mit ausge-

breiteten Flügeln zum Gleitflug über die Dünen an. Der Neger war unten am Strand und warf Steine ins Wasser. Er drehte sich um und ging auf Chavasse zu; ein großer gutaussehender Mann mit einem eckigen Gesicht und hellen blauen Augen. Er gehörte zu einem Menschenschlag, wie er in Westindien häufig anzutreffen ist.
Jack Jones? Nun, das war ein Name wie jeder andere auch. Er hatte die breiten und kräftigen Schultern eines Preisboxers; zehn Runden im Boxring würde er wohl täglich durchstehen, wenn Chavasse sich nicht sehr täuschte.
Er warf sich in den Sand, holte eine Packung Gauloises aus der Tasche und zündete sich eine an. »Sie kommen also aus Australien?«
»Ja, aus Sydney.«
»Ich hab gehört, das soll eine ziemlich gute Stadt sein.«
»Es gibt keine bessere. Sie müßten wirklich mal hinfahren.«
Das war ein böser Ausrutscher, der Neger sah ihn mit offenem Gesicht an. »Sie machen sich wohl lustig über mich. In Sydney würde man mich nicht mal vom Schiff lassen. Da unten zieht man es vor, wenn die Einwanderer Leute von der weißen Sorte sind, oder ist Ihnen das entgangen?«
Das war eine nüchterne Feststellung; der Neger hatte nicht die Spur von Verbitterung in der Stimme. Chavasse hob die Schultern. »Ich habe die Gesetze nicht gemacht, mein Lieber. Ich habe viel zuviel damit zu tun, sie zu brechen.«
Das Interesse des Mannes aus Jamaika war geweckt. »Das erklärt natürlich vieles. Ich habe mich schon gefragt, warum ein weißer freier Bürger und aufrechter Protestant wie Sie durch die Hintertür ins gute alte England will.«
»Katholik«, sagte Chavasse. »Freier weißer Bürger und aufrechter Katholik – das nur für den Steckbrief.«
Jones grinste, holte wieder seine Gauloises aus der Tasche und bot ihm eine an. »Und was würde man Ihnen

verpassen, wenn man Sie erwischt?«
»Runde zehn Jahre. Aber nur, wenn ich Glück habe, und der Richter keinen schlechten Tag hat.«
Der Neger pfiff durch die Zähne. »Donnerwetter, da müssen Sie aber allerhand loshaben.«
»Ich habe eine Schwäche für das Geld anderer Leute.«
Chavasse blickte über die Dünen zu dem kleinen Hafen und auf die See. »Ein schönes Plätzchen ist das hier; von Bondi abgesehen der schönste Strand, den ich gesehen habe.«
»Das habe ich vor fünf Tagen auch gedacht – aber jetzt langweile ich mich zu Tode. Ich muß endlich mal wieder was zwischen die Finger kriegen.«
»Was werden Sie tun, wenn wir drüben sind?«
Jones zuckte die Achseln. »Ich habe ein paar Freunde mit Beziehungen. Die werden mir helfen.«
»Fragt sich nur, wie lange?«
»So lange, wie ich darauf angewiesen bin. Wenn ich erst mal in London bin, kann nichts mehr passieren. Ich werde mich einfach unter die Leute mischen. Schließlich sieht ein Neger aus wie der andere, meinen Sie nicht?«
Chavasse ließ sich nicht übertölpeln. »Was ist eigentlich mit den anderen Passagieren?«
»Wenn Sie ein paar Strich weiter nach Steuerbord gukken, haben Sie sie vor Augen.«
Der alte Mann, der da vor ihnen über die Düne kam, trug einen blauen Mantel, der offenbar zwei Nummern zu groß war; in dem Mantel wirkte er, als sei er in sich zusammengeschrumpft; er hatte braune, faltige Haut, sein Gesicht war schmal und knöchern. Er schien nicht allzu sicher auf den Beinen zu sein. Chavasse hatte den Eindruck, daß er jeden Augenblick hätte hinfallen können, wenn nicht die Frau an seiner Seite ihn unterm linken Ellbogen gehalten und einen Arm um seine Schultern gelegt hätte.
»Der alte Hamid ist zweiundsiebzig«, sagte Jones. »Ein

Pakistani. Er will zu seinem Sohn nach Bradford.«
»Und die Frau?«
»Mrs. Campbell? Sie ist angloindisch – und zwar je zur Hälfte. Gehört zu den Leuten, die man in den alten Tagen des Empire Chi-chi nannte. Sie hat einen schönen schottischen Namen, aber sie kann genausowenig gegen ihre Hautfarbe tun wie ich. Ihr Mann ist letztes Jahr gestorben, und ihre einzige Verwandte ist eine Schwester, die vor Jahren einen englischen Mediziner geheiratet hat und nun in Harrogate lebt. Mrs. Campbell hat sich um eine Einreiseerlaubnis bemüht, aber keine bekommen.«
»Warum nicht?«
»Weil sie keine Verwandte im Sinne des Einwanderungsgesetzes ist; sie ist indische Staatsbürgerin, und sie hat Tuberkulose. Sie ist in Indien geboren und ihr Leben lang nie in England gewesen, aber sie spricht davon, als sei es ihre Heimat. Komisch, nicht?«
»Finde ich nicht.«
Mrs. Campbell war ungefähr fünfzig Jahre alt; sie hatte dunkle traurige Augen, und auch ihre Hautfarbe war dunkler als bei den meisten Eurasiern. Sie fror und trug einen schäbigen Pelzmantel; um den Kopf hatte sie einen dicken Wollschal gebunden.
Die beiden blieben stehen, und der alte Mann rang nach Luft.
»Ein kalter Tag heute, nicht wahr, Mr. Jones?«
Jones und Chavasse standen auf, und der Neger nickte. »Das ist Mr. Chavasse, ein neuer Passagier. Er wird mit uns reisen.«
Der alte Mann zeigte keine Anzeichen von Überraschung. »Ach ja, Miss Nadeem hat von Ihnen gesprochen.«
»Sie haben sie schon kennengelernt?« sagte Chavasse.
»Bevor wir unsern Spaziergang gemacht haben«, meinte Mrs. Campbell.
Hamid hielt Chavasse eine weiche und spindeldürre Hand hin, sie entschlüpfte Chavasses Griff so leicht, wie

das Leben diesem gebrechlichen alten Körper in absehbarer Zeit entschlüpfen würde.
Mrs. Campbell schien ein wenig verlegen und zog den alten Mann am Ärmel. »Kommen Sie jetzt, Mr. Hamid, wir dürfen nicht trödeln. Bald ist Essenszeit. Sehr erfreut, Mr. Chavasse.«
Ihr Englisch war so korrekt, daß es recht eigenartig klang; sie sprach wie ein Mensch aus dem vorigen Jahrhundert. Chavasse sah ihnen nach, wie sie mühsam über die Dünen kletterten; merkwürdige leblose Geschöpfe, die beiden, ausgesetzt in eine fremde und feindliche Welt. Chavasse spürte ein bitteres Gefühl in sich aufsteigen. Die Menschen machten Gesetze, um sich zu schützen, aber es gab immer welche, die unter diesen Gesetzen litten – immer. Er wandte sich um und sah, daß Jones ihn nachdenklich angeschaut hatte. »Die beiden tun Ihnen leid, Sie haben mehr Mitleid mit ihnen, als man es von einem Gangster aus Sydney annehmen sollte, dem die Polizei auf den Fersen ist.«
Sie schwiegen. Dann sagte Chavasse mit gefühlloser Stimme: »Ich weiß gar nicht, wovon Sie reden, zum Teufel noch mal.«
»Ich weiß es auch nicht, mein Freund.« Jones grinste; die Peinlichkeit war verflogen. »Wenn wir noch essen wollen, müssen wir jetzt los.«
Sie machten sich auf den Weg, gingen über die Dünen und den Strand hinter der Anlegebrücke. Chavasse zeigte auf die Barkasse, die dort vor Anker lag. »Ist das unsere Fähre?«
Jones nickte. »Paßt irgendwie zu Jacaud, finden Sie nicht auch?«
»Was halten Sie von ihm?«
Jones zuckte die Achseln. »Der würde seine Schwester oder seine Großmutter für eine Flasche Rum verkaufen, wenn's ihm in den Sinn kommt. Im Moment ist er bei zwei Flaschen täglich, manchmal sind es auch mehr.«
»Und der Mann, der für ihn arbeitet – Mercier?«

»Hat Angst vor sich selber. Lebt in einem kleinen Häuschen am andern Ende des Dorfs. Allein mit seiner Frau. Sie ist krank und bettlägerig. Er ist wie ein schwankendes Rohr im Winde. Wenn Jacaud knurrt, springt er.«
»Und Rossiter?«
Jones lächelte. »Sie fragen die Leute gern aus, was?«
Chavasse hob die Schultern. »Denken Sie, was Sie wollen.«
»Na gut. Tue ich auch. Wissen Sie, was ein *Zombie* ist?«
Chavasse runzelte die Stirn. »Hat doch irgendwas mit Hexerei zu tun, nicht?«
»Genauer gesagt ist es die Leiche eines Mannes, die man aus dem Grab geholt hat, bevor die Verwesung eingesetzt hat.«
»Und der dann weiterlebt, meinen Sie das?«
»Jedenfalls lebt er nachts und führt die Befehle seines Herrn aus – eine seelenlose grundböse Kreatur.«
»Und das ist Rossiter.«
»Das ist Rossiter.« Der Neger lachte laut auf. »Das komische an der Sache ist nur, daß er früher mal Priester gewesen ist – Jesuitenpater.«
»Und wie haben Sie das herausgefunden?«
»Neulich abends hatte ich keine Streichhölzer mehr und habe bei ihm angeklopft. Er war nicht in seinem Zimmer.«
»Und dann hat Sie Ihre natürliche Neugier überkommen?«
»Was sonst?« Der Neger grinste. »In der rechten unteren Schublade seines Tisches habe ich ein paar interessante Fotos gefunden. Er hat sich nicht besonders verändert. Da war eins mit dem Datum von 1949, ein Gruppenbild mit zwanzig anderen – sah aus wie das Jesuitenseminar auf einem Ausflug. Das andere ist 1951 in Korea entstanden. Da ist er abgebildet mit einem halben Dutzend Kindern vor dem Eingang einer Mission oder so.«
1951. Das Jahr, in dem der Koreakrieg begonnen hat. Ob

Rossiter damals seinen Glauben verloren hat? Chavasse runzelte die Stirn; er hatte wieder jenes gequälte, asketisch wirkende Gesicht vor Augen. Den Priester konnte man ihm glauben, aber den Mörder . . . das konnte nicht sein.
Er dachte noch darüber nach, als sie in den Hof des *Freibeuter* kamen.

6

Der Schankraum war leer, Jones ging hinter die Theke und nahm eine Flasche Kognak und zwei Gläser aus dem Regal.
»Sie auch?« sagte er.
Chavasse nickte. »Warum nicht?«
Jacaud erschien in der Tür zu den hinteren Räumen. »Stell das wieder da hin. Verstehst du mich, du schwarzes Schwein?«
Jones sah ungerührt zu ihm hinüber; seinem Gesicht war nicht die Spur von Erregung anzumerken. »Aber sicher verstehe ich Sie«, sagte er in sehr passablem Französisch. Er entkorkte die Flasche und goß die Gläser voll. Jacaud machte einen schnellen Schritt auf ihn zu, packte ihn an der Schulter und drehte ihn herum.
»Jacaud!« Rossiter kam in den Schankraum; seine Stimme war scharf und eiskalt, er duldete keinen Widerspruch. Jacaud ließ zögernd von ihm ab. »Die haben nicht mal bezahlt«, murmelte er lahm.
Rossiter beachtete ihn nicht mehr; er kam auf die beiden zu. Er trug weite graue Hosen, einen handgestrickten Pullover und eine Stahlbrille. In der Hand hielt er ein dünnes Buch; ein Finger war zwischen den Seiten.
»Bitte bedienen Sie sich, meine Herren.«
»Trinken Sie mit uns?« fragte Chavasse.
»Mr. Rossiter trinkt nicht«, sagte Jones. »Wir werden uns

schon allein amüsieren müssen.«
Er trank Chavasse zu, leerte sein Glas in einem Zug und goß es gleich wieder voll. Jacaud sah finster aus; er nahm sich selbst eine Flasche und ein Glas und zog sich ans andere Ende der Theke zurück.
»Sie haben einen Spaziergang gemacht, wie ich sehe«, sagte Rossiter.
Chavasse nickte. »Die Umgebung ist sehr schön hier. Müssen allerhand Touristen hier sein in der Saison.«
»Es liegt zu weit ab von der eigentlichen Touristengegend, und man macht auch keine Werbung für den Ort.«
»Ich würde gern wissen, wann wir losfahren.«
»Das kann ich nicht genau sagen. Wir erwarten noch einen Passagier. Es hängt davon ab, wann er ankommt. Ich rechne heute oder morgen mit ihm.«
»Und um welche Zeit soll's dann losgehen?«
»Ich gebe Ihnen rechtzeitig Bescheid. Es ist kein Grund zur Besorgnis. Wir wissen, was wir tun.«
Hinter ihnen ließ sich eine leise Stimme vernehmen. »Darf ich hereinkommen?«
Famia stand in der Tür; sie hatte einen scharlachroten Sari an, der ihren makellosen Teint noch unterstrich. Sie trug ein silbernes Halsband und goldene Armringe um die Handgelenke. Chavasse fand es interessant, wie die Männer reagierten. Jones hatte den anerkennenden Blick, wie ihn Kunstkenner aufsetzen, wenn sie in der Galerie ein wertvolles Objekt bestaunen. Jacaud stierte sie mit unverhohlener Geilheit an. Und Rossiter? Rossiter schien wie gebannt. Er war bleich geworden; seine blauen Augen schienen blauer als je, und dann passierte etwas Seltsames. Er lächelte, und es sah aus, als ob etwas in ihm geschmolzen wäre.
Er ging auf sie zu und gab ihr seinen Arm. »Das Essen müßte fertig sein. Gehen wir?« sagte er und führte sie ins Eßzimmer.
Sein Buch lag noch auf der Theke; Chavasse sah es sich

an. Es war eine Taschenbuchausgabe des Titels *Das Reich Gottes* vom heiligen Augustin.
Es gab Augenblicke, da fragte sich Chavasse, ob er nicht als einzig gesunder Mensch in einer Welt von Wahnsinnigen lebte; und jetzt war es wieder einmal soweit. Er leerte sein Glas, nickte Jones zu und schloß sich den andern an.

Hinter dem Gasthaus lag ein weitläufiger, von Mauern umgebener Garten; ein trostloses ungepflegtes Plätzchen. Die knorrigen Apfelbäume waren alt und ausgewachsen; es hatte sich lange niemand mehr um sie gekümmert. Blumen blühten noch nicht, dafür war es noch zu früh, und das Gras vom letzten Jahr überwucherte die schmalen Wege. Es hätte dringend geschnitten werden müssen. Famia machte einen kleinen Spaziergang mit Rossiter; in ihrem scharlachroten Sari wirkte sie vor dem graugrünen Hintergrund wie eine Figur von Breughel. Sie lachte, und ihr Lachen war bis in das Zimmer von Chavasse und Jones zu hören, die hinter dem Fenster saßen und die beiden durch den Vorhang beobachteten.
»Das erstemal, daß ich ihn habe lächeln sehen«, meinte Jones.
»Sie muß irgendwas in ihm berührt haben«, sagte Chavasse, »ich weiß nur nicht, was.«
Rossiter sagte etwas zu dem Mädchen und ging weg. Sie spazierte allein weiter und blieb vor einem Baum stehen und betrachtete eine Amsel, die in den Zweigen saß. Plötzlich war Jacaud hinter ihr.
Er war offenbar betrunken und schwankte leicht; er ging auf sie zu und stierte sie mit aufgerissenen Augen an. Sie bemerkte ihn nicht, weil sie immer noch mit der Amsel beschäftigt war; da streckte er den Arm nach ihr aus und berührte sie an der Schulter. Sie schrak zurück, aber er hatte sie am Arm gepackt, zog sie an sich und drückte ihr einen Kuß auf die Lippen. Vielleicht hatte er gar nicht

mehr gewollt, denn als sie aufschrie und sich von ihm losmachte, fing er an zu lachen.
Jones war um eine Nasenlänge vor Chavasse an der Tür. Sie liefen die Treppe hinunter, über den Flur und durch die Küche nach draußen. Aber sie kamen zu spät.
Rossiter stand auf halbem Wege zwischen ihnen und Jacaud; einen Arm hatte er um das Mädchen gelegt. Er schob sie sanft zur Seite, und aus der Tasche zog er die elfenbeinerne Madonna.
Jacaud machte nicht einmal den Versuch zu flüchten. Er fiel auf die Knie, und in seinem großen Gesicht arbeitete es, als Rossiter langsam auf ihn zuging. Er packte den Bretonen an den Haaren und drückte seinen Kopf nach hinten. Es klickte, und die Stahlklinge schnellte aus der Madonna. Rossiter hielt die Spitze der rasiermesserscharfen Klinge an Jacauds Stirn und zog einen Strich. Das Blut lief Jacaud in die Augen.
Er fiel ohne einen Laut zu Boden, und Rossiter wischte die Klinge ab. Famia stand da und sah ihn an; sie hatte einen verträumten Blick. Er ging zu dem Mädchen, legte einen Arm um ihre Schultern und führte sie an Chavasse und Jones vorbei, ohne die beiden eines Blickes zu würdigen.
Chavasse drehte Jacaud um und kniete neben ihm nieder. Mit seinem Taschentuch wischte er das Blut aus dem häßlichen ungeschlachten Gesicht.
»Wie geht's ihm?« fragte Jones.
»Er ist ohnmächtig – der Schock war wohl zuviel für ihn. Rossiter hat gewußt, was er tat. Er hat ihn böse gezeichnet – aber mehr auch nicht. Ein Heftpflaster reicht vollkommen aus.«
»Haben Sie sein Gesicht gesehen?«
»Rossiters Gesicht?« Chavasse nickte. »Hat mich an etwas erinnert, was Faustus sagt in dem Stück von Marlowe.«
»Denn dies ist die Hölle, und darin lebe ich?« sagte der Neger.

»Ich staune.« Chavasse grinste. »Das Schulsystem auf Jamaika scheint nicht das schlechteste zu sein – immerhin wird den Leuten wohl das Lesen beigebracht.«
»Und das Schreiben, mein Freund. Das Schreiben auch. Das ist ein Geschäft mit Zukunft.«
Jones packte Jacaud unter den Armen und stellte ihn aufrecht. Sie brachten ihn ins Haus.

Am Spätnachmittag setzte ein wolkenbruchartiger Regen ein; alle Himmel schienen sich geöffnet zu haben; alles war grau. Die alte Köchin kam aus ihrer Küche, zündete im Schankraum eine Öllampe an und zog sich wieder zurück, ohne ein Wort zu sagen. Mrs. Campbell und Hamid saßen ganz dicht am Feuer und plauderten leise mit Famia. Jones las in einem Buch, und Chavasse hatte es sich mit einer Ausgabe von *Le Monde* von der letzten Woche bequem gemacht.
Er legte sie zur Seite und ging zur Tür. Rossiter und Jacaud saßen an einem Tisch und sprachen mit gedämpfter Stimme; zwischen ihnen stand eine Flasche Kognak. Sonst war niemand zu sehen außer Mercier, der hinter der Theke stand und Gläser polierte. Die Gelegenheit war günstig; Chavasse wandte sich um, spazierte durch das Zimmer und ging in den Flur.
Er nahm zwei Stufen auf einmal, lief auf Zehenspitzen durch den oberen Korridor und blieb vor Rossiters Tür stehen. Das Schloß war ein Kinderspiel; eine alte Konstruktion, die schon beim ersten Versuch vor dem Dietrich kapitulierte. Chavasse ging hinein.
Das Zimmer sah fast genauso aus wie sein eigenes, es war klein und kahl, hatte ein einzelnes Bett und eine alte Kommode. Es war düster, das graue Tageslicht konnte den Raum kaum erhellen; aber zwei große Altarkerzen brannten zu beiden Seiten einer Statue der Jungfrau Maria; sie gaben genug Licht für das, was er vorhatte.

Unter dem Bett lag ein Koffer, aber er enthielt nur Kleidungsstücke. Er tat alles wieder an seinen Ort und schob den Koffer außer Sichtweite. Dann ging er die Schubladen durch und fand die Fotos. Sie entsprachen genau Jones' Beschreibung. Chavasse sah sie sich in dem flackernden Kerzenlicht an, und Rossiters Gesicht war unverkennbar; er hatte sich wenig verändert.
Er legte sie wieder an ihren Platz und durchsuchte die anderen Schubladen. Darin war nichts von Bedeutung. Blieben nur noch die Bücher, die auf dem Fensterbrett sehr ordentlich nebeneinander aufgestellt waren. Die Bibel, eine Biographie vom heiligen Ignatius von Loyola, *Das Reich Gottes* und diverse Kommentare. Dann standen da noch ein paar Ausgaben der *Worte des Vorsitzenden Mao* und *Das Kapital*, eine wirklich vielfältige Sammlung von Büchern also.
Er überzeugte sich noch einmal, daß er alles hinterließ, wie er es vorgefunden hatte, machte dann vorsichtig die Tür auf und ging hinaus. Jones trat aus einer dunklen Nische des Korridors und lächelte.
»Habe ich recht gehabt?« fragte er gelassen.
Chavasse nickte. »Haarscharf.«
»Das verfolgt mich seit meiner Geburt. Immer behalte ich recht; es fängt an, mich zu langweilen.«
Draußen auf dem Hof hörte man ein Auto anhalten. Sie gingen an das Fenster am Ende des Flurs und sahen hinaus. Ein Mercedes stand vor dem Eingang zum Haus, Rossiter und Jacaud kamen auf den Hof. Jacaud hielt die hintere Tür auf, und ein Mann in einem schweren Mantel mit einem riesigen Kragen und einem schwarzen, altmodischen Filzhut stieg aus. Es war ein Chinese mit einem runden, glatten und undurchdringlichen Gesicht, das wenig über sein Alter verriet.
»Mann, allmählich werden wir ja ein Verein wie die UNO«, flüsterte Jones.
Chavasse nickte. Der Mercedes fuhr wieder fort, und

Jacaud nahm den Koffer des Neuankömmlings. »Das muß der letzte Passagier sein. Am besten gehen wir jetzt runter und sehen ihn uns mal an.«
Rossiter war schon dabei, den Chinesen allen übrigen Anwesenden vorzustellen, und als Chavasse und Jones erschienen, wandte er sich lächelnd an sie. »Aha, nun sind wir alle beisammen. Meine Herren, Mr. Cheung.«
Der Chinese kam auf sie zu und schüttelte die Hände. Er lächelte sehr liebenswürdig; aus der Nähe betrachtet, mochte man ihn auf fünfundvierzig Jahre schätzen. »So, Sie sind Australier?« sagte er zu Chavasse. »Ich mache sehr oft Geschäfte mit Firmen in Ihrem Land. Ich bin aus Hongkong.«
Die Begrüßung mit Jones fiel ziemlich förmlich aus, und dann zog er sich mit Rossiter und Jacaud zurück; Jacaud sah bleich und krank aus, auf seiner Stirn klebte ein großes Heftpflaster.
»Wenigstens hat er mir die Hand gegeben«, meinte Jones.
»Die mögen die Schwarzen nicht, haben Sie das gemerkt?«
»Ein Chinese hält jeden Angehörigen einer anderen Rasse für minderwertig«, sagte Chavasse. »Sie brauchen also kein Mitleid mit sich selbst zu haben. Mich verachtet er genauso.«
Er nahm sich Ölzeug, das an den hölzernen Haken im Flur hing. Jones sah ihm zu. »Haben Sie was vor?«
»Ich will ein bißchen an die frische Luft.«
»Darf ich mich anschließen?«
»Hab nichts dagegen.«
Der Neger zog sich auch Ölzeug an, und sie gingen hinaus in den Regen. Der Wind hatte sich gelegt, und die Regentropfen fielen in senkrechten Bahnen auf die Erde. St. Denise war kaum noch zu erkennen. Chavasse schlug einen Weg ein, der durch die Kiefern über die Dünen zum

Strand führte; er wollte nachdenken.
Da gab es also die Organisation mit ihrer klaren und eindeutigen Zielsetzung: sie brachte Leute über den Kanal nach England ohne die üblichen Formalitäten; der Preis waren bescheidene vierhundert Pfund, zahlbar vorher und auf die Hand. Nur einen Haken hatte die Sache: Die Organisation war unter bestimmten Umständen bereit, ihre Passagiere in Ketten gewickelt über Bord gehen zu lassen. Und wenn man Jacaud und Rossiter bei Licht betrachtete, kam einem das gar nicht mehr so abwegig vor.
Wer war Rossiter? Ein Jesuit, der seinen Glauben verloren hatte; und zwar vermutlich in der Zeit des Koreakrieges, dieser jahrelangen, blutigen und grausamen Auseinandersetzung mit China. Hamid, Famia und Mrs. Campbell paßten ins Bild, und auch Jones war auf seine Weise glaubwürdig; aber was war mit Mr. Cheung aus Hongkong? Ein interessantes Mosaikstück in dem großen Puzzlespiel.
Oben auf einer Düne blieb er stehen und sah in die graue See. Jones gab ihm einen Rippenstoß. »Sehen Sie, was ich sehe? Da unten wird unser Neuankömmling übers Boot geführt.«
Chavasse duckte sich und zog auch den Neger nach unten. Rossiter und Cheung spazierten über die Anlegebrücke auf die *Leopard* zu. Sie stiegen an Deck und verschwanden in der Kajüte.
»Ich möchte wissen, was sie vorhaben«, sagte Jones.
»Ich auch. Also, worauf warten wir?«
Chavasse sprang auf und lief zum Wasser hinunter; er blieb im Schatten der Sanddünen, und Jones folgte ihm. Die kleine Fischerbootflotte lag nebeneinander vertäut im Wasser; die Boote gaben eine ausgezeichnete Dekkung.
Ein paar Sekunden später waren sie im Schutz der Anlegebrücke angelangt. Chavasse blieb stehen, und Jones

sagte: »Was wollen wir hier eigentlich?«
»Weiß der Teufel – ich muß nur meine unersättliche Neugier stillen. Ich möchte wissen, was sie da tun.«
Sie arbeiteten sich an den schweren Holzbohlen entlang vorwärts, bis es nicht mehr weiterging. Vor ihnen war träges graugrünes Wasser. Es roch nach Salzwasser, Seetang und totem Fisch; der Geruch war durchdringend, aber nicht unangenehm. Chavasse kauerte sich in eine Nische unter den Holzplanken. Jones blieb dicht neben ihm, und über ihren Köpfen hörten sie Schritte.
Rossiter und Mr. Cheung sprachen miteinander in Kantonesisch. Chavasse spannte jeden einzelnen Nerv, um zu hören, was sie sagten, aber er bekam nur einzelne Worte und Bruchstücke von Sätzen mit. Plötzlich lachten die beiden, und dann waren nur noch ihre Schritte zu hören; sie entfernten sich.
»Wovon haben sie gesprochen?« fragte Jones.
Chavasse schüttelte den Kopf. »Ich konnte kaum etwas verstehen. Aber soweit ich gehört habe, ist Cheung anscheinend von einem Ort namens Hellgate gekommen, und von dort hat ihn ein Mann namens Montefiore geschickt. Können Sie was damit anfangen?«
Jones nickte. »Montefiore ist neu für mich, aber den Namen Hellgate habe ich schon mal gehört. Ich habe neulich Rossiter und Jacaud belauscht.«
Chavasse kletterte auf die Brücke und sah sich die *Leopard* an. Die Barkasse machte einen tristen Eindruck; das Deck war schmutzig und sah ungepflegt aus, Fischernetze lagen umher und Kisten für den Hummerfang. Das Schlauchboot war aufgepumpt; es hatte am Heck einen kräftigen Außenbordmotor.
»Eins ist sicher«, sagte er. »Wenn etwas nicht klappt, müssen ein paar von uns ins Wasser. Das Ding da kann nur vier Leute tragen. Kommen Sie, wir müssen hier weg.«
Sie liefen über die Holzplanken zurück an den Strand. Als

sie auf den Dünen waren, fing der Neger plötzlich an zu kichern.
»Was ist denn so komisch?« fragte Chavasse.
»Sie sind komisch.« Jones gab sich Mühe, ein unschuldiges Gesicht zu machen. »Mann, Sie sind der erste Australier, der mir über den Weg gelaufen ist und Französisch, Chinesisch und Englisch spricht. Diese Schulen in Sydney müssen wirklich einsame Klasse sein.«
»Der Teufel soll Sie holen«, sagte Chavasse und ging weiter.

Als sie das Wirtshaus betraten, stand Rossiter allein an der Theke, und Mercier goß ihm gerade einen Kognak ein. Der Engländer wandte sich ihnen zu und lächelte. »Ah, da sind Sie ja. Wir haben Sie schon gesucht.«
»Wir waren ein bißchen an der frischen Luft«, sagte Chavasse. »Gibt's was?«
»Ich denke schon. Ich kann Ihnen die freudige Mitteilung machen, daß wir heute abend gegen neun Uhr losfahren.«
»Wie lange dauert die Überfahrt?«
»Rund sieben Stunden. Wenn sich das Wetter hält, werden wir in der Nähe von Weymouth an Land gehen.«
»Werden wir erwartet?«
»Selbstverständlich. Meine Kollegen auf der anderen Seite bringen Sie bis spätestens neun Uhr morgens nach London. Da trennen sich dann unsere Wege.«
»Und was ist, wenn etwas nicht klappt?« fragte Jones.
Rossiter machte ein überraschtes Gesicht. »Aber es kann gar nichts passieren, das versichere ich Ihnen. Bis nachher.«
Er ging hinaus und schloß die Tür hinter sich. Von draußen wehte ein Windstoß herein.
Jones seufzte. »Ich wünschte, ich hätte seinen Optimismus. Glauben Sie, daß alles klappt?«
»Glauben Sie's?« sagte Chavasse.

Sie sahen sich an; jeder behielt seine Gedanken für sich. Jones brach das Schweigen. Er lächelte. »Eins ist sicher. Es wird eine spannende Nacht.«

7

An der Anlegebrücke war um diese Zeit niemand mehr zu sehen; eine einzige Laterne an einem zwei Meter hohen Mast sorgte für spärliche Beleuchtung. In dem fahlen Licht sah die *Leopard* noch trauriger aus als vorher; sie war alt und häßlich wie eine Hure, die schon bessere Tage gesehen und kein Geld mehr fürs Make-up hat.

Mercier und Jacaud machten sich an Deck zu schaffen, als die Passagiere aus dem *Freibeuter* eintrafen. Rossiter führte die Gesellschaft an. Er trug Famias Koffer. Überhaupt sorgte er sich sehr um das Mädchen; er half ihr an Deck und brachte sie über die Kajütentreppe nach unten. Die anderen folgten. Chavasse und Jones bemühten sich abwechselnd um den alten Hamid und Mrs. Campbell.

Rossiter hielt Chavasse am Ärmel fest. »Einen Moment noch, bevor Sie runtergehen.«

»Gibt es irgendwelche Schwierigkeiten?« fragte Chavasse höflich.

»Ihre Waffe«, sagte Rossiter und streckte die Hand aus. »Machen Sie keinen Unsinn. Seien Sie ein netter Mensch.«

Chavasse hob die Schultern, zog die Smith & Wesson und gab sie ihm. »Sie sind der Boss.«

»Nur noch für ein paar Stunden. Kommen Sie.« Er nickte Jacaud zu. »Von mir aus kann's losgehen.«

Chavasse stieg über die Kajütentreppe in die Kabine hinunter; die anderen saßen schon zu beiden Seiten eines Tisches, der in der Mitte des kleinen Raumes stand; es sah absurd aus, die Gesellschaft wirkte wie eine feierliche Versammlung, die eben Platz genommen hat und nur

noch auf ihren Vorsitzenden wartet. Jones rückte ein Stück auf der gepolsterten Sitzbank zur Seite, um für Chavasse Platz zu machen.
»Was war denn los?«
Bevor Chavasse antworten konnte, erschien Rossiter in der Tür. Er stützte sich mit den Händen auf den Tisch und fing an zu sprechen. »Meine Damen und Herren, der letzte Teil Ihrer Reise hat soeben begonnen. Wenn sich das Wetter hält, und ich kann Ihnen versichern, daß die Wettervorhersage günstig ist, werden wir in etwa sieben Stunden in einer Bucht bei einem kleinen Dörfchen in der Nähe von Weymouth an der englischen Küste an Land gehen. Ein Mitglied unserer Organisation erwartet uns dort und wird Sie nach London bringen. Für den Rest der Reise muß ich Sie bitten, in Ihrer Kabine zu bleiben. Gibt es noch Fragen?«
Niemand meldete sich, und er setzte ein Lächeln auf. »Sie finden in der kleinen Kombüse belegte Brote, falls jemand Hunger bekommt, und einen kleinen Herd, auf dem Sie sich Kaffee machen können. Bis später.«
Er ging, und im selben Augenblick setzte Jacaud die Maschine in Gang. Sie fuhren los. Chavasse konnte durch eine kleine Luke Mercier neben der Laterne auf der Anlegebrücke stehen sehen. Die *Leopard* ging in See. Mercier entfernte sich, und Chavasse machte es sich auf seinem Sitz bequem.
Jones bot ihm eine Zigarette an. »Na, wie fühlen Sie sich?«
»Die Leute wissen anscheinend, was sie tun.« Chavasse beugte sich zu Famia hinüber. »Alles in Ordnung?«
Sie lächelte. »Alles wunderbar. Mr. Rossiter ist so ein netter Mann. Er gibt einem so viel Zuversicht und Vertrauen.«
Chavasse lehnte sich zurück. Die Sache mit dem Smith & Wesson gab ihm zu denken. Er fragte sich, was dahinterstecken mochte. Vielleicht hatte Rossiter eine krumme

Sache vor. Andererseits war es auch möglich, daß er einfach nur jede erdenkliche Vorsichtsmaßnahme treffen wollte. Aber wie dem auch sei; bittere Erfahrungen hatten Chavasse gelehrt, in diesem Leben nichts dem Zufall zu überlassen, und so hatte er auch diesmal eine Trumpfkarte im Ärmel behalten; die Walther PPK Automatik, die er in ihre Einzelteile zerlegt und mit einem Heftpflaster an die Innenseite seines linken Beins knapp über dem Knöchel geklebt hatte.

Er saß zurückgelehnt und mit halbgeschlossenen Augen da und beobachtete Cheung, der sich am anderen Ende des Tisches neben Mrs. Campbell in ein Buch vertieft hatte. Chavasse hätte gern gewußt, was er las, und da fielen ihm zwei Dinge ein. Rossiters fabelhaftes Chinesisch – und die Ausgabe der *Worte des Vorsitzenden Mao*, die er in seinem Zimmer gesehen hatte. Wirklich, je länger er darüber nachdachte, desto interessanter wurde dieser Mr. Cheung.

Chavasse liebte das Meer; das war nur natürlich für einen Mann, dessen bretonische Vorfahren auf ihren Schiffen bis an die Küste von Neufundland gekommen waren und dort Fischerei betrieben hatten, noch ehe Kolumbus die Neue Welt entdeckt hatte. Chavasse besaß seit acht Jahren in Alderney eine neun Meter lange motorbetriebene Jacht; er kannte den Golf von St. Malo und den Kanal mit seinen kleinen Inseln wie den Inhalt seiner Hosentasche.

So konnte er den Kurs der Barkasse recht genau verfolgen; er war nicht nur in der Lage, die Geschwindigkeit des Bootes abzuschätzen, er kannte auch die zahlreichen Bojen, Positionslampen und Leuchtzeichen auf der Strecke.

Das Wetter hatte sich bis jetzt gehalten, aber das Boot stampfte und rollte in der gewaltigen Strömung, die für den Kanal so charakteristisch ist und im Golf einen Gezeitenunterschied von annähernd zehn Metern

bewirkt. Hamid und Mrs. Campbell waren beide seekrank geworden, trotz der Tabletten, die Rossiter in dem Gasthaus vor der Abreise an alle verteilt hatte; der alte Hamid sah gar nicht gut aus.
Nicht nur das Stampfen und Rollen der *Leopard* war so unangenehm. In der Kabine hatte sich ein penetranter Dieselgestank verbreitet, der in der letzten halben Stunde eher schlimmer als besser geworden war. Chavasse konnte durch die Luke den Leuchtturm Les Hanois an der Westspitze von Guernsey erkennen. Er wandte sich an Jones. »Die Sicht draußen ist sehr gut. In ein paar Stunden müßten wir drüben sein, wenn das Wetter so bleibt.«
Der Neger verzog das Gesicht. »Wenn das so weitergeht, erwischt es mich auch noch. Dieser Dieselgestank ist widerlich.«
Chavasse sagte mit gedämpfter Stimme: »Das gefällt mir auch nicht. Ich gehe mal an Deck und rede ein Wörtchen mit unserem Freund.«

Die Tür über der Kajütentreppe war verschlossen. Er hämmerte mit der Faust dagegen. Nach einer Weile wurde geöffnet, und Rossiter erschien.
»Was wollen Sie?«
»Wir ersticken hier alle im Dieselgestank«, sagte Chavasse. »Der alte Hamid hat sich schon öfter übergeben. Er sieht sehr schlecht aus.«
Rossiter kam ein paar Stufen herunter und schnüffelte. Er runzelte die Stirn. »Ja, ich verstehe. Bringen Sie ihn an Deck, damit er frische Luft bekommt, ich werde Jacaud Bescheid sagen, er soll die Maschine nachsehen.«
Jones und Chavasse brachten den alten Mann über die Kajütentreppe nach oben. Die See war unruhig, und Chavasse schätzte die Windstärke auf drei; aber die alte Barkasse hielt sich gut. Die Positionslampe an der Mastspitze schwang im regelmäßigen Rhythmus hin und her; Jacaud beugte sich über die Luke zum Maschinenraum.

Er stieg über eine Leiter ins Bootsinnere. Chavasse ließ Jones bei dem Alten und ging selbst an die Luke.
Unten war kaum ein Meter Platz zum Stehen, und Jacaud war in die Knie gegangen und suchte im Dunkeln nach dem Lichtschalter. Als er ihn fand und anknipste, war sofort zu sehen, was passiert war: Dieselöl war ausgelaufen, Jacaud stand bis über die Knöchel in dem übelriechenden Treibstoff.
Jacaud verschwand seitlich. Chavasse konnte ihn nicht mehr sehen, und dann tauchte er wieder über die Leiter an Deck auf.
»Sieht es schlimm aus?« fragte Chavasse.
Jacaud beachtete ihn gar nicht, verschloß die Luke und ging wieder in die Kajüte. Chavasse ging zu Jones, der mit dem alten Hamid an der Reling stand.
»Was ist los?« fragte er.
Chavasse hob die Schultern. »Jacaud war nicht besonders gesprächig. Ich nehme an, daß der Treibstofftank leck ist.«
»Ganz recht.« Rossiter stand hinter ihnen und steckte sich eine Zigarette an. »Glücklicherweise haben wir Reservetanks an Bord, die ausreichend Treibstoff für die Hin- und Rückfahrt haben. Jacaud hat schon auf die Tanks umgeschaltet. In ein paar Minuten ist wieder alles in Ordnung.«
»Müssen wir wieder nach unten?« fragte Chavasse.
»Einer von Ihnen kann mit dem alten Mann an Deck bleiben. Aber ich denke, in zehn Minuten hat er sich wieder so weit erholt, daß er in die Kabine gehen kann.«
Er ging zur Kajüte, und Chavasse sagte zu Jones. »Mit Ihnen alles klar hier?«
Der Neger nickte. »Alles klar.«
»Gut – dann gehe ich jetzt runter und sehe, wie die andern zurechtkommen.«
Unten roch es immer noch nach Dieselöl, aber es war nicht mehr so schlimm wie vorher. Mrs. Campbell sah blaß aus, aber Famia schien es gutzugehen, und Cheung

hatte sich in seinem Sitz zurückgelehnt, die Augen geschlossen und die Hände über der Brust gefaltet. Chavasse sah noch einmal durch die Luke über seinem Kopf. Die grünen und roten Positionslampen eines Schiffes auf der Hauptroute kanalaufwärts von Ushant verlöschten plötzlich, als ob ein Vorhang gefallen wäre. Chavasse riß die Augen auf und runzelte die Stirn; auf der Kajütentreppe waren Schritte zu hören.

Jones führte den alten Hamid an seinen Platz und grinste. »Ist nicht mehr sehr angenehm da oben. Wir sind mitten in einer Nebelbank, und es hat auch wieder angefangen zu regnen.«

Genau in diesem Augenblick erschütterte eine dumpfe Explosion das Boot. Mrs. Campbell schrie auf; sie wurde halb über den Tisch geschleudert, und Chavasse wurde gegen die nächste Wand geschleudert. Als er sich wieder hochgerappelt hatte, setzte die Maschine der *Leopard* aus, und sie fingen an zu treiben.

Chavasse hämmerte gegen die Kabinentür. Es wurde sofort geöffnet. Rossiter sah herein. In der Hand hielt er einen Revolver. Er war leichenblaß geworden, und seine Augen glitzerten gefährlich. Aber die Hand mit dem Revolver zitterte nicht.

»Zurück.«

»Machen Sie keinen Blödsinn«, sagte Chavasse. »Wenn etwas passiert ist, haben wir ein Recht zu wissen, woran wir sind.«

»Erst wenn für mich alles klar ist.« Rossiter stieß ihn zurück und schlug die Tür zu.

»Was ist denn los da oben?« fragte Jones. »Scheint schlecht auszusehen.«

In dem Durcheinander hatte er seinen jamaikanischen Akzent verloren und sprach plötzlich ein einwandfreies und korrektes Englisch, wie es nur Absolventen der englischen Oberschulen pflegen. Akademiker bis auf die

Knochen, dachte Chavasse.
Mrs. Campbell schluchzte hysterisch. Famia bemühte sich, sie zu beruhigen. Der alte Hamid war auf eine eigenartige Weise wieder zum Leben erwacht; er stand aufrecht und hielt einen Arm um beide Frauen. Am interessantesten war, wie Cheung reagierte. Er zeigte nicht die geringsten Anzeichen von Beunruhigung oder Panik. Er saß mit ausdruckslosem Gesicht am Tisch. Nur seine Augen waren lebendig.
Chavasse schraubte eine der Luken auf und sah nach draußen. Es roch nach verbranntem Holz, und Rossiter und Jacaud redeten über seinem Kopf aufeinander ein.
»Es sieht schlimm aus, sage ich Ihnen«, rief Jacaud mit ängstlicher Stimme. »Der alte Kahn macht's nicht mehr lange.«
»Wie weit ist es bis zur Küste?« fragte Rossiter.
»Fünf oder sechs Meilen – vielleicht auch sieben.«
»Gut – dann nehmen wir das Schlauchboot. Mach es klar und laß es zu Wasser. Unsere Freunde in Fixby bringen uns nach St. Denise zurück.«
Mehr war nicht zu verstehen, denn der Wind war stärker geworden und verschluckte den Rest der Worte. Chavasse drehte sich um zu Jones, der neben ihm auf dem Sitz kniete.
»Was ist los?« fragte er.
»Die *Leopard* macht's nicht mehr lange, sagen sie. Sie wollen das Schlauchboot nehmen.«
»Geht das denn?«
»Sicher. Bis zur Küste sind es noch rund sechs Meilen, und das Ding hat einen starken Außenbordmotor. Es ist natürlich nur Platz für vier Passagiere, aber für einen Mann wie Rossiter ist das wohl kein Problem.«
Plötzlich wurde die Kabinentür aufgestoßen, und Rossiter erschien auf der Treppe. Er hatte den Revolver in einer Hand. Er zielte auf Chavasse und Jones. »So, hinsetzen und sitzen bleiben.«

Sie taten, was er sagte. Chavasse beugte sich über den Tisch und machte sich an seiner Walther PPK zu schaffen, deren Einzelteile er unten ans Bein geklebt hatte.
Rossiter sah Famia an. »Miss Nadeem, an Deck bitte.«
Sie schüttelte den Kopf und sah vollkommen verwirrt aus. »Aber ich verstehe nicht.«
Rossiter verlor seine Beherrschung, griff nach ihrem Arm und schrie: »Wollen Sie etwa ertrinken?« Er schob sie die Treppe hoch. »Los – an Deck.«
Als Famia verschwunden war, fiel Mrs. Campbell in ihrem Sitz zusammen. Chavasse sagte: »Und was machen wir? Sollen wir mit dem Kahn untergehen und fromme Lieder singen?«
Rossiter beachtete ihn gar nicht; er redete hastig auf Cheung ein. »Schnell an Deck. Wir sinken«, sagte er auf chinesisch. Der Chinese schob sich zwischen Hamid und Mrs. Campbell durch, und Chavasse war immer noch über die Tischplatte gebeugt; er hatte die Walther jetzt schußbereit gemacht. »Wir zwei müssen noch abrechnen, Rossiter. Die Sache mit Harvey Preston muß Sie schon allerhand Nerven gekostet haben, aber das hier ist ja noch besser. Vier auf einen Schlag . . .«
Rossiter schnellte herum und feuerte blind und ohne zu zielen. Die Kugel schlug dreißig Zentimeter neben Chavasse ins Holz. Mrs. Campbell schrie auf. Chavasse stieß Jones zu Boden und brachte die Walther in Anschlag. Die Kugel streifte Cheungs Gesicht, riß eine blutige Spur über seine Wange und splitterte Holz von dem Türpfosten. Cheung gab keinen Laut von sich. Er rannte die Treppe zur Kajüte hoch, und Rossiter gab noch drei ungezielte Schüsse ab. Chavasse war unter dem Tisch in Deckung gegangen. Einen Augenblick lang war alles still. Dann wurde die Tür zugeschlagen und verriegelt.
Er kam auf die Beine. Jones war schon auf dem Weg zur Treppe. Chavasse erwischte ihn gerade noch rechtzeitig und hielt ihn fest. Von draußen wurde noch zweimal

durch die Tür geschossen. »Warte, Mann – warte! Damit hat er doch nur gerechnet.«
Sie preßten sich zu beiden Seiten der Treppe dicht an die Wand. Jones sagte leise: »Sie verstehen Ihr Geschäft, das muß man Ihnen lassen.«
Chavasse grinste. »Für einen Rechtsanwalt sind Sie auch nicht schlecht.«
Der Neger wunderte sich überhaupt nicht. »Sie wissen, wer ich bin?«
»Darcy Morgan Preston, 29 Jahre, Beruf Rechtsanwalt; praktiziert in Jamaika seit August 1967. Verheiratet, zwei Kinder. Sie wollen herausfinden, was mit Ihrem Bruder Harvey passiert ist.«
»Und Sie wissen das?«
»Unsere Freunde haben ihn in eine siebzig Pfund schwere Ankerkette gewickelt und über Bord gehen lassen.«
Darcy Preston wandte sich ab und senkte den Kopf. Im selben Augenblick wurde der Außenbordmotor gestartet.
»Los«, sagte Chavasse und lief die Treppe hoch.
Er schoß viermal; das Holz um das Schloß zersplitterte. Er trat die Tür ein. Sie gab nach, und er lief geduckt übers Deck. Es war schon zu spät. Das Tuckern des Außenbordmotors wurde leiser. Nebel und schwarze Dunkelheit hatten das Schlauchboot verschluckt.

8

»Nette Menschen«, sagte Darcy Preston leise. »Was fangen wir jetzt an?«
Plötzlich zischte es laut, als ob Gas ausströmte, und eine Wolke von Qualm hatte sich über der Luke zum Maschinenraum gebildet. Das Heck hatte sich schon ein ganzes Stück gesenkt, und die *Leopard* wälzte sich träge zur Seite. Da rief jemand von der Tür zur Kajütentrappe. Als sich

Chavasse umdrehte, sah er den alten Hamid an Deck stehen. In dem diffusen gelben Licht von der Lampe an der Mastspitze sah er aus, als ob er hundert Jahre alt wäre. Anscheinend hatte er überhaupt keine Angst.
»Sie sind weg, Mr. Chavasse? Sie haben uns allein gelassen, und wir sollen ertrinken?«
»Nicht, solange ich noch was dagegen tun kann«, sagte Chavasse.
»Wie geht es Mrs. Campbell.«
»Leider nicht sehr gut.«
Chavasse wandte sich an Preston. »Holen Sie sie an Deck und sehen Sie nach, ob Sie nicht irgendwo etwas Alkohol auftreiben können. Jacaud mochte seinen Rum gern; ein paar Flaschen müssen bestimmt noch hier sein. Flößen Sie ihr so viel ein, wie sie trinken kann. Sie muß sich betäuben. Ich will sehen, was ich sonst noch auftreiben kann. Und beeilen Sie sich! Wir haben nicht mehr viel Zeit.«
In einem Spind in der Kajüte fand er drei Schwimmwesten. Eine gab er Hamid. Der alte Mann wollte seinen Mantel aufknöpfen, aber Chavasse schüttelte den Kopf. »Behalten Sie alles an. Es wird kalt werden.«
Der alte Mann zog sich die Gurte über die Ärmel, und Chavasse suchte weiter das Deck ab. Der einzige bewegliche Gegenstand, der das Gewicht eines Menschen im Wasser tragen konnte, war die Lukentür am Heck. Er bekam sie los und schob sie an die Reling. Preston hatte Mrs. Campbell an Deck gebracht.
Sie sah aus wie ihr eigener Geist mit ihren dunklen und angsterfüllten Augen; vor Schreck und Angst war sie ganz in sich zusammengesunken. Ihr Atem roch nach Rum. Preston hielt eine Flasche in der Hand; zwei weitere hatte er noch unter den Arm geklemmt.
Eine Flasche gab er Chavasse. »Stecken Sie die in die Tasche. Kann vielleicht nützlich sein.«
Chavasse gab ihm die beiden Schwimmwesten. »Mehr

haben wir nicht.«
»Und was machen Sie?«
»Da ist noch ein alter Korkgürtel, der reicht mir. Jetzt müssen wir uns beeilen. Wir haben nur noch ein paar Minuten.«
Plötzlich war alles sehr still; der Regen fiel gleichmäßig, und sie standen zu viert nebeneinander an der Reling; sie waren fertig. Vom Heck der Barkasse war schon nichts mehr zu sehen; das schmutziggrüne Wasser breitete sich langsam übers Deck aus. Chavasse sah auf die Uhr. »In einer Stunde wird es hell. Die Küste liegt fünf bis sechs Meilen vor uns, vielleicht auch weniger, aber die Flut wird gleich einsetzen, und sie wird uns an Land tragen. Machen Sie keine Schwimmbewegungen; das ermüdet nur, und der Körper verliert an Wärme. Ziehen Sie sich auf gar keinen Fall etwas aus. Mrs. Campbell, Sie werden wir auf die Lukentür legen. Sie müssen still liegenbleiben, auch wenn die Wellen über Sie hinweggehen. Wir bleiben an Ihrer Seite. Es ist wichtig, daß wir alle zusammenbleiben – noch Fragen?«
Plötzlich gab es einen Ruck, und die *Leopard* legte sich auf die Seite. Preston verlor das Gleichgewicht und fiel ins Wasser. Er kam sofort wieder an die Oberfläche und hielt sich an der Reling fest. Es gelang ihm sogar ein Lächeln. »So was sollten wir öfter machen. Am besten gleich über Bord mit der Luke. Ich habe das Gefühl, der Kahn macht es nicht mehr lange.«
Seltsam, daß man von einem Schiff immer wie von einem lebendigen Wesen mit einer Seele sprach. Chavasse machte ein paar ungelenke Schwimmbewegungen, er stieß mit dem Korkgürtel an die Holztür. Er drehte sich um und sah, wie die *Leopard* im Wasser versank. Einen kurzen Augenblick noch leuchteten die grünen und roten Navigationslampen, dann senkte sich auch der Mast der Barkasse. Sie verlöschten.

Die Dunkelheit war der schlimmste Feind – nicht die Kälte, obwohl auch die ihnen schon genug zu schaffen machte. Aber die Körpertemperatur hatte sich nach einiger Zeit auf die ungewöhnlichen Verhältnisse eingestellt, und es machte viel aus, daß sie alle ihre Kleidung anbehalten hatten.

Es blieb noch lange dunkel, und Mrs. Campbell hörte nicht mehr auf zu stöhnen. Von Zeit zu Zeit bekam sie furchtbare Weinkrämpfe; zu helfen war ihr nicht.

Allmählich fing es dann an zu dämmern, der Nebel war immer noch dicht, und am Horizont bildete sich ein strahlendes Grau. Sehen konnte man keine hundert Meter weit, und es kam jetzt eine frische Brise auf; Chavasse spürte, daß seine linke Kopfseite eiskalt geworden war. Um sie herum bildeten sich Schaumkronen auf den Wellen. Er beugte sich über Hamid, der sich neben ihm an der Lukentür festhielt. Der Schwimmgürtel hielt den alten Mann gut über Wasser, aber sein Turban war voll Wasser gesogen, und in seinem Gesicht ahnte man unter der Haut jeden einzelnen Knochen.

»Schaffen Sie's noch? Können Sie sich festhalten?«

Hamid nickte nur, und Chavasse schwamm auf die andere Seite zu Darcy Preston. Der Mann aus Jamaika empfing ihn mit einem müden Grinsen.

»Der Wind wird stärker, merken Sie das?« sagte Chavasse. »Wir treiben bald schneller an Land, aber es wird ungemütlich werden; wir müssen aufpassen.«

Preston machte den Mund auf und wollte schreien, aber es war kein Laut zu hören. Chavasse drehte sich um und sah eine graugrüne riesige Wand auf sie zukommen; eine rasende Welle, die den Himmel verdeckte. Es gab keinen Ausweg, keine Möglichkeit zur Flucht. Die unglückliche Mrs. Campbell konnte nicht einmal mehr schreien. Die Welle hob das Brett, auf dem sie lag, wie ein Stückchen Kork auf, wirbelte es herum und schmetterte es in die Tiefe. Chavasse kam in einem Wirbel von weißer Gischt an die Oberfläche; er rang nach Luft, aber er trieb oben; der alte Schwimmgürtel hatte gehalten. Mrs. Campbell kam vielleicht zehn Meter weiter seitlich nach oben, und Darcy Preston schwamm sofort hinter ihr her. Hamid war zur anderen Seite abgetrieben; Chavasse kümmerte sich um ihn.

Der alte Mann sah arg mitgenommen aus. Er hatte seinen Turban verloren und lag vollkommen erschöpft im Wasser; seine langen silbergrauen Haare trieben aufgelöst um seinen Kopf. Als Chavasse ihn fast erreicht hatte, riß der Wind ein Loch in die Nebelwand, und er konnte tief unten am Horizont Land erkennen. Bis zur Küste war es keine Meile mehr.

Sollte sich Jacaud so sehr verschätzt haben? Aber vielleicht hatte sie die Strömung auch schneller vorangetrieben, als er es bemerkt hatte. Er drehte sich in die Richtung von Preston, der immer noch hinter Mrs. Campbell herschwamm, und rief: »Land, Preston, Land!«

Preston hob einen Arm, um zu zeigen, daß er verstanden hatte; dann schwamm er weiter. Die Nebelbank schloß sich wieder, Chavasse war jetzt bei dem alten Mann und zog ihn an sich.

»Es kann nicht mehr lange dauern. Ich habe schon Land gesehen.« Hamid lächelte schwach, zum Sprechen war er zu erschöpft. Chavasse holte die Flasche Rum aus der Tasche und zog den Korken mit den Zähnen heraus. »Trinken Sie.«

Mit Gewalt machte er den Mund des alten Mannes auf und goß Rum hinein. Hamid hustete und würgte und wandte den Kopf zur Seite. »Das ist gegen meine Religion«, keuchte er.

Chavasse grinste. »Allah wird Ihnen für dieses Mal verzeihen, alter Mann«, sagte er auf urdu und trank dann die Flasche allein aus.

Seltsamerweise war der Alte gar nicht verwundert, in seiner eigenen Sprache angesprochen zu werden. Er antwortete auf urdu: »Wenn ich leben darf, dann geschieht es mit Allahs Willen. Wenn ich sterben muß – dann soll es sein.«

Eine halbe Stunde war vergangen, und allmählich machte Chavasse die Kälte doch sehr zu schaffen. Er hatte den Gürtel von seinem Regenmantel abgezogen und sich damit an Hamid festgebunden, der noch neben ihm trieb. Von Darcy Preston und Mrs. Campbell war nichts mehr zu sehen.

Der alte Hamid schwieg; er hielt die Augen geschlossen, sein Gesicht war blau gefroren und sah aus wie eine Totenmaske. Chavasse gab ihm ein paar leichte Ohrfeigen, und er öffnete die Augen und starrte ins Leere. Er schien etwas zu erkennen. Seine Lippen bewegten sich, und er flüsterte.

»Ali – Ali, bist du es, mein Sohn?« fragte er auf urdu.

»Ja, mein Vater.« Chavasse mußte seine ganze Konzentration zusammennehmen, um korrekt zu antworten. »Es dauert nicht mehr lange. Wir sind bald zu Hause.«

Der alte Mann lächelte und schloß die Augen. Plötzlich erfaßte sie eine Welle und hob sie meterhoch, Chavasse konnte durch den strömenden Regen Klippen erkennen; bis zur Küste war es nicht mehr weit. Vor ihnen rollten die Wellen an Land und überschlugen sich schäumend.

Sie trieben nun schneller; eine starke Strömung hatte sie erfaßt. Chavasse hielt den alten Mann, so fest er konnte; eine Welle schlug über ihnen zusammen. Eine zweite stärkere packte sie, drückte sie auseinander und zog sie in die Tiefe. Chavasse blieb lange unter Wasser; er hatte die Orientierung verloren und kämpfte um sein Leben wie ein Fisch an der Angel. Sein Schwimmgürtel war weg, der alte Hamid war weg; er nahm alle seine Kraft zusammen, um besonnen zu bleiben. Wenn er sterben mußte, dann wollte er kämpfend sterben.

Er kam an die Oberfläche, sog seine Lungen voll Luft und ging wieder unter; unter Wasser riß er die Knöpfe von seinem Mantel. Er konnte den Mantel ausziehen und auch die Jacke. Dann kam er wieder nach oben und holte Luft. Für die Schuhe brauchte er länger; seine Füße waren in dem kalten Salzwasser angeschwollen, aber er bekam sie frei und konnte nun schwimmen.

Plötzlich spürte er Boden unter den Füßen. Wieder drückte ihn eine Welle unter Wasser. Die nächste Welle warf ihn weit nach vorn. Er fand sich in knietiefem Seetang wieder.

Wieder schlug eine Welle über ihm zusammen. Er bekam felsigen Boden zu fassen und hielt sich krampfhaft an einem Vorsprung fest, als die Wassermassen über ihm zusammenstürzten. Er kam auf die Beine und taumelte über den steinigen Boden auf einen weißen Sandstreifen am Fuße der Klippen in Sicherheit.

Er lag auf dem sandigen Boden und rang nach Luft. Dann zwang er sich aufzustehen. Hamid – er mußte Hamid suchen. Das Seewasser war überall, in seinem Mund, den Ohren, seiner Kehle, und in seinem Kopf dröhnte es, als er den Strand entlangstolperte.

Da sah er Hamid. Er lag nur zehn oder fünfzehn Meter weiter an einer seichten Stelle. Das Wasser überflutete ihn. Chavasse rannte los und rief auf urdu: »Ich komme, ich komme! Aushalten!«

Wie blödsinnig, dachte er. Der alte Mann mußte tot sein, das konnte er nicht überlebt haben! Er zog seinen Körper aus dem Wasser, drehte ihn um, und wie durch ein Wunder öffnete der Alte noch einmal die Augen.

Hamid lächelte, sein Gesicht sah entspannt und gelöst aus. »Ali, mein Sohn, ich wußte, daß du kommst«, flüsterte er. »Gib mir deinen Segen.«

»Du sollst deinen Segen haben, alter Mann, halt meine Hand«, sagte Chavasse auf urdu. »Gesegnet seist du und dreimal gesegnet. Geh mit Allah.«

Der alte Mann lächelte erlöst, schloß die Augen und starb.
Chavasse kniete noch eine Weile neben ihm und starrte vor sich hin. Er spürte seine nasse Kleidung nicht und nahm auch die Kälte nicht wahr. Erst als er schließlich aufstand, sah er, daß Darcy Preston hinter ihm gestanden und ihm zugesehen hatte. Genau wie Chavasse hatte er auch nur noch Hemd und Hosen an, und sein Schwimmgürtel war auch verschwunden. Er hatte zwei böse Schrammen im Gesicht und am linken Arm.
»Was ist mit Mrs. Campbell?« fragte Chavasse.
Preston hob die Schultern. »Ich bin ihr noch nachgeschwommen, als uns diese Riesenwelle auseinandergetrieben hat, aber die Strömung war zu stark für mich. Als ich sie zum letzten Mal gesehen habe, schwamm sie noch oben. Vielleicht schafft sie es.«
Aber das glaubte er selbst nicht, und Chavasse glaubte es auch nicht. Er sagte müde: »Wollen wir machen, daß wir hier wegkommen.«
»Sollen wir ihn denn hier liegenlassen?«
»Wir müssen die Sachen so sehen«, sagte Chavasse; »so wie es im Augenblick aussieht, ist es nicht gut, wenn man uns hier mit ihm findet. Wenn wir ihn höher an den Strand legen, wird man merken, daß ihn jemand dort hingelegt haben muß.«
»Aber was, zum Teufel, sollen wir denn machen?« fragte Preston.
Chavasse sah auf die Uhr. »Es ist jetzt kurz vor fünf. Wir müssen auf die Straße gehen und die nächste Telefonzelle suchen. Ich rufe meine Leute an, und dann setzen wir uns hinter die nächste Hecke und warten. In einer Stunde sind wir unterwegs nach London.«
Darcy Preston schüttelte den Kopf. »Also eins ist sicher. Was Sie auch sein mögen, aber von der Polizei können Sie nicht sein.«
»Treffend bemerkt«, sagte Chavasse. »Jetzt wollen wir

aber los.«
Er drehte sich um und ging auf die Klippen zu; an Land hatte es angefangen zu dämmern.

9

»Montefiore – Enrico Montefiore.« Mallory hatte am Fenster gestanden und hinausgesehen. Er drehte sich um und stopfte seine Pfeife; den Tabak nahm er aus einem sehr feinen Lederbeutel. »Gehört zu den reichsten Männern Europas, wenn ihn auch kaum jemand kennt. Er ist ziemlich menschenscheu und hat es nicht gern, wenn er fotografiert wird; aber wir haben ein oder zwei Fotos in seiner Akte. Ein Finanzier ganz alten Stils, wie sie heute fast ausgestorben sind. Ein Mann, der immer im Hintergrund bleibt, aber dabei in mehr Töpfen rührt, als ein Außenstehender überschauen kann.«
»Und Hellgate?« fragte Chavasse. »Was ist damit?«
Mallory schüttelte den Kopf. »Heißt gar nichts. Soweit ich mich erinnere, hat Montefiore Landbesitz am Luzerner See und einen Palast in Venedig. In den letzten drei oder vier Jahren hat man so gut wie gar nichts mehr von ihm gehört.« Er schüttelte wieder den Kopf. »Das Ganze gibt überhaupt keinen Sinn. Warum, um alles in der Welt, sollte sich ein Mann wie Montefiore mit einer solchen Sache abgeben?«
Es klopfte. Jean Frazer trat ein. Sie gab Mallory einen Umschlag. »Weiteres Material von S2, Sir, eine Gefälligkeit vom C. I. A., Abteilung China.«
Sie ging wieder, und Mallory machte den Umschlag auf und nahm ein paar Berichtskarten heraus; an jeder Karte war ein Foto befestigt. »Sehen Sie sich die mal an, Paul. Vielleicht ist er dabei.«
Cheungs Karte war die fünfte; allerdings hieß er hier Ho Tsen und war Oberst der Armee der Volksrepublik

China. Das Foto mußte aus jüngerer Zeit sein; die Ähnlichkeit jedenfalls war verblüffend. Chavasse schob es über den Tisch.
»Das ist unser Vogel.«
Mallory sah sich die Berichtskarte an, nickte und runzelte die Stirn. »Das ist ein ziemlich großer Fisch. Einer ihrer besten Leute. Es war ziemlich unklug, daß sie ihn für drei Jahre als Militärattaché nach Paris geschickt haben. Der C. I. A. mußte sich einfach mit ihm befassen.«
Das Telefon summte, er nahm ab und hörte zu. Als er den Hörer wieder auflegte, sah er nachdenklich aus.
»Das war Travers, er hat aus Fixby angerufen. Das ist ein kleines Dorf und liegt in einer Bucht in der Nähe von Weymouth. Es gibt da einen Bootsverleih, der gerade pleite ist; Besitzer ist ein Mann namens Gorman. Im Augenblick ist er nicht aufzutreiben. Zuletzt ist er gesehen worden, als er heute morgen um sechs mit einer Neun-Meter-Barkasse in See gestochen ist.«
Chavasse sah auf die Uhr. Es war fast Mittag. »Wenn sich das Wetter gehalten hat, müßten sie eigentlich schon da sein.«
»In St. Denise?« Mallory nickte. »Ja. Das denke ich auch. Und wenn nicht alles täuscht, wird unser Freund aus der Volksrepublik China mitgefahren sein. Er braucht sicher einen Arzt und, so wie die Dinge zur Zeit stehen, wird er erst mal untertauchen wollen. Die Chinesen denken immer sehr praktisch.«
»Was ist mit Rossiter?«
Mallory nahm einen Durchschlag aus einer Akte und überflog das Papier. »Wirklich ein ganz erstaunlicher Mensch. Ich weiß nicht, was ich von ihm halten soll. Er war in Stoneyhurst, war in Cambridge in zwei Fächern bester Student seines Jahrgangs, war fünf Jahre auf dem englischen College in Rom und ist dann nach Korea gegangen. Die Chinesen hielten ihn vier Jahre gefangen – vier Jahre haben sie ihn in der Mangel gehabt. Das muß

die Hölle gewesen sein.«
Chavasse dachte an seine eigenen Erfahrungen in chinesischer Gefangenschaft; man hatte ihn einmal eine Woche lang festgehalten, und er nickte. »Das kann man wohl sagen. Aber warum ist er von seinem Glauben abgekommen? Ist ein offizieller Grund bekanntgeworden?«
»Schwer zu sagen. Die Kirche hat kein sehr großes Interesse daran, solche Fälle an die Öffentlichkeit zu bringen. Aber ich habe meine Beziehungen spielen lassen, und man hat mir nach langem Zögern die Adresse eines Priesters genannt, der mit Rossiter in Gefangenschaft gewesen ist. Er hat eine Gemeinde hier in London; das ist ganz günstig.«
Chavasse sah sich die Karte an, die Mallory ihm über den Tisch geschoben hatte. Pater Henry da Souza. Portugiese, was aber durchaus heißen konnte, daß seine Vorfahren seit fünfhundert Jahren in England lebten. »Gibt es irgendwelche Hinweise, ob Rossiter von den Roten bekehrt worden ist?«
Mallory zuckte die Achseln. »In dieser schlimmsten aller möglichen Welten ist auch alles möglich, mein Lieber. Denken Sie nur an den guten Blake. Eine fabelhafte Arbeit, die sie da geleistet haben. Ein Priester hat natürlich seinen Glauben, der ihm Halt geben kann. Aber es hat genug Fälle von gläubigen Männern gegeben, die die Chinesen eine Zeitlang bearbeitet und später entlassen haben und die dann psychiatrische Hilfe in Anspruch nehmen mußten; so gut verstehen sich die Leute auf die Gehirnwäsche. Soweit ich weiß, sind sogar Forschungsarbeiten in Harvard darüber angestellt worden. Aber gehen Sie zu Pater da Souza und sehen Sie, was Sie aus ihm herausbekommen können.«
»Was passiert mit Darcy Preston?«
»Kein Problem, solange er vernünftig bleibt und den Mund hält. Wir werden ihn morgen nach Jamaika ab-

schieben.«
»Kann er solange in meiner Wohnung bleiben?«
»Warum nicht?« Mallory schüttelte den Kopf. »Tagsüber in der St.-Paul's-Kathedrale und nachts in Soho. Der Bursche muß ein seltsames Leben geführt haben.«
Chavasse erhob sich. »Er scheint aber alles gut überstanden zu haben. Ich melde mich heute nachmittag wieder.«
Er war schon an der Tür, als das Telefon summte. Mallory winkte ihn zurück und nahm ab. Er seufzte tief, als er wieder auflegte. »Vor einer Stunde haben ein paar Fischer in der Nähe von Weymouth die Leiche einer Frau in mittleren Jahren aus dem Wasser gezogen. Sie trug noch eine Schwimmweste. Paul, das tut mir leid – das tut mir verdammt leid. Nach allem, was Sie mir erzählt haben.«
»Mir tut es auch leid, Sir«, sagte Chavasse und ging. Er schwor sich Rache.

Die Kirche der Unbefleckten Empfängnis lag in der Nähe des Ostindienkais, die Gegend war ziemlich verrufen. Chavasse parkte gegenüber der Kirche und zog den Zündschlüssel ab. Er nahm sich eine Zigarette aus seinem Päckchen und bot Darcy Preston eine an. »Graham Mallory würde mich hängen, teeren und vierteilen, wenn er wüßte, daß ich Sie mitgenommen habe. Aber andererseits soll ich ja auf Sie aufpassen, und ich kann nicht gut an zwei Orten zugleich sein.«
»Versuchen könnten Sie's, aber ich halte es nicht für empfehlenswert«, sagte Preston und stieg aus dem Auto.
Die Kirche lag am Ufer des Flusses; ein kleines, häßliches Gebäude im imitierten gotischen Stil, wie man ihn in einer bestimmten Zeit des neunzehnten Jahrhunderts bevorzugt hatte. Sie kamen durch eine kleine Vorhalle ins Kirchenschiff; im Innern war es schattig, Kerzen brannten, und es roch nach Weihrauch. Die Kirche war leer bis auf einen Mann, der in der Soutane eines Priesters vor dem Altar kniete; sein weißes Haar sah bei dem Kerzen-

licht aus wie ein Heiligenschein.
Chavasse bekreuzigte sich und kniete instinktiv nieder, obwohl er seit vielen Jahren nicht mehr in der Kirche gewesen war. Sie gingen durch das Seitenschiff nach vorn. Der Priester stand auf und wollte gerade in die Sakristei gehen, da bemerkte er die beiden Männer, blieb stehen und lächelte sanft.
»Kann ich etwas für Sie tun, meine Herren?«
Pater da Souza hatte die Augen eines Mannes, der die ganze Welt liebte. Von der Augenbraue bis zum Haaransatz hatte er eine böse Narbe, aber sonst sah sein Gesicht so sanft und gutmütig aus wie das eines zweijährigen Kindes.
»Pater da Souza? Mein Name ist Chavasse. Ich glaube, Sie haben mich erwartet? Das ist Mr. Preston, mein Kollege.«
»Ah, ja.« Pater da Souza nickte. »Sie kommen wegen Leonard Rossiter, nicht wahr? Wollen wir nicht nach draußen an die Luft gehen? Es ist gerade so schön in der Sonne.«
Hinter der Kirche lag ein Friedhof, der bis zur Themse hinunter ging, eingefriedet von einer niedrigen, mit eisernen Spitzen versehenen Mauer. Auf dem Fluß war um diese Zeit viel Betrieb, und der Priester hatte recht gehabt – in der Sonne war es um diese Tageszeit sehr angenehm. Er setzte sich auf einen Grabstein und nahm eine von Chavasses Zigaretten. »Es ist schön hier draußen – sehr schön. Ich setze mich oft hierher, um nachzudenken, wissen Sie. Dazu ist hier die richtige Atmosphäre.« Er beugte sich über das Streichholz, das Preston ihm hinhielt. Dann lehnte er sich mit einem Seufzer zurück.
»Nun, was wollen Sie von Leonard wissen?«
»Bevor wir mit den Fragen beginnen, Pater, muß ich Ihnen sagen, daß es um eine sehr ernste und höchst geheime Angelegenheit geht. Es betrifft Fragen der nationalen Sicherheit.«
Da Souza schien nicht im geringsten beeindruckt. »Bitte,

fangen Sie an.«

»Halten Sie es für möglich, daß Leonard Rossiter Kommunist geworden ist?«
Pater da Souza betrachtete nachdenklich seine Zigarette, runzelte die Stirn und seufzte. »Daran besteht nach meiner Ansicht nicht der geringste Zweifel.«
»Ich verstehe. Haben Sie das schon früher einmal jemandem gesagt?«
»Mich hat noch nie ein Mensch danach gefragt.«
Chavasse nickte. »Gut, Pater, erzählen Sie uns, was Sie wissen.«
»Meine Kirche hat mich kurz nach dem Zweiten Weltkrieg nach Korea geschickt; ich sollte dort arbeiten. Nach ein paar Tagen haben mich nordkoreanische Soldaten gefangengenommen; der Koreakrieg war ausgebrochen.«
»Und Rossiter?«
»Oh, Leonard habe ich dann eine ganze Zeit nicht mehr gesehen – erst neun Monate später, als ich in ein besonderes Lager in die Mandschurei gebracht wurde. Ein Schulungslager, das die Chinesen betrieben.«
»Und Sie meinen, daß man dort mit Rossiter eine Gehirnwäsche vorgenommen hat?«
Pater da Souza lachte leise. »Lieber Himmel, so einfach ist das nicht, wie Sie vielleicht meinen. Die Leute wenden eine unglaublich simple Technik an, aber eben sehr oft mit Erfolg. Das Konzept geht auf Pawlow zurück. Sie flößen einem Schuldgefühle ein; oder besser gesagt, sie gehen davon aus, daß jeder Mensch Schuldgefühle mit sich herumträgt, und konzentrieren sich darauf, diese Schuldgefühle zu vergrößern. Soll ich Ihnen sagen, was mich mein Erzieher zu allererst gefragt hat? Ob ich in meiner Mission einen Diener beschäftigte, der mein Zimmer sauberhielt und mir das Bett machte. Als ich zugab, daß ich einen solchen Diener hatte, tat er überrascht, zeigte mir die Bibel und las mir eine Stelle vor, wo

davon die Rede ist, daß wir außer Gott keine anderen Herren haben sollen. Aber ich hatte einen Eingeborenen, dem ich das Evangelium verkünden sollte, als Diener beschäftigt. Kaum zu glauben, was das später für Schuldgefühle in mir wachgerufen hat.«

»Aber Ihr Glaube, Pater?« sagte Preston. »Hat Ihnen der nicht geholfen?«

Der alte Priester war ehrlich überrascht. »Ob mir mein Glaube geholfen hat?« Er lächelte sanft. »Mein Glaube, mein Sohn, hat über alle Anfechtungen triumphiert. Ich habe mich Gott nie näher gefühlt, als damals in jener düsteren Zeit.«

»Und Rossiter?« sagte Chavasse. »Wie war es um Rossiters Glauben bestellt?«

Der alte Priester machte ein besorgtes Gesicht. »Meine Herren, ich bin hier in einer schwierigen Lage. Ich war in Nom Bek Leonards Beichtvater, und er war meiner. Die Beichtgeheimnisse sind unverletzlich. Ich kann Ihnen nur sagen, daß er schon lange Zeit, bevor er den Kommunisten in die Hände fiel, Probleme hatte. Aus ihrer Sicht gesehen war er eine reife Frucht, die nur noch gepflückt zu werden brauchte.«

»Was hatte er für Probleme?«

»Wenn ich einmal die marxistische Terminologie benutzen darf, so hat jeder Mensch seine These und seine Antithese. Für einen Priester ist die These alles, was er glaubt, und wofür er einsteht; sein Glaubensbekenntnis vor Gott. Seine Antithese ist die Kehrseite – das Böse, das in allen Menschen ist. Ängste und Haßgefühle, Gewalt und Aggression, das sinnliche Begehren. Leonard Rossiter hatte quälende Schuldgefühle, und zwar lange bevor die Erzieher in Nom Bek ihn bearbeiteten.«

»Aber warum hat er sich von der Kirche abgewandt?«

»Nach der offiziellen Erklärung war er einer Glaubenskrise erlegen – deshalb konnte er nicht länger im Kirchendienst bleiben. Und zwar war das drei oder vier Jahre

nach seiner Rückkehr aus Korea.«
»Aber Sie glauben, daß die Roten ihn bekehrt haben?«
Pater da Souza nickte. »Ich glaube, sie haben ihm das bieten können, was er suchte – einen starken Glauben – eine Sache, für die er leben konnte.«
»Sie sagen: Sie glauben das, Pater. Wissen Sie es nicht genau?« fragte Darcy Preston.
Pater da Souza lächelte sanft. »Eins kann ich Ihnen mit Gewißheit sagen. Leonard Rossiter ist ein Mensch, der sich sehr mit sich quält. Er erinnert mich immer an den Mann in Thompsons Gedicht, der von Höllenhunden gehetzt wird und auf der Flucht ist vor seiner eigenen Erlösung; er muß Unheil verbreiten, weil er im Krieg ist mit sich selbst.«
Chavasse nickte nachdenklich. »Das ist alles, Pater. Ich glaube, Sie haben uns alles gesagt.«
»Hoffentlich habe ich Ihnen helfen können. Es war mir ein Vergnügen, meine Herren.«
Sie gaben sich die Hand, und der Alte blieb auf dem Grabstein sitzen und rauchte seine Zigarette zu Ende.
»Ein außergewöhnlicher Mann«, sagte Darcy Preston, als sie ins Auto stiegen.
»Kann man wohl sagen.«
Chavasse startete und fuhr los.

Mallory hörte seinen Bericht aufmerksam an; er machte ein nachdenkliches Gesicht. »Ich habe mit dem Geheimdienst gesprochen.«
»Wegen Montefiore?«
Mallory nickte. »Das ist sehr merkwürdig, Paul. Sie haben nicht die geringste Notiz über ihn. Das macht mir Sorgen – das macht mir wirklich Sorgen. Ich hätte überhaupt nichts dagegen, wenn man mir gesagt hätte, er sei der gefährlichste Doppelagent des ganzen Westens; wenn man wenigstens ein paar Notizen über ihn hätte. Aber diese ganze Geschichte stinkt zum Himmel. Was meinen

Sie dazu?«
Chavasse stand auf und ging im Zimmer auf und ab. »Nehmen wir uns die beiden wichtigsten Punkte vor. Da ist Oberst Ho Tsen – ein sehr gefährlicher chinesischer Agent, und da ist Leonard Rossiter, den die Roten während seiner Gefangenschaft anscheinend bekehrt haben. Aber das bringt uns immer noch kein Stück weiter. Warum sollte ausgerechnet ein Multimillionär wie Enrico Montefiore für die Sache der militanten Chinesen arbeiten? Und noch etwas – diese Organisation, die die Einwanderungsgesetze umgeht; sie arbeiten wie Amateure. Wenn ich eine solche Organisation nicht besser aufziehen könnte, würde ich mir einen Strick kaufen.«
»Gut und schön, Rossiter und seine Organisation arbeiten wie Amateure, richtig; aber die Chinesen können nicht sehr anspruchsvoll sein, wenn es um Freunde und Verbündete geht. Bedenken Sie, daß die Leute in Europa erst mit einer Zehenspitze in der Tür stehen – sie haben Albanien. Es ist auch durchaus möglich, daß sie noch gar nicht gemerkt haben, wie zweitrangig Rossiters Organisation ist.«
»Das kann natürlich sein«, gab Chavasse zu. »Sie können es sich nicht leisten, allzu anspruchsvoll zu sein. Irgendein Kontakt auf der europäischen Szene ist immerhin besser als gar nichts. Ich vermute auch, daß sie die Dinge so betrachten. Die Leute können doch verdammt naiv sein. Man sagt immer, daß wir den Orientalen nicht verstehen können. Das mag wohl zutreffen, aber die Orientalen selbst verstehen uns auch nicht besser.«
Mallory starrte lange wortlos vor sich hin, dann nickte er. »Also, Paul, von nun an ist es Ihre Sache. Treiben Sie die Vögel auf – alle drei. Ho Tsen, Rossiter und Montefiore. Versuchen Sie herauszubekommen, was Sie können; aber das Wichtigste ist: Setzen Sie ihrem Treiben ein Ende!«
»Liquidieren?«

»Selbstverständlich. Ausfindig machen und liquidieren. Wir können uns in diesem Fall nicht auf halbe Sachen einlassen. Nehmen Sie die Geschichte in die Hand. Ich gebe Ihnen grünes Licht. Bleiben Sie auf die übliche Weise mit uns in Verbindung. Ich möchte gern so weit wie möglich informiert sein. Geld bekommen Sie von Jean. Noch Fragen?«

Chavasse nickte. »Der Mann, der diesen Gorman in Fixby beschattet, können Sie den abziehen?«

»Wollen Sie selbst nach Fixby?«

»Ob ich nun da anfange oder anderswo, das bleibt sich gleich.«

Mallory griff zum Telefon. »Das ist schnell erledigt. Also viel Glück, Paul.«

Jean Frazer sah von ihrem Schreibtisch auf. »Sie sehen so mit sich und der Welt zufrieden aus.«

»Bin ich auch.«

Chavasse nahm sich eine Zigarette aus dem Päckchen auf ihrem Tisch. Seine Augen sahen aus wie schwarzes Glas in seinem bretonischen Gesicht. Man hätte meinen können, er sei der Teufel persönlich, und sie schauderte.

»Was ist denn los, Paul?«

»Ich weiß es auch nicht genau«, sagte er. »So habe ich mich lange nicht mehr gefühlt.«

»Wie fühlen Sie sich denn?«

»Ich bin einfach selbst in die Sache verwickelt. Ich, Paul Chavasse, bin selbst interessiert, nicht nur die Behörde. Ich denke an einen alten Mann, der heute morgen an einem Strand an der Südküste angetrieben wurde und der nur seinen Sohn besuchen wollte, und an eine aufgeregte kleine Frau, die einen schrecklichen Tod gehabt hat. Eine dumme und hilflose kleine Frau, die in ihrem Leben keiner Fliege was zuleide getan hat.«

Er seufzte tief und drückte seine Zigarette aus. »Diese beiden Menschen will ich rächen, Jean. Zum erstenmal, daß ich mich einer Sache aus ganz persönlichen Gründen annehme. Das ist ein Gefühl, das ich bisher nicht gekannt habe. Nur etwas gibt mir zu denken: wie wohl ich mich dabei fühle.«

Er trennte sich ungern von Darcy Preston; er wäre gern noch weiter mit diesem prächtigen Mann aus Jamaika zusammengeblieben; und das nicht nur wegen ihrer gemeinsamen Erlebnisse. Darcy saß am Fenster und sah zu, wie er seinen Koffer packte. Er trug eine von Chavasses Hosen, einen alten Rollkragenpullover von ihm und eine Sportjacke aus Tweed.

»Hast du wirklich noch genug Geld?« fragte Chavasse, als er seinen Koffer zumachte.

Darcy nickte. »Ich habe doch immer noch ein Konto hier.«

Chavasse zog sich einen alten Seemannsmantel an; er sah darin aus, als würde er für die Marine arbeiten. »Wahrscheinlich sehen wir uns nicht mehr wieder. Morgen um diese Zeit bist du schon unterwegs zum sonnigen Jamaika.«

»Das Land des Calypsos und der Blumenmädchen. Ich wüßte nicht, was ich lieber täte.« Darcy grinste. »Und was machst du? Wo willst du anfangen? In Fixby?«

»Ja, mal sehen, was sich da so tut.«

Der Neger streckte die Hand aus. »Das wär's dann wohl. Viel Glück, Paul, und wenn du Rossiter siehst, tu mir den Gefallen und hau ihm eine runter. Du kannst ihn auch in den Hintern treten.«

Chavasse war schon an der Tür, als ihn Darcy noch einmal ansprach. »Etwas noch. Ich kann einfach nicht drüber hinwegkommen; daher die Frage. Warum haben sie Harvey ausgerechnet auf diese Weise umgebracht?«

»Ich kann auch nur vermuten. Vielleicht sind sie unterwegs der Polizei in die Quere gekommen und haben befürchtet, geentert zu werden. Sie haben sozusagen das Corpus delicti über Bord geworfen.«

Darcy Preston fing seltsamerweise an zu lachen. »Weißt

du, das kommt mir wirklich wie ein Witz vor. Genau dasselbe haben früher die Piraten mit ihren Sklaven gemacht, wenn die Royal Navy hinter ihnen her war – sie haben die Männer einfach in Ketten über Bord geworfen.«
Er lachte noch einmal; aber diesmal hatte er Tränen in den Augen.
Chavasse schloß die Tür hinter sich und ließ ihn in dem stillen Zimmer mit seinem Kummer allein.

10

Fixby war ein sterbendes Dorf; es gehörte zu den Orten, in denen man schlecht und recht hatte leben können, als sich der Fischfang noch rentierte; aber das war lange her. Die jungen Leute waren in die größeren Städte gezogen, und die meisten Häuser waren von Städtern gekauft worden und wurden nur noch in der Ferienzeit oder am Wochenende benutzt.
Chavasse hatte sich in einem Dienstwagen bis nach Weymouth bringen lassen und war dort in den Bus gestiegen. Gegen vier Uhr nachmittags war er in Fixby; er war der einzige Fahrgast, der hier ausstieg.
Die Dorfstraße war leer, und die einzige Kneipe hatte geschlossen; offenbar hielt sich der Besitzer strikt an die strengen englischen Gesetze. Er ging weiter in Richtung auf die Bucht zu, eine Hand in der Manteltasche, in der anderen seine schmale lederne Aktentasche. Der kleine Hafen war nicht schwer zu finden; es war ein gottverlassener Ort; Schiffswracks lagen umher wie gestrandete tote Wale. Ein einziges verkommenes Haus mit einer Art Büro stand am Strand. Es schien niemand da zu sein, und er ging weiter zur Anlegebrücke.
Eine seetüchtige Barkasse lag dort vor Anker, ein wirklich imponierendes Boot. Sie hatte eine Takelage für die

Hochseefischerei, einen Rumpf aus Stahl, und auf dem Heck waren einige Drehstühle angebracht.
Ein wirklich sehenswertes Schiff, daran gab es keinen Zweifel – ein wirkliches Juwel. Er sah sie sich an, und es dauerte eine ganze Weile, bis er sich von ihrem Anblick losreißen konnte.
Im Schatten eines Schiffswracks stand ein Mann und beobachtete ihn. Er war sehr groß und dünn und trug eine alte Seemannsjacke, eine Schirmmütze und einen schmutzigen Overall. Bemerkenswert an ihm war sein Gesicht. Es war das Gesicht eines Judas; ein Auge schielte stark nach innen, und sein Mund sah aus wie von einem Messer geschlitzt; faszinierend häßlich wie das Gesicht einer mittelalterlichen Wasserspeierfigur.
»Da staunen Sie, was?« Seine Stimme war nur ein Flüstern. Als er neben ihm stand, sah Chavasse die gezackte Narbe von seinem rechten Ohr bis zum Mundwinkel.
»Ein feines Schiff.«
»Kann man wohl sagen. Rumpf aus Stahl, Radar, Echolot. Und macht fünfunddreißig Knoten. Verstehen Sie was von Schiffen?«
»Ein bißchen. Sind Sie Gorman?«
»Ja. Was kann ich für Sie tun?«
»Ich würde gern ein bißchen auf die Reise gehen, wenn Ihr Schiff frei ist.«
Gorman schüttelte den Kopf. »Zum Fischen ist es heute schon zu spät.«
»Ich dachte an etwas anderes«, sagte Chavasse. »Ich muß ziemlich schnell über den Kanal, und von einem Freund habe ich gehört, Sie wären dafür der richtige Mann, wenn die Kasse stimmt.«
Gorman sah die Bucht hinunter; er pfiff durch die Zähne und überlegte. Dann sagte er: »Wie heißt dieser Freund?«
Chavasse tat verlegen. »Um ehrlich zu sein: es war nicht mein Freund. Nur ein Kumpel, den ich zufällig in einer Kneipe in Soho getroffen habe. Er meinte, ich sollte mich

an Sie wenden, wenn ich mal schnell rausmüßte aus England.«
Gorman drehte sich um und sagte im Gehen über die Schulter: »Kommen Sie mit in mein Büro. Es gibt sowieso gleich Regen.«
Chavasse folgte ihm über die wacklige Holztreppe zur Terrasse vor dem Büro. Oben blieb er stehen und sah sich blitzschnell um. Zwischen den Wracks hatte sich etwas bewegt. Ein Hund vielleicht oder ein wildes Kaninchen. Er spürte ein flaues Gefühl im Magen, als er durch die Tür ins Büro trat.
Drinnen sah es nicht gerade sehr aufgeräumt aus. Gorman wischte mit einem Arm die Tischplatte frei und holte eine Flasche Whisky und zwei Gläser.
»Sie wollen also ziemlich dringend übers Wasser?« sagte er.
Chavasse stellte seine Aktentasche auf den Tisch und machte sie auf. Er hob ein Hemd hoch; darunter lagen tausend Pfund, gebündelt in englischen Fünfernoten und französische Francs. Es sah nach viel mehr Geld aus; Gormans schielendes Auge kam in Bewegung.
Chavasse nahm zwei Bündel Fünfernoten heraus und schob sie über den Tisch. »Sie sehen, ich hab's ziemlich eilig, Gorman. Das sind zweihundert; hundert gebe ich Ihnen noch, wenn Sie mich an der französischen Küste absetzen, ohne daß dumme Fragen gestellt werden. Ist das ein Angebot?«
Gorman setzte ein fieses Grinsen auf. Er strich das Geld ein und steckte es in eine abgenutzte Brieftasche. »Wann wollen Sie los?«
»Je eher, desto besser.«
Gorman grinste wieder; sein Grinsen war wirklich sehenswert. »Also worauf warten wir noch?« sagte er, stand auf und ging los.

Das Schiff hieß *Mary Grant*, und es war wirklich so gut,

wie es aussah. Chavasse stand an der Reling; sie hatten die Bucht bald verlassen und fuhren auf die offene See; er atmete die frische Salzluft in tiefen Zügen ein. Er war wieder unterwegs, und das war ein gutes Gefühl, wenn er auch nicht wußte, was ihn erwartete. Und genau das faszinierte ihn so an seinem Beruf, wenn er ehrlich war. Kein Tag in seinem Leben war wie der andere; nichts war vorhersehbar.
Die Wellen, die jetzt gegen den Schiffsrumpf schlugen, machten hohle Geräusche; das ganze Schiff vibrierte leicht. Sie hatten jetzt die Bucht hinter sich und waren in der Kanalströmung. Er ging zum Steuerhaus und blieb im Eingang stehen.
»Wo wollen Sie mich absetzen?«
»Wo Sie wollen«, sagte Gorman. »Sie sind der Boss.«
»Ich hatte an eine etwas abgelegenere Gegend gedacht. Die Bucht von St. Malo oder die Bretagne. Von da komme ich gut nach Marseille weiter.«
»Ist mir recht.«
Gorman drehte das Steuer ein paar Striche, und Chavasse sagte: »Ich gehe jetzt nach unten und mache ein kleines Nickerchen.«
»Das Beste, was Sie tun können. Wenn wir die erste Hälfte hinter uns haben, kann es ein bißchen ungemütlich werden. Das Barometer ist gefallen. In der Kombüse steht eine große Thermosflasche mit Kaffee.«
Chavasse ging nach unten in die Kabine. Er war müde – verdammt müde, und das war kaum erwunderlich. Er fand die Thermosflasche in der Kombüse, goß sich eine Tasse ein und ging wieder in die Kabine. Er trank den Kaffee langsam aus und überdachte noch einmal die Situation. Eine Konfrontation mit Gorman würde jetzt nichts einbringen; das hatte Zeit bis nachher.
Sein Gehirn wollte plötzlich nicht mehr recht funktionieren. Er war wirklich todmüde, zum Umfallen müde. Er legte sich auf die gepolsterte Sitzbank und starrte an die

Kabinendecke. Die Bohlen an der Decke schienen sich langsam und kaum merklich zu kräuseln wie das Wasser an der Oberfläche eines Teiches, und sein Mund war wie ausgetrocknet. Erst kurz bevor er einschlief, kam ihm noch der Gedanke, daß vielleicht etwas schiefgegangen war.

Er wachte nur sehr langsam wieder auf. In der Kabine war es dunkel und er lag mit dem Gesicht nach unten auf der Sitzbank. Als er sich bewegen wollte, verlor er das Gleichgewicht und fiel zu Boden; nicht weiter verwunderlich, denn seine Handgelenke waren auf dem Rücken gefesselt.

Die *Mary Grant* machte noch Fahrt, aber als er sich auf die Beine stellen wollte, wurden die Maschinen gestoppt, und das Schiff fing an zu treiben. Auf der Kajütentreppe waren Schritte zu hören, das Licht wurde ausgeschaltet und Gorman erschien. Er kam so dicht heran, daß Chavasse seinen säuerlichen Schweißgeruch riechen konnte.

»Na, wie geht's dir denn, mein Freund?« Gorman tätschelte ihm die Wange.

»Was wird hier gespielt?« fragte Chavasse. Er wollte erst einmal bei seiner Rolle bleiben. »Ich dachte, wir hätten ein Geschäft gemacht.«

Gorman machte die schmale Aktentasche auf, die auf der Tischplatte lag. Er nahm ein paar Geldbündel heraus. »Darum wird hier gespielt, mein Freund – um die grünen Scheine. Die habe ich immer schon geliebt. Wenn ich die sehe, kriege ich immer eine richtige Gänsehaut. Ich liebe die kleinen Bündel so sehr, daß ich es nicht ertragen könnte, wenn ich mich davon trennen müßte.«

»Okay«, sagte Chavasse. »Ich will Ihnen keine Schwierigkeiten machen. Setzen Sie mich auf der anderen Seite ab, mehr verlange ich nicht.«

Gormans Gelächter war hörenswert. Er stellte ihn auf die Beine und stieß ihn zur Treppe. »Ich setze dich schon ab,

mein Freund; da sind wir ganz einer Meinung. Ich setze dich jetzt gleich ab; los komm.«
An Deck war es kalt, und es hatte angefangen zu regnen. Chavasse drehte sich um; er ließ Gorman nicht aus den Augen. Gorman machte sich an einer rostigen alten Ankerkette zu schaffen, und Chavasse sagte ruhig: »Wer hat dir den Trick denn beigebracht – Rossiter?«
Gorman ließ sofort die Kette fallen. Er starrte Chavasse an, sein schielendes Auge kam wieder in Bewegung, und als er sprach, war nur ein leises Flüstern zu hören.
»Wer bist du? Was ist los?«
»Das Spiel ist aus, Gorman«, sagte Chavasse kalt. »Meine Leute wissen genau, wo ich bin. Wenn ich nicht mehr auftauche, wirst du eine ganze Menge erklären müssen.«
Er hatte den Mann doch falsch eingeschätzt. Gorman stieß einen Wutschrei aus; er packte die Kette und holte damit aus wie mit einer Peitsche. Gerade als er zuschlagen wollte, tauchte ein Arm aus dem Schatten auf, hielt die Kette fest und zog sie ihm aus der Hand. Gorman schnellte herum, und Darcy Preston stand vor ihm.
Gorman überlegte nicht lange. Er griff in die Hosentasche und zog einen Revolver, machte aber den üblichen Fehler und schoß sofort, ohne zu zielen. Die Kugel schlug in das Steuerhaus, und Darcy sprang mit dem Kopf zuerst über die Reling.
Gorman starrte wie gebannt in das schwarze Wasser und wartete, daß er wieder auftauchte; aber Preston war unter dem Kiel durchgeschwommen und stieg auf der anderen Seite wieder über die Reling. An Bord gab es nur einen einzigen Gegenstand, der sich als Waffe eignete: eine Gaffel; ein Fischhaken mit einem langen Griff, mit dem man große Fische an Bord ziehen konnte. Die Gaffel hing an der Außenwand des Steuerhauses an einem Federhaken; die Feder machte ein melodisches Geräusch, als Preston die Gaffel abnahm, und Gorman drehte sich um. Chavasse ging auf ihn los; er duckte sich tief wie ein

Rugbyspieler und unterlief ihn. Gorman taumelte gegen die Reling. Sein Revolver entlud sich, die Kugel ging wieder ins Leere, und als sich Gorman wieder gefangen hatte und wieder zielen wollte, schlug Darcy mit der Gaffel zu und erwischte ihn mit der Spitze am rechten Oberarm. Er schrie auf und ging rückwärts über die Reling. Das schwarze Wasser schlug über seinem Kopf zusammen. Er kam nicht mehr an die Oberfläche.
»Streck die Arme aus«, befahl Darcy und durchschnitt Chavasses Fesseln mit der rasiermesserscharfen Klinge der Gaffel.
Chavasse massierte seine Handgelenke, um den Blutkreislauf wieder in Gang zu bringen. »Das nenne ich einen pünktlichen Auftritt. Aus welchem Himmel bist du eigentlich gefallen?«
»Ganz einfach«, sagte Darcy. »Als wir uns getrennt hatten, habe ich noch eine ganze Weile über alles nachgedacht, dann bin ich in deine Garage gegangen und habe mir erlaubt, dein Auto zu benutzen. Ich habe es am Flughafen in Hurn abgestellt und bin mit einem Taxi weitergefahren. Auf die Weise bin ich eher in Fixby gewesen als du. Es gibt da eine Kneipe, wo man ein sehr gutes Helles vom Faß trinken kann.«
»Und dann?«
»Oh, dann habe ich mich im Hafen hinter einem Wrack versteckt und der Dinge geharrt, die da kommen sollten, wie man so sagt. Ich habe dein Gespräch mit Gorman belauscht, gewartet, bis du mit ihm in sein Büro gegangen bist, und dann bin ich an Bord gegangen und habe mich in dem Schrank mit den Ketten versteckt.«
»Du hast dir verdammt lange Zeit gelassen, bis du dann aufgetaucht bist, oder war das deine persönliche Vorliebe fürs Dramatische?«
»Ich bin ganz einfach eingeschlafen. Und aufgewacht bin ich erst wieder, als Gorman soviel Lärm machte.«
Chavasse seufzte. »Na gut, und was machst du jetzt hier?«

»Ganz einfach. Mein Bruder ist ein waschechter Krimineller gewesen. Er hat gestohlen, und er war ein Gangster, aber zu mir ist er immer gut gewesen. Wenn ich sage: Ich habe diesen Mann geliebt, kannst du das verstehen?«

»Vollkommen«, sagte Chavasse ernst.

»Er hat diesen Tod nicht verdient, Paul. Er hat manches andere verdient, aber das nicht. Wenn der richtige Augenblick gekommen ist, werde ich Leonard Rossiter umbringen. Wir Jamaikaner sind ein religiöses Volk, wir sind stolze Menschen. Auge um Auge heißt es in der Bibel, und wir glauben daran. Ich will Rossiters Leben, denn nur das ist gerecht.«

Chavasse nickte. »Ich habe Respekt vor deinen Gefühlen, und ich verstehe dich auch, aber zwischen dem Gedanken und der Ausführung ist es oft ein großer Unterschied; besonders für einen Mann wie dich. Ich kann töten, wenn ich töten muß. Ich töte schnell, fachmännisch – ohne darüber nachzudenken; ich bin Profi. Glaubst du, du könntest das auch?«

»Wir werden sehen.«

»Gut. Ich bringe jetzt das Boot wieder in Gang, und du mußt dir erst einmal trockene Kleidung anziehen. Nachher sehen wir weiter.«

Preston nickte und ging hinunter in die Kabine. Chavasse ging ins Steuerhaus und startete die Maschine. Der Motor gab ein kräftiges röhrendes Geräusch von sich. Chavasse drückte den Gashebel, und die *Mary Grant* kam schnell auf volle Fahrt.

»Ich wollte eigentlich Boxer werden«, sagte Darcy.

Er stand gegen die Tür des Steuerhauses gelehnt; um die Schultern hatte er eine Decke geschlagen. Er trank Tee aus einem Becher.

»Was hat Harvey dazu gesagt?«

Darcy lachte. »Er argumentierte immer nur mit Tantiemen und Provisionen. Er meinte, nur ein Mann, dem es dreckig geht, sei ein guter Kämpfer; und mir ging es eben nicht dreckig. Aber bis zu einem gewissen Grad hat er mich doch ermutigt und unterstützt. Er hat dafür gesorgt, daß mir ein paar der besten Profis Stunden gegeben haben. Er war nämlich Teilhaber an einer Sporthalle in Whitechapel.«

»Und wie bist du dann auf die Juristerei gekommen?«

»Bei dem Milieu, aus dem ich kam?« Preston lachte wieder. »Das haben mich damals viele Leute gefragt. Auf der anderen Seite habe ich jeden kleinen Gauner in Soho gekannt, und das war sehr nützlich, als ich anfing zu praktizieren.«

»Du hattest wahrscheinlich laufend zu tun?«

»Genau. Aber als Harvey dann seine Verhandlung hatte, bin ich aus London weggegangen. Das Doppelleben, das ich damals geführt habe, konnte auf die Dauer nicht gutgehen. Ich habe mich in Jamaika niedergelassen und einen neuen Anfang gemacht. Ich hatte Erfolg. Da habe ich auch meine Frau kennengelernt.«

»Wie das im Leben so geht«, sagte Chavasse.

»Ich habe deinem Mr. Mallory schon erzählt, daß mir Harvey dann einen Brief geschrieben hat, in dem er schilderte, was er vorhatte. Als er dann nicht mehr auftauchte, haben mich Freunde benachrichtigt; und ich habe mich dann entschlossen, seiner Spur nachzugehen. Das kam mir ganz selbstverständlich vor.«

»Weiß deine Frau davon?«

Darcy grinste. »Sie meint, ich hätte beruflich in New York zu tun.« Er trank seinen Tee aus und stellte den Becher auf den Kartentisch. »Und wie ist das bei dir gewesen? Wie bist du zu diesem Beruf gekommen?«

»Wie das eben im Leben so geht«, sagte Chavasse und hob die Schultern. »Ich habe einen Fremdsprachentick. Ich sauge Sprachen in mich auf, wie ein Schwamm Wasser aufsaugt. Es macht mir überhaupt keine Mühe. Ich hatte eine Dozentenstelle an einer Universität in der

Provinz und bin fast gestorben vor Langeweile. Da hat mich ein Freund gebeten, mit ihm zusammen seine Schwester aus der Tschechoslowakei zu holen. Die Sache war ziemlich abenteuerlich, und ich habe mitgemacht.«
»Und habt ihr's geschafft?«
»So eben. Ich bin mit einem Beinschuß in einem österreichischen Krankenhaus gelandet. Da hat mich dann Mallory besucht und mir diesen Job angeboten. Das ist jetzt zwölf Jahre her.«
»Hast du deinen Entschluß bereut?«
»Dazu ist es heute zu spät. Viel zu spät. Aber nun wollen wir mal die Vergangenheit ruhen lassen und uns lieber überlegen was wir tun, wenn wir in St. Denise ankommen.«

11

Sie schafften die Strecke in einer glänzenden Zeit; gegen 21.30 Uhr näherten sie sich St. Denise. Auf der Karte war eine winzige Bucht verzeichnet; sie lag nur einen halben Kilometer östlich von St. Denise, war für die Barkasse tief genug, und Chavasse wollte es wagen, dort an Land zu gehen.
Eine bessere Wahl hätte er gar nicht treffen können. Die Bucht war nahezu kreisförmig rund und hatte einen Durchmesser von kaum hundert Metern; sie war umsäumt von hohen Klippen. Sie gingen hier vor Anker.
Unten in der Kabine stellte Chavasse seine Aktentasche auf den Tisch, machte sie auf und gab Darcy ein paar gebündelte Francsscheine. »Eine Hälfte für dich, die andere Hälfte für mich. Für den Notfall.«
»Willst du damit sagen, daß ich auch bezahlt werde?«
Darcy verstaute das Geld in seiner Brusttasche. Chavasse drückte auf einen verborgenen Knopf und hob einen doppelten Boden aus der Tasche. Darunter lagen eine 38er

Smith & Wesson Magnum, eine Walther PPK Automatik und eine Maschinenpistole.
Darcy pfiff durch die Zähne. »Ist ja eine richtige Weihnachtsbescherung.«
»Vorbereitung ist das halbe Leben.« Chavasse gab ihm den Smith & Wesson. »Bekommt garantiert keine Ladehemmung. Solides Handwerkszeug für einen Killer.« Die Walther steckte er selbst in die Tasche, setzte wieder den doppelten Boden in die Aktentasche und tat sie in ein Schließfach. »Und nun wollen wir mal sehen, was uns St. Denise bei Nacht zu bieten hat.«
Sie ruderten in dem Schlauchboot an Land, machten es fest und fanden einen schmalen Fußweg, auf dem sie über die Klippen stiegen. Der Himmel war schwarzblau, und die Sterne leuchteten. Der Mond war nicht zu sehen, und doch lag eine seltsame Helligkeit über dem Land; man konnte weiter und deutlicher sehen, als man es um diese Tageszeit hätte erwarten mögen. Sie kamen schnell voran und erreichten einen von einzelnen Kiefern bestandenen Hügel, von dem sie St. Denise überschauen konnten. Hinter einzelnen Fenstern brannte noch Licht, und auch die untere Etage des *Freibeuter* war hell erleuchtet.
»Wie willst du vorgehen?« fragte Darcy.
»Wir werden erst einmal die Ohren spitzen«, sagte Chavasse. »Wir müssen herausbekommen, wie viele Gäste noch auf der Party sind.«
Sie gingen den Hügel hinunter, kletterten über einen Zaun und folgten dann einer schmalen Landstraße, über die sie den äußeren Rand des Dorfes erreichten. Hier lagen die kleinen Häuschen noch weit auseinander; jedes hatte ein Stück Land, das die Besitzer bebauten.
Das erste Haus hatten sie hinter sich gelassen, und als sie sich dem zweiten näherten, hielt Darcy Chavasse am Ärmel fest.
»Weißt du, daß Mercier hier wohnt?«
»Das ist ja interessant«, sagte Chavasse leise. »Wollen wir

doch mal reinsehen.«
Sie schlichen über den steinigen Hof und duckten sich neben das Fenster. Der Vorhang hinter dem Fenster war nicht ganz zugezogen, und sie konnten Mercier sehen; er saß vornübergebeugt am Küchentisch. Neben ihm standen eine Flasche Kognak und ein Blechbecher.
»Besonders glücklich sieht er nicht aus«, flüsterte Darcy.
Chavasse nickte. »Hast du nicht gesagt, daß er eine schwerkranke Frau hat?«
»Ja. Sie ist seit vier Jahren bettlägerig.«
»Dann wird sie uns kaum in die Quere kommen, wenn wir leise sind. Klopf an die Tür und geh dann schnell zur Seite. Ich kümmere mich um ihn.«
Man hörte Merciers schlurfende Schritte auf dem Steinfußboden. Er ließ sich Zeit, bis er die Tür aufmachte: er sah hinaus und tat einen Schritt nach draußen. Sein Gesicht hatte einen ängstlichen Ausdruck. Chavasse setzte die Pistolenmündung an seine Schläfe.
»Ein Laut und du bist ein toter Mann, Mercier. Geh ins Haus.«
Mercier ging rückwärts ins Haus, Chavasse blieb neben ihm, und Preston machte die Tür zu. Mercier sah von einem zum andern, und plötzlich fing er an zu lachen.
»Da wird sich Jacaud aber wundern. Er hat mir gesagt, Sie wären beide tot.«
»Wo ist er?«
»Er ist im *Freibeuter* und besäuft sich mit seinen Kumpanen aus dem Dorf.«
»Und Rossiter?«
Mercier hob die Schultern. »Sie sind heute vormittag auf dem Schiff des Engländers zurückgekommen.«
»Sie meinen Gorman?«
Mercier nickte. »Wir haben in letzter Zeit viel mit ihm zu tun gehabt. Er ist oft hierhergekommen.«
»Was sagt denn die Polizei dazu?«
»In dieser Gegend, Monsieur?« Mercier zuckte mit den

Achseln. »Die Leute kümmern sich hier um ihre eigenen Angelegenheiten.«
Chavasse nickte. »Und was ist mit Rossiter und den andern? Sind sie noch im *Freibeuter*?«
Mercier schüttelte den Kopf. »Monsieur Rossiter ist heute nachmittag in dem Renault weggefahren. Er hat das Mädchen aus Indien und den Chinesen mitgenommen. Der Chinese hatte einen dicken Verband um den Kopf.«
»Wie hat das Mädchen ausgesehen?«
»Wie soll sie ausgesehen haben, Monsieur? Sie sah so hübsch aus wie immer.«
»Das meine ich nicht. Hat sie einen ängstlichen Eindruck gemacht – hatte sie keine Angst vor Rossiter?«
Mercier schüttelte den Kopf. »Im Gegenteil, Monsieur. Sie hat ihn angesehen, als ob er . . .« Er konnte anscheinend das richtige Wort nicht finden. »Als ob er . . .«
»Als ob er Gott wäre?« meinte Darcy Preston.
»So ungefähr, Monsieur.«
Mercier machte einen besonnenen Eindruck; anscheinend hatte er überhaupt keine Angst, und seine Antworten kamen bereitwillig. Chavasse fragte weiter: »Wohin sind sie gefahren?«
»Keine Ahnung.«
»Kommen Sie, Mercier, das wissen Sie doch. Wie wär's denn mit Hellgate und Montefiore – sagen Sie jetzt nicht, Sie hätten noch nie davon gehört.«
»Natürlich, Monsieur. Ich habe die Namen schon oft gehört – wenn sich Jacaud mit Monsieur Rossiter unterhalten haben. Aber für mich sind das nur Namen. Ich weiß nicht, was sie bedeuten.«
Er sagte die Wahrheit; davon war Chavasse überzeugt. Aber das Ganze ergab keinen Sinn.
»Was ist passiert, Mercier?« sagte er leise. »Sie sind ein anderer Mensch geworden.«
Mercier wandte sich um, ging zu einer Tür und machte sie auf. »Messieurs«, sagte er, trat zur Seite und machte eine

hilflose Handbewegung.
Chavasse und Preston folgten ihm. Die Tür führte ins Wohnzimmer, es war sehr klein und unaufgeräumt. Ein schlichter hölzerner Sarg stand auf dem Tisch; zu beiden Seiten waren brennende Kerzen aufgestellt.
Chavasse schloß leise die Tür. »Ihre Frau?«
Mercier nickte. »Seit vier Jahren hat sie keinen Tag mehr ohne Schmerzen zugebracht; aber sie hat nie geklagt, obwohl sie wußte, daß sie unheilbar krank war. Ich habe alles versucht. Ich habe berühmte Ärzte aus Brest geholt, teure Medikamente beschafft – es war alles umsonst.«
»Das muß viel Geld gekostet haben?«
Mercier nickte. »Was glauben Sie, warum ich sonst für ein solches Schwein wie Jacaud gearbeitet hätte? Nur ihretwegen habe ich diese schreckliche Zeit ausgehalten. Nur ihretwegen habe ich so lange geschwiegen.«
»Hat man Ihnen gedroht, man würde Sie umbringen?«
Mercier schüttelte den Kopf. »Nein, Monsieur, man hat gedroht, meine Frau umzubringen. Rossiter wollte sie umbringen.«
»Hat er das gesagt?«
»Damit ich den Mund hielt. Er mußte Angst haben, daß ich was ausplauderte, Monsieur. Besonders nach dieser Fahrt vor ein paar Wochen, als ich als Matrose auf der *Leopard* mitgefahren bin.«
»Was ist da passiert?«
Mercier zögerte, und Chavasse sagte: »Lassen Sie mich erst erzählen, was letzte Nacht passiert ist. Die *Leopard* ist im Kanal gesunken; hat Jacaud Ihnen das gesagt?«
»Er hat gesagt, es sei ein Unfall gewesen. Die Maschine wäre in die Luft gegangen, und die anderen Passagiere wären dabei umgekommen.«
»Rossiter und er haben uns in der Kabine eingeschlossen; wir sollten ertrinken«, sagte Chavasse. »Die Frau und der alte Mann sind nicht mehr lebend an Land gekommen.«
Mercier war ehrlich entsetzt. »Mein Gott, das sind keine

Menschen mehr. Neulich, als ich auf der *Leopard* mitgefahren bin, hat uns nicht weit vor der englischen Küste ein englisches Polizeiboot ausgemacht. Wir hatten nur einen einzigen Passagier an Bord - es war eine besondere Fahrt.« Er wandte sich an Darcy. »Der Passagier war aus Westindien wie Sie, Monsieur.«

Preston hatte ein gespanntes Gesicht. Er sah sehr unglücklich aus. »Und was ist passiert?«

»Rossiter sagte, wir würden sieben Jahre bekommen, wenn man uns mit ihm an Bord schnappte. Er hatte ihn mit einer Kette gefesselt und über Bord geworfen; und er war noch am Leben. Er lebte noch. Nachts in meinen Träumen sehe ich manchmal sein Gesicht.«

Darcy nickte. Er hatte feuchte Augen bekommen. »Und er hat gesagt, er wollte Ihre Frau umbringen, wenn Sie nicht den Mund hielten?«

»Ja, Monsieur.«

Darcy drehte sich plötzlich um und ging eilig nach draußen. Mercier sah ihm verwundert nach, und Chavasse sagte leise: »Sein Bruder – es war sein Bruder, Mercier. Wir sind gekommen, um die Rechnung zu begleichen. Wollen Sie uns dabei helfen?«

Mercier nahm seine Seemannsjacke vom Haken und zog sie an. »Ich will alles tun, was ich kann, Monsieur.«

»Gut. Warten Sie vor dem *Freibeuter;* achten Sie auf den Hafen. Nach einer Weile werden wir mit der *Mary Grant* einlaufen. Kennen Sie das Schiff?«

»Natürlich, Monsieur, es gehört Gorman.«

»Sie gehen dann in den *Freibeuter* und sagen Jacaud, Gorman sei zurückgekommen und erwarte ihn an der Anlegebrücke. Sagen Sie ihm das so, daß es die Männer hören können.«

»Und dann?«

»Haben Sie selbst ein Boot?«

Mercier nickte. »Ein altes Fischerboot mit einer Dieselmaschine.«

»Gut – wir laufen dann aus und fahren in eine kleine Bucht namens Panmarch. Kennen Sie sie?«
»Ich kenne jeden Meter an dieser Küste.«
»Wir warten dort auf Sie.« Chavasse klopfte ihm auf die Schulter. »Wir werden ihn uns schnappen, den guten Jacaud, was, Mercier?«
In Merciers Augen glühte der Haß, den er so lange Jahre hatte unterdrücken müssen. Sie gingen zusammen los.

Ein gutes Dutzend Fischer stand an der Theke, als Mercier den Schankraum betrat, und Jacaud hielt sie alle aus. Die Männer standen dicht gedrängt; Jacaud goß die Gläser voll Rotwein, und die alte Frau, die für ihn arbeitete, sah ihm schweigend zu.
»Ich bin frei«, grölte er. »Endlich bin ich frei. Morgen früh bin ich weg, und ihr seht den alten Jacaud nie mehr wieder.«
Mercier hatte Mühe, sich einen Weg zur Theke zu bahnen; aber als Jacaud ihn bemerkte, begrüßte er ihn überschwenglich. »Mercier, mein alter Freund, wo hast du dich denn versteckt?«
Er sprach sehr undeutlich und war offenbar stark betrunken. So betrunken hatte Mercier ihn noch nie gesehen.
»Ich habe eine Nachricht für Sie«, sagte er laut. »Von Monsieur Gorman.«
Die Männer drehten sich neugierig um, und Jacaud runzelte die Stirn. Er war schlagartig nüchtern. »Gorman? Ist er hier?«
»An der Brücke. Er ist gerade mit der *Mary Grant* angekommen.«
Jacaud setzte den Tonkrug ab und nickte der alten Frau zu. »Gehört jetzt alles dir.« Er kam um die Theke und schob sich an Mercier vorbei. »Los, komm.«
Ein leichter Wind wehte von der See her ins Land; die Kiefern bewegten sich. »Hat er gesagt, was er wollte? Ist was passiert?«

Mercier hob die Schultern. »Warum sollte er mir was erzählen, Monsieur Jacaud; ich bin doch unwichtig. Er hat mir nichts gesagt.«
Jacaud sah ihn verwundert an, in dem Ton hatte Mercier noch nie mit ihm gesprochen. Am Ende der Straße blieb Mercier stehen. »Ich muß jetzt gehen, Monsieur.«
»Gehst du nach Hause?«
»Ja.«
Jacaud gab sich Mühe, ein bißchen freundlich zu sein. »Ich sehe nachher noch mal rein, wenn ich darf; wenn die Sache mit Gorman erledigt ist. Ich möchte gern mit dir ins reine kommen, jetzt wo ich hier weggehe.«
»Wie Sie wünschen Monsieur.«
Mercier verschwand in der Dunkelheit, und Jacaud ging weiter; er ging sehr schnell, und daß er betrunken war, merkte man ihm nicht mehr an. Mit Intelligenz hatte ihn die Natur nicht besonders großzügig bedacht. Rossiter hatte ihm vor seiner Abreise genaue Anweisungen gegeben, an die er sich zu halten hatte; aber von Gorman hatte Rossiter nichts gesagt.
Die *Mary Grant* lag an der Brücke; die Maschine lief im Leerlauf. Er stieg über die Leiter an Deck und sah sich unentschlossen um. Im Steuerhaus hatte sich etwas bewegt.
»Gorman?« rief er heiser.
Er ging auf die Tür zu, da stockte ihm der Atem. Aus dem Innern des Steuerhauses starrte ihn das ausdruckslose Gesicht eines Mannes an. Jacaud hatte nicht damit gerechnet, den Mann in diesem Leben noch einmal wiederzusehen.
Chavasse lächelte sanft. »Komm rein, Jacaud.«
Jacaud tat einen Schritt zurück, und eine Pistolenmündung berührte ihn an der Schläfe. Er wandte den Kopf; vor ihm stand Darcy Preston und sah ihn an.
Kalter Schweiß brach auf seiner Stirn aus; er fing an zu zittern. Was er hier sah, konnte einfach nicht sein. Er mußte sich an dem Türpfosten des Steuerhauses stützen und stöhnte. Die Maschine der *Mary Grant* dröhnte auf.

Sie fuhren los.

Sie gingen in der Panmarch-Bucht vor Anker. Jacaud hatte es inzwischen aufgegeben, an Geister zu glauben; er glaubte an ein Wunder, und Wunder konnten geschehen; davon war er überzeugt. Auch seine Furcht war verflogen, dafür hatte ihn die Wut gepackt, und er wartete ungeduldig auf seine Chance. Sie schien gekommen, als Mercier auftauchte und sein altes Fischerboot längsseits festmachte. Preston stand an der Reling und fing die Leine auf, und Chavasse war einen Augenblick unaufmerksam. Jacaud griff nach der Waffe, die er in der Hand hielt, und Chavasse, der damit gerechnet hatte, wich aus und schlug ihm hart gegen den Kopf.

Der Schlag hätte jeden anderen Mann für ein paar Minuten außer Gefecht gesetzt. Jacaud fiel hin, kam aber sofort wieder auf die Beine und wollte über die Reling springen. Darcy konnte ihm im letzten Moment noch ein Bein stellen, und Jacaud ging wieder zu Boden.

Als er hochkam, hatte der Mann aus Jamaika seine Jacke ausgezogen. »Na komm, Jacaud«, sagte er. »Wollen wir doch mal sehen, ob du gut bist.«

»Du schwarzes Schwein. Du schmutziges schwarzes Schwein.«

Jacaud ging auf ihn los wie ein Tornado; seine riesigen Arme wirbelten durch die Luft, aber er berührte Preston nicht einmal. Der empfing ihn mit einem konzentrierten Haken, dessen Präzision wirklich furchteinflößend war. Prestons boxerische Fähigkeiten waren sehenswert, und sein Haß gegen Jacaud verschaffte ihm noch größere Vorteile.

Jacaud konnte ihn vielleicht drei- oder viermal treffen; alle andern Schläge gingen in die Luft. Sein Gegner dagegen brachte Schläge mit verheerender Wirkung an. Jacaud mußte immer wieder in die Knie, bis ihn ein präziser rechter Haken endgültig zu Boden streckte.

Er lag da, rang nach Luft, und Preston kniete neben ihm hin. »Und nun, Jacaud, wirst du uns ein paar Fragen beantworten, und zwar sehr schnell.«
»Schwarzes Schwein«, sagte Jacaud und spuckte ihm ins Gesicht.
Chavasse zog Darcy hoch. »Hol erst mal Luft. Ich mache weiter.« Er steckte sich eine Zigarette an und stieß Rauch aus. »Wir alle hassen dich, Jacaud. Der Jamaikaner, weil du mit Rossiter zusammen seinen Bruder ertränkt hast. Mercier, weil du ihn und sein Leben in den Schmutz gezogen hast. Und ich, weil ich dich nicht leiden kann, und weil ich weiß, was du alles angestellt hast. Ich würde keine Sekunde zögern, dich umzulegen, Jacaud. So, jetzt weißt du, wie wir stehen. Wir fangen also noch mal an. Wo ist Rossiter hingefahren?«
Jacauds Antwort war knapp und deutlich.
Chavasse erhob sich. »Aufstehen.«
Jacaud zögerte, und Mercier trat ihm in die Rippen. »Hast du nicht gehört, was er gesagt hat?«
Jacaud kam langsam hoch, und Chavasse hielt einen Strick in der Hand. »Bindet ihm die Handgelenke zusammen.«
Jacaud wehrte sich nicht. »Ihr könnt mit mir machen, was ihr wollt. Ihr bringt mich nicht zum Sprechen. In der Hölle sehen wir uns wieder.«
Er fluchte noch weiter vor sich hin, aber Chavasse beachtete ihn nicht mehr. Er ging zum Heck des Schiffes, wo die Drehsitze angemacht waren; über die Rollen des Krans lief ein dickes Seil, mit dem Haie und Thunfische an Bord gehievt werden konnten. »Bringt ihn hier herüber.«
Darcy schob Jacaud unter den Kran, und Chavasse machte das Seil an Jacauds Handgelenken fest. »Was habt ihr denn vor?« fragte Jacaud.
Chavasse nickte den beiden zu. »Hoch mit ihm.«
Mercier und Preston drehten an der Kurbel, und Jacaud ging in die Luft; seine Füße hingen einen Meter über dem

Deck. Er fing an zu strampeln und trat wild um sich. Chavasse drehte den Kran, und Jacaud hing plötzlich über dem Wasser. Er fluchte und strampelte; Chavasse machte noch einen Versuch.

»Redest du jetzt, Jacaud?«

»Ihr könnt mich mal – ihr könnt mich alle mal!«

Chavasse nickte. Darcy ließ die Handkurbel fahren, und Jacaud tauchte ins Wasser. Chavasse sah auf die Uhr. Er gab ihm eine volle Minute; dann nickte er wieder, und Darcy und Mercier kurbelten ihn hoch. Jacaud hing in Höhe der Reling; er keuchte und rang nach Luft. Er fing an zu husten und übergab sich. Chavasse schonte ihn für ein paar Sekunden.

»Hellgate, Jacaud, Montefiore. Ich will von dir wissen, was es damit auf sich hat.«

Jacaud fluchte weiter und trat um sich. Chavasse nickte wieder den beiden zu. Sein Gesicht war kalt und ausdruckslos. Jacaud verschwand im Wasser.

Diesmal gab er ihm genau eineinhalb Minuten, und als sie Jacaud hochzogen, bewegte er sich nicht mehr.

Chavasse schwenkte ihn an Deck. Erst nach einer ganzen Weile rührte er sich; er hob den Kopf und machte die Augen auf.

»Hellgate«, keuchte er, »das ist ein Haus in der Camargue; in der Nähe ist ein Dorf, das heißt Chatillon. Monsieur Montefiore ist der Besitzer.«

»Und da ist Rossiter mit den andern hingefahren?«

Jacaud nickte schwach.

»Und Montefiore, ist der jetzt bei ihnen?«

»Ich weiß es nicht. Ich habe ihn nie gesehen. Ich weiß nur, was Rossiter mir gesagt hat.«

»Warum bist du nicht mit den andern mitgefahren?«

»Rossiter wollte, daß ich auf Mercier aufpaßte. Er meinte, er wüßte zuviel. Ich sollte allen Leuten sagen, daß ich die Gegend verlasse, damit keiner auf dumme Gedanken kam. Ich hatte die Kneipe nur gepachtet. In ein paar

Monaten wäre der Vertrag sowieso abgelaufen; deshalb habe ich die Kneipe dem alten Scheusal übergeben, das für mich arbeitete. Ich habe den Leuten erzählt, daß ich morgen nach Korsika fahren würde. Daß mir ein entfernter Verwandter einen Bauernhof vererbt hätte.«
Chavasse nickte. »Du solltest also Mercier umbringen?«
Jacaud fing wieder an zu husten; er würgte. Plötzlich stieß er einen erstickten Schrei aus. Er bäumte sich auf, als ob er Schmerzen hätte, und Mercier und Darcy ließen ihn schnell herunter. Mercier kniete sich neben ihm hin und legte den Kopf an Jacauds Brust. Als er aufsah, war sein Gesicht ernst.
»Er ist tot, Monsieur. Sein Herz hat ausgesetzt.«
»Hoffentlich hat er uns die Wahrheit gesagt«, sagte Chavasse ruhig. »Nehmt ihm die Fesseln ab und bringt ihn in die Kabine.«
Er drehte sich um, und Darcy hielt ihn am Arm fest. »Ist das alles, was du zu sagen hast? Wir haben gerade einen Mann umgebracht.«
»Er hat es nicht anders verdient«, sagte Chavasse. »Die Gefühle kannst du dir sparen. Dazu haben wir keine Zeit.«
Er machte sich los und ging ins Steuerhaus. Als sie aus der Kabine nach oben kamen, stand Chavasse über die Karte gebeugt. »Ich suche eine besonders tiefe Stelle«, sagte er zu Mercier. »So tief, daß wir dort die *Mary Grant* versenken können, ohne eine Spur zu hinterlassen.«
Mercier seufzte tief. »Schade drum, Monsieur. Ein so schönes Schiff.«
»Trotzdem muß es dran glauben«, sagte Chavasse. »Was schlagen Sie vor?«
Mercier sah sich die Karte an und legte dann den Finger auf eine Stelle, die als gefährliche Ansammlung von Felsen markiert war; die Stelle lag ungefähr sechs Kilometer entfernt. »Die Pinnacles, Monsieur, da sind schon viele Schiffe gesunken. Der Kanal ist dort neunhundert

Meter tief. Was da versinkt, taucht nie wieder auf, das können Sie mir glauben.«
Chavasse nickte. »Also gut. Sie fahren mit ihrem Boot vor, und ich folge Ihnen. Du gehst am besten mit Mercier mit, Darcy.«
»Ich bleibe auf der *Mary Grant*«, sagte Darcy.
Chavasse schüttelte den Kopf. »Das hat keinen Sinn. Dies ist ein Job, den ein Mann erledigen kann.«
»Ich habe gesagt, ich bleibe hier«, meinte Darcy gereizt. »Was ich sage, meine ich auch.«
Er ging aufs Vorschiff und blieb dort stehen; die Hände hatte er in die Hosentaschen vergraben, die Schultern hochgezogen.
»Er fühlt sich nicht wohl in seiner Haut, Monsieur«, meinte Mercier. »Das wundert mich. Schließlich haben die Leute doch seinen Bruder auf dem Gewissen.«
»Das ist es ja, was ihn quält«, sagte Chavasse. »Er ist kein gefühlloser Mensch, Mercier. Wir müssen jetzt weiter. Wir haben wenig Zeit.«

Die Pinnacles waren schon von weitem als Klippen zu erkennen, an denen sich die Wellen brachen. Als sie näher herankamen, wurde die Strömung stärker, meterhoch spritzte schäumender Gischt über die Klippen.
Die Pinnacles selbst waren eine Gruppe von bizarren Felsen, die zum größten Teil unter Wasser lagen; nur einige wenige erhoben sich bis zu fünfundzwanzig Meter über den Meeresspiegel. Mercier pfiff einmal scharf durch die Finger und winkte; das war das verabredete Zeichen. Chavasse stellte den Motor ab und rief Darcy. Der hatte mit einer Axt neben der Luke am Vorschiff gewartet, nun stieg er nach unten in den Bug und fing an, Löcher in den Schiffsrumpf zu schlagen. Als er wieder an Deck kam, hatte sich das Vorschiff schon beträchtlich gesenkt. Darcy war völlig durchnäßt.
Chavasse warf einen Schwimmgürtel mit dem Namen

des Schiffes über Bord. Mercier legte längsseits an. »Versunken im Meer«, sagte er. »Die Besatzung ertrunken. Kein Mensch wird Jacaud jemals wiedersehen.«
»Und Gorman?« fragte Darcy. »Was ist mit Gorman?«
Chavasse hob die Schultern. »Ob du's glaubst oder nicht, aber die meisten Leute, die im Kanal ertrinken, kommen nicht mehr an die Oberfläche. Und selbst wenn in ein paar Wochen einer findet, was von seiner Leiche übrig ist, paßt alles wunderbar zusammen.«
»Du hast einen verdammt gut geölten Verstand«, sagte Darcy.
»Mach's nicht so kompliziert. Ich bin Profi, und du bist kein Profi. So einfach ist das.«
Sie kletterten über die Reling auf Merciers Fischerboot. Mercier fuhr in einem weiten Bogen um die Pinnacles herum, und sie konnten beobachten, wie die *Mary Grant* sank. Das Vorschiff hatte sich schon gesenkt, das Heck ragte weit aus dem Wasser. Plötzlich sackte die *Mary Grant* ab; alles ging sehr schnell. Hätte man für Sekunden die Augen geschlossen, wäre einem das Schauspiel entgangen. Die Wellen schlugen über dem Schiff zusammen, Mercier drückte den Gashebel, und sie fuhren zurück zur Küste.
»Und was nun?« fragte Darcy Preston. Er ließ sich in einen der großen Sitze fallen und zog den Kopf ein, um sich gegen den schäumenden Gischt zu schützen.
»Wir fahren mit dem Zug«, sagte Chavasse. »Wir nehmen den Zug nach Marseille, wenn es einen gibt; das heißt: wenn du noch mit von der Partie bist.«
Darcy nickte. »Ich hänge schon zu weit in der Geschichte drin, um noch einen Rückzieher machen zu können. Du brauchst dir keine Gedanken zu machen – ich bleibe immer hübsch hinter dir.«
»Gut.« Chavasse wandte sich an Mercier. »Setzen Sie uns an einer abgelegenen Stelle ab, möglichst in der Gegend von St. Brieuc. Können Sie das machen?«
»Selbstverständlich Monsieur.«

Chavasse gab ihm eine Zigarette und hielt ihm ein Streichholz hin. »Es könnte sein, Mercier, daß die Leute wegen Jacaud Fragen stellen.«
»Mag sein, Monsieur, aber das glaube ich nicht. Er wollte ja heute morgen in aller Frühe sowieso wegfahren. Die Leute werden denken, daß er eben ein bißchen früher gefahren ist. Jedenfalls weiß man, daß er an Bord der *Mary Grant* gegangen ist, und die *Mary Grant* ist verschwunden. In ein paar Tagen wird ein Fischerboot den Schwimmgürtel finden, oder er wird an Land getrieben, oder vielleicht auch nicht. Henri Jacaud hat nie existiert, Monsieur.«
»Und Sie? Was wollen Sie jetzt machen?«
»Ich werde meine Frau begraben, Monsieur«, sagte Mercier bescheiden.

12

Es war kurz vor Mitternacht, als sie in St. Brieuc ankamen. Zufällig fuhr in der nächsten Viertelstunde ein Zug nach Rennes, den sie auch nahmen; denn das war immer noch besser, als untätig hier herumzusitzen.
In Rennes hatten sie bis zur Abfahrt eines Zuges nach Marseille eineinhalb Stunden Aufenthalt. Sie setzten sich in ein Café in der Bahnhofsgegend. Preston grübelte immer noch vor sich hin und sagte kaum ein Wort. Schließlich platzte Chavasse der Kragen.
»So geht es nicht weiter«, sagte er. »Entweder schaffen wir jetzt klare Verhältnisse – oder du setzt dich ab.«
»Wäre das nicht ziemlich schwierig?« sagte Darcy. »Ich bin doch nicht einmal offiziell in dieses Land eingereist.«
Chavasse schüttelte den Kopf. »Ich brauchte nur unser Büro in Paris zu verständigen. Die Leute würden dich schon über die Grenze bringen.«
Darcy machte einen bekümmerten Eindruck. »Ich weiß auch nicht, was mit mir ist, Paul. Als ich dir nachgefahren

bin, habe ich das noch für eine vernünftige Idee gehalten; besonders als ich erfahren hatte, was sie mit Harvey gemacht haben. Mich hatte die Wut gepackt, ich wollte Rache.«

»Und nun?«

»Die Geschichte mit Gorman war noch nicht so schlimm. Schließlich wollte er dich ja umbringen. Ich hätte gar keine andere Möglichkeit gehabt. Aber Jacaud . . .« Er schüttelte den Kopf. »Das kann ich nicht verdauen.«

»Wenn es so ist, müssen wir uns trennen«, sagte Chavasse. »Rossiter hat deinen Bruder wie eine Ratte ertränkt, ohne die geringsten Gewissensbisse. Er hat sich sogar als Massenmörder versucht, als die *Leopard* sank, und so erfolglos war er gar nicht, wenn du dich daran erinnerst, was mit Mrs. Campbell und dem alten Hamid passiert ist. Und wenn wir beide ihm noch mal vor Augen kommen, und er sieht, daß wir noch unter den Lebenden wandeln, wird er keine Sekunde zögern, uns umzubringen. Wir sind hier nicht im Old Bailey oder im jamaikanischen Gerichtshof. Hier gilt nur ein Gesetz – töten oder getötet werden; und ich habe die ausdrückliche Anweisung, in diesem Fall zu töten. Das darfst du nicht vergessen. Ho Tsen, Rossiter und Montefiore – alle drei müssen sie sterben.«

Der Jamaikaner schüttelte den Kopf. »Als ich damals noch mit Harvey in Soho lebte, habe ich so ziemlich jede Sorte von Halunken und Gaunern kennengelernt – aber du gehörst zu einer besonderen Kategorie.«

»Deshalb habe ich diesen blutigen Job auch zwölf Jahre überlebt«, sagte Chavasse. »Bleibst du also dabei – oder verzichtest du?«

»So wie die Dinge stehen, bleibt mir wohl keine Wahl. Ich weiß wohl, wenn ich in Rossiters Nähe komme und ihn nicht zuerst erwische, dann drückt er eben ab. Und das geht mir gegen den Strich; ich will diese Situation einfach nicht wahrhaben. Ich habe jahrelang mit Harveys Freunden und Bekannten zu tun gehabt – einem Psychologen würde es bestimmt nicht schwerfallen festzustellen, warum ich ausgerechnet Rechtsanwalt geworden bin.« Er seufzte. »Aber du kannst mit mir rechnen, Paul. Du kannst dich auf mich verlassen.«

»Gut, jetzt weiß ich also, woran ich bin. Ich rufe gleich unseren Mann in Marseille an. Ich möchte, daß er alles für uns arrangiert hat, wenn wir morgen früh ankommen.«

Er stand auf. Darcy sagte: »Die Camargue – was ist das eigentlich für eine Gegend?«

»Das Mündungsdelta der Rhone«, sagte Chavasse. »Fast fünfhundert Quadratkilometer Lagunen, natürliche Kanäle, Marsch, weiße Dünen und heiße Sonne, wenn es auch um diese Jahreszeit zum Sonnenbaden nicht besonders günstig ist. In der Camargue gibt es weiße Pferde, wilde Stiere und Flamingos. Als Junge bin ich mal dort gewesen, das ist schon zwanzig Jahre her; aber ich habe diese Landschaft nie vergessen.«

»Aber was, zum Teufel, machen die denn bloß da unten?« fragte Dracy.

»Das werden wir ja sehen, nicht?« sagte Chavasse und ging telefonieren.

Jacob Malik war gebürtiger Pole. Er hatte sein Geburtsland kurz vor Ausbruch des Zweiten Weltkriegs aus politischen Gründen verlassen. Ein paar Jahre lang hatte er für das *Deuxième Bureau* gearbeitet, den alten französischen Geheimdienst, der im Jahr 1940 zusammengebrochen war. Während des Krieges hatte er Kurierdienste für die *British Special Operations Executive* und die französische Widerstandsbewegung geleistet. Seine abenteuerliche Karriere war jäh zu Ende gegangen, als während des französisch-algerischen Konflikts die F. L. N. eine Handgranate in sein Hotelzimmer warf. Er hatte dann mit seiner maurischen Frau und drei Kindern ein kleines Café in der Hafengegend von Marseille eröffnet. Seit sechs Jahren war er der hiesige Agent des Geheimdienstes;

Chavasse hatte schon zweimal mit ihm zusammengearbeitet.
Er wartete neben einem Lieferwagen Marke Renault und stützte sich auf seinen Stock; ein schlanker, elegant aussehender Mann mit einem gepflegten Schnurrbart, seine sechzig Jahre sah man ihm nicht an.
Er zog beim Gehen ein Bein nach. Chavasse begrüßte er überschwenglich. »Mein lieber Paul, wie wunderbar, dich wiederzusehen. Wie geht es dir?«
»Ausgezeichnet.« Chavasse drückte ihm die Hand. »Und wie geht's Nerida und deiner Familie?«
»Gut, gut. Sie möchte immer noch gern nach Algier zurück, aber das können wir ja nicht. Ich würde dort keine Woche am Leben bleiben. Die Araber haben ein gutes Gedächtnis.«
Chavasse stellte ihm Darcy vor; dann stiegen sie in den Renault und fuhren los. Es war warm und ziemlich schwül, schwere graue Wolken verdeckten die Sonne; und doch war das Licht hell und blendete, wie es für Marseille so typisch ist.
»Was hast du arrangiert?« fragte Chavasse.
»Ich habe nach deinem Anruf lange über die Sache nachgedacht«, sagte Malik. »Um genau vier Uhr ist mir eine geniale Idee gekommen, das muß ich in aller Bescheidenheit sagen. In die Camargue zu kommen, ist kein Problem. Aber unbemerkt zu bleiben, das ist unmöglich.«
»In einem fünfhundert Quadratkilometer großen Gebiet von Lagunen und Marschlandschaft?« sagte Chavasse. »Das verstehe ich nicht.«
»Oh, das Gebiet ist tatsächlich sehr dünn besiedelt; es gibt dort hauptsächlich Wildhühner und ein paar Cowboys, die die jungen Stiere und die wilden Pferde hüten. Aber gerade weil es eben so wenig Menschen dort gibt, ist es für Fremde schwierig, unbemerkt zu bleiben. Man braucht also einen für jedermann einsehbaren Grund, um

sich dort aufzuhalten, einen einleuchtenden Grund.«
»Und dir ist einer eingefallen?«
»Vögel beobachten«, sagte Malik trocken.
Darcy Preston fing laut an zu lachen. »Das kann doch nicht Ihr Ernst sein.«
»Aber es ist mein Ernst«, sagte Malik. Er sah leicht beleidigt aus. »Die Wildvögel der Camargue, besonders die Flamingokolonie, sind doch bekannt. Die Leute kommen aus ganz Europa, um sie sich anzusehen.«
»Ich finde die Idee gar nicht so schlecht«, sagte Chavasse.
»Mein lieber Paul, ich habe uns sogar schon eine Ausrüstung besorgt. Ein kleines Motorboot und alles mögliche an Zubehör. Ein Schlauchboot, kugelsichere Westen und Wasserstiefel, Ferngläser und eine gute Kamera. Ich habe mit S2 in London telefoniert, und die waren einverstanden. Ich wollte keine unnötige Zeit verlieren.«
»Gut.« Chavasse überkam plötzlich eine Welle von Sympathie für Malik, und er klopfte ihm auf die Schulter. »Wirklich phantastisch.«
»Du mußt nicht übertreiben, Paul. Immerhin werde ich für diesen Job gut bezahlt – und wenn ich mit euch mitfahre, bekomme ich das Doppelte.«
»Willst du denn mit?«
»Ich kenne die Camargue, und ihr kennt sie nicht; es gibt also keinen vernünftigen Grund, es nicht zu tun.« Er lächelte. »Und ihr habt wirklich keine Ahnung, wie langweilig das Leben heutzutage sein kann. Ein bißchen Bewegung würde mir guttun.«
»Also abgemacht.« Chavasse wandte sich zu Darcy, der hinten im Wagen saß. »Es geht doch nichts über eine gute Organisation.«
»Oh, ich bin schwer beeindruckt«, sagte Darcy. »Aber ich wäre noch mehr beeindruckt, wenn ich irgendwann auch mal was in den Magen bekäme. Der hängt mir nämlich schon auf den Knien.«
»Auch dafür ist gesorgt, Monsieur«, sagte Malik. »Bis zu

meinem Café ist es nicht mehr weit. Meine Frau wird Ihnen, wenn auch widerwillig, Bouillabaisse anbieten; das ist die Spezialität dieser Gegend. Aber wenn ich Ihnen einen guten Rat geben darf: Nehmen Sie lieber ihren gefüllten Hammel mit Reis; das verschafft Ihnen ihre ewige Freundschaft.«
»Fahren Sie nur zu«, sagte Darcy; und als Malik den Renault auf die andere Spur steuerte, hätte er fast einen Bus gestreift. Er bog in eine enge Seitenstraße ein, die zum Hafen hinunterführte.

Malik hatte nicht zuviel versprochen; der gefüllte Hammel mit Reis schmeckte ausgezeichnet. Nach dem Essen fuhren sie in den alten Hafen, stellten den Renault ab und gingen zum Kai. Dort lagen Boote und Schiffe jeder Art und jeder Größe vor Anker; eine Unmenge von Segel- und Beibooten säumten den Kai. Sie gingen über eine Steintreppe nach unten, und Malik holte ein Beiboot für sechs Mann ein.
Chavasse nahm die Ruder; im Hafen herrschte Hochbetrieb, und sie hatten Mühe, sich einen Weg zu dem sechs Meter langen Motorboot zu bahnen. Das Boot hieß *L'Alouette*, es war weiß und hatte einen hellroten Streifen; die Aufbauten waren aus Fiberglas. Darcy kletterte als erster an Bord, gab Malik die Hand und half ihm beim Einsteigen. Chavasse machte das Beiboot fest und stieg als letzter über die Reling.
Die Kabine war klein; zu beiden Seiten waren gepolsterte Sitzbänke angebracht, auf denen man notfalls auch schlafen konnte. Es gab noch eine Toilette und eine kleine Kombüse an Bord.
Malik ließ sich mit einem Seufzer nieder und zündete sich ein dünnes schwarzes Zigarillo an. »Dann wollen wir mal anfangen mit dem Geschäft. In dem Schränkchen, Paul, findest du eine Karte. Unter dem doppelten Boden habe ich ein paar Maschinenpistolen und ein halbes Dutzend

Granaten verstaut. Die könnten uns vielleicht nützlich sein.«
Auf der Karte war die Camargue in allen Einzelheiten abgebildet; nicht nur die zahlreichen Mündungen der Rhone, auch jede Lagune, jede Sandbank, jedes kleine Flüßchen.
»Wir können uns nicht hundertprozentig auf die Karte verlassen«, sagte Malik. »Ebbe und Flut und die Flußströmung verändern ständig die Beschaffenheit der Küste. Eine Sandbank kann heute hier und morgen dort sein; und ein paar von den kleinen Flüßchen können jederzeit austrocknen. Trotzdem werden wir nicht allzu viele Schwierigkeiten haben. Die *Alouette* hat nur einen Tiefgang von knapp einem Meter.«
»Und Hellgate? Ist das auf der Karte verzeichnet?« fragte Darcy.
»Ja. Es liegt auf dem Point du Nord, und zwar auf der Marseille zugewandten Seite. Drei oder vier Kilometer landeinwärts liegt das Dorf Chatillon. Hellgate ist ein paar Kilometer nordöstlich von dem Dorf verzeichnet.«
Chavasse fand es nach Maliks Beschreibung; es war eine Insel in einer Lagune; sie hatte sichelförmige Umrisse wie ein Halbmond. »Hast du irgendwas über Hellgate oder Montefiore in Erfahrung bringen können?«
»Ich bin natürlich nicht aus Marseille herausgekommen, dazu war die Zeit zu knapp; aber ein paar Informationen habe ich doch beschaffen können. Das Haus selbst ist rund siebzig Jahre alt. Gebaut hat es in den neunziger Jahren ein russischer Schriftsteller namens Kurbsky. Der Mann konnte den Zar nicht leiden und machte auch keinen Hehl aus seiner Abneigung. Seine Romane müssen damals in Europa und Amerika ziemlich hohe Auflagen gehabt haben; jedenfalls hat er allerhand Geld verdient. Auf einer seiner Reisen ist er in die Camargue gekommen, um sich die Stierzucht anzusehen. Die Gegend gefiel ihm, und er hat sich hier niedergelassen.

Diese abgelegene Gegend hat er gewählt, weil er viel Wert darauf legte, zurückgezogen leben zu können. Das Haus ist ganz aus Holz und in russischem Stil gebaut.«

»Was ist dann mit ihm passiert?« fragte Darcy.

»Nach der Oktoberrevolution ist er dann wieder nach Rußland gegangen – das war natürlich ein Irrtum. Unter Lenin erging es ihm nicht besser als vorher unter dem Zarenregime; nur konnte er nun das Land nicht mehr verlassen. Neunzehnhundertfünfundzwanzig ist er gestorben; vielleicht hat man ihn auch hingerichtet. Das alles war übrigens nicht schwer zu erfahren. Marseille hat eine ausgezeichnete Bibliothek. Ich habe einen Freund mit Verbindungen zum Katasteramt in Arles, und der hat sich nach den Besitzverhältnissen erkundigt. Im letzten Krieg haben die deutschen Truppen in Hellgate eine Art Stützpunkt errichtet. Danach waren die Gebäude dann unbewohnt; und vor vier Jahren hat ein Mann namens Leduc Hellgate gekauft.«

»Leduc?« Chavasse runzelte die Stirn.

»Das ist der Name, wie er im Grundbuch angegeben ist.«

Chavasse nickte bedächtig. »Schön. Ich werde dich, soweit wir informiert sind, über unsern Fall instruieren. Damit du weißt, was dich erwartet.«

Malik hörte ihm aufmerksam zu. Schließlich sagte er: »Eine eigenartige Geschichte. Dieser Rossiter zum Beispiel. Einerseits ein stümperhafter Amateur, der einen Fehler nach dem andern macht. Andererseits ein kaltblütiger, gemeiner und skrupelloser Mörder . . .«

»Und was hältst du von Ho Tsen?«

»Sicher ein gefährlicher Mann. Aber wie kommt ein Profi wie er dazu, sich mit solchen Leuten einzulassen?«

»Genau das müssen wir eben herausfinden«, sagte Chavasse. »Ein paar Vermutungen habe ich allerdings. Du weißt selbst, wie schwer es die Chinesen auf dem Gebiet der Spionage haben. Die Russen haben nicht annähernd solche Schwierigkeiten. Ihre eigenen Leute können sich immerhin als Bürger der meisten westlichen Länder ausgeben. Die Chinesen können das natürlich nicht, sie fallen im Westen überall auf; das mag ein Grund sein, weshalb sie sich mit einem Mann wie Rossiter einlassen; ob er nun ein Amateur ist oder nicht. Aber das erklärt immer noch nicht, was Montefiore damit zu tun hat.«

Malik nickte. »Und wenn du alles herausbekommen hast – was dann?«

»Dann wird liquidiert – alle ohne Ausnahme.«

»Und das Mädchen«, meinte Darcy. »Was geschieht mit ihr?«

»Wenn es möglich ist, holen wir sie heraus.«

»Aber nur wenn es möglich ist?«

»Genau. Und nun laßt uns an die Arbeit gehen. Wir haben noch den ganzen Nachmittag Zeit. Bis zur Dunkelheit können wir noch allerhand schaffen. Einverstanden, Jacob?«

Malik nickte. »Ich kenne die Gegend und werde das Steuer übernehmen. In gut drei Stunden müßten wir die Strecke geschafft haben. Vorausgesetzt, das Wetter hält sich; allzu gut sieht es nicht aus.«

Er ging an Deck, und Chavasse folgte ihm. Er stellte sich an die Reling und betrachtete Marseille, während sie aufs offene Meer hinausfuhren. Marseille war eine uralte Stadt, die schon viele Herren gesehen hatte: Phönizier, Griechen, Römer.

Hinter Cap Croisette hatte sich der Himmel verdunkelt, düstere Wolken hatten sich zusammengeballt, und als sie die offene See erreichten, fielen die ersten schweren Regentropfen.

Von der See her sah die Camargue aus wie eine Ansammlung von Dünen, die sich in der Ferne am Horizont verloren. Als sie landeinwärts steuerten, kamen sie durch dichtes Schilfrohr und Sumpfgras, das sich weit über die Wasseroberfläche erhob. Ein schwerer, beißender Geruch hing über der Sumpflandschaft; die verfaulenden Pflanzen und der schwarze gashaltige Sumpfboden strömten diesen Geruch aus, der an eine vergangene düstere Urwelt erinnerte; ein Ort, über den die Zeiten hinweggegangen waren.

Das Wetter hatte sich doch nicht verschlechtert; einzelne Regenschauer waren noch gefallen, aber nun hatte es ganz aufgehört zu regnen. Malik hatte wieder das Steuer übernommen, und Chavasse und Darcy standen an der Reling.

Ein halbes Dutzend weißer Pferde standen auf einer Sandbank und sahen zu ihnen herüber; hinter ihnen, an Land, stolzierten Hunderte von buntgefiederten Flamingos.

»Was hast du nun vor, Paul?« fragte Malik. »Wollen wir ins Dorf, oder willst du weiterfahren?«

»Ich schlage vor, wir halten hier«, sagte Chavasse. »Du gehst in den Dorfladen und kaufst ein paar Sachen ein. Darcy und ich halten uns besser im Hintergrund, für alle Fälle.«

»Einverstanden.« Malik nickte. »Wenn wir weiterfahren, würden die Leute wohl nur um so neugieriger und sich fragen, wer wir sind und was wir wollen. Dorfbewohner sind auf der ganzen Welt gleich.«

Und Chatillon war ein winziges Dorf. Zwei primitive hölzerne Anlegebrücken ragten nur knapp aus dem Wasser, ein paar kleine Boote waren festgemacht, und an Land stand ein gutes Dutzend Häuser. Malik steuerte die *Alouette* an das äußerste Ende der einen Brücke, und Chavasse ließ sich im Hinterschiff nieder und machte sich an einer großen Angel zu schaffen; sie gehörte zu der Ausrüstung, die Malik besorgt hatte. In ihrer Umgebung tat sich nicht viel. Fünfzig Meter weiter arbeitete ein Mann an einem Fischerboot, und zwei Greise saßen auf dem andern Kai und flickten Netze für die Wildhuhnjagd. Malik kam nach einer Viertelstunde mit einer großen

Papiertüte wieder; er hatte allerhand Eßbares eingekauft. »Typische französische Dorfbewohner«, sagte er, als Chavasse ihm über die Reling half. »Voller Mißtrauen beäugen sie jeden Fremden, aber sie wollen bis in alle Einzelheiten wissen, was man hier vorhat.«

»Und was hast du ihnen erzählt?«

»Ich sei mit einem Freund aus Marseille gekommen, und wir wollten Vögel beobachten und ein bißchen angeln. Wie gesagt, solche Leute kommen hier fast jede Woche vorbei.«

»Und sie haben dir deine Geschichte geglaubt?«

»Vollkommen. Es war eine alte Frau, weit über siebzig Jahre alt, mit ihrem schwachsinnigen Sohn. Ich habe ihnen die Karte gezeigt und gefragt, wo man die Nacht über vor Anker gehen könnte; und dabei habe ich mich beiläufig nach Hellgate erkundigt.«

»Wie haben sie reagiert?«

»Ganz normal. Es sei ein privates Grundstück, bewohnt von netten Leuten; aber auf Besucher seien sie nicht besonders erpicht.«

»Sehr gut«, sagte Chavasse. »Dann wollen wir weiter. Es wird bald dunkel.«

Von ferne hörten sie es donnern; ein Gewitter stand bevor. Chavasse machte das Tau los. Malik startete. Darcy kam erst wieder an Deck, als sie außer Sichtweite waren. Sie befuhren einen schmalen Flußarm, dessen Ufer dicht von Schilf bestanden waren.

Chavasse kletterte auf das Dach der Kabine und breitete die Karte aus. Am Anfang war es noch ziemlich einfach, ihren Kurs zu verfolgen; aber es wurde schwieriger, je tiefer sie in das Sumpfgebiet eindrangen.

Sie hatten absichtlich keine Route gewählt, die sie direkt nach Hellgate geführt hätte. Sie hielten sich in nordöstlicher Richtung und näherten sich schließlich ihrem Ziel von der rückwärtigen Seite her.

Es war schon fast dunkel, als sie in eine kleine Lagune

einbogen, und Chavasse rief leise: »Okay, bis hierher.« Malik schaltete den Motor aus, und Darcy warf den Anker. Das Wasser mochte an dieser Stelle zweieinhalb Meter tief sein. Plötzlich war alles still; nur die Ochsenfrösche quakten noch, und ab und zu raschelte im Dickicht ein Vogel.
»Wie weit ist es noch?« fragte Darcy.
»Ich schätze vierhundert Meter, mehr nicht«, sagte Chavasse.
»Bei Sonnenaufgang nehmen wir das Schlauchboot und sehen uns das Gelände aus der Nähe an.«
»Wird interessant werden«, sagte Malik.
»Das denke ich auch.«
Über ihnen ertönte ein gewaltiges Donnern; ein wolkenbruchartiger Regen setzte ein. Sie stiegen eilig über die kleine Treppe in die Kabine. Draußen war es vollkommen dunkel.

13

Die Welt war kalt, grau und häßlich, als Chavasse am nächsten Morgen um vier Uhr dreißig an Deck ging. Der Regen prasselte mit unverminderter Heftigkeit auf die Sumpflandschaft nieder. Das Schilfrohr, die Büsche und das Dickicht in ihrer Umgebung waren in der Morgendämmerung zum Leben erwacht. Vögel riefen aufgeregt durcheinander, und Wildgänse erhoben sich zum Flug durch den Regen.
Er hatte wasserdichte Stiefel und einen Anorak mit Kapuze angezogen; um den Hals trug er ein Fernglas. Darcy Preston kam in derselben Ausrüstung an Deck. Schließlich folgte auch Malik, der sich mit einem riesigen schwarzen Regenschirm gegen den Regen schützte. »Das letzte Fleckchen Erde, das Gott gemacht hat.« Der Pole bibberte vor Kälte. »Ich hatte ganz vergessen, daß es hier

auch solches Wetter gibt.«
»Das reinigt die Seele, Jacob.« Chavasse setzte das Schlauchboot aus. »Wir bleiben nicht lange – höchstens ein paar Stunden. Ich will mir nur ein Bild von den Größenverhältnissen machen, mehr nicht.«
»Merkt euch den Weg, damit ihr auch wieder zurückfindet«, sagte Malik. »Das ist gar nicht so einfach in dieser Gegend.«
Darcy Preston übernahm die Ruder; nach kurzer Zeit schon war die *Alouette* außer Sichtweite. Chavasse konzentrierte sich auf Karte und Kompaß, und Preston ruderte nach seinen Anweisungen; sie nahmen direkten Kurs auf Hellgate. Durch Sumpf, Schilfrohr und über schmale Flüßchen drangen sie immer tiefer in eine verlassene Welt ein.
»Hier sieht alles aus, als hätte sich seit Urzeiten nichts verändert«, sagte Darcy.
In dem Dickicht zu ihrer Linken raschelte es; das Schilfrohr teilte sich, und ein junger Stier bahnte sich einen Weg ans Ufer. An einer seichten Stelle blieb er stehen und beobachtete sie argwöhnisch.
»Einfach weiterrudern«, sagte Chavasse. »Die Hörner von dem Burschen sind so lang wie dein Arm. Zu Fremden sind diese Tiere nicht besonders freundlich.«
Darcy legte sich mächtig ins Zeug, und der junge Stier verschwand außer Sichtweite. »So einem Burschen möchte ich nicht im Dunkeln begegnen«, sagte er. »Warum läßt man die Tiere denn hier auch frei herumlaufen?«
»Die Stiere werden hier gezüchtet – sie wachsen hier in Freiheit auf und werden kräftig und stolz. Das hier ist das Land der Stiere, Darcy. Die Leute beten die Burschen an. Und die Eindringlinge sind wir, nicht die Stiere.«
Sie bogen in eine große Lagune ein, und keine fünfzig Meter vor ihnen erhoben sich die Türme eines Hauses aus dem Nebel. Chavasse machte eine rasche Handbewe-

gung, und Darcy ruderte scharf rechts in den Schutz des Schilfrohrs. Dahinter war fester Boden. Sie steuerten ans Ufer und stiegen aus. Chavasse duckte sich und sah durch sein Fernglas.
Malik hatte recht; das Haus war in russischem Stil gebaut. Es war ganz aus Holz; an den vier Ecken erhoben sich vierstöckige Türme, und an der vorderen Seite befand sich eine großzügige Terrasse. Das Gebäude war von Kiefern umgeben, die wahrscheinlich einmal eigens zu diesem Zweck gepflanzt worden waren; aber was ursprünglich ein Garten gewesen sein mochte, war nun eine Ansammlung von wild wuchernden Pflanzen, Gräsern und Bäumen.
Das Ganze wirkte auffallend unecht – wie eine Imitation. Es hätte die Kulisse für ein Stück von Tschechow sein können, allerdings nur in einem Hollywoodschinken.
Chavasse konnte keinen Landungssteg ausmachen; wahrscheinlich lag er hinter dem Haus. Strategisch gesehen war gar keine günstigere Lage für das Gebäude denkbar. Die Lagune hatte die Umrisse eines Halbmondes; sie war knapp hundert Meter breit und vielleicht zweihundert Meter lang. Bei Tageslicht war es nicht möglich, unbemerkt an das Haus heranzukommen.
Er gab Darcy das Glas. »Was hältst du davon?«
Der Jamaikaner sah hindurch und schüttelte den Kopf. »Das schaffen wir nicht. Bei Tage kommen wir da nicht heran.«
Im selben Augenblick bellte ein Hund, und zwei Männer kamen um eine Ecke des Hauses gelaufen – es waren zwei Chinesen. Jeder trug ein Schnellfeuergewehr. Jetzt war der Hund neben ihnen; ein deutscher Schäferhund. Er lief aufgeregt hin und her, die Schnauze dicht über dem Boden.
»Ich weiß zwar nicht, was er sucht; aber bei dem Regen wird er nicht viel wittern können«, sagte Darcy.
»Da bin ich nicht so sicher.« Chavasse beobachtete die

Szene gespannt durch das Glas. »Ein Schäferhund läßt sich nicht so leicht hereinlegen.«
Rechts von ihnen waren plötzlich laute Geräusche zu hören ; etwas planschte im Wasser, und die Spitzen des Schilfrohrs bewegten sich. Chavasse dachte erst, es sei wieder ein Stier; aber vorsichtshalber zog er seine Walther PPK. Ein Mann schrie auf vor Schmerz, dann hörte man wieder etwas ins Wasser klatschen, und schließlich rief der Mann auf französisch um Hilfe.
Chavasse und Darcy bahnten sich einen Weg durch das Schilf; sie drangen bis zur anderen Seite der Sandbank vor, und da sahen sie im Wasser den Kopf eines Mannes untertauchen. Mit der Hand griff er verzweifelt in die Luft.
Chavasse stürzte sich sofort ins Wasser und langte nach der ausgestreckten Hand; das Wasser ging ihm bis an die Brust. Der Mann ging wieder unter; aber er hatte ihn jetzt sicher im Griff, und der schlammige Boden gab ihn widerwillig frei.
Darcy hielt ihm einen Arm entgegen, und sie legten den Mann ans Ufer. Er war dünn und ausgemergelt und hatte graues Haar; er mochte wohl siebzig Jahre alt sein. Er hatte nur eine Schlafanzughose und eine ärmellose Weste an; sein Körper war blau gefroren. Er bibberte vor Kälte und sah sie mit weit aufgerissenen und furchtsamen Augen an. Dann wurde er ohnmächtig.
»Ein armer Teufel.« Chavasse hob den linken Arm an; er bestand nur noch aus Haut und Knochen. »Hast du das schon mal gesehen?«
Darcy sah sich die zahlreichen winzigen Einstiche an und nickte. »Heroinsüchtig. Muß schon ziemlich weit fortgeschritten sein. Wer mag das wohl sein?«
Chavasse knöpfte sich den Anorak auf. »Bei Mallory habe ich mal ein Foto von ihm gesehen, aber darauf sah er noch gesund aus.«
»Montefiore?«

»In Person.« Chavasse brachte den bewußtlosen Mann in eine sitzende Lage, zog ihm den Anorak über den Kopf und nahm ihn dann in beide Arme. »Laß uns hier verschwinden, sonst stirbt er uns noch unter den Händen.«

Auch auf der Rückfahrt übernahm Preston die Ruder. Chavasse saß hinten und hielt Enrico Montefiore. Es ging ihm offenbar sehr schlecht; er stöhnte unaufhörlich, von Zeit zu Zeit schrie er leise; aber er kam nicht mehr zu Bewußtsein.

Irgendwo in der Nähe bellte der Schäferhund; sie hörten, daß ein Motorboot gestartet wurde. Das trockene Knattern des Außenbordmotors war unverkennbar.

Chavasse sah immer wieder auf den Kompaß und gab Darcy genaue Anweisungen; und der legte sich mächtig ins Zeug. Einmal blieben sie in besonders dichtem Schilf stecken. Chavasse legte Montefiore vorsichtig hin und stieg aus, um zu schieben.

Es war kalt, bitter kalt; das Wasser war nun in seine Stiefel gedrungen, und ohne den Anorak war sein Oberkörper ungeschützt.

Der Hund bellte immer noch; es hörte sich an, als seien die Leute näher gekommen, der Außenbordmotor knatterte monoton. Chavasse schob aus Leibeskräften, bekam das Boot frei, kletterte an Bord, und es ging weiter.

Augenblicke später erreichten sie eine größere Lagune, und vor ihnen tauchte die *Alouette* aus dem Nebel auf.

»Jacob«, rief Chavasse, und als sie dichter herangekommen waren, sah er Malik im Hinterschiff sitzen, über sich immer noch den riesigen schwarzen Regenschirm.

Das Schlauchboot prallte sanft längsseits gegen die *Alouette*. Chavasse stand auf und konnte jetzt unter dem Regenschirm Maliks Gesicht sehen. Der Schirm war mit einem Seil an die Reling im Heck gebunden, Maliks Augen starrten ins Leere; er war tot. Sein linkes Ohr war

abgetrennt, und zwischen den Augen hatte er ein kleines blaues Loch.
»Guten Morgen, Chavasse. Willkommen an Bord.« Rossiter kam aus der Kabine und lächelte ihm freundlich entgegen, als freue er sich wirklich über das Wiedersehen.
Oberst Ho Tsen stand im Hintergrund; sein Gesicht war immer noch mit einem Heftpflaster beklebt. Er hielt ein AK-Schnellfeuergewehr in der Hand und machte ein unerbittliches Gesicht; ein Professioneller vom Scheitel bis zur Sohle.
»Einer meiner Leute hat Sie gestern abend fotografiert«, sagte Rossiter. »Das machen wir immer, wenn Fremde in diesen Teil der Camargue kommen. Ich habe mich nicht schlecht gewundert, als man mir den Abzug zeigte.«
»Es hat lange gedauert, bis Sie hierhergekommen sind«, sagte Chavasse. »Keine gute Arbeit.«
»Sie vergessen das Wetter, mein Lieber. Als wir hier ankamen, waren Sie gerade losgefahren. Und da haben wir auf Sie gewartet. Besonders langweilig ist es nicht gewesen. Ihr Freund war ziemlich gesprächig, nachdem sich der Oberst mit ihm befaßt hatte. Nun ja, Sie wissen also alles über uns, Chavasse. Andererseits wissen wir aber auch alles über Sie.«
»Wie schön für Sie. Und was ist mit Montefiore?«
»Ein Problem für uns. Er hat das schon einmal gemacht. Ich werde seinen Wächter zur Rede stellen.«
Er holte eine Pfeife aus der Kabine und blies dreimal. Darcy Preston sagte: »Wer hat ihn heroinsüchtig gemacht – Sie?«
»Es erleichtert den Umgang mit ihm«, sagte Rossiter.
»Er ist doch nur noch ein Wrack. Warum lassen Sie ihn nicht in Frieden sterben?«
»Und wer sollte dann die Schecks ausschreiben?« fragte Rossiter. Es klang wie ein Vorwurf.
Das erklärte natürlich vieles. Nun passierten mehrere

Dinge auf einmal. Montefiore kam wieder zu Bewußtsein; er stöhnte, schlug wild um sich und setzte sich aufrecht; und ein Schlauchboot mit einem Außenbordmotor tauchte aus dem Nebel auf. In dem Boot saßen zwei Chinesen und der Schäferhund.
Die beiden Männer kamen an Bord; sie ließen den Hund im Schlauchboot. Ho Tsen redete heftig auf die beiden ein; er sprach chinesisch und so schnell, daß Chavasse kein Wort verstehen konnte. Der Mann antwortete mit leiser Stimme und sah beschämt zu Boden. Ho Tsen schlug ihm ins Gesicht.
»Haben die Männer eine Dosis bei sich?« fragte Rossiter auf chinesisch.
Der eine legte sein Gewehr zur Seite und zog ein kleines Ledereuti aus der Tasche. In dem Etui war eine kleine Ampulle. Rossiter machte eine Injektion zurecht und nickte den beiden Chinesen zu. Die drückten Montefiore an den Schultern zu Boden, und Rossiter gab ihm eine Spritze in den Unterarm.
»Das müßte ihn beruhigen.«
Montefiore hörte auf, um sich zu schlagen. Er wurde sehr leise, alle Spannung schien von ihm gewichen; und dann passierte etwas Seltsames. Er machte die Augen auf, sah Rossiter an und lächelte. »Pater Leonard?« sagte er. »Pater Leonard.«
Und er lächelte, seufzte leise, und sein Kopf fiel zur Seite.
Für einen Augenblick war alles still. Rossiter befühlte vorsichtig sein Gesicht. Ho Tsen erfaßte die Situation als erster. Er stieß Rossiter zur Seite, griff Montefiore bei den Schultern und schüttelte ihn grob. Dann drehte er sich um, und die Wut stand ihm in den Augen.
»Er ist tot – verstehst du? Du hast ihn umgebracht. Ich habe dich immer gewarnt – ich habe dir gesagt, daß du ihm zuviel gibst.«
Er versetzte Rossiter einen heftigen Schlag, und der taumelte gegen die Sitzbank. »Ein Fehler nach dem

anderen. In Tirana wirst du eine Menge erklären müssen.«
Sekundenlang konzentrierte sich alles auf den Engländer. Chavasse stieß den anderen Chinesen zu Boden, lief durch die Tür und sprang über die Reling. Er kam schnell wieder an die Oberfläche und schwamm, so schnell er konnte, auf das schützende Schilfrohr zu.
Er warf einen raschen Blick nach hinten und sah, wie Darcy an der Reling mit den beiden Chinesen rang. Ho Tsen kam hinzu, schlug den Jamaikaner mit dem Gewehrkolben auf den Kopf, legte dann an und zielte. Chavasse tauchte und schwamm unter Wasser weiter.
Er erreichte das Schilfrohr, drehte sich um und sah zurück. Die beiden Chinesen saßen im Schlauchboot und legten ab; der Hund heulte fürchterlich. Chavasse bahnte sich einen Weg durch das Schilf. Er schwamm und watete abwechselnd. Von weitem hörte er, daß die *Alouette* gestartet wurde.

Er stieß auf einen Flußarm, der so tief war, daß er keinen Boden mehr unter den Füßen spürte. Er mußte wieder schwimmen; am gegenüberliegenden Ufer wuchs eine graugrüne Wand von mannshohem Gras. Er kämpfte sich hindurch und mußte weiterschwimmen. Nach ein paar Minuten legte er eine Pause ein und trat Wasser. Das Motorengeräusch der *Alouette* wurde leiser. Wahrscheinlich fuhren sie nach Hellgate zurück. Das Knattern des Außenbordmotors war aber immer noch in allernächster Nähe, und das furchtbare Heulen des Hundes klang, als käme es aus einer anderen Welt. Er schwamm und watete weiter, bahnte sich einen Weg durch das Schilfrohr, und plötzlich wurde der Außenbordmotor abgestellt, und der Hund hörte auf zu bellen. Nun konnte er nicht mehr abschätzen, wie weit seine Verfolger noch entfernt waren.
Er bekam Boden unter die Füße und stapfte durch dicken

schwarzen Schlamm. Schilfrohr und Gräser wuchsen spärlicher; er hatte nun relativ festen Grund erreicht. Der Kompaß hing noch um seinen Hals; er konnte sich also orientieren und versuchte, sich angestrengt an die Einzelheiten auf der Karte zu erinnern. Das war ein recht alter Trick, aber er funktionierte. Die Insel, auf der er jetzt stand, war die einzige in der Umgebung des Ankerplatzes der *Alouette*; sie hatte einen Durchmesser von ein paar hundert Metern, und Hellgate mußte vier- oder fünfhundert Meter nordöstlich liegen.
Er fing an zu laufen, und beim Laufen bekam er plötzlich einen furchtbaren Schreck und blieb auf der Stelle stehen. Meter vor ihm war ein Stier aus dem Nebel getaucht. Das Tier hielt den Kopf hoch erhoben und starrte ihm direkt in die Augen. Seine Nüstern dampften. Chavasse tat ein paar vorsichtige Schritte nach rückwärts. Rechts nahm er eine Bewegung wahr, ein dunkler großer Schatten kam aus dem Nebel; es war ein zweiter Stier; seine Flanken schimmerten feucht. Nervös scharrte er mit einem Huf auf dem Boden, er hielt den Kopf gesenkt; die riesigen geschwungenen Hörner sahen bedrohlich aus. Und dann erschien hinter dem ersten noch einer, und noch ein anderer kam; sechs oder sieben große Tiere standen um ihn herum; Kampfstiere, gezüchtet, um zu töten und getötet zu werden.
Er atmete tief ein, hielt die Luft an und ging langsam und fast auf Zehenspitzen durch sie hindurch. Er mußte so nah an zweien vorbei, daß er sie fast berührt hätte. Er ging rascher und fing wieder an zu laufen, stolperte und taumelte über dichtes Sumpfgras. Plötzlich fand er sich auf einem sandigen Strand wieder. Ein Mann schrie; zwei Schüsse wurden kurz nacheinander abgefeuert, und rechts neben ihm spritzte Sand auf.
Das Schlauchboot trieb in nur rund fünf Meter Entfernung auf dem Wasser. Für den Bruchteil einer Sekunde sah er den Hund im Boot sitzen, erkannte, daß er einen

Maulkorb trug; aber den trug er sicher nicht mehr lange. Das Gewehr trat wieder in Aktion, und Chavasse lief um sein Leben. Der Hund heulte auf und sprang ins Wasser. Lange würde der Hund nicht brauchen – eine Minute, vielleicht auch eineinhalb Minuten, dann hatte er Chavasse eingeholt. Im Laufen zerrte er fieberhaft an seinem Gürtel. Es gab eine Technik, mit der ein scharfer Hund zu überwältigen war; aber gelingen konnte der Trick nur bei äußerster Konzentration und mit einer Menge Glück in den ersten Sekunden des Angriffs.
Er hatte den Gürtel losbekommen, wickelte die beiden Enden um je eine Hand, drehte sich um und erwartete den Angriff. Die Arme hielt er ausgestreckt, der Gürtel dazwischen war gespannt.
Der Hund rannte auf ihn zu; Meter vor Chavasse stoppte er und verlagerte sein Gewicht auf die Hinterbeine. Im selben Augenblick sprang er auch los, mit weit aufgerissener Schnauze. Chavasse stieß ihm den Gürtel ins Maul, und der alte Trick klappte, als wäre er tausendmal geübt. Der Hund schnappte nach dem Gürtel, biß sich fest und zerrte am Leder. Chavasse nahm alle seine Kraft zusammen und stieß den Hund hoch, bis er aufrecht auf den Hinterbeinen stand. Dann trat er ihm mit der Fußspitze heftig in die Hoden.
Das Tier sackte zusammen, und er trat ihm noch einmal in die Rippen und gegen den Kopf. Der Hund heulte jämmerlich, bäumte sich auf und wälzte sich in dem Schlammboden. Chavasse hörte die beiden Chinesen kommen und rannte weiter.
Ein Schuß knallte. Die Kugel verfehlte ihn, und ganz in der Nähe brüllte ein Tier. Die Stiere. In der Erregung hatte er die Stiere vergessen. Plötzlich hörte er Hufgetrampel, und ein großer Stier tauchte auf; er blutete aus einer Wunde am Hals.
Chavasse warf sich mit einem gewaltigen Sprung in ein Schilfrohrdickicht, blieb flach auf dem Boden liegen und

hielt die Hände über den Kopf. Die mächtigen Tiere trampelten durch den Schlamm. Er hörte einen Schrei und gleich darauf einen Schuß, und dann das entsetzliche Brüllen eines Menschen. Er hob den Kopf und sah einen älteren Stier durch den Regen taumeln. Über seinem Schädel hing der eine Chinese auf das rechte Horn gespießt. Der Bulle schüttelte den Mann ab und fing an, auf ihm herumzutrampeln.
Irgendwo im Nebel fielen wieder zwei Schüsse, und ein Mann schrie furchtbar. Chavasse hatte genug gehört. Er rannte aus dem Schilf, stürzte sich ins Wasser und schwamm. Augenblicke später hatte er wieder trockenen Boden unter den Füßen; er orientierte sich mit dem Kompaß; Hellgate lag in südwestlicher Richtung.

Nach über einer Stunde Fußmarsch hatte er die Stelle erreicht, von der aus Darcy und er am Morgen das Haus in Augenschein genommen hatten. Er duckte sich in das Schilf und blickte über die Lagune. Der Nebel war noch dichter geworden, und die Umrisse in seiner Umgebung waren nur noch verschwommen wahrzunehmen.
Die *Alouette* lag wahrscheinlich an der Anlegebrücke hinter dem Haus auf der Rückseite der Insel. Wenn er noch eine Chance hatte, dann nur von dem Boot aus.
Zu seiner Linken wuchs Schilfrohr bis weit in das graue Wasser hinein; es bot ausreichende Deckung für die Hälfte der Strecke. Für die zweite Hälfte hatte er keine Deckung - aber es war die einzige Möglichkeit, an die Insel heranzukommen.
Er trug immer noch die hohen Wasserstiefel, die Malik besorgt hatte. Er setzte sich hin und zog sie nun aus. Darunter hatte er noch seine Schuhe an, die sich so voll Wasser gesogen hatten, daß sie an seinen Füßen klebten wie eine zweite Haut.
Er duckte sich tief und watete ins Wasser. Nun spürte er zum erstenmal seit seinem Sprung von der *Alouette* die

unangenehme Kälte; er fror und zitterte. Bald hatte er keinen Grund mehr unter den Füßen und fing an zu schwimmen.
Am äußersten Ende des Schilfs machte er eine Pause und trat Wasser. Vor ihm lagen noch fünfzig Meter ungeschütztes Wasser. Er atmete tief durch, tauchte dann und schwamm unter Wasser. Als er wieder an die Oberfläche mußte, um Luft zu holen, hatte er die Hälfte der Strecke hinter sich. Er drehte sich vorsichtig auf den Rücken, wollte kein Geräusch machen, ruhte sich einen Augenblick aus, und dann tauchte er wieder.
Nach kurzer Zeit stieß er gegen schlammigen Boden; das mußte die Insel sein. Er tauchte auf und zog sich an Land in den Schutz eines Gebüsches.
Eine Weile kauerte er dort im Regen und rang nach Luft. Dann stand er auf und schlich durch den verwilderten Garten auf das Haus zu. Es war kein Laut zu hören, nicht das geringste Zeichen von Leben – nichts; panikartige Furcht überkam ihn. Was war, wenn sie Hellgate schon verlassen hatten? Wenn Rossiter beschlossen hatte zu flüchten, solange es noch möglich war? Da sah er plötzlich am anderen Ende dieses überwucherten Weges Famia Nadeem.

Sie trug kniehohe Stiefel und einen alten Wettermantel; die Kapuze hatte sie über den Kopf gezogen. Sie hatte sich verändert. Die Hände hatte sie in die Manteltaschen vergraben; ihr Gesicht hatte einen ernsten Ausdruck. Offenbar machte sie einen Spaziergang. Chavasse wartete, bis sie mit ihm auf gleicher Höhe war; dann streckte er einen Arm aus dem Gebüsch und berührte sie an der Schulter.
Ihre Reaktion war sehenswert. Sie riß die Augen auf, ihr Mund öffnete sich, als ob sie schreien wollte; aber dann holte sie nur tief Luft.
»Ich habe es nicht geglaubt, als Rossiter mir erzählt hat,

daß Sie leben.«
»Ist er hier? Hast du ihn gesehen?«
Sie nickte. »Sie sind vor ungefähr einer Stunde mit Mr. Jones in dem anderen Boot zurückgekommen. Aber er heißt gar nicht mehr Jones, nicht?«
Chavasse legte ihr eine Hand auf die Schulter. »Ist es sehr schlimm gewesen?«
»Schlimm?« Sie war anscheinend verwundert. »Das ist ein dehnbarer Begriff. Aber wir müssen doch nicht hier stehenbleiben. Sie werden sich noch eine Lungenentzündung holen. Hinter den Bäumen da drüben liegt ein verfallenes Sommerhaus. Warten Sie dort. Ich bringe Ihnen trockene Kleidung, und dann sehen wir weiter.«
Sie verschwand im Nebel, und Chavasse sah ihr noch eine Weile nach. Um ihn war wieder alles still, und die furchtbare Anstrengung war von ihm gewichen. Der Himmel mochte wissen, was Rossiter mit ihr gemacht hatte. Bestimmt hatte sie viel gelitten; sie mußte gelitten haben, sonst hätte sie sich in der kurzen Zeit nicht so verändern können.
Das Sommerhaus erinnerte ihn an seine Kindheit. Durch das Dach tropfte der Regen, und am Fußboden fehlten ein paar Bretter. Er ließ sich in einer Ecke unter einem Fenster ohne Scheiben nieder. Als Kind hatte er in einem Garten mit einem solchen Haus gespielt; aber das war tausend Jahre her.
Er schloß die Augen, Müdigkeit überkam ihn, und dann hörte er eine Holzplanke knarren. Er sah auf. Rossiter stand in der Tür, und Famia war an seiner Seite.
In ihrem Gesicht regte sich nichts. Es war rein wie das Antlitz einer mittelalterlichen Madonna.

14

Der Keller, in den er von zwei chinesischen Wächtern gebracht wurde, war so dunkel, daß es eine ganze Weile dauerte, bis sich seine Augen daran gewöhnt hatten.
»Darcy, bist du hier?« rief er leise.
»Hier, Paul.« Chavasse nahm nur eine undeutliche Bewegung wahr. Er streckte den Arm aus und berührte den Jamaikaner im Gesicht.
»Was ist passiert, seit ich von dem Boot gesprungen bin? Geht's dir soweit gut?«
»Nur ein Schlag auf den Kopf, das war alles. Und was ist mit dir? Ich dachte, sie hätten dich längst umgebracht.«
Chavasse berichtete, wie es ihm ergangen war. Der Jamaikaner seufzte schwer. »Er muß einen verdammt großen Einfluß auf das Mädchen haben.«
Chavasse nickte. »Ich begreife das nicht. Sie weiß doch, was sich auf der *Leopard* abgespielt hat. Eigentlich kann sie ihm doch kein einziges Wort mehr glauben.«
»Vielleicht gibt es eine ganz einfache Erklärung«, meinte Darcy.
»Du denkst, sie hat sich in ihn verliebt?«
»Mehr noch vielleicht. Es gibt Menschen, die eine ungewöhnlich starke sexuelle Anziehungskraft aufeinander ausüben. Möglich ist es jedenfalls.«
»Kann schon sein. Jedenfalls ist es vollkommen unverständlich.« Chavasse tastete sich mit ausgestreckten Armen durch die Dunkelheit. Er stieß gegen die Kellerwand. »Hast du dich schon umgesehen?«
»Noch nicht. Ich war noch bewußtlos, als sie mich hier hereingebracht haben.«
Chavasse ging vorsichtig an der Wand entlang. Er berührte etwas, das sich anfühlte wie ein flacher Schrank. Er tastete sich weiter bis zu einer Kante und zog kräftig. Das Holz brach und splitterte, und es wurde hell.
Das Fenster war vergittert, die Scheiben waren zerbro-

chen. Der Kellerraum lag zu ebener Erde, und der Boden vor dem Fenster war früher wohl einmal ein Rasen gewesen, der sich bis zur Anlegebrücke erstreckte. Die Brücke hatte Chavasse von der anderen Seite der Insel nicht sehen können.
Bestimmt hatte der Kai schon bessere Tage gesehen; zur Hälfte war er in die Lagune gesackt. Eine zwölf Meter lange seetüchtige Barkasse lag dort vor Anker, die aussah wie ein umgebautes Torpedoboot. Dahinter war die *Alouette* festgemacht.
Vier Männer erschienen in ihrem Blickfeld; sie trugen Kisten zu der Barkasse. Chinesen konnten es nicht sein. Chavasse gab sich Mühe, ihre Sprache zu identifizieren; als die Männer an dem Fenster vorbeikamen, konnte er tatsächlich ein paar Worte aufschnappen.
»Albaner«, flüsterte er Darcy zu. »Das paßt in unser Bild. Erinnerst du dich an den Zwischenfall auf der *Alouette*, als Ho Tsen Rossiter einen Haken verpaßte? Er sagte, Rossiter hätte eine Menge zu erklären, wenn sie in Tirana wären.«
»Und Tirana ist die Hauptstadt von Albanien«, sagte Darcy.
»Der einzige kommunistische Staat in Europa, der sich an Rotchina hält – und nicht an Rußland. Das erklärt natürlich vieles.«
Die Männer kamen wieder aus der Barkasse. Ein paar Minuten später erschienen sie mit ein paar schweren Reisekoffern. »Sieht aus, als ob da jemand einen großen Umzug vorhat«, meinte Darcy.
Chavasse nickte. »Ein Umzug nach Albanien. Sie müssen Hellgate aufgeben, seit wir unsere Nasen hier hereingesteckt haben. Sie müssen damit rechnen, daß wir nicht die einzigen bleiben.«
»Aber warum bringen sie uns nicht einfach um?« sagte Darcy. »Wir sind doch nur überflüssiges Gepäck.«
»Da irrst du dich. Ich habe mit Albanern und Chinesen

schon einmal zu tun gehabt. Die würden mich liebend gern wiederhaben. Und du kannst ihnen auch nützlich sein. Das werden sie feststellen wollen; sie werden dich ausquetschen wie eine Zitrone.«

Die Tür wurde aufgeschlossen, und zwei Chinesen traten ein. Der eine drohte mit einer Maschinenpistole; der andere ging auf Chavasse zu, faßte ihn am Arm und brachte ihn nach draußen. Sie verriegelten die Tür hinter sich und schoben ihn den Korridor entlang.

Sie kamen durch eine große Eingangshalle, stiegen eine Treppe hinauf und klopften an die erste Tür. Rossiter öffnete. Er trug einen Bademantel, den er sich offenbar gerade erst angezogen hatte. Darunter schien er nackt zu sein. Er band den Gürtel zusammen und nickte.

»Bring ihn herein.«

Im Vorbeigehen konnte Chavasse durch eine offene Tür ein zerwühltes Bett sehen; Famia stand daneben und zog sich gerade vor einem Spiegel den Rock an. Rossiter machte die Tür zu und wandte sich an Chavasse.

»Sie haben immer Überraschungen auf Lager, nicht wahr? Aber nun, wo wir wissen, wer Sie sind, ist das ja nicht weiter verwunderlich.«

»Wo steckt denn der Mann aus Peking?« fragte Chavasse. »Ich könnte mir vorstellen, daß er mir eine Predigt halten will?«

»Da haben Sie ganz recht. Im Moment packt er nur noch seine Sachen zusammen. Sie werden verstehen, daß wir Hellgate verlassen wollen.«

»Es soll wohl nach Albanien gehen?«

Rossiter lächelte. »Sie sind wirklich gut informiert. Den Leuten in Tirana wird das gut gefallen.«

»Alle Wege führen also nach Osten?«

»Natürlich.« Rossiter bot ihm eine Zigarette an. »Eine freundlich gemeinte Warnung für Sie. Wenn der Oberst kommt, wird er sich mit Ihnen unterhalten wollen. Ich rate Ihnen. Bleiben Sie höflich. Sie haben gesehen, was

mit Ihrem Freund passiert ist. Er hat ihn nur einmal gefragt und dann zum Messer gegriffen. Danach hat der Mann mehr ausgeplaudert, als wir wissen wollten. Haben Sie eigentlich keine besseren Leute?«
»Er war ein alter Mann«, sagte Chavasse. »Er wollte sich ein bißchen Geld verdienen. Was Sie mit ihm angestellt haben, war wirklich nicht notwendig.«
Rossiter hob die Schultern. »Tausende von Menschen sterben täglich auf dieser Erde. Ihr Freund Malik ist nur einer davon gewesen. Wenn sein Tod unserer Sache nützlich gewesen ist, dann hat sein Leben und Sterben einen Sinn gehabt.«
»Gut aufgepaßt«, sagte Chavasse. »Die Leute in Nom Bek haben offenbar ausgezeichnete Arbeit geleistet.«
»Sie verstehen das eben nicht – Leute von Ihrer Sorte verstehen das nie.« Rossiters Gesicht war ernst. »Ich bin auch mal wie Sie gewesen, Chavasse. Bis mein Leben und meine Arbeit dann einen Sinn bekommen haben; einen Sinn, nach dem es zu leben lohnt.«
»Seitdem macht es Ihnen also nichts mehr aus, Leute umzubringen, sogar Greise und Frauen?«
»Es ist für unsere Sache, verstehen Sie das nicht? Was bedeutet schon ein Leben mehr oder ein Leben weniger? Wir sind alle austauschbar und zu ersetzen. Wie viele Menschen haben Sie denn in Ihrer Laufbahn schon umgebracht? Zehn? Zwanzig?«
»Ich führe keine Strichliste«, sagte Chavasse. Er fühlte sich unbehaglich in seiner Rolle.
»Haben Sie schon einmal eine Frau getötet?«
Chavasse schluckte. Für Sekundenbruchteile tauchte ein Gesicht aus seiner Erinnerung auf; es war das Gesicht einer Frau, die er für immer hatte vergessen wollen.
Rossiter lächelte; sein eigenartiges Gesicht bekam fast einen Anflug von Mitleid. »Das wundert mich nicht. Der Unterschied zwischen Ihnen und mir ist nicht so groß, wie Sie meinen. Die erste und wichtigste Lektion, die Sie

lernen müssen, ist folgende: Wichtig ist nicht, was wir tun; wichtig ist nur, warum wir es tun. Ich kämpfe für eine Sache – für die Freiheit des Menschen, für Gleichheit und Gerechtigkeit. Was haben Sie dagegenzusetzen? Sie, Chavasse, verteidigen den Imperialismus, den Kapitalismus, die Kirche. Sie verteidigen ein sinkendes Schiff. Mein Gott, wenn ich an die Jahre zurückdenke, in denen ich für die korrupte Kirche gearbeitet habe!«
»Ich kenne die Unzulänglichkeiten der westlichen Gesellschaft; aber das ist kein Grund für mich, auf Ihre Seite überzulaufen. Wie viele Menschen haben die Chinesen in den letzten fünf Jahren in Tibet abgeschlachtet? Eine halbe Million, schätze ich; und das alles für die gute Sache.«
Rossiter machte ein leicht gereiztes Gesicht. »Sie begreifen es eben nicht. Auf diese Menschen kommt es nicht an. Wir arbeiten für die Zukunft, Chavasse, nicht für die Gegenwart.«
Chavasse merkte, daß es keinen Sinn hatte, weiterzudiskutieren. Aber er wollte die Rolle noch nicht aufgeben. »Es ist also alles erlaubt; man kann sogar einen armen Teufel wie Montefiore heroinsüchtig machen?«
»Ich habe Enrico Montefiore kennengelernt, als ich nach Ende des Koreakrieges wieder nach Europa zurückkehrte. Meine geistlichen Vorgesetzten schickten mich nach Wien; sie waren der Ansicht, daß ich mich in eine psychiatrische Behandlung begeben müßte, um die Folgen einer chinesischen Gehirnwäsche zu bewältigen, wie sich die Herren auszudrücken beliebten. Montefiore war schon seit Jahren rauschgiftsüchtig. Eines Abends bekamen wir einen Anruf aus einem nahe gelegenen Privatsanatorium, in dem er sich als schwerkranker Patient aufhielt. Er verlangte nach einem Beichtvater.«
»Und man hat Sie dann zu ihm geschickt?«
Rossiter nickte. »So hat unsere sehr fruchtbare Freundschaft begonnen. Er ist dann – wie soll ich sagen –, er ist

mir dann hörig geworden. Als ich mich von der Kirche trennte, habe ich Montefiore davon überzeugt, daß er Ruhe und Einsamkeit brauche. Er hat dann unter einem anderen Namen Hellgate gekauft. Von da an ist es mit ihm bergab gegangen. In den letzten drei Jahren habe ich mich um ihn gekümmert wie um ein Baby.«

»Nach den Anweisungen Ihrer Chefs in Peking.«

»In Tirana, Chavasse, damit kein Mißverständnis entsteht. Albanien hat sich als ein sehr nützlicher Stützpunkt für uns erwiesen. Den Chinesen ist natürlich nicht entgangen, wie nützlich ich ihnen sein konnte. Sie sind grundsätzlich in einer ziemlich schwierigen Position. Ein Engländer kann sich ohne Schwierigkeiten als Russe ausgeben, wenn er die Sprache beherrscht. Ein Chinese kann das nicht.«

»In England gibt es aber eine ganze Menge Chinesen aus Hongkong und aus Malaya.«

»Und über alle wird fein säuberlich eine Kartei geführt – wahrscheinlich werden sie sogar regelmäßig vom M. I. 6 überprüft. Es ist also besser, im Land zu leben und nicht zu existieren; wenn Sie verstehen, was ich meine.«

»Daher also Ihre Organisation, die Einwanderer illegal ins Land bringt?«

»Genau; nur war es nicht meine Organisation – sie gehörte Jacaud. Er brachte Menschen aller Nationalitäten über den Kanal. Westinder, Pakistanis, Afrikaner, Inder – warum also sollte man nicht auch Chinesen aus Hongkong unter die Passagiere mischen?«

Das war wirklich eine geniale Idee, und Chavasse nickte anerkennend. »Alle Achtung. Und Ho Tsen war also gar nicht der erste Passagier?«

»Wenn ich Ihnen sagen würde, wie viele Vorgänger er gehabt hat, würden Sie bestimmt sehr nachdenklich.«

Er lächelte triumphierend, und Chavasse hob die Schultern.

»Aber jetzt sind Sie doch erledigt und müssen von vorn

anfangen. Ihre Bosse im Hauptquartier werden darüber nicht gerade in Jubelfreude ausbrechen.«

»Oh, das weiß ich nicht. Es hätte sowieso nicht ewig so weitergehen können, und schließlich bringe ich ja Sie mit. Das ist kein schlechter Tausch.«

Rossiter war anscheinend durch nichts aus der Fassung zu bringen. Da fiel Chavasse sein Gespräch mit Pater da Souza ein.

»Das hätte ich beinahe vergessen – ich habe eine Nachricht für Sie.« Er log überzeugend. »Von da Souza.«

Die Wirkung war erstaunlich. Rossiter war sichtlich verwirrt. »Pater da Souza?«

»Ja. Er hat eine kleine Gemeinde am Ostindienkai in London. Ich habe ihn besucht, als ich mir Informationen über Sie beschaffen wollte.«

»Wie geht es ihm?« Rossiter flüsterte nur noch.

»Gut. Ich soll Ihnen von ihm sagen, daß er Sie jeden Tag in seine Gebete einschließt. Er legte großen Wert darauf, daß ich Ihnen das ausrichte.«

Rossiter war bleich geworden, und er sagte verbissen: »Ich kann auf seine Gebete verzichten, verstehen Sie? Ich habe sie nie gebraucht, und ich werde sie auch in Zukunft nicht brauchen.«

Die Tür zum Schlafzimmer ging auf, und Famia kam herein. Sie trug einen Regenmantel und hatte einen Schal umgebunden; in einer Hand hielt sie einen kleinen Koffer. Sie schenkte Chavasse überhaupt keine Beachtung.

»Ich bin soweit. Soll ich den Koffer zum Schiff bringen?«

Für einen Augenblick sahen sich die beiden an, als seien sie allein auf dieser Welt; wie zwei Menschen, die hoffnungslos ineinander verliebt sind. Für Chavasse war das die interessanteste Entdeckung: Rossiters Gefühle für das Mädchen waren offensichtlich echt.

Er nahm sie beim Arm und führte sie zur Tür. »Ja. Du nimmst deinen Koffer mit aufs Schiff. Wir kommen später

nach.«
Einer der Wächter hielt ihr die Tür auf. Sie ging an Chavasse vorbei und verließ das Zimmer. Der Wächter schloß die Tür, und Chavasse sagte betont langsam: »Wie haben Sie das gemacht? Haben Sie ihr was in den Tee getan?«
Rossiter zuckte zusammen. Sein Gesicht verzerrte sich. Blitzschnell griff er in die Tasche und zückte die Madonna. Es klickte, und die Klinge sprang heraus. Chavasse beugte sich vor und hielt die Arme ausgestreckt; Rossiter konnte jeden Augenblick angreifen. Da ging die Tür auf. Ho Tsen kam herein.
»Eine Meinungsverschiedenheit?« fragte der Chinese.
Rossiter hatte es anscheinend die Sprache verschlagen; er machte ein Gesicht wie ein schuldbewußter Schüler, den der Lehrer beim Mogeln erwischt hatte.
Ho Tsens maskenhaftes Gesicht zeigte zum erstenmal eine Gefühlsregung; er verzog die Mundwinkel zu einem verächtlichen Grinsen.
Er hielt die Hände auf dem Rücken, ging auf Chavasse zu, und als er dicht vor ihm stand, trat er ihm in den Magen. Er traf genau auf den Punkt; der Mann beherrschte sein Karate. So viel konnte Chavasse noch denken, dann brach er zusammen.
Er drehte sich um sich selbst und prallte gegen die Wand. Dort blieb er regungslos liegen und konzentrierte sich mit aller Kraft darauf, bei Bewußtsein zu bleiben. Die Stimmen der Männer hörte er wie aus weiter Ferne; er verstand nicht, was sie sagten. Der Oberst hätte ihn durch den Tritt in die Hoden zu einem lebenslangen Krüppel machen können; aber er hatte nur in den Unterleib gezielt, und das offenbar in voller Absicht.
Chavasse hatte wenigstens noch vorher die Muskeln anspannen können. Ihm war entsetzlich übel, er hätte sich übergeben mögen; aber immerhin konnte er sich schon wieder bewegen, als ihn die beiden chinesischen

Wächter aufhoben.
Er spielte den Bewußtlosen, ließ seine Beine schleifen und stöhnte leise vor sich hin. Sie trugen ihn die Treppe hinunter, durch die große Halle und stiegen dann mit ihm ins Erdgeschoß. Vor der Kellertür setzten sie ihn ab. Der eine nahm seine Maschinenpistole von der Schulter und hielt sie schußbereit; der andere nahm einen Schlüsselbund aus der Tasche und schloß die Tür auf.
Der Mann mit der Maschinenpistole beugte sich vor, packte Chavasse am Kragen und wollte ihn auf die Beine stellen. Chavasse machte die linke Hand steif und stieß ihm die Fingerspitzen in die Kehle; der Schlag konnte tödlich sein, wenn man ihn richtig ausführte. Der Mann gab keinen Laut von sich und fiel zu Boden wie ein nasser Sack. Die Maschinenpistole fiel ihm aus der Hand. Chavasse kam hoch und schlug dem Mann hinter ihm seinen Ellbogen ins Gesicht. Der überraschte Chinese stieß einen unterdrückten Schrei aus und taumelte in die Zelle. Dort griff ihn sich Darcy Preston, schlug ihm in den Magen und zweimal gezielt gegen das Kinn.
Chavasse nahm die Maschinenpistole und grinste. »Sieht aus, als ob wir wieder im Geschäft sind.«
»Was machen wir jetzt?« fragte Darcy.
Chavasse hielt die Maschinenpistole hoch. »Gegen Rossiter, Ho Tsen und die Albaner haben wir allein hiermit keine Chance. Wenn wir auf die *Alouette* kämen, sähe das aber schon anders aus. Mit Maliks Maschinenpistolen und Handgranaten sind wir denen sogar überlegen.«
»Und das Mädchen?«
»Sie hat uns immerhin verpfiffen. Übrigens stimmt deine Vermutung. Die beiden lieben sich heiß und innig. Ich meine, um das Mädchen brauchen wir uns nicht mehr zu kümmern.«
Chavasse ging voraus; Preston folgte ihm. Sie liefen den Gang entlang und kamen über eine Treppe zu einer unverschlossenen Tür. Chavasse machte sie vorsichtig

auf; sie führte in eine Küche; ein großer quadratischer Raum mit einem offenen Herd, in dem Feuer brannte. In diesem Augenblick ging eine andere Tür auf, und zwei Albaner kamen herein. Er machte die Tür leise zu, hielt einen Finger vor den Mund, und sie traten den Rückzug an. Am anderen Ende des Ganges fanden sie eine Tür, die aussah, als sei sie schon lange nicht mehr benutzt worden. Darcy machte sich an dem verrosteten Schloß zu schaffen; er bekam es auf. Sie gelangten in einen von Mauern umgebenen Garten, der genauso verwildert war wie das übrige Gelände. Durch einen Torbogen kamen sie schließlich ins Freie und liefen unter eine Gruppe von Bäumen in Deckung. Sie blieben unbemerkt. Chavasse lief weiter voraus über einen der überwucherten Fußwege; das dichte Unterholz schlug ihnen an die Beine.
Der Fußweg führte ohne Übergang auf eine Lichtung, die den Blick auf die Lagune freigab. Am Rand der Lagune standen die Ruinen eines imitierten griechischen Tempels. Und dort stand auch Famia Nadeem; sie hatte die Hände in den Manteltaschen und sah sich die verfallenen Säulen an.
Sie schrak zusammen. Ihr Gesicht war voller Angst. Chavasse ließ die Maschinenpistole fallen, packte sie grob und hielt ihr den Mund zu.
»Jetzt hör mir mal zu, du dummes kleines Biest. Dein Freund ist ein Agent und arbeitet für die Regierung des kommunistischen China. Er ist verantwortlich für den Tod vieler Menschen; auch den alten Hamid und Mrs. Campbell hat er auf dem Gewissen. Begreifst du das?«
Sie starrte ihn mit großen Augen an, und er gab ihren Mund frei. Sie wollte schreien, und er schlug ihr mit der geballten Faust unters Kinn.
Er legte sie auf die Erde und drehte sich um zu Preston.
»Nimm sie dir über die Schulter und lauf zum Kai. Geh so dicht ran, wie du kannst und versteck dich im Gebüsch.«
»Was hast du vor?«

»Ich will die Leute ablenken. Wenn ich es schaffe, hast du Zeit genug, an Bord der *Alouette* zu kommen und abzufahren.«
»Und du?«
»Ich springe hier ins Wasser und schwimme auf das Schiff zu, wenn du auf gleicher Höhe bist. Wenn ich zu spät komme, sieh zu, daß du allein wegkommst. Riskier meinetwegen keine Heldentaten.«
»Du bist der Boss.«
Der Jamaikaner hob das Mädchen hoch, legte sie sich über die Schulter und rannte los. Chavasse lief zurück ins Haus. Er hatte sich einen Plan zurechtgelegt. Das Haus war aus reinem Holz gebaut. Wenn man es nur richtig anfing, würde es brennen wie eine Fackel; er wußte genau, wie er vorgehen wollte.
Er lief den ganzen Weg zurück, durchquerte den Garten und stieg ins Erdgeschoß. Als er diesmal die Tür auf dem Treppenabsatz öffnete, war die Küche leer.
Er ging hinein, nahm die Öllampe auf dem Tisch auseinander und schüttete das Öl auf den Fußboden. In einem der Schränke fand er einen halbvollen Kanister mit Brennstoff; auch den verschüttete er und ging an den Herd. Hinter ihm ging eine Tür auf, und Oberst Ho Tsen trat ein.
Er schien unbewaffnet, aber vorsichtshalber hielt ihm Chavasse die Maschinenpistole entgegen.
Ho Tsen lächelte, das war fast ein Ereignis. »Geben Sie mir keine faire Chance, wie es unter Sportlern üblich ist, Mr. Chavasse?«
»Ich bin nicht zur Fairneß aufgelegt«, sagte Chavasse. »Mein Vater war Bretone, und Bretonen pflegen ihre Schulden zurückzuzahlen. Das hier ist für Jacob Malik.«
Die erste Salve traf Ho Tsen in die rechte Schulter, er wirbelte herum; die zweite zerschmetterte ihm das Rückgrat. Er fiel durch die offene Tür nach draußen. Chavasse nahm ein brennendes Holzscheit und warf es in das Öl.

Eine leichte Explosion erschütterte den Raum, er schaffte es gerade noch bis zur Tür; dann stand die Küche in Flammen.
Als er durch den Garten ins Freie lief, hörte er die ersten Schreie. Die Albaner kamen gerannt, um zu sehen, was passiert war; genau darauf hatte er gehofft.
Er wartete noch eine Weile, und dann rannte er los. Als er die schützenden Bäume erreicht hatte, hörte er den Motor der *Alouette* anspringen. Also hatte Darcy es wohl geschafft. Hinter ihm schlugen die Flammen aus den Fenstern.
Eine Kugel schlug über seinem Kopf in den Baumstamm; er wirbelte herum und schoß die Maschinenpistole leer. Ein Albaner, der auf ihn geschossen hatte, flüchtete hinter das Haus.
Chavasse rannte; er duckte sich und rannte um sein Leben. Kugeln schlugen neben ihm in das Dickicht und pfiffen über ihn hinweg. Er wagte den Sprung aus seiner Deckung und stürzte sich kopfüber in die Lagune; keine fünfzig Meter vor ihm tauchte die *Alouette* auf.
Er schwamm, so schnell er konnte; die *Alouette* drehte bei und nahm Kurs auf ihn. Darcy stoppte den Motor; er stand längsseits an der Reling, streckte einen Arm aus und zog Chavasse an Bord.
»Gib Gas!« keuchte Chavasse.
Darcy lief ans Steuer; eine Kugel prallte von der Reling ab. Der erste Albaner hatte das Ufer erreicht. Chavasse drehte sich um; er sah jetzt Rossiter und drei andere Männer ans Ufer laufen. Der Motor der *Alouette* heulte auf. Darcy gab Vollgas, und sie kamen in Fahrt. Eine Maschinengewehrsalve schlug in den Schiffsrumpf.

15

Als sie die Südspitze der Insel erreicht hatten, waren sie außer Schußweite. Das Mädchen lag mit dem Gesicht nach unten vor der Reling im Hinterschiff; Darcy hatte sie dort hingelegt. Als Chavasse sie nun aufhob, stöhnte sie leise, und ihre Augenlider flatterten.

Er trug sie nach unten in die Kabine und legte sie sanft auf die eine Sitzbank. Dann machte er den kleinen Schrank auf und nahm den doppelten Boden heraus. Er steckte die Handgranaten in sein aufgeknöpftes nasses Hemd, nahm die beiden Maschinenpistolen und ging an Deck.

Darcy wollte das Letzte aus dem Motor herausholen, und Chavasse schüttelte den Kopf. »Völlig sinnlos. Das Torpedoboot ist viermal so schnell wie wir. In ein paar Minuten haben sie uns sowieso eingeholt. Also fahr langsam.«

»Und was sollen wir machen?«

»Wir werden kämpfen. Aber erst zeige ich dir mal, wie man mit diesen Dingern umgeht.«

Er erklärte ihm mit ein paar Worten die Maschinenpistole und machte dann die Handgranaten scharf. »Die Dinger müssen sofort losgehen. Wenn du den Verschluß abreißt, hast du genau drei Sekunden Zeit; vergiß das nicht. Du nimmst drei – ich nehme drei. Am besten steckst du sie ins Hemd.«

Er sah sich um. Hinter ihnen trieben träge Rauchwolken im Regen. »Von Hellgate wird wohl nicht allzuviel übrigbleiben. Stell den Motor ab.«

Sie hörten jetzt das Torpedoboot näher kommen. Darcy hatte die *Alouette* in eine kleinere Lagune gesteuert. Sie ließen sich ans Ufer treiben, und der Bug blieb im Schilfrohr stecken. Chavasse war zufrieden.

»Die Stelle hier ist so gut wie jede andere auch. Wir bringen jetzt das Mädchen an Land, und dann besprechen wir, wie wir vorgehen wollen.«

Das Torpedoboot bog mit gedrosselter Geschwindigkeit in die kleine Lagune ein. Ein Albaner war mit einem Maschinengewehr auf dem Bug in Stellung gegangen; er sah die *Alouette* als erster und stieß einen Schrei aus.
Der Motor des Torpedobootes wurde abgestellt, die eigene Schwungkraft trieb das Boot weiter; es trieb jetzt an Darcy Preston vorbei, der bis zur Brust im Schilf stand. Famia hatte er sicher im Griff, eine Hand hielt er ihr über den Mund.
Chavasse hatte sich auf dem gegenüberliegenden Ufer postiert. Er stand etwas höher als Darcy in weichem schwarzem Sand, mitten im Sumpfgras. Neben ihm lagen zwei Handgranaten, die dritte hielt er in der Hand.
Rossiter stand am Steuer; Chavasse erkannte ihn durch das Fenster des Steuerhauses an seinem flachsblonden Haar. Das Torpedoboot trieb jetzt auf gleicher Höhe; die Entfernung betrug etwa sechs Meter. Chavasse warf die erste Handgranate. Sie fiel aufs Heck, rollte über die Planken ins Wasser und explodierte. Das Torpedoboot schwankte, und mit einem Schrei stürzte der Mann auf dem Bug kopfüber ins Wasser.
Darcy stieß das Mädchen zur Seite, griff in sein Hemd und warf eine Handgranate. Er hatte die Entfernung unterschätzt, sie fiel nicht weit genug und explodierte im Wasser.
Als er die nächste Granate wurfbereit machte, fing das Mädchen an zu schreien und versetzte ihm einen Stoß, sie traf ihn genau in dem Augenblick, als er warf. Die Granate fiel nur fünf Meter weiter ins Wasser. Die Explosion rasierte das Schilfrohr ab und warf sie beide zu Boden.
Darcy kam sofort wieder auf die Beine und packte das Mädchen. Zwei Albaner, die längsseits hinter der Reling in Stellung gegangen waren, nahmen sie jetzt heftig unter Feuer. Rossiter gab Vollgas und ließ das Steuer herumwirbeln. Im selben Augenblick schlug Chavasses zweite

Granate im Heck ein. Das Hinterschiff brach auseinander, der Propeller war zerstört. Das Boot schüttelte sich und bäumte sich auf wie ein waidwund geschossenes Tier. Es verlor an Geschwindigkeit, und Chavasse warf seine letzte Granate. Sie traf das Schiff in der Mitte; die Explosion hatte eine verheerende Wirkung.
Rossiter war im selben Augenblick aus dem Steuerhaus gekommen. Der Druck warf ihn hoch in die Luft wie eine Stoffpuppe und schleuderte ihn ins Wasser. Das Torpedoboot legte sich träge auf die Seite, und aus der Luke zum Maschinenraum drang schwarzer Qualm. Die beiden Albaner kauerten noch immer mit ihren Maschinengewehren hinter der Reling und feuerten auf Darcy. Chavasse lief ein paar Schritte zur Seite, hier hatte er bessere Sicht; und mit einer langen Salve aus seiner Maschinenpistole wirbelte er die beiden Männer vom Deck.
Im Maschinenraum gab es eine Explosion, Flammen schlugen aus der Luke. Das ganze Boot drehte und wälzte sich und fing an zu sinken.
Das war das Ende. In der plötzlichen Stille klang Famias hysterisches Schreien nur noch lauter. Sie zappelte und strampelte in dem seichten Gewässer. Sie wollte sich aus Darcy Prestons unerbittlichem Griff frei machen.
Chavasse nahm seine Maschinenpistole über die Schulter und schwamm zu ihnen hinüber. Ein paar Meter vor dem Ufer stand er auf und watete an Land. Er ergriff das Mädchen an der linken Hand. Sie trat wild um sich und kämpfte mit einer Kraft, die man ihr gar nicht zugetraut hätte. Es war eine verrückte Szene. Chavasse hielt sie an der einen, Darcy Preston an der andern Hand fest; sie zappelte in der Mitte, und Preston versuchte seine Maschinenpistole über Wasser zu halten, in der irrtümlichen Annahme, sie würde in feuchtem Zustand nicht mehr funktionieren.
Und dann lief alles ab wie in einem Alptraum. Neben

dem treibenden Schiffswrack kam plötzlich Rossiter hoch wie ein fürchterlicher Phoenix; sein Oberkörper war blutüberströmt. Das asketische Gesicht war ohne jeden Ausdruck, das nasse flachsblonde Haar klebte wie eine Kappe auf seinem Schädel.
Das Mädchen schrie seinen Namen, zerrte wie wild und wollte auf ihn los. Rossiter holte mit dem rechten Arm aus, es klickte, die Stahlklinge blitzte in der Luft.
Dann passierte alles auf einmal. Das Mädchen kämpfte und zerrte wie wahnsinnig, warf sich nach vorn, kam zwischen Rossiter und Chavasse, und das Messer bohrte sich genau in ihr Herz. Die elfenbeinerne Madonna blieb zwischen ihren Brüsten stecken.
Rossiter stieß einen entsetzlichen Schrei aus, wollte zu ihr, und Darcy Preston leerte das Magazin seiner Maschinenpistole in seinen Körper. Rossiter versank im Wasser. Chavasse fing das schwankende Mädchen auf. In ihrem Gesicht stand ungläubiges Staunen. Er hielt sie dicht an sich und zog vorsichtig das Messer aus ihrer Brust. Im selben Augenblick starb sie. Sie hing schlaff in seinem Arm, und er ließ sie fallen.
Darcy fing wie ein Wahnsinniger an zu schreien. »Sind wir darum hergekommen? Um die Leute abzuschlachten?«
Der Jamaikaner warf seine Maschinenpistole ins Wasser, wandte sich ab und watete durch das seichte Gewässer zur *Alouette*. Chavasse ging hinter ihm her, und als er über die Reling an Bord kletterte, stand Darcy schon hinter dem Steuerrad.
Das Boot kam in Fahrt. Sie fuhren durch den schmalen Flußarm und hatten kurze Zeit später den großen Kanal erreicht. Hinter ihnen über Hellgate standen noch immer Rauchwolken. Chavasse kauerte an der Reling, er fror und zitterte; einen klaren Gedanken konnte er noch nicht fassen.
Und dann bemerkte er, daß er immer noch Rossiters

Messer in der rechten Hand hielt. Der Kanal war jetzt breiter geworden; durch die Flußmündung erreichten sie die offene See. Er starrte wie gebannt auf die elfenbeinerne Madonna.

»Und wie viele Menschen haben Sie schon umgebracht, Chavasse?«

Rossiters Worte gingen ihm nicht aus dem Kopf. Er konnte den Anblick des blutigen Messers nicht mehr ertragen und warf es weit über die Reling. Die Klinge blitzte noch einmal auf, dann versank das Messer im Wasser. Über ihnen krächzten Wildgänse. Sie nahmen Kurs auf die offene See. Chavasse stand mühsam auf und ging zu Darcy in das Steuerhaus.

Das Jahr des Tigers

1

Paul Chavasse bekam einen Stoß in den Rücken und stürzte in die Zelle. Er stolperte über einen menschlichen Körper und landete an der gegenüberliegenden Wand. Dort verharrte er auf Händen und Knien und atmete tief durch, bis er wieder halbwegs klar denken konnte. Nach einer Weile ging es ihm etwas besser; er drehte sich um und betrachtete seine Umgebung.

Die Zelle war ungefähr sieben Quadratmeter groß. Ihre einzige Beleuchtung war die kleine Butterlampe, die über seinem Kopf in einer Mauernische stand. In dem trüben Lichtschein erkannte Chavasse, daß er auf einem Abfallhaufen menschlichen Elends gelandet war. Einige Gesichter wandten sich ihm zu, leere Blicke streiften ihn, dann wandten sich die Köpfe wieder ab.

Die meisten Insassen waren tibetanische Bauern, die im Schlaf ihre Shubas aus Schaffell eng um sich gewickelt hatten. In einer Ecke hockte ein uralter Lama. Sein gelbes Gewand war schmutzig und zerrissen, sein Blick starr auf irgendeinen fernen Punkt gerichtet. Zwischen seinen hageren Fingern klickten die Kugeln der Gebetsschnur, während die Lippen leise und monoton ihr »Om ma-ni pad-me hum« murmelten.

Es war unglaublich kalt, und durch die Gitterstäbe des winzigen Fensters hoch oben unter der Decke trieb ein feiner Sprühregen herein. Chavasse richtete sich mühsam auf, stieg über einen armen, vom Fieber geschüttelten Kerl in zerfetztem Gewand hinweg und reckte sich zum Fenster, um einen Blick hinauswerfen zu können. Eine der Ziegelwände des Hofes war eingestürzt. Er konnte bis zur Stadt hinunterschauen. Über die Flachdächer von Changu heulte ein kalter mongolischer Steppenwind, der den Winter brachte und eisig über sein Gesicht fuhr.

Auf der anderen Seite des Hofes öffnete sich eine Tür. Licht fiel auf den Hof. Ein chinesischer Soldat hob sich als scharfe Silhouette gegen die erleuchtete Tür ab. Er drehte sich um und rief ein paar Worte über die Schulter. Lautes Gelächter war die Antwort, dann schloß der Soldat die Tür und lief mit eingezogenem Kopf über den Hof.

Chavasse verließ seinen Beobachtungsposten. Der Fieberkranke wimmerte vor sich hin. Seine hochgezogenen Lippen entblößten fest zusammengebissene Zähne. Chavasse stieg vorsichtig über die regungslosen Körper hinweg. Er wollte zu einer leeren Ecke gleich neben der Tür, zog sich jedoch erschrocken zurück, als ihm der bestialische Gestank von Exkrementen in die Nase stieg. Resigniert kehrte er auf seinen Platz unter dem Fenster zurück und sank auf das faulige Stroh.

Nur einen Schritt von ihm entfernt lehnte ein riesiger Tibetaner mit zerschlissener Shuba und hoher, konischer Fellmütze an der Wand. Er starrte Chavasse unverwandt an, während seine Rechte automatisch nach Läusen kratzte. Nach einer Weile stellte er das Kratzen ein, holte aus irgendeiner Falte seines Gewandes ein Stück mit Butter vermischte Tsampa hervor, brach sie auseinander und bot Chavasse die eine Hälfte an. Chavasse zwang sich zu einem höflichen Lächeln und schüttelte den Kopf. Der Tibetaner zuckte nur die Achseln und begann, auf der Tsampa herumzukauen.

Chavasse wandte sich ab. Die Kälte schnitt wie mit Messern in seine Glieder. Er schloß die Augen und faltete beide Arme eng um den Oberkörper, konnte aber nichts gegen das unkontrollierbare Zittern tun.
Wie war er eigentlich in diese verzweifelte Lage gekommen? Und wie, zum Teufel, sollte er diesmal einen Ausweg finden? Es fiel ihm keine Antwort auf diese Frage ein. Nach einer Weile sank er in einen unruhigen Schlaf.
Er hörte, wie sich ein Schlüssel im Schloß herumdrehte und wie die Tür aufgestoßen wurde. Aber erst der Schlag ins Gesicht weckte ihn richtig auf. Eine Faust packte ihn vorn am Jackett und zerrte ihn hoch. Dann wurde er durch die Tür hinausgestoßen.
Auf dem steinverkleideten Korridor erwarteten ihn ein Unteroffizier und zwei Soldaten. Sie trugen alle die gleichen tristen Uniformen, deren einziger Farbpunkt der rote Stern der Volksrepublik China auf der Kappe war.
Der Unteroffizier wandte sich schweigend ab und ging den Korridor entlang. Chavasse folgte ihm, bewacht von den beiden Soldaten mit ihren schußbereiten Karabinern. Über eine Steintreppe gelangten sie zu einem höher gelegenen Korridor. Dort blieben sie vor einer Tür stehen. Der Unteroffizier klopfte an, wartete einen Augenblick und betrat dann mit seiner Eskorte den Raum.
Es handelte sich offensichtlich um den ehemaligen Wohnraum einer hochgestellten Persönlichkeit. Die getäfelten Wände trugen wunderschöne Malereien, der Fußboden war ausgelegt, und im offenen Kamin knisterten Holzscheite. Der grüne Aktenschrank in der Ecke und der Schreibtisch mitten im Raum wirkten wie Fremdkörper und waren ganz fehl am Platz.
Oberst Li saß hinter seinem Schreibtisch und las in einem maschinengeschriebenen Bericht. Chavasse stand neben dem Stuhl auf der anderen Seite des Schreibtisches und konnte sich vor Erschöpfung kaum noch aufrecht halten.

Er betrachtete sein Ebenbild, das ihm aus einem kleinen, goldgerahmten Spiegel hinter Oberst Li entgegenstarrte. Das gutgeschnittene, aristokratische Gesicht wirkte abgespannt und eingefallen. Die dunkelgeränderten Augen lagen tief in ihren Höhlen, und aus einer Schnittwunde an der Stirn sickerte etwas Blut. Als er die Hand hob, um das Blut wegzuwischen, ließ Oberst Li mit einem unwilligen Brummen den Bericht sinken.
Sein Blick fiel auf Chavasse. Sofort nahm sein Gesicht einen besorgten Ausdruck an. Er furchte die Stirn.
»Sie Ärmster, was hat man denn mit Ihnen gemacht?« fragte er in fehlerfreiem Englisch.
»Ihre Anteilnahme ist geradezu rührend«, sagte Chavasse.
Li lehnte sich in seinem Stuhl zurück. Ein leises Lächeln erschien in einem Mundwinkel.
»Sie sprechen also doch englisch? Das ist schon ein Fortschritt!«
Chavasse verfluchte sich im stillen. Er war müde – so ausgepumpt wie schon lange nicht mehr. Nur deshalb war er auf den ältesten und primitivsten aller Tricks hereingefallen.
»Eins zu null für Sie«, murmelte er achselzuckend.
»Ich hatte es nicht anders erwartet«, sagte Li gelassen und schickte die Wache mit einer knappen Kopfbewegung hinaus.
Die Wärme machte Chavasse ein wenig schwindlig. Er griff nach der Schreibtischkante, um sich daran festzuhalten. Sofort erhob sich Oberst Li.
»Ich glaube, Sie sollten sich lieber setzen, mein Freund.«
Chavasse ließ sich auf den Stuhl sinken. Li ging zu einem Eckschrank, öffnete die mit einer wunderschönen Lackarbeit verzierte Tür und holte eine Flasche mit zwei Gläsern heraus. Dann setzte er sich wieder, füllte die beiden Gläser und schob eins davon über den Tisch. Chavasse wartete, bis der Chinese getrunken hatte.

Li stellte mit leisem Lächeln sein Glas hin. »Trinken Sie nur, mein Freund. Sie werden überrascht sein.«
Chavasse trank und mußte husten. Es war allerfeinster schottischer Whisky. Er griff nach der Flasche und füllte sein Glas noch einmal.
»Freut mich, daß es Ihnen schmeckt«, bemerkte Li.
Chavasse prostete ihm schweigend zu und goß auch das zweite Glas in einem Zug hinunter. Der Alkohol verbreitete eine angenehme Wärme in seinem Körper. Er fühlte sich etwas wohler und lehnte sich zurück.
»Ihr könnt euch jeden erdenklichen Luxus erlauben, wie? Muß doch schwer sein, für das Proletariat zu arbeiten! Übrigens – Sie haben nicht zufällig so etwas Ähnliches wie eine Zigarette? Ihre Leute haben mir alles abgenommen. Sie sahen so aus, als bekämen sie ihren Sold nur höchst selten zu sehen.« Oberst Li zog ein Päckchen amerikanische Zigaretten aus der Rocktasche und schob es mit einer raschen Handbewegung über den Tisch. »Wie Sie sehen, kann ich Ihnen alles bieten, was Sie sich wünschen.«
Chavasse zog eine Zigarette aus der Packung und lehnte sich vor, um sich Feuer geben zu lassen.
»Was ist eigentlich mit Ihren eigenen Zigarettenmarken los?« fragte er.
Li lächelte freundlich. »Virginiazigaretten sind gar nicht übel. Wenn unsere Zeit gekommen ist, werden wir sie zweifellos für den Inlandsverbrauch vorsehen.«
»Vorsicht, Genosse!« warnte Chavasse. »In Peking könnte man eine solche Äußerung schon als Verrat auslegen.«
Lächelnd steckte Li eine Zigarette in seine elegante Jadespitze. »Wir sind hier aber nicht in Peking, mein Freund. Hier habe nur ich zu bestimmen.«
Er blieb freundlich und ruhig, doch Chavasse begann seine Taktik zu durchschauen. Widerwillig mußte er

zugeben, daß er es mit einem Experten zu tun hatte.
»Was kommt nun?« fragte er.
Oberst Li zuckte die Achseln. »Das hängt ganz von Ihnen ab, mein Freund. Wenn Sie sich zugänglicher zeigen, wird vieles für Sie leichter werden.«
Chavasse horchte auf. Das klang so, als wäre Li durchaus kompromißbereit, doch andererseits wußte er natürlich, daß auch dieses Entgegenkommen zu einer ihm wohlvertrauten Methode gehörte.
Er lächelte Li durch eine Rauchwolke hindurch an. »Ich habe also immer noch eine Chance?«
»Selbstverständlich. Sie brauchen mir nur zu sagen, wer Sie wirklich sind und welcher Auftrag Sie nach Changu geführt hat.«
»Und wenn ich es sage?«
»Nun, wir haben immer Verwendung für Leute, die ihren Irrtum freiwillig eingestehen.«
Chavasse lachte rauh und drückte seine Zigarette in dem Jadeascher aus. »Wenn das Ihr bestes Angebot ist, kommen wir nicht ins Geschäft.«
Der Chinese klopfte mit seiner schlanken, eleganten Hand leicht auf die Tischplatte und meinte bedauernd: »Das ist wirklich sehr schade.«
Seine Stimme klang ehrlich betrübt. Chavasse hörte ihm nur mit einem Ohr zu, während seine Gedanken weit weg waren.
»Was ist schade?« fragte er zerstreut.
»Es tut mir leid, daß wir beide auf verschiedenen Seiten stehen. Ich bin kein politischer Idealist und auch kein Fanatiker. Ich bin nichts weiter als ein Mann, der sich immer den gegebenen Verhältnissen anpaßt.«
»Hoffentlich kommen Sie damit gut zurecht«, bemerkte Chavasse mit einem Unterton von Ironie.
»Darum brauchen Sie sich wirklich keine Sorgen zu machen«, sagte Li sanft. »Sehen Sie – ich habe mich auf

die Seite des Gewinners geschlagen, das können Sie nicht bestreiten. Es wird Zeit, daß auch Sie Ihre Meinung ändern.« Er ordnete einen Papierstapel auf seinem Schreibtisch.

Chavasse schüttelte seufzend den Kopf. »Besten Dank, Oberst. Gehen wir lieber zur zweiten Phase über.«

Li runzelte die Stirn. »Zur zweiten Phase? Ich fürchte, das habe ich nicht ganz verstanden.«

»Sie sollten sich wirklich mehr mit Ihrer Pflichtlektüre befassen«, sagte Chavasse. »Ich beziehe mich auf die neueste Veröffentlichung des Zentralkomitees in Peking: ›Befragung von politischen Gefangenen und Ausländern.‹ Zuerst beginnt man freundlich, dann wird man gemein, wobei man sich natürlich der Erfahrung des Genossen Pawlow bedient.«

Oberst Li seufzte.

»Ihr im Westen habt doch wirklich eine höchst seltsame Meinung von uns.« Er drückte auf einen Knopf neben der Schreibunterlage. Sofort trat der Unteroffizier ein und stellte sich hinter Chavasse.

»Was kommt nun?« fragte Chavasse und stand müde auf.

»Das hängt von Ihnen ab«, antwortete Li achselzuckend. »Ich kann Ihnen ein paar Stunden Bedenkzeit gewähren. Dann allerdings . . .« Er hob noch einmal die Schultern und griff dann zum nächsten Aktenstück.

Die beiden Soldaten warteten draußen auf dem Korridor. Schweigend eskortierten sie Chavasse den Korridor entlang und dann über eine Treppe in den Keller hinunter. Von einem hellerleuchteten Steinkorridor gingen massive Holztüren ab. Der Unteroffizier öffnete eine der Türen und winkte Chavasse hinein.

Chavasse stand in einer kleinen Kammer von kaum zwei Quadratmetern. Die Gefängniszelle hatte kein Fenster. Das Mobiliar bestand nur aus einer eisernen Bettstelle ohne Matratze.

Die Tür schlug hinter seinem Rücken zu. Sofort hüllte ihn völlige Finsternis ein. Vorsichtig tastete er sich an den tropfnassen Steinwänden entlang zu der eisernen Pritsche und legte sich darauf. Die nackten, rostigen Spiralfedern bohrten sich in seinen Rücken, doch in seiner augenblicklichen Verfassung hätte er auch auf dem bloßen Fußboden einschlafen können.
Er starrte in die Dunkelheit. Hier konnte er wenigstens frei atmen. Er wußte nicht, wie es kam, aber auf einmal ließ die Anspannung nach. Er war hundemüde, alle Glieder schmerzten, und hinter seiner Stirn war ein ständiges, sehr lästiges Bohren. Seufzend schloß er die Augen.
In der nächsten Sekunde erfüllte nervenzerfetzender Lärm die kleine Zelle.
Chavasse war mit einem erschrockenen Satz auf den Beinen. Über der Tür rasselte eine große Glocke, dazu flackerte ein grelles rotes Licht.
Sein Magen wollte sich umdrehen. Er stand da, starrte auf das Rotlicht und wußte, was nun kommen mußte. Der Schlüssel rasselte, die Tür wurde aufgestoßen.
Im Türrahmen erschien der kleine Unteroffizier. Grinsend stemmte er die Hände in die Seiten. Chavasse trat an ihm vorbei und wurde von den zwei Soldaten in Empfang genommen. Sie führten ihn bis zum Ende des Korridors. Dann schloß der Unteroffizier eine Tür auf. Kalter Regen schlug ihm ins Gesicht, als er in die Nacht hinaustrat.
Der Unteroffizier ging über den Hof zu einem Lastwagen, der neben der Wachstube stand. Chavasse blieb mit den beiden Soldaten mitten auf dem Hof stehen. Der eisige Steppenwind fuhr ihm schmerzhaft in den Rücken.
Benommen überlegte Chavasse, was sie nun machen würden. Da blitzte ein Scheinwerferpaar auf und tauchte ihn in grelles Licht.
Der Unteroffizier kam von dem Lastwagen zurück und

gab seinen beiden Leuten ein Zeichen. Sie verschwanden im Dunkeln, während der Unteroffizier den Revolver zog. Für den Augenblick schien Chavasse mit ihm allein zu sein. Sein Blick war auf den Revolver gerichtet. Vorsichtig schob er einen Fuß vor – und bekam im gleichen Augenblick einen Eimer eiskaltes Wasser in den Rücken.
Der Wasserstrahl traf ihn mit der Wucht eines Faustschlags. Er fuhr herum und bekam den nächsten Eimer direkt ins Gesicht. Die beiden Soldaten hielten die Eimer in der Hand und lachten laut.
Der Wind schnitt durch seine durchnäßte Kleidung und bohrte sich mit tausend Stacheln in sein Fleisch, bis sein ganzer Körper sich verkrampfte und die Luft pfeifend aus den Lungen entwich. Mit vorgestreckten Händen machte er einen unsicheren Schritt nach vorn, auf die lachenden Soldaten zu. Da versetzte ihm der Unteroffizier einen Schlag in die Nieren. Chavasse brach zusammen. Nun traktierten sie seinen wehrlosen Körper mit Fußtritten und Fausthieben.

Er fühlte nur noch undeutlich, daß er mitten auf dem Hof lag, das Gesicht auf den nassen Pflastersteinen. Langsam öffnete er die Augen. Das Scheinwerferlicht des Lastwagens war schmerzend grell. Er hörte Stimmen, wurde hochgehoben und auf den erleuchteten Eingang zu getragen.
Als er vor der Tür zu Oberst Lis Büro wieder zu sich kam, war er keinesfalls verwundert. Die beiden Soldaten hielten ihn links und rechts fest. Der Unteroffizier klopfte an, dann traten sie ein.
Zum zweitenmal an diesem Abend hatte Chavasse Gelegenheit, sich in dem kleinen Spiegel hinter Lis Schreibtisch zu betrachten. Ein Auge war halb zugeschwollen, und die eine Gesichtshälfte war von einer rotvioletten Schwellung entstellt. Seine zerschlagenen Lippen blute-

ten, und die Vorderseite seines Hemdes war blutverschmiert.
Oberst Li blickte hoch und seufzte.
»Sie sind ein ziemlicher Dickschädel, mein Freund – und was nützt es Ihnen?« Whiskyflasche und Gläser standen noch auf dem Schreibtisch. Li füllte ein Glas und schob es hinüber. Der Unteroffizier hielt es Chavasse an die Lippen.
Als der starke Alkohol mit den Wunden in Berührung kam, stöhnte Chavasse unwillkürlich auf. Aber dann breitete sich eine warme Glut in seinem Körper aus und verscheuchte zum Teil die Übelkeit.
»Sie haben da eine prächtige Schau abgezogen, Oberst!« ächzte Chavasse.
Lis Gesicht zeigte Ärger. »Glauben Sie vielleicht, mir macht das Spaß? Halten Sie mich für einen Barbaren?« Er drückte auf den Klingelknopf an seinem Schreibtisch. »Lassen wir doch dieses kindische Katz-und-Maus-Spiel, mein Freund. Ich weiß alles über Sie.«
Die Tür ging auf. Eine junge Chinesin trat ein und legte ihm ein Aktenstück auf den Tisch. Geistesabwesend stellte Chavasse fest, daß die Uniform das Mädchen wie eine zweite Haut umgab. An den schlanken Beinen trug sie russische Lederstiefel.
»Hier steht alles drin!« sagte Li und nahm den Aktendeckel. »Ich habe mit Lhasa telefoniert, und von dort aus hat man sofort unser Nachrichtenbüro in Peking verständigt. Sie wollen es mir nicht glauben?«
Chavasse hob die Schultern. »Das werden wir ja sehen.«
Oberst Li klappte den Aktendeckel auf und las vor:
»Paul Chavasse, geboren 1928 in Paris, Vater Franzose, Mutter Engländerin. Studium an der Sorbonne, in Cambridge und Harvard. Abschluß als Doktor der Philologie. Bis 1954 Lehrstuhl an der Manningham-Universität. Seitdem Mitglied des ›Bureau‹, einer Geheimorganisation,

die von der britischen Regierung bei ihrer ständigen Wühlarbeit gegen freie kommunistische Staaten eingesetzt wird.«
Es erschreckte Chavasse nicht einmal, daß sie so viel über ihn wußten. Er fürchtete sich auch nicht. Sein ganzer Körper schmerzte, und er brauchte all seine Energie, um wenigstens die Augen offenzuhalten.
»Ihr seid mit einer verdammt blühenden Phantasie gesegnet«, sagte er.
Oberst Li sprang zornig auf.
»Warum zwingen Sie mich, Sie so zu behandeln? So benimmt sich doch kein intelligenter Mensch!« Er kam um den Schreibtisch herum und setzte sich dicht vor Chavasse auf die Schreibtischkante. Als er weitersprach, klang seine Stimme so freundlich, als müßte er ein dickköpfiges, eigensinniges Kind überreden: »Sagen Sie mir, was Sie hier wollen, mehr möchte ich gar nicht wissen. Danach besorge ich Ihnen einen Arzt, eine Mahlzeit, ein warmes, weiches Bett – alles, was Sie sich wünschen.«
Jetzt verließen Chavasse die Kräfte. Es kostete ihn eine übermenschliche Anstrengung, die Augen offenzuhalten. Lis Gesicht schwoll zu einer grotesken Maske an. Er öffnete den Mund, brachte aber keinen Laut hervor.
Der Oberst rückte noch näher. »Beantworten Sie mir doch meine Frage, Chavasse, mehr verlange ich von Ihnen nicht. Um alles andere werde ich mich kümmern, das verspreche ich Ihnen.«
Chavasse brachte es fertig, in dieses übertrieben große, undeutliche Gesicht zu spucken, bevor in seinem Schädel grelle, bunte Lichter explodierten und er in einen grundlosen, tintenschwarzen Schacht stürzte.

2

Chavasse stand im Eingang des *Caravel Club* in der Portland Street und blickte mißvergnügt in den peitschenden Regen hinaus. Ein eigentümliches Liebesverhältnis zu dieser grauen Stadt hatte ihn seit mehreren Jahren in London festgehalten, doch als er jetzt auf den nassen Bürgersteig trat, sagte er sich, daß um vier Uhr morgens, noch dazu im November und bei diesem scheußlichen Wetter, die schönste Romanze nasse Füße bekommen mußte.
Zahllose Zigaretten hatten in seinem Mund einen pelzigen Geschmack zurückgelassen. Die hundertfünfzehn Pfund, die er am grünen Tisch des *Caravel Club* verloren hatte, trugen auch nicht gerade zur Besserung seiner miserablen Stimmung bei.
Er hatte sich einfach zu lange in der Stadt herumgetrieben, das war der Grund des Übels. Seit seinem Erholungsurlaub nach dem Fall Caspar Schultz waren mehr als zwei Monate vergangen. Seitdem hatte ihn der Chef mit albernem Papierkram an seinem Schreibtisch festgehalten. Den Papierkrieg hätte irgendein mittelmäßig begabter Bürohengst genausogut erledigen können.
In tiefsinnigen Betrachtungen über seine Lage und eventuelle Auswege bog er in die Baker Street ein. Als er zufällig den Blick hob, merkte er, daß in seinem Appartement Licht brannte.
Rasch ging er über die Straße und trat durch die Schwingtür. Die Halle war leer. Nicht einmal der Nachtportier saß auf seinem Platz. Chavasse schaute sich mit gerunzelter Stirn um und beschloß dann, lieber nicht den Lift zu benutzen, sondern über die Treppe zum dritten Stock hinaufzusteigen.
Nichts regte sich auf dem Flur. Er blieb vor der Tür seines Appartements für einen Augenblick lauschend stehen und ging dann um die Ecke zum Dienstboteneingang.

Die Frau saß auf der Ecke seines Küchentisches und las in einem Magazin. Offensichtlich wartete sie auf das Kochen des Kaffeewassers. Trotz ihrer dunklen, strengen Brille wirkte sie attraktiv.
Chavasse schloß lautlos die Tür, schlich auf Zehenspitzen zu ihr hin und gab ihr von hinten einen Kuß auf den Nacken.
»Ich muß schon sagen – das ist eine komische Zeit für einen Besuch«, sagte er grinsend. »Aber ich habe durchaus nichts dagegen.«
Jean Frazer drehte sich um und schaute ihn gelassen an. »Bilde dir nur nichts ein, mein Lieber! Wo, in aller Welt, hast du denn gesteckt? Ich habe dich seit gestern abend acht Uhr überall in Soho und Westend suchen lassen.«
Erregung befiel ihn.
»Gibt's was Wichtiges?«
Sie nickte. »Das kann man wohl sagen. Geh lieber rein. Der Chef sitzt schon seit Mitternacht hier herum und wartet darauf, daß du endlich aufkreuzt.«
»Wie wär's mit Kaffee?«
»Sobald er fertig ist, bringe ich ihn hinein.« Sie zog die Nase kraus. »Du hast wieder getrunken, wie?«
»Liebling, du könntest eine tolle Ehefrau abgeben«, sagte er mit müdem Lächeln und ging in sein Wohnzimmer hinüber.
Zwei Männer saßen in den tiefen Ledersesseln vor dem Kamin. Zwischen sich hatten sie den Couchtisch mit einem Schachbrett. Der eine war ein weißhaariger Siebziger, den Chavasse nicht kannte. Er blickte konzentriert auf das Schachbrett.
Der andere wirkte auf den ersten Blick wie ein höherer Beamter. Mit seinem gutgeschnittenen, dunkelgrauen Anzug, der Krawatte der Eton-Universität und den angegrauten Schläfen sah er genauso aus, wie man sich einen Beamten in gehobener Position vorstellt.

Erst als er mit einem Ruck den Kopf hob, wurde der Unterschied offenbar. Er hatte nicht das Gesicht eines Durchschnittsmannes. Hinter den kalten grauen Augen steckte eine überdurchschnittliche Intelligenz. Es war das Gesicht eines absoluten Realisten.
»Ich habe gehört, Sie suchen mich?« fragte Chavasse und zog den feuchten Regenmantel aus.
Der Chef lächelte kaum merklich. »Das ist eine Untertreibung. Sie müssen ein neues Lokal aufgetrieben haben.«
Chavasse nickte.
»Den *Caravel Club* in der Portland Street. Es gibt dort ein ganz ordentliches Steak, außerdem kann man Chemmy und Roulett spielen.«
»Lohnt sich ein Besuch?«
»Eigentlich nicht.« Chavasse verzog das Gesicht. »Der Laden ist ziemlich langweilig und verdammt teuer. Wird Zeit, daß ich mich nach einer anderen Beschäftigung umsehe.«
»Ich denke, diesen Gefallen können wir Ihnen tun, Paul«, sagte der Chef. »Ich möchte Sie übrigens mit Professor Craig bekannt machen.«
Der alte Herr reichte ihm lächelnd die Hand.
»Sie sind also das Sprachphänomen. Ich habe viel über Sie gehört, junger Mann.«
»Hoffentlich nur Gutes.« Chavasse nahm sich eine Zigarette aus seiner Dose auf dem Couchtisch und zog sich dann einen Stuhl heran.
»Professor Craig ist Vorsitzender des gemeinsamen Raumforschungsprogramms, das die NATO kürzlich eingerichtet hat«, erklärte der Chef. »Er ist mit einer recht interessanten Bitte an uns herangetreten. Um ganz ehrlich zu sein, Paul: Sie sind wahrscheinlich von unseren Agenten der einzige, der diese Aufgabe schaffen könnte.«
»Die Einleitung klingt recht schmeichelhaft. Wo brennt's denn?«

Der Chef schob ohne besondere Eile eine Orientzigarette in seine elegante silberne Spitze. Er ließ sich mit der Antwort Zeit.
»Wann waren Sie zuletzt in Tibet, Paul?« kam dann die Gegenfrage.
»Das wissen Sie doch so gut wie ich: vor zwei Jahren, als wir den Dalai-Lama herausholten.«
»Möchten Sie nicht wieder einmal nach Tibet?«
»Mein Tibetanisch ist immer noch recht gut«, antwortete Chavasse achselzuckend. »Ich spreche es nicht gerade fließend, aber es dürfte reichen. Ein paar andere Probleme würden mir dabei mehr Sorgen machen. Zum Beispiel der Umstand, daß ich ein Europäer bin und auch so aussehe.«
»Sagten Sie nicht eben, daß Sie vor zwei Jahren dem Dalai-Lama bei seiner Flucht geholfen haben?« schaltete sich Professor Craig ein.
Chavasse nickte.
»Stimmt, aber da waren die Voraussetzungen anders. Es war nur eine Sache von wenigen Tagen. Ich weiß nicht, wie lange ich unerkannt bleiben würde, wenn ich mich dort länger aufhalten müßte.Wissen Sie übrigens, Professor, daß aus verständlichen Gründen während des Korea-Krieges nicht ein einziger alliierter Soldat fliehen konnte? Stecken Sie mich in die passende Kleidung und schicken Sie mich nach Rußland – keinem Menschen würde ich auffallen. Auf einer Straße in Peking wäre ich so etwas wie ein bunter Hund.«
»Na schön«, meinte der Chef. »Das sehe ich ein. Was ist aber, wenn wir dieses Problem umgehen könnten?«
»Dann bleibt immer noch das Problem der Chinesen. Sie sollen die Kontrollen wesentlich verschärft haben, besonders nach der Revolte der Tibetaner. Trotzdem wird es weite Gebiete geben, die sie noch nicht so recht in den Griff bekommen haben.« Er zögerte und fragte dann:

»Handelt es sich um etwas Wichtiges?«
Der Chef nickte ernst.
»Es ist wahrscheinlich der wichtigste Auftrag, den ich Ihnen jemals erteilt habe.«
»Wollen Sie mir dann nicht etwas mehr darüber sagen?«
Der Chef lehnte sich in seinem Sessel zurück und fragte: »Was würden Sie als das augenblicklich brennendste internationale Problem ansprechen – die Atombombe?«
Chavasse schüttelte den Kopf. »Nein, das würde ich nicht sagen. Die Bombe war einmal das brennendste Problem. Jetzt ist es wahrscheinlich der Wettlauf in der Raumforschung.«
»Stimmt. Und die Tatsache, daß John Glenn und die anderen amerikanischen Astronauten den Genossen Gagarin und Titow zunehmend Konkurrenz machen, bereitet unseren russischen Freunden einige Sorgen. Wir holen ihren Vorsprung auf, und sie wissen es.«
»Können sie denn etwas dagegen tun?«
Der Chef nickte wieder. »Ja, es gibt da eine Möglichkeit, an der sie schon verdammt lange arbeiten, aber das kann Ihnen Professor Craig besser erklären. Er ist schließlich Fachmann.«
Professor Craig nahm die Brille ab und begann, sie bedächtig mit dem Tuch aus der Brusttasche zu polieren. »Das wichtigste Einzelproblem ist der Antrieb, Mr. Chavasse. Wenn es um die Fahrt zum Mond und um die Überwindung noch weiterer Entfernungen geht, dann ist die Konstruktion größerer und besserer Raketen keine hinreichende Lösung des Problems.«
»Die Russen haben vermutlich einen anderen Weg gefunden?« fragte Chavasse.
Craig schüttelte den Kopf.
»Noch nicht, aber ich denke, daß sie der richtigen Lösung schon auf der Spur sind. Seit 1956 experimentieren sie mit einem Ionentriebwerk, das die Lichtenergie der Sterne

unmittelbar als Antriebselement ausnutzt.«
»Das klingt fast wie eine Idee aus einem utopischen Roman«, meinte Chavasse.
»Wenn es nur so wäre, junger Mann«, sagte Craig ernst. »Unglücklicherweise handelt es sich aber um Tatsachen. Wenn wir nicht bald eine bessere Lösung finden, dann können wir gleich das Handtuch in den Ring werfen.«
»Anscheinend gibt es also noch eine andere Möglichkeit?« fragte Chavasse.
Der Professor setzte sich die Brille auf und nickte.
»Unter normalen Umständen würde ich diese Frage verneinen. Aber gewisse Informationen, die ich kürzlich bekommen habe, lassen mich eine Lösung unseres Problems erhoffen.«
Der Chef lehnte sich vor.
»Vor zehn Tagen kam nämlich ein junger tibetanischer Adliger nach Srinagar, der Hauptstadt von Kaschmir. Ferguson, unser dortiger Agent, hat sich um ihn gekümmert. Der junge Tibetaner brachte nicht nur wertvolle Informationen über den augenblicklichen Stand der Dinge im westlichen Tibet, sondern auch einen Brief für Professor Craig mit. Der Brief stammte von Karl Hoffner.«
Chavasse zog die Stirn in Falten. »Den Namen habe ich doch schon einmal gehört. Hat dieser Mann nicht jahrelang als eine Art Arzt-Missionar in Tibet gearbeitet?«
Der Chef nickte. »Hoffner ist ein großartiger Mensch, auch wenn er heute fast vergessen ist. Zwischen ihm und Albert Schweitzer gibt es auffällige Ähnlichkeiten. Auch er ist Arzt, Musiker, Philosoph und Mathematiker. Er hat vierzig Jahre seines Lebens für Tibet geopfert.«
»Er lebt also noch?« fragte Chavasse.
»Ja. Er lebt in einer kleinen Stadt namens Changu, ungefähr hundertfünfzig Meilen landeinwärts von Kaschmir. Soweit wir feststellen konnten, steht er unter Hausarrest.«

»War dieser Brief an Sie adressiert?« wandte sich Chavasse an den Professor.
»Karl Hoffner und ich waren Kommilitonen und haben danach auch jahrelang gemeinsam in der Forschung gearbeitet.« Craig seufzte. »Er ist einer der wirklich großen Köpfe dieses Jahrhunderts, Mr. Chavasse. Er hätte berühmter als Einstein werden können, doch er zog es vor, sich in einem fernen Land zu vergraben.«
»Aber was war denn so interessant an diesem Brief?«
»Oberflächlich betrachtet war es eigentlich nichts weiter als ein Brief an einen alten Freund. Er hatte erfahren, daß der junge Tibetaner über die Grenze gehen wollte, und da nahm er die Gelegenheit wahr, mir noch einmal zu schreiben – wahrscheinlich zum letztenmal. Seine Gesundheit ist sehr angegriffen.«
»Wie behandeln sie ihn?«
»Offensichtlich wird er gut behandelt. Er war unter den Leuten immer schon sehr beliebt, deshalb scheinen ihn die Kommunisten als eine Art von Symbol zu benutzen. Er schreibt mir, daß er schon seit über einem Jahr unter Hausarrest steht. Aus Langerweile hat er sich wieder seiner alten Liebe, der Mathematik, zugewandt.«
»Wenn ich Sie recht verstehe, kommt jetzt der springende Punkt?«
»Ich halte Karl Hoffner für einen der bedeutendsten Mathematiker aller Zeiten«, erklärte Craig. »Darf ich Sie jetzt mit ein paar technischen Bemerkungen belästigen?«
»Gern.«
»Ich weiß nicht, welche mathematischen Kenntnisse ich bei Ihnen voraussetzen darf, aber sicher ist Ihnen die Einsteinsche Formel bekannt, nach der Materie nichts anderes als eine Erscheinungsform der Energie ist?«
»$E=mc^2$«, zitierte Chavasse lächelnd. »Noch kann ich Ihnen folgen.«
Craig fuhr fort: »Als junger Mann schrieb Karl Hoffner

eine vielbeachtete Doktorarbeit, in der er den Nachweis erbrachte, daß Energie nur eine andere Erscheinungsform des Raumes ist. Bei seiner Beweisführung handelte es sich um eine gewagte Weiterentwicklung der *Nicht*-euklidischen Geometrie, die ebenso revolutionär war wie Einsteins Relativitätstheorie.«

»Jetzt setzt es bei mir aus«, bekannte Chavasse.

»Das macht nichts«, meinte Craig lächelnd. »Seine Theorie war so kompliziert, daß es seinerzeit vermutlich höchstens sechs Gehirne auf der ganzen Welt gab, die sie begreifen konnten. Sie rief zuerst in akademischen Kreisen einiges Interesse wach, wurde jedoch dann völlig vergessen. Sehen Sie – es war eben nur reine Theorie ohne erkennbare praktische Anwendungsmöglichkeiten.«

»Und jetzt hat er seine Theorie noch einen Schritt weiterentwickelt, wie? Das wollten Sie doch mit Ihrer Einleitung sagen?«

Craig nickte.

»In seinem Brief erwähnt er nebenbei, daß er jetzt die endgültige Lösung seines Problems gefunden habe. Er kann beweisen, daß man den Raum verändern kann – er ist manipulierbar geworden, wenn Sie so wollen –, bis er sich in ein Energiefeld verwandelt.«

»Und das ist so wichtig?«

»Wichtig?« Der Professor seufzte. »Was die Theorie betrifft, so verweist Hoffners Formel die heutige Nuklearphysik in die graue Vorzeit der Wissenschaft. Praktisch gesehen, eröffnet er uns damit völlig neue Perspektiven für die Raumfahrt. Unsere Raketen könnten ihre Antriebsenergie aus dem Raum selbst beziehen. Dieses Prinzip wäre dem russischen Konzept des Ionenantriebs haushoch überlegen.«

»Und glauben Sie, daß Hoffner die Bedeutung seiner Erfindung erkennt?« fragte Chavasse.

Craig schüttelte den Kopf.
»Wahrscheinlich weiß er nicht einmal, daß schon Erdumkreisungen stattgefunden haben. Wenn er wüßte, daß der Mensch, die Schwelle zum Weltraum bereits überschritten hat, dann müßte er auf der Stelle die Bedeutung seiner Entdeckung erkennen.«
»Unglaublich, ganz unglaublich!« murmelte Chavasse.
»Wir wollen es einmal praktisch ausdrücken«, schaltete sich der Chef ein. »Dieses ganze großartige Wissen nutzt uns verdammt wenig, solange es nur im Gehirn eines kranken alten Mannes vorhanden ist, der in einem kommunistisch regierten Land unter Hausarrest steht. Wir müssen ihn herausholen, Paul!«
»Ich hab mich nach einem Auftrag gedrängelt!« sagte Chavasse seufzend. »Jetzt hab ich ihn! Aber wie, in drei Teufels Namen, ich dieses Kunststück fertigbringen soll, weiß ich beim besten Willen nicht.«
»Darüber habe ich mir schon einige Gedanken gemacht.« Der Chef schob das Schachbrett beiseite und entfaltete eine große Landkarte.
»Sehen Sie her, Paul! Das ist die fragliche Gegend: Kaschmir und das westliche Tibet. Changu liegt ungefähr zweihundertzwanzig Kilometer von der Grenze entfernt. Hier, kaum achtzig Kilometer hinter der Grenze, liegt das tibetanische Dorf Rudok. Ferguson schreibt in seinem gestrigen Bericht, daß nach Angabe des jungen Tibetaners die Herrschaft der Chinesen über diese Gegend nur auf dem Papier steht. Er sagt, in einem Kloster bei Rudok befinde sich ein Widerstandszentrum. Wenn wir Sie dorthin schaffen könnten, dann hätten Sie wenigstens eine Operationsbasis. Von da an sind Sie allerdings auf sich allein angewiesen.«
»Dazu habe ich zwei Fragen«, entgegnete Chavasse. »Erstens: Wie komme ich hinein? Und zweitens: Was habe ich zu tun, damit die Mönche mich unterstützen?«

»Es ist schon alles vorbereitet«, erklärte der Chef. »Seit Craig gestern zu mir kam und mir erklärte, daß in dem Brief seines Freundes Hoffner mehr steht, als man auf den ersten Blick sieht, habe ich nicht weniger als viermal über unsere Sonderleitung mit Ferguson gesprochen. Er hat dafür gesorgt, daß der junge Tibetaner Sie über die Grenze begleiten wird.«
»Auf welchem Weg?«
»Wir werden Sie hineinfliegen.«
»Glauben Sie, das wird von Kaschmir aus gehen? Das Ladakh-Gebirge ist verdammt hoch.«
»Ferguson hat einen Bergpiloten aufgetrieben. Er heißt Jan Kerensky und ist Pole, der im Krieg für die Royal Air Force flog. Er arbeitet dort für die Regierung – Aufklärungsflüge und so weiter. Anscheinend gibt es in der Nähe von Leh einen alten Feldflugplatz, den Kerensky gelegentlich benutzt. Von dort aus sind es nur noch hundertzwanzig oder hundertvierzig Meilen bis nach Tibet hinein. Wir haben ihm fünftausend dafür geboten, daß er Sie in der Nähe des Klosters von Rudok absetzt, und weitere fünftausend, wenn er Sie genau eine Woche später wieder abholt.«
»Glaubt er, daß er es schaffen wird?«
Der Chef nickte. »Er sagt nur, daß es zu machen ist, nicht mehr. Wahrscheinlich werden Sie eine gute Portion Glück mitbringen müssen.«
»Das wird wohl so sein! Wann geht es los?«
»Um neun Uhr fliegt vom Militärflughafen Edgeworth ein Vulkan-Bomber nach Singapur ab. Der bringt Sie nach Aden. Von dort aus können Sie eine Maschine nach Kaschmir bekommen.«
Er stand auf und fuhr fort: »Damit wäre wohl alles besprochen, Professor. Ich bringe Sie nach Hause. Sie sehen aus, als ob Sie ein wenig Schlaf gebrauchen könnten.«

Als sich Craig erhob, sagte Chavasse rasch: »Noch einen Augenblick, Professor, wenn Sie gestatten.« Craig setzte sich wieder. »Mir ist gerade eingefallen, daß ich mich Dr. Hoffner gegenüber ausweisen muß. Ich muß ihm absolut glaubhaft machen, daß ich echt bin. Haben Sie dazu einen Vorschlag?«

Craig starrte für mehrere Sekunden mit gerunzelter Stirn ins Leere, dann lächelte er plötzlich.

»Es gibt da etwas aus Hoffners Vergangenheit, was nur er und ich wissen, Mr. Chavasse. Wir waren einmal in dasselbe Mädchen verliebt. An einem Maiabend beschlossen wir in seiner Wohnung in Cambridge, die Angelegenheit ein für allemal ins reine zu bringen. Sie saß draußen im Garten. Wir losten mit einer Münze, daß er zuerst zu ihr hinausgehen sollte. Ich werde niemals den Ausdruck seines Gesichtes vergessen, als er wieder hereinkam. Später stand ich mit ihr draußen im Garten. Sie hatte versprochen, meine Frau zu werden. Karl saß drin im dunklen Haus und spielte die *Mondscheinsonate*. Sie müssen wissen – er war ein hervorragender Pianist.«

»Vielen Dank, Sir«, sagte Chavasse leise.

»Das alles ist schon sehr, sehr lange her, junger Mann, aber er wird sich noch an jede Einzelheit dieses Abends erinnern. Ich jedenfalls weiß, daß ich nichts davon vergessen werde.« Craig hielt ihm die Hand hin. »Ich kann Ihnen nur viel Glück wünschen, Mr. Chavasse. Ich hoffe, daß wir uns sehr bald wiedersehen.«

Er nahm seinen Mantel und ging zur Tür. Der Chef drehte sich noch einmal um und lächelte Chavasse an.

»Ich weiß, Paul, daß es diesmal hart auf hart gehen wird. Aber Sie wissen ja, wie wichtig diese Sache für uns alle ist. Jean bleibt hier, sie wird Ihnen etwas zu essen herrichten und Sie dann zum Flugplatz bringen. Tut mir leid, daß ich nicht selbst kommen kann, aber ich habe um halb zehn eine wichtige Konferenz im

Außenministerium.«
»Das macht nichts, Sir.«
Der Chef öffnete die Tür und ließ Craig den Vortritt. Bevor er ging, drehte er sich noch einmal um. Es schien, als wollte er noch etwas zu Chavasse sagen, aber dann überlegte er es sich doch anders und zog die Tür leise hinter sich ins Schloß.
Als Chavasse wieder allein war, stand er eine ganze Weile mitten in seinem Wohnzimmer und dachte nach. Dann zündete er sich eine Zigarette an und ging in die Küche. Jean Frazer rührte gerade in einer Pfanne mit Ham-and-Eggs herum. Sie blickte über die Schulter und rümpfte die Nase. »Geh dich lieber duschen, du siehst schrecklich aus.«
»Du würdest auch nicht besser aussehen, wenn man dir gerade so einen Auftrag angehängt hätte. Was ist denn eigentlich aus meinem Kaffee geworden?«
»Ich wollte vorhin nicht stören.« Sie drehte sich nun doch um, kam einen Schritt näher und strich sich dabei das Kleid über den Hüften glatt. »Paul, die Sache sieht nicht gut aus, wie?«
»Sie stinkt zum Himmel, um es gelinde auszudrücken«, antwortete er mit einem matten Grinsen. »Manchmal frage ich mich, warum ich mich überhaupt auf ein so verrücktes Geschäft eingelassen habe.«
Plötzlich kämpfte sie mit den Tränen. Er beugte sich zu ihr herunter und gab ihr einen Kuß auf den Mund.
»Wenn du mich für zehn Minuten entschuldigst, werde ich duschen und mich umziehen. Dann können wir zusammen frühstücken. Und anschließend kannst du mich in mein Verderben kutschieren.«
Sie wandte sich verdächtig rasch ab. Er ging ins Wohnzimmer zurück und nahm langsam die Krawatte ab. Dann öffnete er das Fenster, atmete die rauhe Regenluft ein und fühlte sich plötzlich beschwingt – unglaublich

beschwingt. Zum erstenmal seit zwei Monaten spürte er wieder das pulsierende Leben in sich. Als er ins Badezimmer ging, pfiff er fröhlich vor sich hin.

3

Als Paul Chavasse am nächsten Morgen über den Flugplatz von Srinagar marschierte, erwartete ihn Ferguson schon am Ausgang. Ferguson war ein hochgewachsener Mittvierziger mit leicht angegrauten Schläfen, der in seinem weißen Leinenanzug kühl und wie aus einem Modejournal wirkte.

»Wir haben uns lange nicht gesehen, Paul. Wie geht's dir denn?« Sie schüttelten sich die Hände. Chavasse war hundemüde. Sein Anzug sah aus, als hätte er darin übernachtet.

»Miserabel«, antwortete er mit einem erzwungenen Lächeln »Die Maschine in Aden habe ich gerade noch erwischt, aber dann sind wir mitten in ein Gewitter hineingeraten. Der Anschluß in Delhi war natürlich weg, und ich mußte stundenlang auf die nächste Maschine warten.«

»Was du am dringendsten brauchst, ist eine kalte Dusche und einen harten Drink«, sagte Ferguson. »Hast du Gepäck?«

»Diesmal habe ich mich zu leichtem Gepäck entschlossen.« Er hielt seine Tasche hoch. »Ich habe mich ganz darauf verlassen, daß du mich mit allem ausstatten wirst, was ich für diesen seltsamen Ausflug brauche.«

»Liegt schon alles bereit«, sagte Ferguson. »Gehen wir, mein Wagen steht draußen.«

Sie fuhren nach Srinagar hinein. Chavasse zündete sich eine Zigarette an und betrachtete die riesigen weißen Gipfel, die wie eine ausgezackte Silhouette vor dem

leuchtendblauen Himmel standen.
»Das ist also das Tal von Kaschmir«, meinte er.
»Enttäuscht?« fragte Ferguson.
»Im Gegenteil, es übertrifft alles, was ich darüber gelesen habe. Seit wann lebst du hier?«
»Seit etwa achtzehn Monaten.« Er lächelte leicht. »Ich weiß, daß ich hier sozusagen das Gnadenbrot genieße, aber ich will mich nicht beklagen Von jetzt an bin ich eben nur noch ein Bürohengst.«
»Wie geht's deinem Bein?«
Ferguson zuckte die Achseln. »Könnte schlimmer sein. Manchmal habe ich das Gefühl, als ob's noch da wäre. Die Ärzte sagen, daß solche Halluzinationen jahrelang dauern können.«
Er steuerte den Wagen vorsichtig durch eine enge Basarstraße. Chavasse blickte hinaus auf die durcheinanderwogende Menschenmenge. Ferguson ist ein guter Agent gewesen, dachte er. Einer der besten, die das ›Bureau‹ jemals hatte – bis eines Nachts jemand eine Handgranate in sein Schlafzimmer warf. Das war in Algier gewesen. So etwas konnte jedem passieren. Und wenn man noch so vorsichtig ist – irgendwann einmal wird deine Nummer in dieser Lotterie gezogen, dachte er.
Er verscheuchte diese Gedanken und zündete sich eine neue Zigarette an.
»Was ich dich fragen wollte – dieser Pilot, den du da aufgetrieben hast, Kerensky heißt er, glaube ich – ist er zuverlässig?«
»Er ist einer der besten Piloten, die ich jemals gesehen habe. Während des Krieges war er bei der Air Force Geschwaderkommandant und wurde von allen möglichen Leuten mit Orden behängt. Seit ungefähr fünf Jahren arbeitet er hier.«
»Kommt der denn zurecht?«
»Bei diesem Job kann eigentlich nichts schiefgehen. Die

Bergfliegerei ist so eine Sache, da braucht er sich um die Konkurrenz keine grauen Haare wachsen zu lassen.«
»Er glaubt also wirklich, daß er mich da rüberfliegen kann?« Ferguson lächelte. »Für das Geld, das wir ihm bieten, wird Kerensky einen Abstecher in die Hölle riskieren. So ein Kerl ist er.«
»Wohnt er hier in Srinagar?«
Ferguson nickte. »Er besitzt ein Hausboot auf dem Fluß – nur fünf Minuten von meinem Haus entfernt.«
Sie fuhren auf der anderen Seite wieder aus der Stadt hinaus. Ferguson bog in einen schmalen Fahrweg ein und hielt vor einem schneeweißen Bungalow. Ein Boy in scharlachrotem Turban und weißer Jacke kam die Stufen von der Veranda heruntergelaufen und nahm Chavasse die Reisetasche ab.
Im Haus war es angenehm kühl, weil die Jalousien die Sonnenhitze abhielten. Ferguson führte Chavasse in ein weißgekacheltes, blitzendes und erstaunlich modern eingerichtetes Bad.
»Hier findest du alles, was du brauchst. Ich habe dem Boy gesagt, daß er dir frische Sachen herauslegen soll. Mich findest du draußen auf der Terrasse.«
Chavasse nickte und wandte sich seinem Spiegelbild zu. Die Augen waren gerötet, die Müdigkeit hatte tiefe Linien in sein Gesicht gegraben, und am Kinn wucherte ein üppiger Stoppelbart. Mit einem schweren Seufzer begann er sich auszuziehen.

Als er zwanzig Minuten später in Baumwoll-Shorts und sauberem, weißem Hemd, die Haare noch feucht von der kalten Dusche, auf die Sonnenterrasse trat, kam er sich wie ein anderer Mensch vor. Ferguson saß unter einem gewaltigen, bunten Sonnenschirm. Von der Terrasse aus erstreckte sich der gepflegte Garten bis hinunter zum Jhelum-Fluß.

»Du hast hier einen tollen Ausblick«, sagte Chavasse bewundernd.
Ferguson nickte. »Am Abend ist's hier noch schöner. Wenn die Sonne hinter den Bergen untergeht, ist es hier einfach märchenhaft, das kannst du mir glauben.«
Der Diener erschien mit einem Tablett, auf dem zwei hohe Gläser standen. Chavasse trank einen Schluck und stöhnte dann wohlig auf. »Genau das hat mir gefehlt! Jetzt komme ich mir wieder wie ein Mensch vor.«
»Das freut mich. Möchtest du etwas zu essen?«
»Ich habe schon im Flugzeug gegessen. Wenn du nichts dagegen hast, möchte ich so schnell wie möglich diesen Kerensky kennenlernen.«
»Einverstanden.« Ferguson stand auf und ging die wenigen Stufen zu der sonnigen Rasenfläche hinunter. Chavasse folgte ihm durch ein Gartentürchen, dann gingen sie nebeneinander den Fußweg entlang.
»Was ist dieser Tibetaner eigentlich für ein Mensch?« fragte Chavasse.
»Joro? Du wirst von ihm beeindruckt sein. Er ist etwa Dreißig und von einer bemerkenswerten Intelligenz, außerdem spricht er sehr gut Englisch. Anscheinend hat Hoffner dafür gesorgt, daß er als Kind drei Jahre an der Missionsschule verbringen konnte. Seitdem läßt Joro nichts auf den alten Mann kommen.«
»Wo steckt er jetzt?«
»Er lebt mit einigen seiner Landsleute in einem Flüchtlingslager am Stadtrand. In letzter Zeit kommen eine Menge Flüchtlinge über die Grenze nach Kaschmir.« Er streckte die Hand aus. »Das ist Kerensky.«
Das rot und golden gestrichene Hausboot war keine vierzig Schritte entfernt am Flußufer vertäut. Auf dem Kabinendach stand ein Mann, der nur eine Badehose trug. Als sie näher kamen, verschwand er mit einem gekonnten Kopfsprung im Wasser.

Chavasse überquerte als erster die Laufplanke und half dann Ferguson herüber, weil der mit seiner Prothese auf dem schwankenden Steg einige Schwierigkeiten hatte. Das weiße Deck blitzte vor Sauberkeit; überhaupt schien sich das ganze Schiff in ausgezeichnetem Zustand zu befinden.
»Wie sieht es unten aus?« fragte Chavasse.
»Alles erstklassig«, antwortete Ferguson. »Viele Leute verbringen auf solchen Kähnen Jahr für Jahr ihre Ferien.«
Unter einem Baldachin am Heck waren mehrere Korbsessel um einen kleinen Tisch gruppiert. Die beiden setzten sich und warteten auf Kerensky, der sie schon bemerkt hatte und in raschem Kraulstil zum Schiff zurückschwamm. Er zog sich über die Reling an Bord und lachte sie breit an.
»Da ist ja Mr. Ferguson, der Mann mit dem vielen Geld. Sie standen schon beinahe auf meiner Verlustliste.«
»Mein Freund hat in Delhi keinen Anschluß bekommen«, erklärte Ferguson.
Kerenskys Gesicht war von einer anziehenden Häßlichkeit. Ein eisgrauer Haarschopf stand von seinem Kopf ab, und wenn er lächelte, warf sein Gesicht tausend kleine Falten. Er wandte sich an Chavasse.
»Hoffentlich haben Sie starke Nerven! Sie werden sie brauchen, wenn wir hineinfliegen.«
Chavasse mochte den Mann auf Anhieb. »Ferguson sagte mir, daß ich mich in den denkbar besten Händen befinde.«
Kerensky zeigte ihm lachend die Zähne. »Fast möchte ich ihm da beipflichten, aber man soll nicht vorschnell urteilen. – Entschuldigen Sie mich für einen Augenblick.«
Er patschte uber das Deck und verschwand im Niedergang.
»Ein bemerkenswerter Mann«, meinte Chavasse.
»Das ist nicht untertrieben, mein Lieber. Wenn es einer

schafft, dich nach Tibet zu fliegen, dann bestimmt er.«
Als Kerensky wiederauftauchte, trug er in der Hand ein Tablett mit Gläsern und unter dem anderen Arm eine zusammengefaltete Landkarte. Er stellte das Tablett auf den Tisch und setzte sich.
»Wodka mit Eis, meine Freunde. Nichts auf der ganzen Welt schmeckt herrlicher.«
Chavasse probierte das Getränk. »Polnischer Wodka, wie?«
»Selbstverständlich!« versicherte Kerensky. »Ich bin immer für das Beste. In diesem Klima braucht man das, wenn man in Form bleiben will.« Er schlug sich mit der Hand an die sonnengebräunte Brust. »Für Fünfundvierzig gar nicht so übel, wie, Mr. Chavasse?«
Chavasse kämpfte gegen ein Lachen an. Es gelang ihm nur mit Mühe. »Ich bin tief beeindruckt«, meinte er.
Kerensky schob das Tablett beiseite und entfaltete die Karte. »Kommen wir zur Sache. Ferguson sagte, daß Sie schon mal in Tibet waren. Stimmt das?«
»Ja, aber nur im Südosten.«
»Der Westen des Landes ist ganz anders«, erklärte Kerensky. »Das ganze Gebiet liegt in über fünftausend Meter Höhe. Es handelt sich um ein unwirtliches, zerklüftetes Land.«
»Und Sie glauben, daß wir es trotzdem schaffen?«
Kerensky zuckte die Achseln. »Wir können es zumindest versuchen. Bei Leh liegt ein alter Notlandeplatz, den ich manchmal benutze. Leh ist ein Dorf in der Schlucht des oberen Indus, ungefähr dreitausendachthundert Meter hoch gelegen. Von Leh nach Rudok sind es dann nur noch hundertachtzig Kilometer.«
»Können wir dort überhaupt landen?«
Kerensky nickte. »Ich habe schon mit dem Tibetaner gesprochen, der Sie begleiten soll. Er hat mir eine geeignete Stelle, knapp zwölf Kilometer östlich von Rudok,

beschrieben, nämlich eine Sandfläche neben einem See.«

»Das klingt ganz gut«, sagte Chavasse. »Was für eine Maschine fliegen Sie?«

»Eine de Havilland Beaver. Da oben im Gebirge hat man nur mit einer leichten, wendigen Maschine eine Chance«, sagte Kerensky. »Wir fliegen durch den Pangong-Tso-Paß nach Tibet ein. Da der Paß über fünftausend Meter hoch liegt, werden wir uns vielleicht gerade so den Bauch ankratzen. Außerdem gibt's da oben eine Menge Schnee und Eis. Ich muß Sie also warnen: Es wird bestimmt keine Vergnügungsreise. Jetzt können Sie noch zurück.«

»Glauben Sie denn, ich will Ihnen den Spaß verderben? Wann starten wir?«

Kerensky grinste.

»So gefallen Sie mir, mein Freund. Ich wäre beinahe geneigt, den Auftrag nur wegen Ihrer hübschen blauen Augen zu übernehmen, aber wie gewöhnlich gewinnt mein gesunder Geschäftssinn wieder die Oberhand. Wir fliegen heute nachmittag nach Leh hinauf. Diese Nacht haben wir Vollmond. Wenn der Himmel klar ist, können wir gleich weiterfliegen. Sollte der Paß voller Wolken hängen, dann dürfen wir es nicht riskieren.«

»Paßt dir das, Paul?« fragte Ferguson.

»Nun, je eher wir losfliegen, um so früher sind wir wieder zurück, meine ich. – Wann starten wir?«

»Treffen wir uns um drei Uhr am Flughafen«, schlug Kerensky vor. »Was ist mit dem Tibetaner?«

»Wir sprechen gleich noch mit ihm«, sagte Ferguson. »Ich sorge dafür, daß er pünktlich am Flughafen ist.«

Sie erhoben sich. Kerensky nahm sein Glas und sagte ernst. »Bei uns zu Hause sagt man in solchen Fällen: ›Möge uns ein guter Tod beschieden sein!‹«

Er trank aus, stellte sein Glas hin und lächelte auf einmal wieder. »Jetzt entschuldigen Sie mich bitte, ich muß nämlich noch mein heutiges Schwimmpensum absolvieren.«

Er wandte sich ab und hechtete über die Reling ins gelbliche Wasser. Chavasse und Ferguson balancierten über die Laufplanke ans Ufer hinüber und kehrten zum Bungalow zurück.

Auf der Fahrt zum Flüchtlingslager der Tibetaner, wo sie Joro aufsuchen wollten, verhielt sich Ferguson auffallend schweigsam. Seine Stirn war leicht gefurcht.
»Stört dich etwas?« fragte Chavasse.
Ferguson zuckte die Achseln. »Ach, wahrscheinlich ist es nur Einbildung, aber ich habe den Eindruck, daß Kerensky sich bei der ganzen Geschichte bei weitem nicht so glücklich fühlt, wie er uns weismachen wollte.«
»Für fünftausend braucht er sich nicht glücklich zu fühlen«, sagte Chavasse.
»Und – wie steht's mit dir?« fragte Ferguson mit einem raschen Seitenblick.
»Gerade du solltest eine solche Frage nicht stellen. Ich gehe dahin, wohin das ›Bureau‹ mich schickt. Für mich ist das ein Auftrag wie jeder andere. Vielleicht ein bißchen gefährlicher als sonst, aber das ist auch alles.«
»Machst du dir denn keine Sorgen über das, was dich in Tibet erwartet?« bohrte Ferguson weiter.
»Natürlich mache ich mir Sorgen. Sonst hätte ich den Auftrag gar nicht übernommen«, antwortete Chavasse.
Ferguson bog von der Landstraße ab. Sie fuhren mehrere Kilometer weit auf einem unbefestigten Weg entlang, der zwischen saftigen Weiden emporführte. Plötzlich befanden sie sich auf der kleinen Hügelkuppe und sahen unter sich am Ufer eines Flusses zwanzig oder dreißig tibetanische Zelte.
Es war ein friedliches Bild. Der Rauch von mehreren Herdfeuern stieg senkrecht zum blauen Himmel auf. Ein paar Frauen standen bis an die Knie im Fluß und wuschen, wobei sie die Shubas in den Gürtel hochge-

steckt hatten. Dazwischen spielten barfüßige Kinder mit viel Geschrei Verstecken.
Die Zelte bestanden aus Jakhäuten, die zusammengenäht und dann über ein rundes Gerüst aus Zweigen gezogen waren. Jedes Zelt war von einem runden Steinwall umgeben. Von dem Lager ging ein eigentümlicher Reiz aus. Chavasse mußte lächeln, als ein kleiner Junge sie erblickte und seine Kameraden durch Zurufe aufmerksam machte. Eine Sekunde später rannte die ganze Meute davon, um die Mütter am Flußufer zu verständigen.
Die Frauen hielten inne, legten die Hände schützend über die Augen und blickten zu ihnen hoch. In diesem Augenblick galoppierte ein einzelner Reiter über einen fünfzig Schritte entfernten Hügel, trieb ein paar weidende Jaks auseinander und ritt ins Lager hinunter.
Der Mann trug ein langes Untergewand mit weiten Ärmeln und darüber eine Shuba aus Schaffell, die seine Brust bis zum Gürtel frei ließ. Seine Beine steckten in kniehohen, grünen Stiefeln aus Rohleder. Sein Haar war zu beiden Seiten des Kopfes zu Zöpfen hochgebunden. Darauf thronte eine spitz zulaufende Fellmütze. Im linken Ohr trug er einen großen Silberreif.
Er zügelte sein Pferd, sprang ab und kam ihnen entgegen, eine seltsam altertümlich anmutende Gestalt. Er war groß und kräftig, und sein gebräuntes Gesicht hatte keine orientalischen Züge. Die hohen Backenknochen und die gerade Nase verliehen ihm etwas Aristokratisches. Die Kinder machten ihm bereitwillig den Weg frei und verneigten sich ehrerbietig.
»Joro, das ist Mr. Chavasse«, sagte Ferguson.
Der Tibetaner streckte die Hand aus und sagte einfach: »Ich freue mich, daß Sie hier sind.«
Chavasse war sofort tief beeindruckt. Das lag nicht nur an dem einwandfreien Englisch, das Joro sprach. Er war ein Mann, der in jeder Umgebung Eindruck gemacht hätte –

intelligent und hart, eine Führerpersönlichkeit. Männer dieses Schlages gehen einem Kampf nicht aus dem Wege, dachte Chavasse.
Sie gingen ein Stück vom Lager weg und setzten sich ins Gras. Chavasse bot Joro eine Zigarette an, gab ihm Feuer und zündete sich selbst auch eine an.
»Ferguson sagte mir, daß Sie mich nach Tibet begleiten und mir dort weiterhelfen wollen«, begann Chavasse. »Warum tun Sie das?«
»Aus zwei Gründen«, antwortete Joro. »Erstens waren Sie einer der Männer, die unserem Dalai-Lama bei der Flucht halfen, und zweitens wollen Sie Dr. Hoffner helfen.«
»Warum haben Sie Tibet dann überhaupt verlassen? Hatten Sie Schwierigkeiten?«
Joro schüttelte den Kopf.
»Ich stand nicht auf der Schwarzen Liste, wenn Sie das meinen. Unser Volk ist tapfer, aber mit Schwertern und Musketen richten wir gegen die Chinesen nichts aus. Was wir brauchen, sind moderne Karabiner und Maschinengewehre. Als ich über den Pangong-Tso-Paß kam, hatte ich Gold in meine Shuba eingenäht. Dafür habe ich mit Mr. Fergusons Hilfe Waffen eingekauft.«
»Ihr werdet die Waffen mit hineinnehmen«, erklärte Ferguson. »Es steht schon alles bereit: Karabiner mit Munition, zwei Maschinengewehre und eine Kiste Handgranaten. Mehr konnte ich nicht auftreiben. Wir waren gerade bei Kerensky. Er möchte noch heute nachmittag nach Leh fliegen, wenn Sie einverstanden sind.«
Joro nickte. »Wenn Mr. Chavasse bereit ist, dann sehe ich keinen Grund für eine weitere Verzögerung.«
»Falls das Wetter günstig ist, will Kerensky noch in der Nacht nach Rudok weiterfliegen, wir haben also nicht viel Zeit«, fuhr Chavasse fort. »Ich hätte da gern noch einige Dinge von Ihnen erfahren. Wie ist die allgemeine Lage im westlichen Tibet?«

»Ganz anders als im übrigen Land. Die Chinesen haben eine Straße von Gartok nach Jarkend gebaut, die durch umstrittenes Gebiet führt, das sie von Indien beanspruchen. Die Straße ist jedoch nicht sehr stark befahren. Wissen Sie, die ganze Gegend ist nur dünn bevölkert, und die Chinesen kontrollieren bestenfalls die Dörfer und Städte – und die nicht einmal vollständig.«
»Es gibt also örtliche Widerstandsnester?«
Ein leichtes Lächeln huschte über Joros Gesicht.
»Die meisten Männer meines Volkes sind Hirten, die dauernd mit ihren Herden umherziehen. Es sind harte Bergbewohner, die sich nicht so leicht der chinesischen Herrschaft beugen. Was haben Sie eigentlich für eine Antwort erwartet?«
»Ich hätte angenommen, daß die Tibetaner als Buddhisten jeder Art von Gewalt abgeneigt sind«, bemerkte Ferguson.
»So war es auch«, sagte Joro grimmig. »Doch dann kamen die Roten. Sie töteten unsere jungen Männer und entehrten unsere Frauen. Die Tibetaner waren Krieger, bis Buddha uns die Wege des Friedens lehrte. Die Chinesen haben uns wieder in ein kriegerisches Volk verwandelt.«
»Er hat recht«, sagte Chavasse zu Ferguson. »Als ich in Südtibet war, kämpften sogar die Mönche.«
»So ist es«, bestätigte Joro. »Im Kloster von Yalung Gompa, nicht weit von Rudok, werden wir viele Freunde finden. Die Mönche werden uns helfen, so gut sie können.«
»Erzählen Sie mir doch etwas über Hoffner«, bat Chavasse. »In welcher Verfassung befand er sich, als Sie ihn zuletzt sahen?«
»Er ist sehr krank gewesen, da habe ich ihn besucht. Als er hörte, daß ich nach Kaschmir reisen wollte, ersuchte er mich, einen Brief für ihn mitzunehmen.«
»Er wird also nicht besonders streng bewacht?«

Joro schüttelte den Kopf. »Er darf weiterhin in seinem früheren Haus wohnen. Changu ist eine sehr alte Stadt, mit einer Stadtmauer drumherum. Sie hat ungefähr fünftausend Einwohner. Auch Oberst Li, der chinesische Kommandant für den ganzen Bezirk, residiert dort.«
»Hoffner steht aber doch unter Hausarrest?«
»Er geht manchmal in der Stadt spazieren, darf sie aber nicht verlassen.« Joro hob die Schultern. »Sie machen sich nicht die Mühe, ihn streng zu bewachen. Wohin sollte ein gebrechlicher alter Mann schon fliehen?«
»Das bedeutet, daß wir ohne große Schwierigkeiten an ihn herankommen werden«, sagte Chavasse. »Es wird auch nicht zu schwer sein, ihn von Changu zu dem Landeplatz in der Nähe von Rudok zu schaffen. Dort kann ihn Kerensky übernehmen.«
»Es könnten Schwierigkeiten auftreten, die Sie nicht bedacht haben«, sagte Joro. »Hoffners Wirtschafterin könnte sich als Hindernis erweisen. Als ich zuletzt dort war, habe ich sie nicht gesehen, aber ich traue ihr nicht.«
»Warum nicht?«
»Aus einem ganz einfachen Grund: Sie ist Chinesin. Zumindest ihre Mutter war Chinesin. Der Vater war Russe, was genauso schlimm ist. Sie heißt Katja Stranoff. Als sie mit ihrem Vater von Sinkiang nach Lhasa reiste, ist er unterwegs gestorben.«
»Und Hoffner hat sie aufgenommen?«
Joro nickte. »Es ist einer seiner größten Fehler, daß er immer anderen helfen muß – ohne Rücksicht auf sich selbst.«
Chavasse überlegte eine Weile und meinte dann: »Im Grunde genommen ist es doch so, daß Sie ihr mißtrauen, obgleich Sie ihr nichts vorzuwerfen haben und nichts über sie wissen. Sie könnte doch genausogut vollkommen harmlos sein, wie?«
»Das stimmt«, mußte Joro zugeben.

»Dann müssen wir eben abwarten, wie sie reagiert. Sobald wir das Kloster erreichen, müssen Sie ohnehin als mein Spähtrupp nach Changu gehen. Aber über diese Dinge können wir uns später noch unterhalten.«
Ferguson stand auf.
»Wenn es für den Augenblick nichts mehr zu besprechen gibt, dann sollten wir lieber nach Srinagar zurückfahren. Ich muß bis zum Start der Maschine noch eine Menge erledigen, und du solltest vorher noch einmal richtig ausschlafen, Paul.«
Chavasse nickte. »Das ist die beste Idee, die du heute gehabt hast.« Er schüttelte Joro lächelnd die Hand. »Bis heute nachmittag also!«
Joro blieb zurück, während die beiden Männer durch das Lager zum Wagen zurückkehrten. Beim Wegfahren fragte Ferguson: »Na, wie gefällt er dir?«
»Du hast vorhin eher noch untertrieben, und ich könnte mir keinen besseren Begleiter wünschen.«
»Nach allem, was er sagte, scheint mir die Sache doch etwas einfacher zu werden, als ich befürchtet hatte«, sagte Ferguson. »Natürlich dürfen wir die Haushälterin nicht vergessen, aber sie ist wahrscheinlich ganz harmlos.«
»Wahrscheinlich«, murmelte Chavasse mit einem Seufzer.
Fast schien es so, daß ihm immer irgendwo eine Frau in die Quere kommen mußte. Diese Katja war ein unbekannter Faktor, der einige Gefahr in sich barg. Aber das würde sich ja noch herausstellen.
Er setzte sich bequem hin, schob sich den Hut in die Stirn und schloß die Augen.

4

Es hatte zu regnen aufgehört. Der Mond warf einen weißen Lichtstreifen quer über das Bett. Chavasse schwebte noch in dem Dämmerzustand zwischen Träumen und Wachsein; er starrte durch das Halbdunkel zur Decke empor.
Nach einer Weile blickte er auf die Uhr. Es war kurz vor elf. Er streckte sich noch für einen kurzen Augenblick aus, warf dann die Decke beiseite und glitt aus dem Bett. Rasch rieb er sich mit einem Handtuch den Schweiß vom Körper, zog sich an, schlüpfte noch in einen dicken Wollpullover, ehe er die Tür öffnete und auf die Terrasse hinaustrat.
Die Flachdächer von Leh schoben sich zu einem ungleichmäßigen Mosaik zusammen, das bis zum Indus hinunterreichte. Die gigantischen Wände der Schlucht standen wie schwarze Schatten vor dem Nachthimmel. Alles war still und friedlich, nur drüben am anderen Flußufer bellte irgendwo ein Hund.
Chavasse zündete sich eine Zigarette an, wobei er das Streichholz zwischen den Händen gegen den Wind abschirmen mußte. Er warf das abgebrannte Streichholz fort, und im gleichen Augenblick tauchte der Mond hinter einer Wolkenbank auf. Er warf einen kalten, weißen Lichtschein über das Tal. Der Sternenhimmel war von einer unglaublichen Schönheit. Die unzähligen Lichtpunkte erstreckten sich bis an den Horizont, wo die aufragenden Berge ihnen gefährlich entgegenwuchsen.
Chavasse atmete den Duft der regennassen Erde ein und fragte sich, warum nicht alles auf der Welt so einfach und unkompliziert sein konnte wie dieser Augenblick. Man brauchte nur dazustehen und zu schauen. Das kostete nichts als ein bißchen Zeit, und man bekam so viel dafür.
Dann wehte ihn ein kalter Luftzug an und erinnerte ihn

mit leisem Grauen daran, daß die Grenze nur eine halbe Flugstunde entfernt lag. Er hörte den klagenden Ruf des Windes, wie er über die Flachdächer pfiff. Mit hochgezogenen Schultern drehte er sich um und ging hinein.
Im Hotel war alles ruhig. Aus der kleinen Halle schlug ihm warme, verbrauchte Luft entgegen. Der uralte Ventilator drehte sich klappernd und quietschend an der Decke, aber er brachte kaum Bewegung in die abgestandene Luft.
Der Nachtportier, ein junger Hindu, schlief an seinem Platz. Chavasse schob sich leise an ihm vorbei in die Bar. Kerensky saß an einem Tisch am Fenster. Er hatte sich die Serviette hinter den Hemdkragen gesteckt. Im Augenblick war er der einzige Gast. Der Kellner stand in der Nahe und schaute staunend zu, wie Kerensky mit dem großen Brathähnchen auf seinem Teller aufräumte.
Chavasse trat hinter die Bartheke, goß sich einen großen Whisky ein und schüttete etwas Eiswasser dazu. Als er zu dem Polen hinüberging, blickte der lächelnd hoch.
»Ah, da sind Sie ja! Ich wollte Sie gerade wecken lassen. Wie wär's mit einem Frühstück?«
Chavasse schüttelte den Kopf. »Danke, für mich nicht.«
»Geht's Ihnen nicht gut?«
»Doch, es ist alles in Ordnung.« Er stand am Fenster und schaute über die Terrasse auf die mondbeschienene Landschaft. »Scheint genau die richtige Nacht für uns zu sein.«
»Besser könnte es wirklich nicht sein.« Kerensky kicherte leise. »Bei dem Mondlicht komme ich ganz glatt über die Pässe. Das war immer der schwierigste Teil des Fluges. Heute nacht wird es wie geschmiert gehen.«
»Hoffentlich haben Sie recht.«
»Ich habe immer recht. Im Krieg bin ich über hundert Einsätze geflogen. Jedesmal, wenn sich etwas Unangenehmes ereignete, hatte ich vorher ein ungutes Gefühl.

Von meiner Großmutter mütterlicherseits habe ich Zigeunerblut mitbekommen. Ich weiß es immer vorher, wenn etwas passieren soll, glauben Sie mir. Heute nacht wird alles glattgehen.«

Er lehnte sich über den Tisch und goß etwas Wodka in Chavasses Glas.

»Trinken Sie aus, dann gehen wir gleich zum Flugplatz. Ich habe Joro schon vor einer Stunde mit meinem hiesigen Verbindungsmann hingeschickt.«

Chavasse blickte mit leichtem Stirnrunzeln in sein Glas. Irgendwo tief in seiner Brust meldete sich ein primitiver Instinkt – vielleicht das Erbe aller alten Rassen, weitergegeben von seinen bretonischen Vorfahren. Dieser Instinkt sagte ihm, daß Gefahr im Anzug war. Trotz allem, was Kerensky gesagt hatte – dieses Unternehmen stand unter keinem guten Stern. Nachdem sich Chavasse mit dieser Tatsache abgefunden hatte, überkam ihn eine seltsame, aus der Resignation geborene Ruhe. Er hob lächelnd sein Glas und prostete Kerensky zu. Dann trank er den Wodka in einem einzigen Zug aus.

»Von mir aus können wir«, sagte er.

Die Landebahn befand sich einen halben Kilometer außerhalb von Leh auf einem flachen Uferstreifen. Keine der offiziellen Fluglinien benutzte den Platz, der während des Krieges als provisorischer Feldflughafen errichtet worden war.

Der aus vorfabrizierten Einzelteilen aufgebaute Hangar trug noch die grau-grüne Tarnfarbe. Als Chavasse ihn betrat, merkte er, daß durch die Decke Regenwasser tropfte. Die Maschine stand mitten im Hangar. Im Licht von zwei Sturmlampen glänzten die rotsilbernen Leitungen an der Außenseite. Jagbar, Kerenskys Mechaniker, saß auf dem Sitz und lauschte mit angespannter Miene dem Geräusch des Motors. Neben ihm saß Joro. Als sie Kerensky erblickten, sprangen beide auf den Betonboden herab.

»Wie klingt sie?« fragte Kerensky.
Jagbar zeigte beim Lächeln sehr schlechte gelbe Zähne. »Großartig, Sahib.«
»Treibstoff?«
»Ich habe alles, auch die Ersatztanks, bis zum Rand aufgetankt.«
Kerensky nickte und tätschelte den Metallrumpf seiner Maschine. »Dann bring mich gut hin, mein Engel«, rief er auf polnisch. Er drehte sich zu Chavasse um. »Wenn Sie soweit sind, dann könnten wir?«
Chavasse wandte sich an den Tibetaner. »Ich sollte jetzt lieber meine Verkleidung anlegen.«
Joro nickte und zog ein Kleiderbündel aus dem Cockpit. Es enthielt eine braune Wolljacke, Shuba und Mütze aus Schaffell und ein Paar tibetanische Rohlederstiefel. Chavasse zog sich rasch um und zeigte sich Kerensky.
»Wird's so gehen?«
Der Pole nickte.
»Aus einiger Entfernung wird niemandem etwas auffallen. Aber Sie müssen daran denken, das Gesicht immer im Schatten zu lassen. Es ist so typisch französisch wie die Place Pigalle bei Nacht. In die tibetanische Steppe paßt es wie die Faust aufs Auge.«
Chavasse grinste. »Ich werde daran denken.«
Erst kletterten er und Joro ins Cockpit, dann schob sich Kerensky auf den Pilotensitz. Er schlug die Karte auf und wandte sich an Joro.
»Sind Sie sicher, daß die Grenzpatrouille uns in Ruhe lassen wird?«
Der Tibetaner nickte zuversichtlich.
»Sie sollen den Pangong-Tso-Paß eigentlich täglich kontrollieren, aber in letzter Zeit ist die Gegend für sie zu unsicher geworden. Der Grenzposten besteht nur aus einem Unteroffizier und zehn Mann. Sie halten sich immer ganz in der Nähe von Rudok auf.«

Kerensky lehnte sich aus der Kanzel. »Erwarte mich in etwa zwei Stunden zurück!« rief er Jagbar zu.
Der Mechaniker nickte und schob die Bremsklötze beiseite. Kerensky ließ die Maschine langsam aus der Halle rollen und lenkte sie in den Wind. Sekunden später flog ihnen die Landebahn entgegen. Kerensky zog den Steuerknüppel an den Bauch. Die Maschine kletterte in die Schlucht hinein. Zu beiden Seiten rasten hohe Felswände an ihnen vorbei.
Vor ihnen ragten riesig und drohend die Bergwände auf. Kerensky zog die Maschine höher und glitt dann zwischen zwei Gipfeln hindurch in einen anderen Paß hinüber.
Die Nähe der dunklen Felswände war Chavasse ungemütlich. Er wandte sich rasch ab und suchte nach einer Beschäftigung. Neben ihm saß Joro mit einem der beiden Maschinengewehre auf dem Schoß. Er schob Ersatzpatronen ins Magazin. Da zog Chavasse seine Mauser heraus und überprüfte sie sorgfältig.
Wenn es wirklich ernst wurde, dann würde ihm die kleine Handfeuerwaffe allerdings auch nicht viel helfen, sagte er sich. Er steckte sie wieder ein und griff nach dem zweiten Maschinengewehr.

Eine halbe Stunde später hatte Chavasse den Eindruck, daß sie sich in einer verlassenen Mondlandschaft verirrt hatten. Auf allen Seiten erhoben sich gewaltige, schneebedeckte Gipfel, zwischen denen sich Kerensky mit wahrhaft genialer Flugkunst seinen Weg suchte. Über den Gipfeln funkelten die Sterne wie Diamanten auf schwarzem Samt – viel heller und strahlender, als Chavasse sie jemals zuvor erlebt hatte.
Die Mondlandschaft schien kein Ende zu nehmen. Mehrmals sackten sie in Luftlöchern bedrohlich tief durch. Einmal, als sie von einer Schlucht in eine andere überwechselten, hätte Chavasse schwören können, daß die

rechte Flügelspitze die Felswand berührte; aber Kerenskys Hände lagen so ruhig und sicher wie zuvor auf dem Steuerknüppel.
Sie rutschten regelrecht über einen Bergrücken hinweg, und dann glitzerte plötzlich hundert Meter unter ihnen ein kleiner See im Mondlicht.
»Pangong Tso!« übertönte Joros Stimme das Brüllen des Motors.
Der gewaltige Paß lag vor ihnen. Kerensky zog den Steuerknüppel leicht an. Die Maschine stieg, aber im gleichen Maß stieg auch das Gelände unter ihnen an.
Chavasse wartete mit angehaltenem Atem auf den Aufschlag, doch nichts geschah. In einer Höhe von knapp zwanzig Metern überwanden sie den Gipfelpunkt des Passes. Auf der einen Seite glitten dunkle Felswände an ihnen vorbei, auf der anderen weißfunkelnde Gletscher. Unter ihnen erstreckte sich, so weit der Blick reichte, ein dunkles, eisiges Hochplateau.
Im fahlen Licht der Instrumentenbeleuchtung sah Chavasse das Lächeln auf Kerenskys Gesicht. »Es wird Sie vielleicht interessieren, daß wir uns jetzt über Tibet befinden!« rief der Pilot. »Ich werde eine kleine Kursänderung vornehmen, um an Rudok vorbeizukommen. Es hat keinen Sinn, unser Kommen lautstark anzukündigen.«
Das Flugzeug beschrieb eine scharfe Kehre nach Osten und kam dann wieder in die Waagerechte. Der Ausblick war grandios. Bis zum Horizont erstreckte sich die einförmige Steppe. Hier und da zeichneten sich Mulden und Taleinschnitte als schwarze Schatten ab, da das Mondlicht nur die flachen Teile des Landes beleuchtete.
Ein See tauchte auf, wenige Sekunden später ein zweiter. Joro tippte Kerensky auf die Schulter. Der nickte und drückte die Maschine nach unten. Die Sandfläche am östlichen Ende des Sees schimmerte weißlich. Kerensky

zog eine Schleife und setzte dann zur Landung an. Plötzlich riß er den Steuerknüppel wieder zurück und startete durch.
»Ist etwas nicht in Ordnung?« rief Chavasse.
»Mir war, als hätte ich da unten ein Licht gesehen!« erwiderte Kerensky. »Gleich da drüben auf dem Hügel neben dem See. Sehen wir lieber noch einmal nach.«
Er drehte eine Runde, doch von einem Licht war nichts zu entdecken.
»Was halten Sie davon?« fragte er über die Schulter.
Chavasse blickte Joro fragend an. Der zuckte die Achseln.
»Wenn da wirklich ein Licht war, dann kann es sich nur um das Wachfeuer eines Hirten gehandelt haben. Chinesische Soldaten würden es in dieser Gegend nicht wagen, ein offenes Feuer anzuzünden.«
»Also dann«, meinte Chavasse. »Landen wir!«
Kerensky nickte. Er umkreiste den See noch einmal und landete die Maschine dann unglaublich weich auf dem Sandufer. Chavasse verlor keine Minute. Als die Maschine zum Stehen kam, öffnete er seine Tür, sprang hinaus und half sofort Joro beim Ausladen der Waffen und der Munition. Der vom Propeller aufgewirbelte Sand hüllte ihn in eine Wolke schmerzhaft stechender Teilchen ein, aber wenige Sekunden später war alles ausgeladen. Joro stand neben ihm.
Kerensky beugte sich herüber, um die Tür zu schließen. »In einer Woche zur gleichen Zeit hier!« schrie er. »Seid pünktlich, ich habe keine Lust, ausgerechnet hier Wurzeln zu schlagen.«
Chavasse und Joro zogen die Munitionskisten beiseite. Dann blickten sie Kerensky nach, der die Maschine zum anderen Ende der Sandbank rollen ließ und sie dann in den Wind drehte. Das Flugzeug nahm Fahrt auf, das Dröhnen des Motors wurde tiefer und sonorer, dann hob das Flugzeug ab und verschwand ansteigend nach Süd-

westen.
Chavasse hatte immer noch den Motorenlärm in den Ohren, als er sich zu Joro umdrehte.
»Wir sollten das Zeug lieber irgendwo sicher verstecken, bis Ihre Freunde aus Yalung Gompa es abholen können.«
Er ging auf einen dreißig oder vierzig Schritte entfernten Geländeeinschnitt zu, der ihm als Versteck geeignet erschien. Es war seltsam, wie lange das Dröhnen des Flugzeugmotors noch in den Ohren nachklang.
Er drehte sich um, weil er Joro rufen wollte. In dieser Sekunde tauchte wie ein Gespenst ein Jeep auf der nächsten Hügelkuppe auf.
In der ersten Schrecksekunde stand Chavasse wie versteinert da und starrte auf die Schildmützen der Soldaten und den langen, häßlichen Lauf des schweren Maschinengewehrs, das auf einem Drehkranz montiert war. Dann sprang er mit einem gewaltigen Satz vor und riß im Laufen seine Mauser aus der Tasche.
»Achtung, Joro!« brüllte er.
Der dicke Lauf der schweren Waffe schwenkte bereits in Richtung auf den Tibetaner herum. Bläuliche Flammenzungen blitzten auf, Sand stob unter den Einschlägen hoch.
Joro warf sich zur Seite und kugelte verzweifelt auf die nächste Deckung zu. Chavasse kniete nieder und feuerte ein paar Schüsse auf den Jeep ab, um die Aufmerksamkeit der Besatzung auf sich zu ziehen.
Da richtete sich Joro auf und verschwand stolpernd zwischen einem Gewimmel von Felsbrocken am Flußufer. Das MG schwenkte zu Chavasse herum. Er ließ sich in den Geländeeinschnitt fallen und preßte das Gesicht auf den Boden. Ringsumher spritzten die Kugeln vom Felsen. Ein Steinsplitter riß ihm die Wange auf. Als er sich halb erhob, um sich tiefer ins schützende Dunkel zurückzuziehen, streifte eine Kugel seine linke Schulter.

Wieder preßte er sich flach auf den Boden und wartete. Als die Schüsse verstummten, war die Stille noch schwerer zu ertragen als vorhin das ohrenbetäubende Rattern des Maschinengewehrs.
Vorsichtig richtete er sich auf. In der nächsten Sekunde hörte er einen dumpfen Knall, und sein Graben war in hartes weißes Licht getaucht.
Chavasse starrte in das grelle Licht der langsam sinkenden Leuchtkugel. Er bleib einfach stehen, weil es für ihn doch keine Fluchtmöglichkeit gab. Gleich darauf rollten ein paar Steinchen über den Hang. Am Rand des Grabens tauchten zwei chinesische Soldaten mit schußbereiten Maschinenpistolen auf. Chavasse hob schon die Mauser, da erschien zwischen den beiden Chinesen ein dritter Mann.
Lächelnd blickte er auf Chavasse herab. Er war so nahe, daß Chavasse die Feder auf seinem Tirolerhut und den Pelzkragen des Jagdrocks sehen konnte.
»Seien Sie doch kein Narr«, sagte der Mann mit dem Tirolerhut gelassen auf englisch. »Das hilft Ihnen doch alles nichts mehr.«
Chavasse blickte erstaunt auf. Dann mußte er trotz der Schmerzen in seiner Schulter lachen. Immerhin – es war eine Nacht voller Überraschungen.
»Vielleicht haben Sie da gar nicht so unrecht«, sagte er. Dann warf er die Mauser weg und wartete, bis sie ihn holten.

5

Der Steppenwind wehte in die Mulde herein. Chavasse zitterte und zog sich mit einer Hand den Kragen der Shuba vor das Gesicht.
Das heiße Brennen in der Schulter hatte sich in einen

stetigen ziehenden Schmerz verwandelt. Die bittere Kälte betäubte die Wunde. Chavasse litt unter bohrenden Kopfschmerzen und einer leichten Übelkeit, die wohl auf die zu rasche Überwindung eines großen Höhenunterschieds zurückzuführen war. Er lehnte mit dem Rücken an einem Rad des Jeeps. Zwei Schritte neben ihm flakkerte vor einem Spitzzelt die Flamme des Spirituskochers im Wind. Daneben hockten die beiden chinesischen Soldaten. Während der eine in einem Aluminiumtopf Kaffeewasser heiß machte, hatte der andere die Maschinenpistole über den Knien liegen.
Chavasse machte sich Gedanken um Joro. Der war wenigstens heil davongekommen – ein Trost in diesem Dilemma. Doch vorerst durfte er sich von dieser Seite keine Unterstützung erhoffen. Allein und unbewaffnet konnte der Tibetaner nichts ausrichten. Wenn es ihm gelang, mit seinen Leuten Verbindung aufzunehmen, dann bestand schon mehr Hoffnung.
Die Klappe des Spitzzeltes flog zurück. Der Mann im Tirolerhut kam mit einem Erste-Hilfe-Kasten herausgekrochen. Freundlich lächelnd ging er neben Chavasse in die Hocke.
»Wie geht es Ihnen?«
Chavasse zuckte die Achseln. »Ich werde es überleben.«
Der Mann zog eine Packung Zigaretten aus der Tasche. »Hier, nehmen Sie eine, das wird Ihnen helfen.«
Er war ungefähr Mitte Dreißig, groß und kräftig. Als zwischen seinen Handflächen das Streichholz aufflammte, zeigte der Lichtschein ein energisches, ausdrucksvolles Gesicht mit einem empfindsamen Mund.
Chavasse nahm einen tiefen Lungenzug und mußte husten, weil der Rauch ihn an der Kehle kratzte. »Das sind – russische!« keuchte er. Die Lage wurde ihm etwas klarer.
»Aber natürlich.« Der Mann lächelte. »Gestatten Sie:

Andrej Sergejewitsch Kurbsky.«
»Sie sind hoffentlich nicht beleidigt, wenn ich die Vorstellung nicht erwidere.«
Kurbsky lachte gutmütig. »Das kann ich durchaus verstehen. Es war Pech für Sie, daß wir zufällig hier vorbeigekommen sind.«
»Was machen Sie überhaupt hier mitten in der Nacht?« fragte Chavasse. »Man hat mir erzählt, das sei eine recht unsichere Gegend.«
»Ich wollte nach Changu. Unterwegs hatten wir einen Motorschaden. Bevor wir hinter den Fehler gekommen waren, wurde es zu dunkel, da habe ich mich entschlossen, hier mein Lager aufzuschlagen. War das eine Überraschung, als Sie hereingeschneit kamen – und dann auch noch Ihrem Begleiter eine Warnung in englischer Sprache zuriefen.«
»Man wird eben alt.« Chavasse seufzte. »Dann war es also Ihr Licht, das wir beim Anflug gesehen haben?«
Kurbsky nickte. »Sie haben mich beim Abendessen gestört. Als Sie auftauchten, habe ich natürlich sofort den Kocher ausgedreht. Sie hatten offensichtlich die Absicht zu landen, und da wollte ich Sie um keinen Preis daran hindern.«
»Und wir haben geglaubt, es sei das Lagerfeuer eines Hirten!« knurrte Chavasse bitter.
»So ist das Kriegsglück, mein Freund.« Kurbsky klappte den Verbandskasten auf. »Wenn's Ihnen recht ist, möchte ich einmal nachsehen, wie es Ihrer Verletzung geht.«
»Es ist nur ein Kratzer. Die Kugel hat mir eine Rille quer über die Schulter gezogen, das ist alles.«
Der Russe untersuchte die Wunde und legte dann sehr geschickt einen Notverband an.
»Sie scheinen etwas von diesem Handwerk zu verstehen«, bemerkte Chavasse.
»Ich war Frontkorrespondent in Korea«, erklärte Kurbsky

lächelnd. »Das ist eine harte Schule.«
»Was haben Sie dann in Tibet zu suchen?« fragte Chavasse. »Wollen Sie sich davon überzeugen, wie begeistert die dankbare Landbevölkerung dem neuen Regime zujubelt?«
»So ungefähr.« Kurbsky zuckte die Achseln. »Ich bin das, was Sie einen rasenden Reporter nennen. Obgleich ich zum Stab der *Prawda* gehöre, erscheinen meine Artikel in Zeitungen und Zeitschriften überall in der Sowjetunion.«
»Das kann ich mir denken.«
»Dieses kleine Abenteuer gibt einen höchst interessanten Bericht«, fuhr Kurbsky fort. »Ein geheimnisvoller Engländer – ich nehme an, daß Sie einer sind – landet bei Nacht und Nebel als Tibetaner verkleidet Waffen! Schade, daß Sie kein Amerikaner sind. Das würde meinen Bericht noch sensationeller machen.«
Das flackernde Licht der Spiritusflamme warf zuckende Schatten auf sein Gesicht. In seinen Augenwinkeln lag die Andeutung eines humorvollen Lächelns. Chavasse seufzte. Es war schon schwer, einen so sympathischen Menschen nicht nett zu finden.
»Was kommt als nächstes?« fragte er.
»Kaffee, etwas zu essen und ein bißchen Schlaf, wenn Sie es fertigbringen.«
»Und morgen?«
Kurbsky atmete tief. »Morgen fahren wir nach Changu zu Oberst Li, dem Militärkommandanten für diese Gegend.« Er beugte sich vor und wurde plötzlich ganz ernst. »Wenn ich Ihnen einen guten Rat geben darf: Ich an Ihrer Stelle würde ihm ohne falsches Heldentum alles erzählen, was er wissen will. Man sagt, daß er ein harter Mann ist.«
Sie schwiegen für eine Welle. Dann schlug sich Kurbsky auf den Oberschenkel. »So, jetzt wollen wir erst etwas essen.«
Auf ein Zeichen von ihm brachte einer der Soldaten

Kaffee und ein Eßgeschirr mit verschiedenen Biskuits. »Machen Sie mir nur nicht weis, daß mich die Armee der Volksrepublik verwöhnen will!« sagte Chavasse.
Kurbsky schüttelte den Kopf. »Glauben Sie mir, das ist mein ganz privater Vorrat. Ich finde nämlich, daß gerade bei einer Reise durch ein so rauhes Land eine Spur von Luxus allerhand ausmacht.«
Der Kaffee schmeckte ausgezeichnet. Chavasse lobte ihn. »Man liest eben so manches in den Büchern der alten Imperialisten, wie?« sagte er mit leisem Spott. »Selbst auf einer Safari durch das schwärzeste Afrika sollen sie noch schneeweiße Dinnerjackets getragen haben.«
»Gott sei gedankt, daß es die Engländer gibt«, erklärte der Russe ernst. »Sie haben der Welt wenigstens etwas Würde verliehen.«
»Das war schon immer eine höchst zweifelhafte Tugend«, bemerkte Chavasse. Sie mußten beide lachen.
»Wie sieht es denn neuerdings in London aus?« fragte Kurbsky dann.
Chavasse zögerte, aber dann zuckte er die Schultern. Warum sollte er nicht darüber reden?
»Als ich abfuhr, war es recht regnerisch. Der Wind blies vom Fluß herauf und kündigte den typisch englischen Winter an. Im Regent's Park war kein einziges Blatt mehr zu sehen, und vor Downing Street Nummer 10 hatten sich fünf Atombombengegner an das Treppengeländer gebunden.«
»London!« seufzte Kurbsky. »Ich war noch letztes Jahr dort und hatte das Glück, an einem der Abende Gielgud im *Kirschgarten* zu sehen. Für einen Engländer spielte er Tschechow ganz ausgezeichnet. Danach haben wir in Hélène Cordets *Saddle Room* diniert.«
»Für einen Ausländer haben Sie einen teuren Geschmack und kennen wahrhaftig die richtigen Lokale!«
»Ach, wissen Sie, es gehört mit zu meiner Aufgabe, mich

unter die Mitglieder aller Gesellschaftsklassen zu mischen und zu versuchen, Ihre Gesellschaft aus verschiedenen Blickwinkeln kennenzulernen. Wie sollten wir Sie sonst verstehen lernen?«

»Diese Einstellung macht Ihnen Ehre«, sagte Chavasse. »Ich muß allerdings hinzufügen, daß man sie bei russischen Journalisten nicht eben häufig antrifft.«

»Dann haben Sie vermutlich die falschen Leute kennengelernt«, bemerkte Kurbsky höflich.

Einer der Soldaten füllte Kaffee nach. Als er sich wieder ans Spiritusfeuer zurückgezogen hatte, fuhr Chavasse fort: »Etwas kommt mir seltsam vor: Man hört doch immer wieder, daß die Beziehungen zwischen Moskau und Peking sehr gespannt seien. Wie kommt es dann, daß die Chinesen Sie frei in Ihrer bestbewachten Provinz herumlaufen lassen?«

»Es gibt von Zeit zu Zeit gewisse Meinungsverschiedenheiten – aber nicht mehr.«

Chavasse schüttelte den Kopf.

»Machen wir uns doch nichts vor! Ihr Russen ereifert euch immer wieder über die politische Unreife der Amerikaner, aber die hatten wenigstens so viel gesunden Menschenverstand, zu erkennen, wo die wirklichen Feinde des Weltfriedens sind. China ist für Sie genauso ein Problem wie für uns. Selbst Ihre Regierung hat das inzwischen eingesehen.«

Kurbsky seufzte und schüttelte dann den Kopf.

»Politik und Religion – das sind Dinge, über die sich zuweilen sogar die besten Freunde streiten. Gehen wir lieber schlafen.«

Chavasse fror, obgleich ihm Kurbsky einen gefütterten Schlafsack gegeben hatte. Sein Kopf platzte fast. Außerdem wurde ihm wieder übel.

Er blickte durch die Zeltklappe hinaus auf die kleine Spiritusflamme und versuchte, sich aufs Einschlafen zu konzentrieren. Einer der beiden Soldaten hatte sich neben dem Feuer in ein Fell gewickelt, der andere patrouillierte gleichmäßig auf und ab. Seine Stiefel scharrten dabei über den gefrorenen Boden.

Chavasse mußte über manches nachdenken, was der Russe gesagt hatte. Er sah das leise Lachen vor sich, das ständig in seinen Augen lauerte. Einen solchen Menschen muß man einfach gern haben. Unter anderen Umständen wären sie vielleicht sogar Freunde geworden.

Er schlummerte dann doch ein. Aber schon nach einer Stunde wachte er mit klappernden Zähnen wieder auf. Sein Gesicht war schweißnaß. Kurbsky kniete mit einer Tasse in der Hand neben ihm.

Chavasse wollte sich aufsetzen, doch der Russe drückte ihn nieder. »Machen Sie sich keine Sorgen. Die Bergkrankheit hat Sie ein wenig erwischt, das ist alles. Schlukken Sie diese Pille, sie wird Ihnen helfen.«

Chavasse steckte die Pille in den Mund und spülte sie mit kaltem Kaffee herunter. Kurbsky hielt ihm dabei den Becher an die Lippen. Dann schlang er im Schlafsack die Arme dicht um den Körper, damit sie nicht so zitterten. Er versuchte zu lächeln.

»Es kommt mir vor, als ob ich einen Malariaanfall hätte.«

»Es ist nur die Höhenkrankheit. Morgen früh geht es Ihnen schon wieder viel besser.«

Er verließ das Zelt. Chavasse blickte ihm nach und dachte, man lernt eben immer wieder etwas Neues dazu! Der letzte Russe, mit dem er in Berührung gekommen war, war ein *Smersh*-Agent gewesen. Bald darauf hatte Chruschtschow diese Organisation aufgelöst. Es war kaum vorstellbar, daß dieser Agent und Kurbsky Angehörige derselben Nation waren.

Eine Lösung seines Problems war diese Erkenntnis auch nicht. Es gab vermutlich gar keine Lösung. Er schloß die Augen. Was immer die Pille enthalten mochte, das Zeug

half jedenfalls. Die Kopfschmerzen waren wie weggeblasen, und eine angenehme Wärme breitete sich in seinem Körper aus. Er zog sich das Kopfteil des Schlafsacks vor das Gesicht und schlief auf der Stelle ein.
Trotz des unglaublich blauen Morgenhimmels wehte immer noch ein eiskalter Wind. Chavasse stand neben dem Jeep und schaute den beiden Soldaten beim Abbrechen des Lagers zu. Er sah schlecht aus, kam sich schlapp und kraftlos vor.
Selbst Kurbsky machte an diesem Morgen einen veränderten Eindruck. Er war ernst, und die Linien in seinem Gesicht hatten sich tiefer eingekerbt, als ob er schlecht geschlafen hätte. Als sie fertig waren, forderte er Chavasse mit einer beinahe entschuldigenden Geste zum Einsteigen auf. Chavasse kletterte auf den Rücksitz hinter dem MG-Drehkranz.
Die Räder rollten knirschend über den gefrorenen Boden. Vor ihnen erstreckte sich scheinbar endlos die Steppe mit dem bereiften, braunen Gras.
Nach einer halben Stunde erreichten sie die breite Landstraße, die 1957 beim drohenden Aufstand der Khambas zur leichteren Truppenverschiebung zwischen Sinkiang und Jarkend gebaut worden war.
»Ein echter Fortschritt, diese Straße«, bemerkte Kurbsky. »Meinen Sie nicht auch?«
»Das kommt ganz auf den Standpunkt an«, antwortete Chavasse. »Wie viele tausend Tibetaner mögen beim Bau der Straße wohl gestorben sein?«
Über das Gesicht des Russen zog ein Schatten. Er bellte auf chinesisch einen kurzen Befehl. Der Jeep rollte über die Straßenböschung und auf das helle Band, das leer und irgendwie fremdartig wirkte.
Kurbsky schien die Lust zur Fortsetzung der Unterhaltung vergangen zu sein. Chavasse lehnte sich zurück und betrachtete die Landschaft. Auf der einen Seite erhob sich

das Aksai-Chin-Plateau in den blauen Himmel, doch vor ihnen erstreckten sich nur die leichten Bodenwellen der Steppe. Nach einer halbstündigen Fahrt erreichten sie eine breite, ebene Niederung. Der Boden bestand hier aus festgebackenem Sand und Kies. Hier trat der Fahrer das Gaspedal durch, und der Jeep raste mit zunehmendem Tempo dahin. Der kalte Fahrtwind peitschte Chavasse ins Gesicht und weckte seine Lebensgeister. Am Ende der ebenen Strecke schaltete der Fahrer herunter und steuerte den Wagen einen leicht ansteigenden Hügel hinauf. Als sie den höchsten Punkt der Kuppe erreicht hatten, sah Chavasse vor sich im Tal das Kloster liegen. Der Anblick traf ihn wie ein Schlag. Als sie ins Tal hinabrollten, konnte er die Erregung kaum noch meistern. Es kostete ihn Mühe, seine Stimme gleichgültig klingen zu lassen.

»Halten wir hier?«

Kurbsky nickte kurz. »Ich sehe keinen Grund, diese Gelegenheit auszulassen. Ich arbeite gerade an einer Artikelserie über den Buddhismus. Dieses Kloster hier ist als einziges weit und breit noch in Betrieb. Ein bis zwei Stunden Aufenthalt machen nun auch nichts mehr aus.«

In diesem Augenblick hätte sich Chavasse um ein Haar verraten. Es konnte kaum ein Zweifel bestehen – das hier mußte das Kloster Yalung Gompa sein, laut Joro das Widerstandszentrum für die ganze Gegend! Für einen Russen und zwei chinesische Soldaten war das der ungesündeste Ort auf der ganzen Welt. Doch das Schicksal hatte Kurbsky seinen Weg vorgezeichnet; für ihn gab es kein Entrinnen mehr.

Mit einem seltsamen Gefühl des Bedauerns lehnte sich Chavasse zurück und wartete ab.

Das Lamakloster bestand aus mehreren flachen, ockerfarben gestrichenen Gebäuden, die sich an eine Talwand schmiegten. Die ganze Anlage war von einer hohen

Mauer umgeben. Das breite Doppeltor stand offen und gewährte Einblick auf den Klosterhof.
Neben den Mauern weideten Herden von Jaks und kleinen Tibetanerpferden. Drüben neben dem Fluß standen die schwarzen Lederzelte der Hirten. Es war ein friedlicher Anblick. Der Rauch von Lagerfeuern stieg Chavasse in die Nase und weckte alte Erinnerungen aus der Kindheit.
Fünfzig oder sechzig Menschen drängten sich um das offene Tor und blickten auf den Klosterhof. Plötzlich zitterte ein tiefer Ton durch die Luft und wurde von den Wänden des Tals als Echo zurückgeworfen.
Aufgeregt streckte Kurbsky die Hand aus.
»Da, sehen Sie – auf dem Dach des höchsten Gebäudes –, ein Mönch schlägt gerade den Radong! Ich habe gelesen, daß sie sich mit diesen Signalen über viele Kilometer hinweg verständigen können.«
Die Menschenmenge am Tor wandte sich jetzt dem Jeep zu. Meist waren es Hirten aus den Bergen, in Shubas gehüllt, manche mit breiten Jagdmessern im Gürtel. Sie machten einen ausgesprochen unfreundlichen Eindruck. Der Soldat am Drehkranz entsicherte sofort das MG und kontrollierte das Magazin. Der Jeep verlangsamte sein Tempo. Ebenso langsam wichen die Menschen auseinander, um sie durchzulassen.
Das phantastische Schauspiel auf dem Klosterhof verdrängte für den Augenblick bei Chavasse jeden anderen Gedanken.
Eine Gruppe von Lamas in ihren traditionellen Festgewändern war gerade bei einer feierlichen Zeremonie. In ihren blauen, roten und gelben Seidengewändern, mit furchterregenden Dämonenmasken vor den Gesichtern, wirbelten sie in einem atemberaubenden Totentanz durcheinander und schwangen dabei breite Schwerter über den Häuptern.

»Was für ein Glück!« schrie Kurbsky erregt. »Von dieser Zeremonie habe ich schon gehört. Ein Fremder bekommt sie sonst kaum jemals zu sehen. Das ist der Tanz vom Sturz des Königs der Hölle!«
Er öffnete seinen Reisesack, holte die Kamera hervor und fotografierte, so schnell er nur konnte.
Chavasse saß regungslos da, gebannt von dem Gedanken, daß sich gleich etwas Furchtbares ereignen mußte. Plötzlich fühlte er sich ganz leicht im Kopf, und auch die leise Übelkeit war wieder zu spüren.
Die Dämonen tanzten in immer engeren Kreisen umeinander, sie sprangen hoch in die Luft, bis ihre Gürtel aus Menschenknochen waagrecht von den Hüften abstanden. Zu immer rasenderen Rhythmen steigerte sich die Musik der Conchen und Trommeln. Der Soldat am MG lehnte sich mit staunend aufgerissenem Mund auf den Lauf seiner Waffe.
Dann merkte Chavasse, daß die Dämonen allmählich einen Kreis um den Jeep gebildet hatten, daß sie näher und näher rückten. Die Männer, die vor dem Tor gestanden hatten, drängten herein auf den Hof.
Kurbsky und seine beiden Begleiter waren immer noch ahnungslos. Einmal fluchte der Russe leise vor sich hin, schob einen neuen Film in die Kamera und knipste dann weiter.
Chavasse hatte unterdessen einen Mann im Auge behalten, der ganz offensichtlich den Tanz der anderen Masken dirigierte. Sein Gewand war scharlachrot, seine Maske rot-weiß und mit mehreren langen, schwarzen Pferdeschwänzen verziert.
Das in seiner Hand kreisende Schwert malte ein blitzendes Rad in die Luft. Plötzlich war er ganz nahe. Seine Rechte vollführte von der linken Schulter aus einen furchtbaren Rückhandschlag. Der Soldat am MG fiel auf Chavasse und stürzte über die Seite des Jeeps zu Boden.

Sein Kopf war halb vom Körper getrennt.
Für eine Sekunde war alles still. Dann brüllte die Menge auf und stürmte heran. Chavasse glaubte, das Blut in den Adern müßte ihm gefrieren, als der Dämon die Maske vom Gesicht riß und er Joro erkannte. Das Gesicht des Tibetaners war steinern und kalt – das Gesicht eines Henkers.
Der Fahrer schrie einmal auf, als sie ihn von seinem Sitz rissen. Kurbsky stand regungslos da, die Kamera immer noch halb erhoben. Sein Gesicht war eine Maske des Grauens. Er warf Chavasse einen letzten, fassungslosen Blick zu, bevor auch er vom Sitz gezerrt wurde. Für einen Moment kam er noch einmal auf die Beine; sein Gesicht war blutverschmiert. Dann versank er zwischen den Leibern der anderen, wie ein Ertrinkender im Meer.
Ohne einen klaren Gedanken zu fassen, sprang Chavasse vom Jeep und versuchte, sich durch die Wand aus Menschenleibern zu dem Russen durchzukämpfen.
Schreckliche Gesichter starrten ihn an, viele Hände verkrallten sich in seiner Shuba. Einem Mann schlug er die Faust ans Kinn, dann schoß ihm plötzlich ein greller Schmerz durch den Kopf. Alles versank in einem Abgrund von Finsternis.

6

Langsam schlug er die Augen auf. Entsetzen packte ihn. Mühsam stützte er sich auf einen Ellbogen.
Er lag auf einem schmalen Bett, das in der Ecke eines engen, fensterlosen Raums stand. Von der Mitte der Decke hing eine Butterlampe herab. In ihrem flackernden Lichtschein jagten sich Götter und Dämonen, die im schattenumspielten Hintergrund die uralte Tapete belebten. Ihre Fratzen starrten ihn aus dem Halbdunkel an.

Chavasse schloß entsetzt die Augen und hörte jetzt erst die leise, monotone Stimme. Er öffnete die Augen noch einmal und sah dicht neben sich einen Mönch in gelbem Seidengewand und tibetanischer Spitzmütze in der Ecke sitzen. Die Kugeln des Gebetskranzes glitten ihm durch die hageren Finger.

Als sich Chavasse bewegte, unterbrach der alte Mönch sein Gebet, stand auf und kam auf ihn zu. Er mußte unglaublich alt sein. Die Pergamenthaut seines gelben Gesichts war von tausend Falten und Runzeln durchzogen.

Plötzlich glitt ein leises Lächeln über das Greisengesicht. Er schob die Tapetenwand am Fußende des Bettes beiseite und ging durch einen niedrigen Torbogen hinaus. Chavasse fühlte sich ausgeruht. Auch seine Kopfschmerzen waren verschwunden. Er warf die Schaffelle, mit denen er zugedeckt war, beiseite und schwang die Beine aus dem Bett. In diesem Augenblick öffnete sich der Vorhang an der Tapetentür wieder, und Joro trat ein. Der Tibetaner trug dasselbe braune Gewand und die Shuba die er auch im Flugzeug getragen hatte. Er lächelte, als hätte der andere Joro – der Dämon in der Maske des Königs der Hölle – niemals existiert.

»Wie geht es Ihnen?« fragte er.

»Den Umständen entsprechend gut«, antwortete Chavasse. »Ich weiß auch nicht, was mich dazu getrieben hat, mich so verrückt zu benehmen. Ich muß Fieber gehabt haben.«

»Es war die Höhenkrankheit, nichts weiter. Sie bringt den Menschen dazu, seltsame Dinge zu tun. Der Abt hat Ihnen, während Sie schliefen, ein Mittel dagegen gegeben.«

»Der Trick mit den Tänzern draußen im Hof war nicht schlecht, Joro.«

Der Tibetaner zuckte die Achseln. »Sie hatten ein Maschinengewehr, deshalb mußten wir vorsichtig sein. Ich bin froh, daß alles glattgegangen ist. Ich bin die ganze Nacht durch gelaufen, um rechtzeitig hierherzukommen. Aber ich wußte ja, daß man Sie nach Changu bringen würde. Da mußten sie hier vorbeikommen.«

»Was ist mit dem Russen? Ist er tot?«

Joro nickte. »Natürlich. Für meine Freunde unterscheiden sich Russen und Chinesen nur wie die beiden Seiten einer Münze voneinander.«

Chavasse fühlte ehrliches Bedauern. Er seufzte. »Das ist wirklich ein Jammer. Er war ein feiner Kerl, egal, von welcher Seite man es betrachtet.«

»Ich sehe es anders. Für mich war er ein Feind, und schließlich haben wir Krieg – so ist das nun mal. Ich hätte aber die Leute auch nicht mehr aufhalten können. Es war schon schwierig genug, Ihnen das Leben zu retten, als die anderen Sie zwischen die Finger bekamen.«

»Trotzdem vielen Dank.«

Joro schüttelte den Kopf. »Sie haben mir nicht zu danken. Ich habe nur eine Schuld zurückgezahlt. Draußen am See hat nur Ihr rasches Handeln mir das Leben gerettet.«

»Sie haben die Waffen gefunden, nehme ich an?« fragte Chavasse. »Sie lagen auf dem Jeep.«

»Ja. Einige meiner Leute machen sie schon im Nebenraum schußfertig. Aber kommen Sie doch mit. Drüben haben wir ein Feuer und heißen Tee. Es ist zwar nur tibetanischer Tee, aber ich fürchte, Sie werden sich daran gewöhnen müssen.«

Er schob den Vorhang an der Tapetentür beiseite. Sie traten in einen viel größeren Raum mit niedriger, roh verputzter Decke und winzigen Fenstern, die sehr hoch angebracht waren. Die Waffen lagen auf einem großen Holztisch. Drei stämmige Tibetaner waren mit viel Sachkenntnis dabei, sie zu reinigen und zu ölen.

»Sie scheinen etwas davon zu verstehen«, bemerkte Cha-

vasse. Joro nickte. »Sie begreifen sehr schnell. Diese Eigenschaft werden die Chinesen noch zu spüren bekommen.«
Auf dem großen, steinernen Feuerplatz brannte Jakdung mit hellen Flammen. Vor Chavasses Augen bröselte Joro eine Handvoll von einem Teeziegel in ein Gefäß mit kochendem Wasser und gab dann Butter und eine Prise Salz dazu.
»Sie haben nicht zufällig so etwas Ähnliches wie eine Zigarette?« fragte Chavasse.
Joro deutete auf den Tisch. »Einer meiner Leute hat dem toten Russen die Taschen geleert. Dort liegen seine Sachen. Ich glaube, es waren auch drei oder vier Packungen Zigaretten dabei.«
Chavasse trat an den Tisch. Das also ist alles, was von einem Menschen übrigbleibt, dachte er. Eine Brieftasche, seine Reisedokumente und drei Zigarettenpackungen.
Er zündete sich eine Zigarette an, nahm die Papiere an sich und setzte sich damit auf eine grobe Holzbank.
Die Brieftasche enthielt ein Bündel chinesischer Banknoten, mehrere Briefe, die offensichtlich von Freunden aus Rußland stammten, außerdem eine Mitgliedskarte des Moskauer Presseclubs. Chavasse fand zu seiner Erleichterung nichts, was auf eine Familie hingedeutet hätte.
Die Reisepapiere enthielten die üblichen Reisegenehmigungen und einen Paß mit einem chinesischen Sondervisum für Tibet, das in Peking abgestempelt und vom Militärgouverneur von Lhasa gegengezeichnet war. Die Papiere waren blutverschmiert und von einem Messerstich beschädigt, aber Kurbskys Paßfoto war immer noch gut zu erkennen.
Chavasse starrte die Papiere an und war so in Gedanken versunken, daß er kaum hochblickte, als Joro ihm den fertigen Tee reichte. Er leerte den Becher bis zum letzten Tropfen, ohne recht zu merken, was er da trank.

»Schmeckt Ihnen der Tee?« fragte Joro lächelnd.

Chavasse betrachtete den leeren Becher in seiner Hand mit leichtem Stirnrunzeln und lächelte dann. »Ich habe nichts davon gemerkt. Geben Sie mir noch einen Becher, bitte.«

Der Tee war eigenartig erfrischend und belebend. Chavasse zündete sich eine zweite Zigarette an und erkundigte sich: »Wie weit ist es von hier nach Changu?«

»Etwa hundertdreißig Kilometer. Mit dem Pferd ist man in zwei Tagen dort, wenn man sich beeilt.«

»Und wenn man den Jeep benutzt?«

»Das ist ganz ausgeschlossen!« sagte Joro sofort. »Hier sind mindestens zweihundert Soldaten stationiert, die regelmäßig die ganze Umgebung abpatrouillieren. Sie würden uns sofort verhaften, wenn wir mit dem Jeep in die Nähe der Stadt kämen.«

»Und wenn wir einfach nach Changu hineinfahren?«

Joro zog verwirrt die Stirn in Falten. »Aber – wie stellen Sie sich das vor?«

»Ich könnte den Beamten beispielsweise sagen, ich sei Andrej Sergejewitsch Kurbsky, ein russischer Journalist, der Tibet mit einem offiziellen Visum des Zentralkomitees in Peking bereist. Nebenbei gesagt, spreche ich fließend Russisch.«

»Und Ihre Eskorte?«

»Die beiden Soldaten wurden von Banditen ermordet, die nachts unser Lager überfallen haben. Sie habe ich als Führer engagiert, weil Sie sich in den Überfall eingeschaltet und mir das Leben gerettet haben, indem Sie die anderen überredeten, mich als Geisel zu behalten.«

Langsam nickte Joro. »Aha. Und wir sind mit dem Jeep geflohen, während die anderen schliefen?«

Chavasse grinste. »Auch Sie begreifen schnell.«

Joro schüttelte den Kopf. »Es geht nicht. Auf seinen Papieren ist sein Paßbild.«

Mit einer raschen Handbewegung warf Chavasse die Papiere ins Feuer. Die blutbefleckten Dokumente rollten sich an den Ecken ein und fingen Feuer. Für den Bruchteil einer Sekunde starrte ihn noch einmal Kurbskys Gesicht an, dann war er in den Flammen verschwunden.
»Die Banditen haben meine Taschen ausgeräumt«, erklärte Chavasse. »Sonst noch Bedenken?«
Joro schüttelte den Kopf.
»Die Sache wird trotz allem ziemlich gefährlich sein. Allerdings haben wir einen kleinen Vorteil: Einer meiner Leute kam letzte Nacht aus Changu zurück und berichtete, daß Oberst Li für mehrere Tage zu einer Inspektion der umliegenden Dörfer aufgebrochen ist. Ihn vertritt ein Hauptmann Tsen, ein junger, unerfahrener Mann.«
»Besser könnte es gar nicht sein«, sagte Chavasse. »Selbst wenn er sich über Funk mit Lhasa in Verbindung setzt, kann der Gouverneur nichts anderes tun, als den Überfall auf einen russischen Staatsbürger zu bedauern und meine Identität zu bestätigen.«
»Und wenn dieser Tsen alles glaubt – was dann?«
»Kurbsky suchte Material für seine Zeitungsberichte. Warum sollte er Changu nicht in der Absicht besucht haben, ein Interview mit Dr. Karl Hoffner zu machen?«
Der Tibetaner lächelte, und seine Augen blitzten auf einmal. »Das wäre wirklich ein großartiger Spaß – auf Kosten der Chinesen! Vielleicht würde Dr. Hoffner Sie sogar für die Dauer Ihres Aufenthalts in sein Haus aufnehmen.« Sofort war er wieder ernst. »Wir müssen nur schnell handeln, bevor Oberst Li zurückkommt. Ihn halten wir nicht so leicht zum Narren, glauben Sie mir das.«
»Dann brechen wir am besten gleich auf.«
Joro hatte mit seinen Unterführern noch einiges zu besprechen. Chavasse ging hinaus, blieb auf dem oberen Ende einer langen Steintreppe stehen und schaute auf den Klosterhof hinunter.

Der Hof bot einen friedlichen Anblick. Er war leer bis auf einige Mönche, die mit den Rücken zur Mauer nebeneinandersaßen und beteten. Das Murmeln ihrer Stimmen drang bis zu Chavasse herauf.
Es war kaum vorstellbar, daß hier noch vor ganz kurzer Zeit der Tod gehaust hatte. Nur als er wenig später mit Joro zum Jeep ging, kam er an einer halb eingetrockneten Blutlache vorbei.
Er setzte sich hinter das Steuerrad, zündete sich eine Zigarette an und dachte über das Leben nach. Vor fünftausend Jahren hatte ein biblischer Prophet es viel vollkommener ausgedrückt, als er es konnte: »Der Zeit und dem Schicksal sind alle Menschen unterworfen!«
Kurbsky hatte in seinem Leben so viele Gefahren überstanden. Für ihn war der Tod ganz plötzlich gekommen, hier in diesem staubigen Klosterhof, wo er ihn zuallerletzt erwartet hätte.
Chavasse schauderte unwillkürlich zusammen. Das war ein sehr ernüchternder Gedanke, den er auch dann nicht mehr loswurde, als sie wenige Minuten später durch das große Tor fuhren und ihre Reise antraten.
Zuerst folgten sie zwei Stunden lang einem alten, gewundenen Karawanenweg, der jetzt von den Rädern chinesischer Jeeps zerfurcht war. Ein paarmal kamen sie an kleinen Herden vorbei, einmal begegnete ihnen eine lange Karawane von schwerbeladenen Jaks und Mulis.
Es war eine rauhe, verschlossene Landschaft. Die Steppe erstreckte sich in großen, weichen Wellen bis an den Horizont. Nur gelegentlich wurde die Einförmigkeit von seltsamen Steinhaufen oder langen Pfosten mit bunten Bändern und Gebetsfahnen unterbrochen.
Fast vier Stunden nach ihrem Aufbruch von Yalung Gompa hielt Chavasse an und berührte Joro, der neben ihm eingeschlummert war, leicht an der Schulter.
Changu lag vor ihnen in einem weiten, flachen Tal am

Flußufer. Die flachen Häuser erstreckten sich in Terrassen den gegenüberliegenden Berg hinauf. Am eindrucksvollsten war aber das mächtige Kloster, das sich genau im Mittelpunkt der uralten, von starken Mauern eingefaßten Stadt erhob. Seine Mauern waren rot, grün und schwarz gestreift.
»Ist das Kloster noch in Betrieb?« fragte Chavasse, während er den Jeep langsam im ersten Gang den steilen Weg hinunterrollen ließ.
»Nein, Oberst Li hat dort seine Kommandantur eingerichtet. In Tibet gibt es nur noch wenige Klöster. Daß man Yalung Gompa bis jetzt ungeschoren gelassen hat, liegt nur an der isolierten Lage des Klosters.«
Rings um die Stadtmauern erhoben sich die vertrauten schwarzen Spitzzelte der Hirten. Neugierige Gesichter wandten sich ihnen zu, als sie an einer Karawane vorbeikamen und auf den weiten Bogen des Haupttores zurollten.
Das Schilderhäuschen gleich hinter dem Tor wirkte fehl am Platz. Drei Soldaten in schmutziggrauen Uniformen hockten davor im Staub und würfelten.
»Man sieht auf den ersten Blick, daß Oberst Li nicht hier ist«, bemerkte Joro.
Chavasse hielt nicht einmal an. Als die Soldaten verblüfft aufblickten, brauste er an ihnen vorbei, jagte Menschen und Tiere auseinander und hielt erst mitten auf dem inneren Klosterhof. Er hoffte nur, daß sein Auftreten arrogant genug wirkte.
An der Wand lehnte ein weiterer Soldat. Er richtete sich sofort auf und nahm die Maschinenpistole von der Schulter.
»Soll ich mitkommen?« fragte Joro leise.
Chavasse schüttelte den Kopf. »Nein, bleiben Sie lieber hier, dann haben Sie noch eine kleine Chance, falls ich ins Fettnäpfchen trete.«

Er ging die flachen Stufen der breiten Freitreppe zum Eingang hinauf und zündete sich dabei eine von Kurbskys Papyrossi an. Die Wache trat mit schußbereiter Maschinenpistole vor.
»Bringen Sie mich sofort zu Oberst Li, aber ein bißchen rasch!« schnauzte Chavasse den Soldaten an.
Seine Stimme hatte offenbar genau den richtigen Tonfall, denn der Soldat zeigte sich beeindruckt. Hastig erklärte er, daß Oberst Li nicht anwesend sei, daß ihn aber Hauptmann Tsen vertrete und daß er ihn gern zu Tsen bringen wolle.
Sie gingen einen langen Steinkorridor entlang, dann kamen sie über eine Treppe auf einen anderen Korridor mit Holzfußboden. Am hintersten Ende öffnete der Posten eine Tür und trat dann respektvoll beiseite, um Chavasse eintreten zu lassen.
Der junge Unteroffizier an dem Schreibtisch sah aus wie ein Student. Überrascht blickte er von der Arbeit auf. Als er Chavasse erblickte, weiteten sich die hellen Augen hinter den dicken, randlosen Gläsern. Er sprang hoch.
»Wo ist Hauptmann Tsen?« fragte Chavasse ungeduldig.
Der Unteroffizier öffnete schon den Mund zu einer Antwort, aber dann schloß er ihn wieder und wandte sich mehr instinktiv einer Tür hinter seinem Rücken zu. Chavasse ging einfach an ihm vorbei durch die Tür.
Der junge Offizier an dem Schreibtisch war höchstens fünfundzwanzig. Er erhob sich und runzelte verblüfft die Stirn. Chavasse sah, daß der Mann höchstens einen Meter sechzig maß.
»Sie sind Tsen?« fragte er mit wütender Stimme. »Mein Gott, ist das eine Sauwirtschaft hier! Am Haupteingang spielt die Wache mit Würfeln, und unten an der Tür lehnt ein Posten lässig an der Mauer, während die Rebellen frei herumlaufen und Ihre eigenen Leute ermorden!«
Tsen versuchte krampfhaft, seine angeschlagene Autori-

tät wiederherzustellen. Er schloß seinen Kragen und wandte sich in scharfem Ton an den Unteroffizier. »Was geht hier eigentlich vor? Wer ist dieser Mann?«
»Wer ich bin?« schaltete sich Chavasse ein. »Mann, Sie kennen mich nicht? Ich bin Kurbsky. Man hat Sie von Lhasa aus doch sicher telegrafisch von meinem Kommen unterrichtet?«
»Kurbsky?« fragte Tsen verständnislos. »Lhasa . . .«
»Ich bin Journalist, Sie Esel!« brüllte Chavasse ihn an. »Ich bereise Tibet, um Berichte für meine Zeitung in Moskau zu sammeln. Einen feinen Bericht habe ich da, das kann ich Ihnen flüstern! Eine Bande mörderischer Wegelagerer überfällt mich, schneidet meiner Eskorte die Hälse durch und nimmt mich gefangen. In der *Prawda* wird sich das gut ausmachen! Ich weiß zwar nicht, wer hier eigentlich das Kommando führt, aber wenn das Zentralkomitee in Peking davon erfährt, dann werden ein paar Köpfe rollen, das verspreche ich Ihnen!«
Hauptmann Tsens Gesicht nahm eine aschgraue Farbe an. Hastig zog er einen Stuhl heran. »Bitte – nehmen Sie doch Platz. Ich hatte wirklich keine Ahnung von den Dingen.«
»Das glaube ich Ihnen aufs Wort. Hoffentlich haben Sie wenigstens einen Schluck zu trinken hier.«
Tsen gab dem Unteroffizier einen kurzen Wink. Der ging zu einem Wandbord, holte eine dunkle Flasche und ein Glas und schenkte hastig ein.
»Was, zum Teufel, soll das für ein Gesöff sein?« fragte Chavasse wütend, als ihm der scharfe Alkohol in der Kehle brannte. »Ist das vielleicht Benzin?«
Tsen bemühte sich um ein Lächeln, aber es fiel sehr gequält aus. Er setzte sich wieder.
»Kann ich bitte Ihre Papiere sehen, Genosse Kurbsky?«
»Papiere?« fragte Chavasse erstaunt. »Mann, wo leben Sie eigentlich? Die Gauner haben mich gründlich gefilzt. Ich

bin froh, daß ich selbst noch heil geblieben bin. Geben Sie einen Funkspruch nach Lhasa auf, dann erfahren Sie alles, was Sie über mich wissen wollen.«
Hauptmann Tsen lächelte verbindlich.
»Selbstverständlich, Genosse, aber das hat Zeit bis später. Wollen Sie vielleicht kurz berichten, was geschehen ist?«
Chavasse erstattete einen Kurzbericht der Ereignisse. Als er fertig war, fragte Tsen: »Der Tibetaner, der Ihnen das Leben gerettet hat – ist er mitgekommen?«
Chavasse nickte. »Er sitzt draußen im Jeep, aber versuchen Sie ja nicht, einen Helden aus ihm zu machen. Er hat mir doch nur geholfen, weil er genau wußte, was für ihn gesund ist. Diese Tibeter sind doch alle dieselben räudigen Hunde. Sie werden nur auf eine einzige Art mit ihnen fertig, Hauptmann: man muß sie unter der Knute halten, und zwar ganz hart!«
»Da kann ich Ihnen nur zustimmen, Genosse«, sagte Tsen überzeugt. »Für den Augenblick hat das Zentralkomitee in Peking allerdings andere Methoden angeordnet.«
»Sie werden schon sehen, wie weit sie damit kommen.« Er stand auf. »Wenn Sie im Augenblick keine weiteren Fragen haben, Hauptmann, möchte ich wieder gehen. Ich brauche dringend ein Bad und etwas zu essen.«
»Aber – wohin wollen Sie denn gehen? Ich werde Ihnen selbstverständlich eine Unterkunft zuweisen lassen.«
Chavasse hielt es für richtig, sich jetzt etwas zugänglicher zu geben. »Sehr freundlich von Ihnen, aber ich hoffe, daß Hoffner mich aufnehmen wird. Schließlich bin ich seinetwegen gekommen.«
Auf Tsens Gesicht ging die Sonne auf. Begeistert sprang er von seinem Stuhl hoch. »Ah – jetzt verstehe ich erst!« rief er entzückt. »Sie wollen in Ihrer Zeitung einen Artikel über unseren guten Doktor bringen!«
»Ich wüßte nicht, was mich sonst in diesen finsteren Winkel gelockt hätte«, brummte Chavasse. »Ich habe in

Lhasa von Dr. Hoffner gehört. Scheint ein ganz außergewöhnlicher Mann zu sein.«
»Das ist er wirklich, Genosse! Die Landbevölkerung verehrt ihn, und er hilft unserer guten Sache enorm.« Er griff nach seiner Kappe. »Ich werde Sie persönlich zu seinem Haus begleiten.«
Unwillkürlich zog Chavasse die Stirn in Falten. »Der gute Doktor ist mit dem einverstanden, was Sie hier machen?«
Tsen nickte.
»Aber selbstverständlich. Er ist ein großer Menschenfreund. Er und der Oberst sind eng befreundet. Sie spielen sogar miteinander Schach.«
Im Vorraum sagte er ein paar Worte zu dem Unteroffizier. Der nahm seine Kappe und rannte eilig los.
»Ich habe ihn vorausgeschickt, damit er bei der Genossin Stranoff unseren Besuch ankündigt«, erklärte Tsen.
»Stranoff?« fragte Chavasse. Sie waren schon auf der Treppe. »Das ist Dr. Hoffners Haushälterin«, erläuterte Tsen. »Ihr Vater war Russe, ihre Mutter Chinesin. Eine großartige Frau!« Eine plötzliche Wärme klang in seiner Stimme auf. Chavasse mußte ein Lächeln unterdrücken.
»Ich bin schon sehr auf sie gespannt.«
Er brachte es fertig, Joro nur sehr kühl zuzunicken, als der Tibetaner auf den Rücksitz kletterte, um ihm und Tsen Platz zu machen. Dann fuhren sie aus dem Klosterhof in die engen Straßen der Stadt hinunter. Sie kamen durch den Basar, wo Teppichhändler, Schuhmacher und Silberschmiede unter freiem Himmel ihrem Gewerbe nachgingen. Wenn Chavasse laut hupte, sprangen die Fußgänger beiseite und warfen dem Jeep finstere, drohende Blicke nach.
Hoffners Haus war eines der größten der Stadt. Es hatte drei Stockwerke und ein Flachdach wie die anderen Gebäude auch. Eine hohe Mauer umgab das ganze Grundstück. Sie fuhren durch ein Tor auf den Innenhof.

Chavasse hielt den Wagen vor der Tür an und schaltete den Motor aus. Dann stieg er die Stufen zur Haustür empor, dicht gefolgt von Hauptmann Tsen. In diesem Augenblick ging die Tür auf. Eine junge, zierlich gewachsene Frau trat zur Begrüßung heraus.
Sie trug eine gefütterte Hose und ein russisches Hemd aus schwarzer Seide, das bis zum Hals geschlossen und mit wunderschöner Goldstickerei verziert war. Ihr Haar war ziemlich hell, aber ihre Haut hatte die cremefarbene Schattierung, die man oft bei Eurasiern findet. Ihre vollen Lippen verliehen ihr einen sinnlichen Zug.
Von ihr ging die atemberaubende Schönheit aus, die sich immer hinter Schlichtheit verbirgt. Chavasse spürte, wie ihm ein Schauder über den Rücken lief.
»Ich freue mich, daß Sie hier sind«, sagte sie auf russisch.
Chavasse leckte sich über die trockenen Lippen.
»Und ich bin froh, daß ich hier sein darf«, antwortete er.
Dann führte sie ihn ins Haus. Chavasse überraschte sich bei der Feststellung, daß es ihm bei der kleinen höflichen Redensart ernst gewesen war.

7

Das Zimmer war allem Anschein nach die gute Stube des Hauses. Die Wände waren verputzt und bemalt, der Holzboden mit Schaffell belegt. Das Bett sah sehr bequem aus. Chavasse saß in einem hölzernen Badefaß, bis zum Hals im heißen Wasser. Er rauchte eine Papyrossi und dachte über Katja Stranoff nach. Im offenen Kamin knisterte das Feuer.
Ohne Zweifel war sie eine großartige Frau, aber er durfte nicht unvorsichtig sein. Sie freute sich offensichtlich über seinen Besuch, hauptsächlich wohl deshalb, weil das russische Element in ihrer Natur überwog und sie sich als

Europäerin betrachtete, als Fremde in einem fernen Land. Ob sie wohl so etwas wie einen Freund hatte? Hoffner war zu alt für sie, aber Hauptmann Tsen machte aus seiner Verehrung für sie kein Hehl. Außerdem war noch Oberst Li zu bedenken, von dem er bisher so gut wie nichts wußte.

Die Tür öffnete sich. Joro trat mit einem sauberen Wäschebündel ein. Er legte die Sachen auf den Stuhl und hockte sich grinsend neben das Badefaß.

»Die Frau hat mir befohlen, Ihnen frische Sachen zu bringen.«

»Ich habe schon erwartet, daß Sie irgendwie auftauchen würden. Behandelt man Sie anständig?«

Joro nickte. »Ich schlafe in der Küche. Das ist immer noch wärmer als draußen im Stall.« Besorgt schüttelte er den Kopf. »Es hat sich manches verändert, seit ich zuletzt hier war.«

Chavasse griff nach dem Badetuch, stand auf und begann sich abzutrocknen.

»Inwiefern?«

»Es ist niemand mehr hier von denen, die ich kenne. In gewisser Weise ist das ganz gut so. Auch das Mädchen habe ich noch nie gesehen. Im Augenblick sind nur noch zwei Diener im Haus, ein Ehepaar.«

»Und die stören Sie? Warum?«

»Weil sie Chinesen sind und mir deutlich zu verstehen gegeben haben, wie wenig sie sich aus Tibetanern machen.«

»Glauben Sie etwa, die beiden spionieren für Oberst Li?«

Joro nickte. »Man kann's nie genau wissen, aber Sie sollten sehr vorsichtig sein.«

»Keine Sorge, ich passe schon auf«, sagte Chavasse.

Er schlüpfte rasch in die Sachen, die Katja ihm heraufgeschickt hatte: eine gefütterte Hose, ein russisches Seidenhemd, wie auch sie eins getragen hatte, dazu einen

Wollpullover. Dann trat er vor den Spiegel und kämmte sich.

»Wie sehe ich aus, Joro?«

Joro grinste. »Recht hübsch. Sie wird bestimmt beeindruckt sein.«

»Hoffen wir's, das könnte uns viel helfen. Sie sollten lieber in die Küche gehen. Wir sehen uns dann später.«

Als er in die Wohnhalle hinunterging, trat Katja Stranoff aus einer Tür. Sie blieb stehen und schaute zu ihm auf. Ihre Augen glitzerten im Lampenlicht.

Sie trug jetzt ein chinesisches Seidengewand, reich verziert mit Purpurbesatz, das sich eng an ihren schlanken Körper anschmiegte. Am Kragen war das Kleid hochgeschlossen, aber zwei dezente Schlitze an den Seiten gestatteten ihm einen flüchtigen Blick auf schlanke, gutgeformte Beine, als sie auf ihn zukam.

»Nach dem Bad sehen Sie erheblich besser aus. Jetzt brauchen Sie nur noch einen Schluck zu trinken und etwas Ordentliches zu essen.«

»Ich freue mich auf beides«, erwiderte Chavasse. »Aber darf ich Ihnen zuvor ein Kompliment wegen Ihres hübschen Kleides machen?«

Er hätte schwören können, daß sie ein wenig rot wurde, aber in dem diffusen Lampenlicht war das schwer zu erkennen. Sie nahm lächelnd seinen Arm.

»Dr. Hoffner erwartet Sie.«

Sie führte ihn in einen großen, gemütlich eingerichteten Raum. Die Wände verschwanden hinter deckenhohen Bücherregalen. Der Tisch in der Mitte des Zimmers war zum Abendessen gedeckt. Das Feuer des offenen Kamins warf flackernde Lichter auf den Flügel, der gegenüber vor dem Fenster stand. Der Raum strahlte eine wunderbare Atmosphäre des Friedens und der Ruhe aus.

Ein Mann saß lesend in einem Sessel vor dem Kamin. Er drehte sich um und stand auf. Selten zuvor hatte Cha-

vasse einen so hochgewachsenen, breitschultrigen Mann gesehen. Die dichte, schneeweiße Mähne fiel ihm fast bis auf den Kragen. Er trug eine alte Kordjacke und ein offenes Sporthemd, doch den größten Eindruck hinterließen seine Augen. Sie blickten dunkel und sehr ernst.
Für einen Augenblick schien Dr. Hoffner leicht erstaunt zu sein, aber dann streckte er lächelnd die Hand aus.
»Es ist mir wirklich eine große Freude, Sie hier begrüßen zu dürfen, Genosse Kurbsky. Hier in Changu haben wir nicht oft Besuch.«
»Ich freue mich schon seit einer ganzen Weile auf Ihre Bekanntschaft«, erwiderte Chavasse herzlich. »Sie sprechen übrigens ein ausgezeichnetes Russisch.«
»Dieses Kompliment gebührt Katja, nicht mir.« Hoffner streifte sie mit einem liebevollen Blick. »Als sie vor einem Jahr zu mir kam, verstand ich noch kein einziges Wort.«
Sie hauchte ihm einen Kuß auf die Wange.
»Setzen wir uns zum Essen. Genosse Kurbsky muß halb verhungert sein. Unterhalten könnt ihr euch nachher.«
Sie hatte sich wirklich Mühe gegeben, aus dem Essen eine festliche Angelegenheit zu machen. Auf dem Tisch brannten Kerzen, und was sie gekocht hatte, schmeckte ausgezeichnet. Es gab eine klare Hühnerbrühe, Hammelbraten mit Reis und Gemüse nach chinesischer Art und als Nachtisch Birnen aus der Dose. Sogar eine Flasche recht ordentlichen Wein hatte sie aufgetischt.
Nach dem Essen stand Hoffner kopfschüttelnd auf und seufzte. »Ich weiß wirklich nicht, wie sie das immer schafft! Ich weiß es wirklich nicht.«
»Er spielt schon wieder den Bescheidenen«, sagte Katja zu Chavasse. »Einmal in der Woche läßt er den armen Oberst Li eine Partie Schach gewinnen. Der ist dann immer in so guter Stimmung, daß er mir alles bewilligt, wonach ich ihn frage.«
»Oberst Li ist einer der besten Schachspieler, die ich

jemals getroffen habe«, erklärte Hoffner. »Er gewinnt auch ohne mein Zutun. Aber ich muß zugeben – er ist wirklich sehr gut zu uns.«
Sie setzten sich an den Kamin. Katja machte über einer kleinen Spiritusflamme das Kaffeewasser heiß. Der Widerschein der Flammen lag auf ihrem schönen Haar – sie sah wirklich ungewöhnlich attraktiv aus. Chavasse fühlte sich plötzlich entspannt und geborgen.
Er zündete eine seiner russischen Papyrossi an. Katja schnupperte in den Rauch und seufzte. »Nichts gleicht diesem Geruch! Er erinnert mich mehr als alles andere an zu Hause.«
»Darf ich Ihnen eine anbieten?«
Sie schüttelte den Kopf. »Lieber nicht. Was soll ich dann tun, wenn Sie wieder fort sind?« Sie goß den fertigen Kaffee in hauchdünnes Porzellan und reichte ihm eine der Tassen.
»Wie sieht es eigentlich in Moskau aus?«
Er zuckte gleichmütig die Achseln. »In den Vororten wird eine Menge gebaut, aber sonst ist alles beim alten geblieben. Um ganz ehrlich zu sein: Ich bekomme Mütterchen Moskau nur selten zu sehen. Die meiste Zeit verbringe ich im Ausland.«
»Das Leben eines Auslandskorrespondenten muß schon interessant sein«, meinte sie nachdenklich. »Immer wieder neue Gesichter, neue Eindrücke.«
»Es hat etwas für sich, aber unglücklicherweise kann ich an keinem Ort lange genug bleiben, um ihn richtig kennenzulernen.«
»Was war denn der eigentliche Grund für Ihre Reise nach Tibet?«
»Viele Leute in Rußland interessieren sich für die Vorgänge hier. Außerdem hat ein Zeitungsmann immer da zu sein, wo etwas passiert und wo er sich eine gute Reportage erwarten darf.«

»Und – haben Sie eine gefunden?«
»Für den Anfang reicht mir mein gestriges Erlebnis«, sagte er. »Außerdem hoffe ich, aus dem Doktor etwas herauszubekommen.«
Hoffner hatte ihrer Unterhaltung schweigend zugehört und sich dabei in aller Ruhe seine Pfeife angezündet. Jetzt hob er die Augenbrauen.
»Es überrascht mich, daß sich überhaupt noch jemand an mich erinnert und sich sogar für mich interessiert.«
»Sie sind einfach zu bescheiden, Doktor!« sagte Katja und wandte sich an Chavasse: »Er ist vierundsiebzig und kümmert sich trotzdem noch täglich selbst um seine Klinik. Hat man Ihnen das in Lhasa auch erzählt? Er hat sein ganzes Leben diesem Land geopfert, obgleich er jederzeit an irgendeiner europäischen Universität einen Lehrstuhl hätte bekommen können.«
»Lassen Sie doch, Liebe«, wehrte Hoffner ab. »Versuchen Sie nur nicht, mir einen Heiligenschein aufzusetzen, der steht mir nämlich nicht!«
»Aber das sehen die Leute doch in Ihnen: den großen Missionar«, sagte Chavasse.
Hoffner seufzte. »Ich fürchte, für diese Seite meiner Aufgabe habe ich seit Jahren nichts mehr getan.«
»Darf ich fragen, warum nicht?«
»Das ist ganz einfach.« Hoffner beugte sich vor und blickte in die Flammen. »Ich bin als eine Art von Arzt-Missionar hergekommen. Ich wollte Seelen und Körper retten. Aber dann mußte ich erkennen, daß diese Leute schon tief religiös waren, daß sie in einer Weise an das Gute glaubten, die für einen Europäer unfaßbar ist. Was hatte ich diesen Menschen in geistlicher Hinsicht noch zu bieten?«
»Das kann ich verstehen«, sagte Chavasse. »Und die Lösung?«
»Ich habe versucht, ihnen medizinische Hilfe zu leisten,

wo sie nötig war. Abgesehen davon bemühte ich mich, sie zu verstehen und ihr Freund zu werden.«

»Verzeihen Sie mir bitte eine Frage, die Sie vielleicht in Verlegenheit bringen könnte, aber ich möchte mir ein möglichst vollständiges Bild machen. Haben die Chinesen Ihre Arbeit in irgendeiner Weise behindert?«

»Im Gegenteil, sie haben mich in jeder Weise unterstützt«, entgegnete Hoffner. »Meine Klinik war noch nie so gut besucht. Sehen Sie, ich darf mich zwar nicht außerhalb der Stadtmauern bewegen, aber das ist lediglich eine Maßnahme zu meinem eigenen Schutz. Sie haben am eigenen Leib erfahren, daß wir uns in einem recht unruhigen Land befinden.«

»Sie würden also sagen, daß der Regierungswechsel für Sie von Vorteil war?«

»Ganz entschieden! Nehmen Sie als Beispiel nur die Versorgung mit Medikamenten. Früher mußte ich alles, was ich brauchte, mit Karawanen aus Indien hereinschaffen lassen.«

»Und jetzt?«

»Oberst Li beschafft mir ohne Schwierigkeiten alles, was ich brauche. Als die Chinesen dieses Land betraten, befand es sich in einem fast mittelalterlichen Zustand. Das ändert sich jetzt.«

Chavasse zeigte ihm ein zufriedenes Lächeln, aber in Wirklichkeit machte er sich Sorgen, weil der alte Mann das ernst zu meinen schien. Er wollte schon fortfahren, da stand Katja auf. »Reden Sie weiter und entschuldigen Sie mich bitte, ich muß mich um meine Küche kümmern.«

Die Tür schloß sich hinter ihr. Chavasse bemerkte: »Eine recht ungewöhnliche junge Frau.«

Hoffner nickte.

»Ihr Vater war ein russischer Archäologe. Er arbeitete im Auftrag der Regierung von Peking bei den Ausgrabungsarbeiten am Alten Palast. Vor seiner Rückkehr nach

Hause erhielt er die Erlaubnis, Tibet zu besuchen. Unterwegs ist er dann gestorben. Eine Woche nach der Beerdigung kam Katja mit einer Karawane durch Changu. Das arme Kind war sterbenskrank, und ich habe für sie getan, was ich konnte.«
»Und da hat sie den Entschluß gefaßt, bei Ihnen zu bleiben?«
»Oberst Li erklärte sich bereit, für einen sicheren Transport nach Karkend zu sorgen, aber da wurde ich ernstlich herzkrank. Sie hat mich sechs Monate lang aufopfernd gepflegt, bis ich wieder auf den Beinen war. Seitdem haben wir nie wieder über ihre Abreise gesprochen.«
»Das ist alles hochinteressant für meinen Bericht«, sagte Chavasse. »Im großen und ganzen sind Sie also mit Ihrem Schicksal recht zufrieden?«
»Natürlich!« Hoffner machte eine weit ausholende Handbewegung. »Ich habe meine Bücher und meinen Flügel, außerdem immer noch die Arbeit in der Klinik.«
»Der Flügel hat es mir besonders angetan. In einer so abgelegenen Gegend ist das eine Seltenheit. Man hat mir erzählt, daß Sie ein ausgezeichneter Pianist sind.«
»Das will ich nicht gerade behaupten, aber es wäre ein harter Schlag für mich, wenn ich ohne meine Musik auskommen müßte. Ich habe mir dieses Instrument vor dem Krieg mit einer Karawane aus Indien bringen lassen. Das Lampenlicht macht die Kratzer unsichtbar – aber der Ton ist noch ganz ausgezeichnet.«
Er setzte sich an den Flügel und hob den Deckel. Dann schlug er ein paar Akkorde an und ging zu einer Polonaise von Chopin über. Nach wenigen Takten blickte er hoch und fragte: »Gibt es irgend etwas, was Sie gern hören möchten?«
Chavasse stand immer noch am Kamin. Mit einer lässigen Bewegung zündete er sich eine Zigarette an, nahm einen tiefen Zug und antwortete dann ohne besondere Beto-

nung, aber in englischer Sprache: »Ach, ich weiß nicht. Kennen Sie nicht ein Stück, das zu einer Mainacht in Cambridge passen würde?«

Für einen Augenblick glättete sich jede Falte im Gesicht des alten Mannes. Es wurde so still, daß Chavasse den Wind in den hölzernen Fensterläden singen hörte.

»Ich habe gleich gewußt, daß an Ihnen etwas nicht ganz stimmte«, sagte Hoffner dann ruhig. Er sprach jetzt auch englisch. »Ich habe es in dem Augenblick gewußt, als Sie das Zimmer betraten.«

»Sie haben einem alten Freund vor einiger Zeit einen Brief geschrieben«, erklärte Chavasse. »Betrachten Sie mich sozusagen als die Antwort auf diesen Brief.«

»Joro ist also durchgekommen?« fragte Hoffner.

Chavasse nickte.

»Joro sitzt in Ihrer Küche. Er ist der Tibetaner, der mir angeblich das Leben gerettet hat. Wenn Sie wollen, können Sie nachher noch mit ihm sprechen.«

»Sie haben da vorhin etwas von einem Stück erwähnt, das sich für eine Mainacht in Cambridge eignen sollte?«

»Ja. Vor langer Zeit haben Sie gegen Edwin Craig eine Wette verloren. Er saß mit dem Mädchen, das Sie verloren hatten, in einer lauen Mainacht draußen im Garten, während Sie im Haus eine Sonate spielten.«

Hoffner seufzte. »Manchmal ist mir, als sei das alles tausend Jahre her. Aber dann kann ich mich wieder ganz deutlich an den Duft der Lilien erinnern. Sie waren nach dem Regen feucht und dufteten besonders stark. Ich weiß sogar noch, welches Stück ich damals gespielt habe.«

Er schlug die ersten Takte von *Claire de Lune* an. Chavasse schüttelte den Kopf. »Das stimmt nicht, Doktor. Sie haben die *Mondscheinsonate* gespielt.«

Hoffner blickte ihn lange Zeit forschend an, dann breitete sich ein Lächeln auf seinem zerfurchten Gesicht aus. Er stand auf und schüttelte Chavasse herzlich die Hand.

»Mein lieber junger Freund – Sie können sich vermutlich keinen Begriff davon machen, wie sehr ich mich freue, daß Sie da sind!«

Sie setzten sich wieder an den Kamin. Hoffner zog seinen Sessel ein Stück näher. Sie steckten die Köpfe zusammen, um nicht so laut reden zu müssen.

»Erzählen Sie mir doch, wie es meinem alten Freund Craig geht!«

»Er erfreut sich ausgezeichneter Gesundheit und möchte Sie möglichst bald sehen. Deshalb bin ich ja hier.«

»Er – mich sehen?« Ein ungläubiger Ausdruck erschien auf seinem Gesicht. »Das ist ganz ausgeschlossen! Glauben Sie denn, die Chinesen würden mich gehen lassen?«

»Machen Sie sich darum jetzt keine Sorgen«, sagte Chavasse. »Etwas anderes ist mir viel wichtiger. Würden Sie denn mitkommen, wenn die Möglichkeit bestünde? Aus unserer bisherigen Unterhaltung mußte ich schließen, daß Sie mit allem einverstanden sind, was hier geschieht.«

Hoffner lachte in sich hinein.

»Was in aller Welt hätte ich einem *Prawda*-Korrespondenten sonst erzählen sollen? Nun, Oberst Li war wirklich immer recht freundlich zu mir, und es läßt sich nicht abstreiten, daß er alles mögliche unternommen hat, um mir die notwendigen Medikamente und Verbandstoffe für die Klinik zu besorgen.«

»Für einen hartgesottenen Kommunisten muß er eine höchst seltene menschenfreundliche Ader bei sich entdeckt haben!«

Hoffner lächelte sanft. »O nein, der Fall liegt viel einfacher. Ich habe mir im Laufe der Jahre hier im Lande einen gewissen Ruf erworben. Das Volk vertraut mir. Durch die Unterstützung meiner Klinik wird allen Leuten klargemacht, daß ich nicht nur einer Meinung mit den Kommunisten bin, sondern daß ich sie auch noch tatkräftig

unterstütze.«
»Und diesem Anschein können Sie nur entgehen, wenn Sie die Mitarbeit an der Klinik einstellen.« Chavasse nickte. »Aber dann hätte ein großer Teil von Tibet keinerlei ärztliche Versorgung mehr. Oberst Li scheint es zu verstehen, wie man einen Mann vor eine ausweglose Alternative stellt.«
»Diese Begabung teilt er mit allen guten Kommunisten.«
»Das bringt mich wieder zu meiner ersten Frage zurück. Wenn man Ihnen die Möglichkeit böte – würden Sie Tibet freiwillig verlassen?«
Nachdenklich klopfte Hoffner seine Pfeife am Rand des Kamins aus, zog einen ledernen Tabaksbeutel hervor und stopfte sie neu. Erst nach einer ganzen Weile begann er wieder zögernd zu reden.
»Sehen Sie, junger Mann, ich bin jetzt vierundsiebzig, ein alter, kranker Mann ohne viel Erwartungen für die Zukunft. Ich mag vielleicht nicht mit dem kommunistischen Regime dieses Landes einverstanden sein, aber es erlaubt mir wenigstens, einem rückständigen Volk medizinische Hilfe zu bringen, die es sonst entbehren müßte. Deshalb sehe ich es als meine Pflicht an, diese Arbeit fortzusetzen – für die wenigen Jahre, die mir noch bleiben.«
»Und wenn ich Ihnen nun erkläre, daß Sie draußen dringender gebraucht werden? Viel dringender sogar?«
»Es wäre mir lieb, wenn Sie das genauer erklären wollten«, sagte Hoffner und lächelte plötzlich. »Außerdem hätte ich ganz gern Ihren richtigen Namen gewußt.«
»Er wird Ihnen nichts sagen – aber warum nicht? Ich heiße Paul Chavasse.«
»Franzose also?« rief Hoffner. »Wie interessant. Sie haben doch nichts dagegen, wenn wir uns weiter in englischer Sprache unterhalten? Das ist für mich eine sehr schöne Abwechslung.«

Chavasse zündete sich eine neue Zigarette an und beugte sich vor. »Vor vielen Jahren haben Sie in Ihrer Doktorarbeit den theoretischen Beweis dafür erbracht, daß Energie mit einer bestimmten Erscheinungsform des Raums gleichzustellen sei.«
Hoffner runzelte die Stirn. »Woher wissen Sie das?«
»Sie haben es in dem Brief an Craig erwähnt. Sie haben außerdem etwas von einer Vervollständigung dieser Theorie geschrieben. Danach sollen Sie inzwischen den Beweis erbracht haben, daß man den Raum selbst in ein Energiefeld verwandeln kann.«
Hoffner machte ein überraschtes Gesicht.
»Ich verstehe wirklich nicht, warum Edwin Craig etwas so wichtig nimmt, was bestenfalls ein neues, interessantes mathematisches Konzept ist? Ich versichere Ihnen, das alles ist reine Theorie.«
»Das war es – bis die Russen einen Mann namens Gagarin auf eine Umlaufbahn um die Erde geschickt haben«, sagte Chavasse ernst. »Andere Menschen haben das Experiment wiederholt und damit bewiesen daß es sich nicht um einen Zufallserfolg handelte.«
Hoffner wollte sich gerade mit einem Span die Pfeife anzünden. Er hielt mitten in der Bewegung inne. Ein seltsames Licht glomm im Hintergrund seiner Augen auf.
»Vielleicht halten Sie das für eine dumme Frage: Aber erzählen Sie mir da wirklich keine Witze?«
»Die Amerikaner haben das Experiment inzwischen nachgemacht. Es sieht aus, als ob sie dabei wären, die Russen zu überholen. Insgesamt waren schon fast dreißig Menschen auf Umlaufbahnen um die Erde, teilweise für mehrere Tage. Sie sind aus ihren Kapseln ausgestiegen, haben Anlegemanöver geübt und im freien Raum Arbeiten ausgeführt. Wer zuerst auf dem Mond landen wird, ist schwer zu sagen, aber eines steht fest: Die Chinesen werden es nicht sein. Die haben mit diesem Wettlauf

nichts zu tun.«
»Das erklärt wenigstens, warum wir hier in Unkenntnis gehalten werden«, sagte Hoffner erregt. Er sprang auf, lief ein paarmal hin und her und blieb dann mit dem Rücken zum Fenster stehen. »Zum erstenmal in meinem Leben empfinde ich echten Zorn, nicht nur als Wissenschaftler, sondern auch als Mensch. Wenn ich mir vorstelle, daß draußen der Mensch schon die ersten Schritte zum größten Abenteuer der Geschichte unternommen hat, während ich herumsitze und zusehe, wie ein Tag nach dem anderen verstreicht . . .«
Er kam zum Kamin und setzte sich wieder. Sein Gesicht hatte Farbe bekommen, und seine Augen funkelten.
»Sie müssen mir alles berichten, was Sie darüber wissen!« verlangte er. »Welcher Antrieb wird zum Beispiel angewandt?«
»Sowohl feste als auch flüssige Treibstoffe«, antwortete Chavasse. »Natürlich in Mehrstufenraketen.«
Hoffner schüttelte den Kopf.
»Wie primitiv! Es mag dazu reichen, um einen Satelliten in eine Umlaufbahn zu bringen. Aber für eine Reise zum Mond oder gar darüber hinaus . . .«
»Genau an diesem Punkt muß Ihre Theorie einsetzen«, unterbrach ihn Chavasse. »Die Russen arbeiten schon seit Jahren an einem Ionentriebwerk, das direkt die von den Sternen ausgestrahlte Energie ausnutzen soll. Damit wären sie dem Westen um Jahre voraus, und sollten sie diese Führung behalten, dann würde der Kommunismus auf lange Sicht die Welt beherrschen.«
»Craig glaubt also, daß meine Theorie den Russen die führende Rolle streitig machen könnte?«
Chavasse nickte. »Ich bin kein Wissenschaftler, aber ich habe ihn so verstanden, daß man mit Ihrem Antrieb die Energie unmittelbar aus dem Raum beziehen könnte. Stimmt das?«

Hoffner neigte ernst den Kopf.
»Das Prinzip der Massenverminderung würde uns außerdem Geschwindigkeiten ermöglichen, von denen wir bisher nicht zu träumen wagten. Das ist von ausschlaggebender Bedeutung, wenn das Weltall jemals erforscht werden soll.«
Sie schwiegen eine Weile, dann fragte Chavasse ruhig: »Sehen Sie denn jetzt ein, wie wichtig es für die westliche Welt ist, daß Sie mitkommen?«
Mit einem tiefen Seufzer klopfte Hoffner die erkaltete Pfeife aus.
»Ja, das sehe ich nun ein. Wie in aller Welt Sie dieses Kunststück fertigbringen wollen, junger Mann, ist mir absolut schleierhaft – aber wann fahren wir?« Er hielt inne. »Und was wird aus Katja? Ich kann sie doch nicht zurücklassen.«
»Glauben Sie denn, daß sie mitkommen würde?« fragte Chavasse überrascht.
»Natürlich wird sie mitkommen. Sie hat keinen Sinn für Politik. Außerdem bindet sie nichts an Tibet oder Rußland, nicht einmal eine Familie.«
»Das kompliziert die Sache. Lassen Sie mich darüber nachdenken, aber reden Sie um Himmels willen noch nicht mit ihr darüber. Was sie nicht weiß, das kann man ihr auch durch keine Folter entlocken. Das ist wichtig für den Fall, daß etwas schiefgehen sollte. Wir brauchen nichts zu übereilen, weil wir ganze fünf Tage Zeit haben. Das Hauptproblem besteht darin, euch beide aus Changu hinauszuschaffen.«
Schon seit einer Weile hatte er halb unbewußt den leichten Zug an seiner rechten Backe gespürt. Er drehte sich jetzt um und erblickte Katja. Sie stand an der Tür, mit einem Glas heißer Milch auf einem Tablett.
Seit wann ist sie schon im Zimmer? fragte er sich besorgt. Wieviel hat sie gehört, wieviel verstanden? Ihre aus-

druckslose Miene gab ihm keine Antwort auf diese Fragen. Sie trat auf Hoffner zu, reichte ihm die Milch und sagte leise auf russisch: »Es ist Zeit zum Schlafengehen, Doktor. Das war ein langer Tag für Sie.«
Hoffner trank einen Schluck und verzog seufzend das Gesicht. »Da sehen Sie wieder einmal, mein Freund, wie alles auf der Welt zu seinem Ursprung zurückkehrt: Brav wie ein Schuljunge tue ich alles, was man mir sagt.«
»Ich bin ganz sicher, daß Genossin Stranoff nur Ihr Bestes will, Doktor«, sagte Chavasse.
»Natürlich, Genosse Kurbsky – immer!« sagte sie mit unergründlichem Lächeln.
Für einen kurzen Augenblick, bevor sie sich wieder abwandte, tauchte ein seltsamer Ausdruck in ihren Augen auf. Er beantwortete Chavasse alle Fragen.

8

Im Schlafzimmer brannte ein angenehm wärmendes Feuer. Chavasse stellte die Öllampe auf den Tisch neben dem Bett, öffnete die Fenstertür und trat auf einen gedeckten Balkon hinaus, der um das ganze Haus herumlief und einen Blick auf den Garten gestattete.
Es regnete nicht, aber der Wind war feucht und frisch. Er atmete tief den Duft der nassen Erde ein. Dann überfiel ihn mit einem Schlag die Müdigkeit. Er trat wieder ins Zimmer und schloß die Tür.
Als er sich gerade ausziehen wollte, klopfte es leise an die Tür. Es war Hoffner. Er brachte einen alten Bademantel und warf ihn lächelnd auf das Fußende des Bettes.
»Ich dachte mir, Sie würden ihn vielleicht brauchen.«
In seiner Stimme schwang ein Ausdruck der Besorgnis mit, der Chavasse sofort auffiel. »Stimmt etwas nicht?« fragte er. Hoffner setzte sich seufzend auf die Bettkante.

»Ich fürchte, Katja weiß alles.«
»Erklären Sie mir das näher«, bat Chavasse und zündete sich eine Zigarette an.
»Ganz einfach: Sie hat von unserem Gespräch mehr mitbekommen, als wir dachten. Sie spricht sehr gut Englisch und ist ein intelligentes Mädchen. Sie war vorhin bei mir und wollte ganz genau wissen, was los war und wer Sie sind.«
»Was haben Sie ihr gesagt?«
»Daß ich ein müder, alter Mann sei, der gern zu Haus sterben möchte. Daß Freunde Sie geschickt hätten, um mir hinauszuhelfen«, antwortete Hoffner achselzuckend.
»Mehr nicht?«
»Das schien im Augenblick wenig Sinn zu haben.«
»Sehr klug! Wir dürfen trotz allem nicht vergessen, daß sie Russin ist. Daß sie zu Ihnen hält, ist klar, aber wenn es darum geht, eine Sache zu unterstützen, die ihrem Vaterland schaden kann, dann wird sie vor eine schwere Gewissensentscheidung gestellt. Und wie ich schon sagte: Je weniger sie weiß, um so weniger kann sie unter Druck preisgeben.«
»Sie müssen es wissen«, sagte Hoffner. »Ich glaube aber nicht, daß wir uns Sorgen machen sollten. Sie interessiert sich so wenig für Politik, daß sie nicht einmal der Partei angehört.«
»Wenn etwas schiefgeht und sie in die Hände des chinesischen Geheimdienstes fällt, dann wird sie am Ende alles tun, was man von ihr verlangt«, erklärte Chavasse grimmig.
»Vermutlich haben Sie recht.« Er stand auf. »Vielleicht sollten Sie morgen früh mit ihr reden. Im Augenblick denkt sie nur daran, daß ich mit einem Fluchtversuch glatten Selbstmord begehen würde, weil mein Herz die Belastung nach ihrer Meinung nicht aushalten wird.«
»Ich kümmere mich schon darum, legen Sie sich schlafen

und machen Sie sich keine Sorgen, Doktor«, sagte Chavasse. »Es wird schon alles klappen, das verspreche ich Ihnen.«
Nachdem der alte Mann sehr leise das Zimmer verlassen hatte, stand Chavasse noch eine ganze Weile da und versuchte, über die ganze Angelegenheit nachzudenken. Aber dann überfiel ihn erneut die Müdigkeit und verdrängte jeden klaren Gedanken. Er hatte kaum noch Kraft genug, um sich auszuziehen und ins Bett zu legen.
Seufzend blies er die Lampe aus. Dann starrte er zur Decke hinauf, spürte wie sich seine überforderten Muskeln entspannten, und schlief bald darauf ein.

Wann er wach geworden war, wußte er nicht mehr genau. Er merkte nur, daß er in dem Bett lag und daß das Feuer ausgegangen war. Ein Blick auf das Leuchtzifferblatt seiner Armbanduhr sagte ihm, daß es zwei Uhr morgens war. Das bedeutete, daß er kaum vier Stunden geschlafen hatte. Trotzdem war die Müdigkeit verschwunden.
Er lag da und hatte das Gefühl, daß sich irgendwo da draußen in der Dunkelheit etwas gegen ihn zusammenballte.
In der Ferne rollte der Donner. Dann beleuchtete für den Bruchteil einer Sekunde ein greller Blitz jede Ecke seines Zimmers.
Er sprang aus dem Bett, zog Hoffners alten Bademantel über und trat ans Fenster. Als er auf den Balkon hinaustrat, öffnete mit einem Schlag der Himmel seine Schleusen. Das Klatschen des Regens war das einzige Geräusch in der Nacht.
Es war kalt geworden. Trotzdem stand er für ein paar Sekunden tief atmend im Freien. Die frische Luft füllte seine Lungen, aber sie konnte die innere Unruhe nicht vertreiben.
»Die kalte Nachtluft ist in dieser Höhe ungesund, Mr.

Chavasse«, sagte eine leise Stimme auf englisch.
Schlagartig waren alle seine Sinne aufs äußerste gespannt. Er drehte sich langsam um. Wenige Schritte von ihm entfernt stand Katja Stranoff auf dem Balkon. Ein greller Blitz beleuchtete für einen Augenblick ihr Gesicht. Über den hohen Backenknochen wirkten die Augen doppelt dunkel. Das Haar schimmerte wie Flachs.
Sie ist schön! Diese plötzliche Erkenntnis erfüllte ihn mit Staunen. Daß sie hübsch und attraktiv war, hatte er vom ersten Augenblick an gewußt. Aber in den Sekundenbruchteilen, als es blitzte, da hatte er noch etwas anderes erkannt.
Sie hatte etwas von einem unschuldigen Kind an sich, das vergeblich versucht, die harte Wirklichkeit der grausamen Welt zu erfassen. Das wiederum erinnerte ihn an ein anderes Mädchen, von dem ihn im Augenblick Ewigkeiten trennten.
»Können Sie auch nicht schlafen?« fragte er.
Sie schüttelte den Kopf. »Es geht mir zu viel durch den Kopf.«
»Dann gehen wir lieber hinein und reden darüber«, schlug er vor. »Das Feuer ist ausgegangen, aber es ist noch angenehm warm.« Schweigend glitt sie an ihm vorbei. Er folgte ihr ins Zimmer und schloß die Balkontür. Als er sich umdrehte, sah er sie vor dem Kamin knien. Sie fachte die Glut wieder an und legte einige Holzstücke auf.
Als die Flammen emporzüngelten, blieb sie auf dem Schaffell vor dem Feuer sitzen. Er zog sich einen Stuhl heran. Ohne ihn anzublicken, sagte sie: »Ich habe gesehen, daß Hoffner vorhin bei Ihnen im Zimmer war. Er hat Ihnen sicher von meiner Unterhaltung mit ihm erzählt?«
Er nickte. »Er hat mir erzählt, daß Sie unser Gepräch belauscht haben.«
Unvermittelt drehte sie sich zu ihm um. Ihre Augen blitzten. »Darüber brauche ich mich nicht zu schämen! Er

ist ein alter Mann. Wenn ich mich nicht um ihn kümmere, ist er ganz allein.«

Ihre unerwartete Heftigkeit deutete auf ein stärkeres Gefühl hin, das er nicht vermutet hatte. In gespieltem Schrecken hob er die Hand. »Augenblick – ich stehe doch auf Ihrer Seite!«

»Tut mir leid«, murmelte sie zurückhaltend. »Aber Hoffner war wie ein Vater zu mir. Er ist ein wunderbarer alter Herr, und ich möchte nicht, daß ihm etwas zustößt.«

»Bis dahin sind wir uns einig.«

»Wirklich? Glauben Sie im Ernst, daß ein vierundsiebzigjähriger Mann mit einem kranken Herzen auch nur die leiseste Chance hat, eine Reise zu überleben, wie Sie sie vorhaben?«

»Unter gewissen Umständen schon«, sagte er.

»Aber er ist doch krank und alt!« wiederholte sie. »Glauben Sie, daß er es schafft, auf einem Pferd in dieser Höhe durch das wildeste Land der Erde zu reiten?«

»Das braucht er vielleicht gar nicht.«

Sie zog die Stirn kraus. »Ich fürchte, das verstehe ich nicht ganz.«

»Das verlangt auch niemand. Im Augenblick soll es nicht einmal der Doktor selbst verstehen. Überlassen Sie nur die Einzelheiten mir.« Er lächelte sie an. »Regen Sie sich nicht unnötig auf. Es wird schon alles gut werden, das verspreche ich Ihnen.«

Sie schüttelte den Kopf. »Wenn Sie es sagen, dann klingt alles so einfach! Bei meinem Vater war das genauso. Wenn er etwas sagte, dann war es eben so und nicht anders.«

»Kein schlechter Grundsatz.«

»Meinen Sie? Er hat gesagt, daß wir mit einer Karawane nach Lhasa gehen. Er hat das als eine Art von Vergnügungsreise hingestellt. Daß er unterwegs an Typhus gestorben ist, stand nicht in seinem Plan.«

»Wie hätte er das auch voraussehen können?« sagte Chavasse sanft. »Der Tod ist unberechenbar.«
Sie schwiegen beide. Er bot ihr eine Zigarette an. Diesmal nahm sie die Papyrossi schweigend an. Er reichte ihr Feuer.
Erst nach einer ganzen Weile fragte sie: »Der richtige Kurbsky ist doch tot, wie?«
»Ich fürchte ja.«
»Haben Sie ihn getötet?«
Er schüttelte den Kopf. »Er wurde wirklich von Partisanen überfallen. Offenbar lieben sie die Russen genauso wenig wie die Chinesen.«
»So ist das also«, meinte sie. »Sie sind dann einfach in seine Person geschlüpft. Waren diese Partisanen Freunde von Ihnen?«
Chavasse zuckte die Achseln. »In gewisser Hinsicht schon. Aber wenn Sie damit andeuten wollen, daß ich Kurbsky vielleicht hätte retten können – nein, das war ausgeschlossen. Ich habe keinen Einfluß auf sie.«
»Und der Tibetaner, der Sie herbegleitet hat? Heißt er nicht Joro? Er hätte doch etwas tun können.«
»Sie sehen die Dinge anscheinend immer noch nicht so, wie sie wirklich sind. Für diese Leute herrscht Kriegszustand. Sie kämpfen gegen einen rücksichtslosen Eindringling, der ihr ganzes bisheriges Leben gewaltsam verändern will.«
»Bitte, ich bin doch kein Kind mehr!« sagte sie. »Ich weiß, daß sich die Chinesen vieles haben zuschulden kommen lassen. Aber all das Blutvergießen – ist das nicht eine wahnsinnige Vergeudung wertvoller Menschenleben?«
»Schon möglich. Aber denken Sie an das, was Lenin einmal gesagt hat: Das Ziel der Terroristen ist der Terror! Ein kleines Volk hat keine andere Wahl, wenn es gegen ein mächtiges Reich zu kämpfen hat.«
»Mein Vater sagte immer, daß kein Mensch wie Gott war,

auch nicht Lenin. Ich fürchte, er hielt nicht allzuviel von den Führern der Revolution.«
»Ich glaube fast, wir wären gut miteinander ausgekommen«, sagte Chavasse. »Erzählen Sie mir doch von ihm.«
Sie hob die Schultern. »Eigentlich gibt es da nicht viel zu erzählen. Er war Wissenschaftler und hatte wenig Interesse an Regierung und Politik. Ich glaube, daß die Archäologie das Fachgebiet ist, in das sich der Staat am wenigsten einmischen kann. So kümmerte sich kaum jemand darum, wie wir lebten.«
»Und Ihre Mutter?«
»Sie starb bei meiner Geburt. Als Kind wohnte ich bei einer Tante in Moskau und ging auch dort zur Schule. Als ich größer wurde, nahm Vater mich auf seine Exkursionen mit. Die letzten drei Jahre seines Lebens brachten wir in Peking zu.«
»Warum wollte er unbedingt nach Lhasa?«
»Das weiß ich auch nicht. Vielleicht war es ein lang gehegter Traum, den er sich einmal erfüllen wollte. Vor der Rückkehr nach Rußland bot sich dann die passende Gelegenheit.«
»Möchten Sie nicht auch nach Rußland zurück?«
»Eigentlich nicht«, antwortete sie. »Ich vermisse natürlich die Theater, die Bibliotheken, die Kultur – aber sonst nichts. Meine Tante ist vor drei Jahren gestorben. Ich habe keine Verwandten mehr.«
»Nur Hoffner«, sagte Chavasse leise.
Ihr Gesicht wandte sich ihm zu. Er sah das warme Leuchten in ihren Augen. »Richtig – ich habe nur noch ihn. Er nahm mich auf, als ich krank war, und er hat mich gesund gepflegt. Er bedeutet mir sehr viel.«
»Anscheinend empfindet er Ihnen gegenüber das gleiche. Hat er Ihnen gesagt, daß er Sie mitnehmen möchte?«
Sie nickte. »Sie dürfen mich nicht mißverstehen: Ich würde gern mit ihm gehen. Das alles ist nur so aus-

sichtslos?«
»Glauben Sie mir, es ist nicht aussichtslos. Ich möchte fast sagen, daß es erstaunlich einfach sein wird, aber darüber sollten Sie sich vorläufig keine Sorgen machen. Wir müssen noch ein paar Tage warten, ehe wir etwas unternehmen können.«
»Aha!« Sie stand auf. »Wir haben also nichts weiter zu tun, als möglichst geduldig zu warten, bis es Ihnen einfällt, uns ins Vertrauen zu ziehen.«
Das klang ein wenig ärgerlich. Chavasse stand auch auf und lächelte sie an. »So dürfen Sie es nicht auffassen. Ich denke dabei nur an Sie und den Doktor. Was Sie nicht wissen, das kann Ihnen auch nicht schaden.«
Er sah sie freundlich an und legte ihr beide Hände auf die Schultern.
»Das einzige Problem besteht in der Frage, wie wir uns die Zeit vertreiben sollen. Was tut man hier zum Zeitvertreib?«
Sie zuckte die Achseln. »Ich fürchte, viel wird hier in dieser Hinsicht nicht geboten. Wenn das Wetter erträglich ist, reite ich ein wenig aus.«
»Das klingt doch gut!«
Plötzlich wich die Spannung von ihr. »Wollen Sie mit mir ausreiten? Vielleicht morgen mittag, gleich nach dem Essen? Wie gut sind Sie eigentlich im Sattel?«
Er grinste. »Es geht. Ich habe so meine Vorzüge.«
Sie schaute ihn ernst an.
»Sie haben so manche versteckten Vorzüge und Fähigkeiten, Mr. Chavasse. Mir ist schon aufgefallen, daß kaum jemand so gut Chinesisch spricht wie Sie. Russisch sprechen Sie wie ein Russe.«
»Und Sie?« konterte Chavasse. »Ihr Englisch ist ausgezeichnet.«
»Das habe ich schon mit sechs Jahren in der Schule gelernt. In Rußland ist Englisch heutzutage die übliche

Zweitsprache.« Sie schaute ihn prüfend an und schüttelte dann langsam den Kopf. »Nein, hinter Ihnen steckt noch etwas anderes, da bin ich ganz sicher. Eins weiß ich gewiß: daß Sie kein üblicher Abenteurer sind.«
»Glauben Sie mir – ich bin wirklich nichts weiter als ein Abenteurer!«
Wieder schüttelte sie den Kopf. »Davon lasse ich mich nicht überzeugen, das ist nicht die Antwort auf meine Frage.«
Plötzlich kam ihr ein Gedanke, und ihre Augen weiteten sich. Sie trat einen Schritt vor und hielt ihn am Aufschlag des Bademantels fest. »Sagen Sie – es steckt doch wirklich mehr dahinter? Etwas, das direkt mit dem Doktor zu tun hat?«
Er wählte den einzig möglichen Ausweg aus dieser peinlichen Situation: Er nahm sie in die Arme und küßte sie. Sie begann am ganzen Körper zu zittern. Eine Weile hielt er sie fest, dann drängte sie ihn sanft zurück. Sie blickte zu ihm auf. Ihre Augen waren sehr dunkel. Leichte Verwirrung spiegelte sich auf ihrem Gesicht.
»Ich gehe jetzt lieber«, sagte sie.
Schweigend öffnete er die Balkontür. Sie huschte an ihm vorbei. Draußen regnete es immer noch. Sie blieb einen Augenblick lang unschlüssig stehen und blickte ihn an. Dann berührte sie mit der Hand ganz leicht seine Wange und ging.
Chavasse stand noch eine ganze Weile draußen in der Nacht und ließ sich den kalten Wind um den Körper wehen. Er stach wie mit tausend kleinen Nadeln ins Fleisch, aber die Erregung dämpfte er nicht.
Dann schloß er die Tür und ging zu Bett.

9

Der Tag war erfrischend wie junger Wein, und ein blauer Himmel spannte sich bis zum Horizont. Kurz nach Mittag ritten sie durch das Haupttor aus Changu hinaus.
Katja trieb ihr kleines, drahtiges Tibetpony zu scharfem Galopp an und übernahm die Führung. Sie trug Breeches und weiche russische Reitstiefel. Mütze und Kragen bestanden aus weichem, schwarzem Astrachanfell.
Chavasses Pferd war auch nicht größer als das des Mädchens. Er trug die Kleidung, in der er angekommen war: tibetanische Stiefel und die Shuba. Als er sein Pferd anspornte, trieb er eine Jakherde auseinander. Sie schlugen einen Bogen um das Lager der Hirten und jagten aus dem flachen Tal hinaus.
Die Steppe schimmerte safrangelb im goldenen Sonnenschein. Neben einem kleinen schwarzen See am Fuß hoch aufragender Felsen zügelte er sein Pferd und horchte, wie der Wind durch das trockene Gras fuhr. Ein Vogel stieg mit heiserem Schrei auf. Chavasse empfand plötzlich eine seltsame, unerklärliche Traurigkeit.
Er erschauderte ohne ersichtlichen Grund. Dann trug der Wind Katjas Ruf an sein Ohr. Sie hielt auf der Kuppe eines entfernten Hügels. Chavasse warf sein Pferd herum und galoppierte hinter ihr her.
Über dem Land hing ein feiner Dunstschleier, der die Entfernungen verzerrte. Als Chavasse die Hügelkuppe erreichte, war Katja längst verschwunden. Er schaute sich um und erblickte sie neben einem Fluß, der sich tief unten durch einen Taleinschnitt schlängelte. Sie stand am Rand des Wassers.
Er ließ sein Pferd den Hang hinunterklettern, sprang aus dem Sattel und versetzte ihm einen Klaps auf das Hinterteil. Das Tier trottete zu Katjas Pferd hinüber. Er blieb stehen, um sich eine Zigarette anzuzünden. Da drehte sie

sich um und kam auf ihn zu.
Die Sonne stand genau hinter ihr. Im harten Gegenlicht schienen die Umrisse des Mädchens zu verschwimmen. Sie sah unwirklich aus, ätherisch und durchsichtig wie ein Geist. Aber schon bei ihren ersten Worten verflog der Bann.
»Setzen wir uns, Paul.«
Sie setzten sich ins kurze Gras. Nach einer Weile verschwand seine Anspannung. Er ließ sich ins Gras fallen. Es war so wunderbar, mit diesem Mädchen einfach in der Sonne zu liegen, die Augen zu schließen und nichts zu tun.
Etwas kitzelte ihn an der Nase. Er schlug die Augen wieder auf. Katja streichelte sein Gesicht ganz leise mit einem Grashalm.
»So froh und leicht habe ich mich schon seit Jahren nicht mehr gefühlt«, sagte er.
»Das Leben ist doch da, um gelebt zu werden«, antwortete sie. »Das stimmt schon, aber meistens habe ich keine Zeit dazu. Das muß ein ganz persönlicher Fehler von mir sein, denke ich.«
Sie lachte leise. »Das glaube ich Ihnen nicht. Waren Sie schon als kleiner Junge so?«
Er kniff die Augen zusammen und blickte in die unendliche Weite des Himmels hinauf.
»Daran kann ich mich nicht mehr so recht erinnern. Mein Vater war Franzose, meine Mutter Engländerin. Er ist 1940 bei Arras gefallen. Mutter und ich sind über Dünkirchen davongekommen.«
»Sie müssen Ihre Mutter sehr lieben.«
»Woher wollen Sie das wissen?« fragte er überrascht.
»Man hört es an Ihrer Stimme. So etwas spürt eine Frau. Wie ging es dann in England weiter?«
Er erzählte so freimütig wie schon seit Jahren nicht mehr. Als er über seine Vergangenheit nachdachte, fielen ihm

plötzlich halb vergessene Begebenheiten wieder ein. Als er bei seinen zwei Jahren als Professor an der Manningham-Universität angelangt war, da war schon mehr als eine Stunde verstrichen.
Er brach plötzlich ab. Sie legte die Stirn in Falten und blickte auf ihn herunter. »Das verstehe ich nicht«, sagte sie verwundert. »Sie hatten doch alles, was Sie sich wünschen konnten – die Aussicht auf eine glänzende Karriere. Das haben Sie so einfach über Bord geworfen?«
»Meine Ansichten über das Leben haben sich gewandelt, das ist es. In den Sommerferien habe ich einmal einem Freund geholfen, seine Verwandten aus der Tschechoslowakei herauszuschaffen. Dabei entdeckte ich, wie spannend das Abenteuer sein kann.«
Sie seufzte und schüttelte verzweifelt den Kopf, als hätte sie ihn bei einem dummen Streich ertappt. »Und deshalb entschlossen Sie sich, das Abenteuer zu Ihrem Beruf zu machen?«
»Inzwischen bin ich auf diesem Gebiet sogar ein Fachmann geworden. Vor einiger Zeit hat man mich geholt, um dem Dalai-Lama aus Tibet nach Indien hinüberzuhelfen.«
»Was hält eigentlich Ihre Mutter davon?«
Chavasse grinste jungenhaft. »Sie glaubt, ich hätte die höhere Beamtenlaufbahn eingeschlagen. In gewisser Weise stimmt das ja auch.«
Katja machte immer noch einen verwirrten Eindruck.
»Und dieses Leben gefällt Ihnen wirklich? Diese dauernde Lebensgefahr? Daß man nie weiß, wann es aus ist?«
»Ach, so schlimm ist es meistens gar nicht«, sagte er. »Die Arbeit im Büro ist sehr abwechslungsreich. Solche Aufträge wie dieser gehören dazu. Aber dann müssen wir auch wieder aufpassen, daß ein russischer Diplomat bei seinem Besuch in London nicht versehentlich erschossen wird. Gefällt Ihnen das nicht?«

»Es geht doch nicht darum, was mir gefällt und was nicht! Ich meine – es hat nichts mit Politik zu tun. In meinen Augen ist es nur falsch, wenn man seine Fähigkeiten und Talente so nutzlos vergeudet.«

Er schloß die Augen und erinnerte sich daran, daß jemand einmal fast genau dieselben Worte zu ihm gesagt hatte. Ihre Worte glitten an seinem Ohr vorbei, die Stimme wurde lauter und wieder leiser, dann vermischte sie sich mit dem Rauschen des Flusses in der Schlucht, und dann war sie eins mit dem leisen Plätschern des Wassers an den Steinen.

Ganz plötzlich wurde er wieder wach. Über seinem Kopf hatten sich Wolken zusammengeballt. Sie zeigten einen bevorstehenden Wetterumschwung an. Er sprang auf und schaute sich um.

Katja war verschwunden.

Kein Zeichen von ihr war zu sehen. Beunruhigt rannte Chavasse zum Rand des Abhangs, von wo aus man das Flußufer sehen konnte. Da stand sie auf einem großen Stein und warf Kiesel ins Wasser. Sie schien tief in Gedanken versunken zu sein.

Als sie seinen Schritt hörte, drehte sie sich um.

»Sie haben mich schnöde verlassen«, beklagte er sich mit gespieltem Kummer. »Als ich aufwachte, waren Sie fort – genau wie die bezaubernde Tatarenprinzessin im Märchen.«

Sie sprang von ihrem Stein herunter und stolperte dabei. Mit einem großen Schritt stand er vor ihr und hielt sie in seinen Armen fest.

»Haben Sie sich weh getan?«

»Nein . . . Paul, ich wünschte mir so sehr, daß dies alles nur ein Märchen wäre! Ich möchte einen Zauberstab haben und diesen wundervollen Tag berühren, damit die Zeit stillsteht. Ich möchte, daß wir für immer beisammenbleiben können – nur du und ich.«

Sie sagte das mit großem Ernst. Einen Augenblick lang schaute er sie an, dann küßte er sie sehr zart. Sie drängte sich leicht an ihn. Der Boden unter ihren Füßen schien sich zu bewegen, aber dann löste sie sich aus seinen Armen und eilte hastig zum Pfad zurück.

Als Chavasse die Hügelkuppe erreichte, saß sie schon im Sattel und galoppierte davon. Es dauerte eine Weile, bis er sein Pony eingefangen hatte und ihr nachjagen konnte. Die Wolken am Himmel ballten sich immer drohender zusammen und warfen lange, dunkle Schatten. Chavasse sah, wie sich einer dieser Schatten auf Katja zuschob. Er trieb sein Pferd an, weil er aus einem unerklärlichen Grund davon überzeugt war, daß er sie vor dem dunklen Schatten erreichen mußte.

Aber die Wolke war schneller. Dreißig oder vierzig Schritte vor ihm erreichte sie das Mädchen. Er zügelte das Pferd und wurde ebenfalls von den Schatten eingehüllt. Eine plötzliche Kälte, eine unbekannte Furcht umfing ihn.

Er saß im Sattel und lauschte ihren Hufschlägen, bis sie in einer Geländefalte verschwunden war. Dann folgte er ihr im Schritt.

Als er Hoffners Haus erreichte, stand Joro mit ernster Miene vor der Tür und wartete auf ihn. Chavasse stieg ab und reichte ihm die Zügel.

»Hauptmann Tsen war hier und hat allerlei Fragen gestellt«, berichtete der Tibetaner.

»Wonach hat er gefragt?«

»Er stellt einen Bericht für Lhasa zusammen«, antwortete Joro. »Eine halbe Stunde lang hat er mich verhört. Ich habe ihm erzählt, daß wir in der Nähe von Rudok lagerten, als sie uns überfielen. Ich bin dabei geblieben, daß sie die Leichen der beiden Soldaten in ein tiefes Erdloch geworfen haben.«

»Das klingt doch logisch! Wo ist er jetzt?«

»Im Haus. Er wollte gerade gehen, aber da kam die junge Stranoff zurück. Was war denn da draußen? Habt ihr euch gestritten?«
Chavasse schüttelte den Kopf.
»Wir wollten ein Wettrennen zum Haus veranstalten, aber meinem Pferd ging die Luft aus.« Er zündete sich umständlich eine Zigarette an und fuhr dann hastig fort: »Bis jetzt geht alles sehr glatt, Joro. Der Doktor ist bereit mitzukommen, und die Frau habe ich auch überredet.«
Joro sah ihn fragend an. »Sind Sie sicher, daß wir ihr vertrauen können?«
In diesem Augenblick öffnete sich die Haustür. Hauptmann Tsen und Katja traten heraus.
»Das können wir am besten gleich feststellen«, sagte Chavasse halblaut und ging den beiden über den Hof entgegen. Katja machte einen gelassenen, entspannten Eindruck. Tsen lächelte höflich.
»Hoffentlich hat der Ausritt Ihnen Spaß gemacht, Genosse?«
»Aber sicher – wenn man in so liebenswerter Gesellschaft ist?« Chavasse deutete eine Verbeugung zu Katja hin an. »Tut mir leid, daß ich bei dem Wettrennen so frühzeitig ausgeschieden bin. Ich fürchte, mein Pferd war eine Klasse schlechter als Ihres.«
»Fürs nächstemal müssen wir versuchen, ein besseres Pferd aufzutreiben«, sagte sie. »Ich glaube, Hauptmann Tsen wollte Sie noch einen Augenblick sprechen.«
Tsen hob abwehrend die Hand.
»Es ist wirklich nicht eilig. Ich wollte nur noch einmal Ihre Darstellung von dem unangenehmen Zwischenfall hören, Genosse Kurbsky. Für meinen Bericht nach Lhasa – verstehen Sie? Zufällig hat unser guter Doktor mich für heute abend zum Essen eingeladen. Vielleicht können wir uns dann kurz unterhalten?«
»Aber gern«, sagte Chavasse.

Der Chinese lächelte. »Bis heute abend!« Er knallte die Hacken zusammen, salutierte vor Katja und marschierte davon. »Sie müssen mich entschuldigen«, sagte Katja. »Ich muß wegen des Abendessens mit der Köchin sprechen.«

Ihr Ton war sehr förmlich, fast kühl. Bevor Chavasse ein Wort sagen konnte, war sie im Haus verschwunden. Er blieb einen Augenblick lang nachdenklich stehen und ging dann ebenfalls hinein.

Hoffner saß vor einem knisternden Kaminfeuer in der Bibliothek. Er hatte ein Buch auf den Knien und trank aus einer hauchdünnen Tasse seinen Tee. Als er Chavasse hörte, blickte er auf.

»Wie war der Ausritt?«

Chavasse streckte seine Hände dem Feuer entgegen, um sie zu wärmen.

»Der Ausritt hat mir schon Spaß gemacht, aber die Umgebung ist gräßlich langweilig. Ich glaube nicht, daß ich mich hier für längere Zeit wohl fühlen könnte.«

»Oh, sie hat auch ihre schönen Seiten. Sie wissen, daß Tsen hier war?«

Chavasse nickte. »Ich habe eben mit ihm gesprochen. Er hat auch Joro schon vernommen, aber wir sollten uns deswegen keine Sorgen machen. Er braucht die Angaben nur für seinen Bericht nach Lhasa. Mit mir will er sich heute abend nach dem Essen unterhalten.«

»Katja schien recht bedrückt zu sein, als sie zurückkam«, bemerkte der alte Mann forschend. »Ich nehme an, Sie haben mit ihr über unser Vorhaben gesprochen?«

Chavasse setzte sich ihm gegenüber in einen Sessel und goß sich Tee ein.

»Sie ist von der Idee alles andere als begeistert, aber sie ist trotzdem bereit mitzumachen.«

»Ich nehme an, Sie haben ihr nicht den wahren Grund dafür genannt, warum ich Tibet verlasse?«

Chavasse schüttelte den Kopf. »Das halte ich für unnötig. Der Grund, den Sie ihr genannt haben, klingt ganz logisch.« Er hielt inne. »Übrigens – falls etwas schiefgehen sollte und die Chinesen verhören Sie, dann bleiben Sie bei derselben Version, die Sie Katja gegenüber gebraucht haben: daß Sie ein alter, kranker Mann sind, der gern zu Hause sterben möchte. Das Schöne an dieser Lüge ist, daß sie vollkommen vernünftig klingt. Wahrscheinlich wird man sie schlucken, ohne weiter in Sie zu dringen.«

Der alte Mann schüttelte mit der Andeutung eines Lächelns den Kopf. »Ich glaube fest daran, daß nichts schiefgehen wird.«

In diesem Augenblick hörte Chavasse, wie draußen ein Fahrzeug hielt. Hoffner setzte die Teetasse ab. »Wer mag das nur sein?«

Chavasse stand langsam auf. Da kam Katja mit aschfahlem Gesicht hereingestürzt. »Oberst Li!« sagte sie rasch auf russisch.

Chavasse merkte, wie blaß sie plötzlich war. Ihre dunklen Augen waren umschattet. Auch ihn packte ein furchtbarer Schreck, aber er brachte ein zuversichtliches Lächeln zustande und hob gelassen die Tasse.

»Welch ein unerwartetes Vergnügen«, sagte er ruhig.

Im Flur waren rasche Schritte zu hören. Dann erschien ein Mann im Türrahmen. Er war fast so groß wie Chavasse und trug eine tadellose Uniform, die faltenlos saß. Über die Schultern hing ihm ein khakifarbener Militärmantel mit breitem Pelzkragen. In der behandschuhten Hand trug er eine Reitgerte, mit der er sich lächelnd an die Mütze tippte.

»Mein lieber Doktor! Ich freue mich, Sie wieder zu sehen.«

Er sprach ein sauberes Chinesisch, seine Stimme klang tief und angenehm. Es war auf den ersten Blick zu erkennen, daß er genau wie Katja europäisches Blut in den Adern hatte. Die Augen standen zwar leicht schräg, aber sie blickten scharf und gleichzeitig freundlich aus einem bronzefarbenen Gesicht mit schmaler, gerader Nase und vollen Lippen.

»Wir haben Sie erst zum Wochenende zurückerwartet, Oberst«, sagte Hoffner ruhig.

»Es ist mir etwas dazwischengekommen, wie ein Engländer sagen würde.« Li drehte sich zu Katja um und hob flüchtig ihre Hand an die Lippen. »Meine Liebe – Sie sehen so reizend wie immer aus!«

Sie zwang sich ein kleines Lächeln ab.

»Wir haben inzwischen einen unerwarteten Gast bekommen, Oberst Li. Darf ich Sie mit Genossen Kurbsky bekannt machen? Der Genosse ist ein Journalist von der *Prawda*, der unseren Doktor interviewen möchte.«

Chavasse streckte ihm die Hand entgegen. »Es ist mir eine Ehre, Oberst.«

Li schüttelte ihm mit verbindlichem Lächeln die Hand und sagte beiläufig: »Ich hatte bereits das Vergnügen, den Genossen Kurbsky kennenzulernen.«

Für einen Augenblick wurde es vollkommen still, als wagte keiner der Anwesenden mehr zu atmen.

»Ich fürchte, das verstehe ich nicht ganz«, sagte Chavasse dann vorsichtig.

»Aber Sie werden sich doch erinnern, Genosse. Vor vier Tagen in Rangong? Wir haben zusammen im Dorfgasthaus übernachtet. Es war ein Dreckloch, nicht wahr?«

Chavasse machte einen raschen Schritt nach vorn, trat gegen Lis Beine und stieß ihn gleichzeitig in Hoffners tiefen Lehnsessel.

Noch im Hinauslaufen griff er nach seiner Mauser. Jetzt hatte er keine Zeit, an Hoffner und Katja zu denken. Es ging ums nackte Leben, und dabei war es wie im Krieg: Nur der Schnellere gewinnt.

Der Jeep parkte gleich an der Haustür. Vier Soldaten standen plaudernd um den Wagen herum. Sie hoben erschrocken die Köpfe, aber da zog sich Chavasse schon wieder ins Haus zurück.
Oberst Li tauchte mit einem Revolver in der Hand im Flur auf. Chavasse hob die Mauser und drückte ab – nichts geschah. Er versuchte es noch einmal, aber wieder vergebens. Da schleuderte er die nutzlose Waffe gegen Lis Kopf und sprang in den Hof hinab. Er landete ungeschickt und spürte beim Aufstehen einen plötzlichen Schmerz im Knöchel.
Zähneknirschend lief er auf das Tor zu. Hinter ihm stampften schwere Stiefel.
»Nicht schießen!« befahl Oberst Li.
Er hatte noch einen Schritt bis zum Tor, da traf ihn von hinten ein Fußtritt und schleuderte ihn zu Boden. Instinktiv hob er die Arme über den Kopf und rollte sich zur Seite, um den weiteren Tritten zu entrinnen. Es half nichts. Den nächsten Tritt bekam er in die Seite, ein Stiefel streifte sein Gesicht, aber dann war er wieder auf den Beinen. Mit dem Rücken stand er fest an der Mauer. Für einen Augenblick sah er Katjas entsetztes Gesicht. Sie stand neben Dr. Hoffner in der Haustür. Dann fielen die vier Soldaten über ihn her.
Einer von ihnen zielte mit einem langen Schlagstock nach Chavasses Kopf. Der wich mit einer raschen Bewegung aus, der Stock traf nur die Wand hinter ihm. Gleichzeitig versetzte er dem Mann einen harten Fußtritt in die Magengrube. Der Stock fiel zu Boden, der Soldat rollte ein Stück zur Seite und blieb liegen. Die drei anderen zögerten für einige Sekunden, dann aber zog einer von ihnen ein Bajonett und kam geduckt auf Chavasse zu. Oberst Li rannte quer über den Hof herbei und schrie: »Nein, nein! Ich brauche ihn lebend.«
Chavasse ging in die Knie, hob den Schlagstock auf und

ließ ihn auf den Unterarm herabsausen, der das Bajonett hielt. Der Soldat schrie auf und ließ die Waffe los.
Er war noch nicht wieder ganz auf den Beinen, da sprangen ihn die beiden anderen gleichzeitig an. Chavasse wurde gegen die Wand zurückgeschleudert.
Er griff nach einem Bein, bekam es zu fassen und rollte zusammen mit dem Mann über den Boden. In dem Augenblick, da er auf seinem Gegner lag, hob Oberst Li lässig den Schlagstock auf und versetzte Chavasse einen eleganten und sehr gekonnten Hieb ins Genick.

10

Chavasse trottete am Ende des Zuges durch den Regen. Er bot einen unbeschreiblichen Anblick. Seine Augen lagen tief in den Höhlen, sein Bart war dreckig und verfilzt, und sein ausgemergelter Körper steckte in einer alten, ungezieferverseuchten Shuba. Seine Handgelenke waren vor dem Körper zusammengebunden. Von ihnen lief ein Seil hinauf zum Sattel seines Bewachers.
Allmählich spürte er die Erschöpfung. Ein steifer Wind von den Bergen peitschte ihm eiskalten Regen ins Gesicht, und sein Magen schmerzte vor Hunger. Seine Schritte wurden langsamer. Sofort riß sein Bewacher an dem Seil. Chavasse stürzte vornüber aufs Gesicht.
Der Soldat brüllte ihn wütend auf chinesisch an. Mühsam raffte sich Chavasse wieder auf und stolperte weiter. »Schon gut, verdammter Schweinehund«, murmelte er auf englisch. »Brich dir nur nichts ab.«
Er sah Oberst Li an der Spitze des kleinen Zuges von etwa dreißig Mann reiten. Sie saßen auf kleinen, drahtigen Tibetanerpferden und trugen Maschinenpistolen auf dem Rücken. Welche seltsame Mischung zwischen Alt und Neu diese Chinesen immer wieder fertigbringen!

dachte Chavasse.

Obgleich Oberst Li ein riesiges Gebiet zu überwachen hatte, standen ihm nur zwei Jeeps und ein Lastwagen zur Verfügung. Wollte er das Bergland inspizieren – wozu er bei der herrschenden Unsicherheit eine starke Eskorte brauchte –, dann war er auf Pferde angewiesen. Der Regen wurde stärker. Chavasse zog den Kopf ein. Ihm war hundeelend. Die Kälte schnitt ihm wie mit Messern ins Fleisch.

Offensichtlich war er am Tiefpunkt seines Lebens angelangt. Schon die Tatsache, daß er sich das selbst eingestand, war äußerst gefährlich. Oberst Li wäre überrascht gewesen, wenn er geahnt hätte, wie nahe Chavasse dem Zusammenbruch war. Er hob die gefesselten Hände, wischte sich den Regen vom Gesicht und stolperte weiter. Seit fast drei Wochen schlug und demütigte man ihn auf jede nur erdenkliche Weise. Nacht für Nacht schrillte die Glocke in seiner Zelle, und das rote Licht flackerte zum Wahnsinnigwerden. Manchmal holte man ihn dann, manchmal nicht. Das alles gehörte zu einem ausgeklügelten psychologischen Zermürbungsplan.

Er machte sich Sorgen um Dr. Hoffner und Katja – und natürlich auch um Joro. Seit dem Tag seiner Verhaftung hatte Oberst Li den Tibetaner nicht mehr erwähnt. Das gab zu Hoffnung Anlaß.

Der Regen klatschte ihm ins Gesicht, er wischte ihn nicht mehr weg. Er zog sich ganz in sich selbst zurück. Nur so hatte er die vergangenen zweiundzwanzig Tage überhaupt durchstehen können.

Für einen Augenblick dachte er fast sehnsüchtig an seine Zelle. Sie war wenigstens trocken, und gelegentlich bekam er auch etwas zu essen, aber dann fiel ihm die Nacht ein, in der sie ihn achtmal geholt hatten; oder der Tag, da Li und Tsen ihn vierundzwanzig Stunden lang ohne Pause verhört hatten. Er erschauderte bei diesem

Gedanken.
Warum hatte ihn Oberst Li überhaupt auf diese Inspektionsreise mitgenommen? Li verbarg hinter seiner freundlichen Maske und dem Aussehen eines Gelehrten eine kaum faßbare hinterhältige Gemeinheit.
Chavasse malte sich aus, wie er diesen Mann umbringen würde, wenn er dazu nur die Gelegenheit fände. Mit diesem Spielchen hatte er sich viele endlose Stunden in seiner Zelle verkürzt. Aber im Augenblick war er zu erschöpft, um klar denken zu können. Sein Körper zitterte vor Kälte.
Wieder stolperte und fiel er, aber diesmal zerrte niemand an der Leine. Als er hochblickte, merkte er, daß der Reitertrupp im Schutz eines überhängenden Felsens angehalten hatte. Von hier aus hatte man einen Blick hinunter in ein Tal, in dem ein kleines Dorf lag. Aus den Schornsteinen drang Rauch.
Der Bewacher band den Strick vom Sattel los. Chavasse schleppte sich bis zu einem Stein dicht an der Felswand, setzte sich darauf und nutzte die kurze Rastpause aus, indem er den Kopf auf die Knie legte.
Vor ihm knirschte Sand unter einem Stiefel. Oberst Li sagte in englischer Sprache: »Mein lieber Paul, Sie sehen wirklich ganz krank aus. Kann ich etwas für Sie tun?«
Seine Stimme klang ernstlich besorgt. Chavasse blickte auf und antwortete mühsam: »Ja. Fahren Sie zur Hölle.«
Oberst Li lachte verständnisvoll. Dann setzte er sich auf einen Stein neben Chavasse, goß etwas heißen Tee aus einer Feldflasche und hielt Chavasse den Becher hin.
»Hier, trinken Sie.«
Chavasse zögerte erst, aber dann nahm er den Becher und stürzte den Inhalt hinunter, ehe es sich Li anders überlegte.
Der Tee war brühheiß und verbrannte ihm fast die Kehle. In einem krampfartigen Hustenanfall lehnte sich Cha-

vasse vor. Li klopfte ihm freundschaftlich auf den Rücken.

»Na, na«, sagte er. »Sie werden sich gleich wohler fühlen.«

Als er den Hustenanfall überstanden hatte, lehnte sich Chavasse zurück und gab ihm den Becher.

»Ich hätte zu gern gewußt, was sich jetzt wieder hinter Ihrem Lächeln verbirgt«, sagte er. »Daß Sie mich nicht aus Sorge um meine Gesundheit mitgenommen haben, dürfte doch wohl klar sein.«

»Aus Sorge um Ihre unsterbliche Seele, Paul«, antwortete Li. »Nur deshalb.«

»Damit meinen Sie bestimmt eine kommunistische Abart von Seele.«

Lis Lächeln verschwand. Er schob eine Zigarette in seine kostbare Spitze aus Jade. »Wissen Sie, in den letzten drei Wochen habe ich Sie schätzen gelernt, Paul. Ich bin wirklich fest entschlossen, Sie auf unsere Seite zu ziehen. So ausgezeichnetes Material darf auf keinen Fall vergeudet werden.«

»Eher treffen wir uns in der Hölle wieder!«

Li schüttelte den Kopf. »Das glaube ich nicht. Sie übersehen dabei eine meiner lästigen Angewohnheiten: daß ich immer genau das bekomme, was ich gern haben möchte.«

»Das habe ich wohl übersehen.«

»Es ist aber so! Zum Beispiel wollten Sie mir zuerst nicht verraten, wer Sie in Wirklichkeit sind. Ich habe es auch ohne Ihre Unterstützung ziemlich rasch durch unsere Zentralkartei in Peking herausgefunden. Sie hatten gehofft, Dr. Hoffner aus Tibet entführen zu können. Sehen Sie, auch das habe ich von Anfang an gewußt – und Sie wollten es mir nicht sagen.«

Chavasse leckte sich über die trockenen Lippen. »Katja hat es Ihnen gesagt?«

»Aber natürlich. Es war doch so einfach. Sie mußten

einen triftigen Grund dafür haben, daß Sie sich in Hoffners Haus als Kurbsky ausgaben. Ich habe den guten Doktor aufgefordert, mir alles zu sagen, was er wußte. Als Menschenfreund hat er sich natürlich geweigert, ein Wort zu verraten. Da machte ich ihn darauf aufmerksam, daß sich diese Einstellung ungünstig auf unsere künftigen Beziehungen auswirken könnte. Da schritt sofort Katja ein und erzählte mir alles, um ihm weitere Unannehmlichkeiten zu ersparen.«
»Dann wissen Sie es also«, sagte Chavasse. »Ich bin froh, daß sie gescheit genug war, es Ihnen freiwillig zu erzählen. Was haben Sie mit den beiden gemacht?«
»Sie wohnen immer noch in Hoffners Haus. Ich fürchte, nach Abschluß dieser Angelegenheit werde ich sie nach Lhasa und von da nach Peking schicken müssen.«
»Aber was wollen Sie denn noch wissen?«
»Es sind eine Menge Fragen offen. Zum Beispiel, wie Sie nach Tibet hereingekommen sind. Wer Ihnen hier geholfen hat. Was aus Kurbsky und seiner Eskorte geworden ist.«
»Diese Fragen stellen Sie mir nun schon seit drei Wochen«, sagte Chavasse. »Und was hat es Ihnen eingebracht? Warum geben Sie es nicht auf?«
»Ich gebe niemals auf, mein Lieber.« Lis Stimme klang plötzlich eiskalt. »Sie dürfen mich nicht für einen Narren halten. An dieser Sache stimmt doch etwas nicht. Und ich will wissen, was das ist.«
Chavasse lachte ihm offen ins Gesicht. »Sie können mich genausogut erschießen und die Quälerei hinter sich bringen.«
»O nein, Paul! Das werde ich nicht tun. Wir sind noch lange nicht miteinander fertig, und Sie werden mir genau das erzählen, was ich wissen möchte: die Wahrheit nämlich. Die ganze Wahrheit werden Sie mir erzählen, und freiwillig! Danach fahren Sie nach Peking. Ich hege

keinen Zweifel daran, daß das Zentralkomitee in Ihnen einen wertvollen Verbündeten haben wird.«
»Bringen Sie mich doch um, dann ersparen Sie uns beiden eine Menge Ärger.«
Oberst Li schüttelte den Kopf.
»Ich will Ihnen helfen, Paul. Ich werde Sie retten, auch gegen Ihren Willen.«
Er stand auf und ging mit raschen Schritten weg, um wieder aufzusteigen und die Führung des Trupps zu übernehmen. Nach einer Weile band Chavasses Bewacher die Leine wieder an seinen hohen Holzsattel. Der Trupp setzte sich langsam in Bewegung.
Sie ritten den Hügel hinunter. Als sie sich dem Dorf näherten, liefen ihnen ein paar kläffende Köter entgegen. Ihr Bellen klang in der feuchten Luft irgendwie hohl. Die Soldaten traten fluchend nach ihnen. Ein paar zerlumpte, unterernährte Kinder begleiteten sie ins Dorf.
Selten zuvor hatte Chavasse einen erbärmlicheren Anblick erlebt als diese heruntergekommenen Hütten, die sich um den großen Marktplatz gruppierten. Er schleppte sich am Schluß des Trupps dahin, Hunde schnappten nach seinen Beinen, Kinder rannten neben ihm her und schrien aufgeregt. In der Mitte des Platzes erhob sich ein steinernes Podest. Hier wartete der Dorfhauptmann mit den Ältesten. Oberst Li zügelte neben den alten Männern sein Pferd und wartete, bis die Soldaten durch die schlammigen Straßen geprescht waren und alle Dorfbewohner auf dem freien Platz zusammengetrieben hatten. Sie brauchten dazu kaum zehn Minuten. Dann drängten sich etwa hundertundfünfzig Leute um das steinerne Podest.
Auf ein Zeichen des Oberst schoben die Soldaten Chavasse vor und stießen ihn auf das Podest hinauf.
Er stand da und blickte über das Gewoge von fremden, apathischen Gesichtern hinweg auf die Soldaten, die sich

im Hintergrund hielten. Was haben sie jetzt wieder vor? dachte er.
Die Antwort auf diese Frage ließ nicht lange auf sich warten. Mit erhobener Hand gebot Oberst Li Schweigen.
»Leute von Sela!« rief er laut. »Ich habe euch schon oft von den fremden Teufeln erzählt, die unsere Feinde sind. Die Männer aus der westlichen Welt, die uns nur Böses wollen. Heute bringe ich euch einen von diesen Teufeln, damit ihr ihn mit eigenen Augen betrachten könnt.«
Eine geringe Bewegung entstand unter der Menge, aber sonst ließ sich kaum ein Anzeichen von Interesse erkennen.
»Ich könnte euch von diesem Mann viele böse Dinge berichten«, fuhr der Oberst fort. »Ich könnte euch erzählen, daß er Landsleute von euch ermordet hat, daß er euch allen nur Unheil bringt. Aber ein Verbrechen, das er begangen hat, ist niederträchtiger und teuflischer als alle anderen zusammengenommen.«
Sofort trat absolute Stille ein.
Langsam fuhr Li fort: »Dieser Mann ist einer von denen, die bei der Entführung des Dalai-Lama mitgeholfen haben! Er hat euren lebenden Gott mit Gewalt nach Indien verschleppt, wo er jetzt gefangengehalten wird!«
Ein Schrei stieg aus den hintersten Reihen auf; andere Stimmen fielen ein, und plötzlich drängten sich alle nach vorn. Ein Stein sauste durch die Luft. Chavasse wich ihm aus, doch ein zweiter Stein traf ihn über dem Auge und riß eine blutende Wunde.
Sie formten Wurfgeschosse aus dem Lehm und Dreck der Straße und schleuderten sie nach seinem Kopf. Innerhalb weniger Minuten war Chavasse von Kopf bis Fuß verschmiert. Oberst Li hatte sein Pferd ein Stück zurückgetrieben, um den Leuten Platz zu machen. Jetzt rief er laut:
»Welche Strafe hat ein solches Ungeheuer verdient?«
»Tötet ihn! Tötet ihn!« brüllte die aufgebrachte Menge.

Chavasse trat verzweifelt nach einer Hand, die sein Bein umklammern wollte. Viele Finger krallten sich in den Saum der Shuba. Einer der Männer erwischte die Leine, die an seinen Handfesseln befestigt war. Ein harter Ruck – er stürzte kopfüber mitten in die Meute hinein.
Sein Gesicht wurde in den Schlamm gepreßt. Ringsumher ragte ein Wald von Beinen auf. Todesangst befiel ihn und erstickte ihn beinahe. Er schlug und trat blindlings um sich, bis er plötzlich Luft bekam. Einige Reiter jagten die Menge auseinander. Mühsam raffte er sich auf und starrte auf den dichten Kreis, der sich um ihn gebildet hatte. Abgrundtiefer Haß blitzte ihm aus den brennenden Augen der schweigenden Menge entgegen. Da trieb Oberst Li sein Pferd in die Mitte des Kreises.
»Nein, Genossen!« rief er. »Der Tod wäre für ihn ein zu leichter Ausweg! Wir müssen ihn umkrempeln. Einen von uns aus ihm machen. Er muß genau wie wir denken. Stimmt ihr mir zu?«
Aus der Menge stieg nur ein dumpfes Gemurmel auf. Li nickte kurz. Die Reiter trieben die Versammlung auseinander. Er lächelte auf Chavasse herab.
»Sehen Sie, Paul? Wenn ich nicht gewesen wäre, hätte man Sie auf der Stelle umgebracht. Sehen Sie immer noch nicht ein, daß ich trotz allem Ihr Freund bin?«

11

Halb gelähmt lag er im Dunkeln. Da schrillte irgendwo in seinem Kopf eine Glocke. Vor den geschlossenen Augen flackerte ein durchdringend rotes Licht. Er hatte das Gefühl, als lägen alle Nervenenden bloß, als träfen ihn tausend elektrische Schläge.
Regungslos lag er auf dem Rücken, spürte die nackten Sprungfedern gegen seine Rippen drücken und wartete

darauf, daß sie ihn holten.
Er hörte die Schritte näher kommen, dann drehte sich ein Schlüssel in seiner Zellentür. Der Riegel wurde zurückgeschoben. Ein blendendweißer Lichtstrahl schnitt durch die Finsternis.
Langsam, ganz langsam schwang er die Beine über die Bettkante und erhob sich. Es war nur der kleine, schmächtige Unteroffizier. Mit einer herrischen Kopfbewegung bedeutete er ihm, auf den Korridor hinauszutreten.
Als Chavasse mit schleppenden Schritten den Korridor entlangging, sah er immer wieder graue Spinnweben vor den Augen. Seit drei Tagen hatte er nichts mehr zu essen bekommen. Jede Bewegung kostete ihn übermenschliche Anstrengung.
Aber in ihm war eine seltsame Ruhe. Als sie zum Obergeschoß hinaufgingen, drehte er sich um und lächelte den Unteroffizier an. In den Augen des einfachen Mannes erschien ein seltsamer Ausdruck, der beinahe wie Angst aussah.
Aber warum sollte er mich denn fürchten? fragte sich Chavasse. Vor der vertrauten Tür wartete er, bis der Unteroffizier sie ihm öffnete. Wieder lächelte er den Mann freundlich an.
Im vorderen Büro saß die hübsche junge Sekretärin an ihrem Schreibtisch und war eifrig bei der Arbeit. Sie blickte auf, nickte kurz, und der Unteroffizier ließ Chavasse in das zweite Büro eintreten. An Oberst Lis Schreibtisch saß Hauptmann Tsen. Er las in einem maschinengeschriebenen Aktenstück und beachtete Chavasse überhaupt nicht.
Chavasse störte das nicht mehr. Er warf einen Blick in den Spiegel hinter dem Schreibtisch – durch die grauen Spinnweben, die seinen Blick verschleierten, starrte ihn ein bärtiger Fremder an. Chavasse lächelte – der Fremde lächelte zurück. Hinter ihm an der Tür stand in strammer

Haltung der Unteroffizier. Wieder flackerte die Angst in seinen Augen auf. Wovor fürchtet er sich? Der Fremde im Spiegel runzelte erstaunt die Stirn. Doch dann war es, als ob plötzlich ein helles Licht aufflammte und die Spinnweben zerrisse. *Sie können mir nichts mehr anhaben!* Ja – das war die Antwort! *Ich habe gesiegt!*
Hauptmann Tsen blickte mit völlig ausdrucksloser Miene von seinem Aktenstück auf. Als er sprach, klang seine Stimme, als käme sie vom anderen Ende eines langen Tunnels.
Chavasse lächelte höflich, als Tsen ein Schriftstück aufnahm und den Text mit lauter Stimme verlas. Diesmal verstand Chavasse jedes Wort.
»Paul Chavasse, Sie sind von einem Sondergericht des Zentralen Sicherheitsamtes in Peking schwerer Verbrechen gegen die Volksrepublik für schuldig befunden worden.«
Dagegen gab es nicht viel zu sagen. Natürlich hätte Chavasse einwenden können, daß er bei der Verhandlung nicht einmal zugegen gewesen war – aber solche unwichtigen Kleinigkeiten hatten für den großen Zusammenhang der Dinge keine Bedeutung.
Tsen fuhr fort:
»Das Urteil des Sondergerichts lautet, daß der Gefangene den Tod durch die Kugel erleidet. Das Urteil ist zum frühestmöglichen Zeitpunkt zu vollstrecken.«
Es war, als hätte jemand ein großes Schleusentor geöffnet. Eine Welle der Freude und der Rührung überschwemmte ihn und trieb ihm Tränen in die Augen. »Danke«, sagte er bewegt. »Ich danke Ihnen vielmals!«
Tsen zog die Stirn in Falten und sagte: »Verstehen Sie nicht? Sie sollen hingerichtet werden!«
»Ich habe verstanden«, versicherte Chavasse.
Tsen zuckte die Achseln. »Na gut. Ziehen Sie sich aus!«
Langsam, mit unsicheren Fingern, begann er sich auszuziehen. Der Fremde im Spiegel nickte ihm ermutigend zu

und tat dasselbe. Nachdem er sein schmutziges Hemd auf die anderen Sachen geworfen hatte, befahl Tsen dem Unteroffizier: »Genau untersuchen! Er darf absolut keine Möglichkeit haben, seinem Urteil durch Selbstmord zu entgehen.«

Chavasse stand nackt vor dem Schreibtisch und schaute ein wenig verwundert dem Unteroffizier zu, der jedes seiner Kleidungsstücke einer gründlichen Untersuchung unterzog.

Tsen drückte auf einen Klingelknopf und beugte sich wieder über seinen Bericht. Kurz darauf trat die junge Sekretärin ein. Sie stand neben dem Schreibtisch und hörte Tsen aufmerksam zu, wobei sie tat, als sei Chavasse überhaupt nicht vorhanden. Dann gab er ihr ein paar Papiere, die sie in den grünen Aktenschrank in der Ecke des Büros einordnete.

Chavasse wartete geduldig, bis der Unteroffizier die Durchsuchung beendet hatte – da hörte er hinter sich die Tür klappen und erkannte im Spiegel Oberst Li.

Zuerst blickte Li erstaunt drein, aber dann wurde er wirklich zornig. Mit zwei langen Schritten trat er an den Schreibtisch und zerrte Tsen am Uniformkragen hoch.

»Sie blöder Hund!« schrie er. »Hat er denn noch nicht genug durchgemacht? Muß er bis zum letzten erniedrigt werden?«

»Aber – das ist doch nur die vor der Hinrichtung übliche Durchsuchung, Oberst!« verteidigte sich Tsen. »Die Anweisungen des Zentralkomitees darüber sind vollkommen klar und legen jede Einzelheit genau fest.«

»Verschwinden Sie!« schrie Li. »Und nehmen Sie dieses verdammte Weibsstück mit!«

Hauptmann Tsen und die Sekretärin zogen sich hastig zurück. Der Unteroffizier half Chavasse beim Anziehen.

»Es tut mir wirklich leid, Paul«, sagte Li. »Das hätte nicht passieren dürfen.«

»Ach, das macht doch nichts«, antwortete Chavasse. »Nichts ist mehr wichtig für mich.«
»Hauptmann Tsen hat es Ihnen also gesagt?«
Chavasse nickte. »Ich habe also doch noch gewonnen, wie?«
Li schaute ehrlich bekümmert drein. »Paul, Sie wissen, daß ich alles dafür gegeben hätte, wenn diese Affäre anders ausgegangen wäre. Jetzt liegt die Verantwortung nicht mehr bei mir. Das Zentralkomitee hat das Todesurteil ausgesprochen, damit ist alles zu Ende.«
»Seltsam«, sagte Chavasse nachdenklich. »Es freut mich, daß alles so gekommen ist. Jetzt bin ich sogar froh darüber, daß meine Mauser Ladehemmung hatte, als ich Ihnen eine Kugel in den Kopf schießen wollte. Auf diese Weise bekommen Sie noch eine Bedenkzeit. Sie werden schon noch merken, daß Sie im Unrecht sind. Ihr alle seid im Unrecht!«
Li stöhnte, stand auf und ging zum Kamin hinüber. Eine ganze Weile starrte er ausdruckslos in die Flammen, dann drehte er sich wieder um. »Wenn Sie mir nur etwas mehr Zeit gelassen hätten! Nur ein paar Tage noch. Sie waren nahe dran, Paul. Viel näher, als Sie selbst wissen.«
Chavasse schüttelte den Kopf und sagte sehr ruhig: »Öl und Wasser vermischen sich nicht, Oberst, das ist ein Grundsatz der Chemie. Wir sind unendlich weit voneinander entfernt, und wir werden uns niemals näherkommen.«
Oberst Li schlug sich mit der Faust gegen die flache Hand. »Nein, Paul – wir haben recht! Unser Endsieg ist so unumstößlich wie ein Naturgesetz. Wir werden gewinnen – ihr werdet verlieren.«
»Ihr zieht eben nie den Menschen mit in Rechnung, Oberst. Der Mensch ist der unberechenbarste Faktor, überall. Nichts im Leben ist ganz sicher – für mich nicht, für Sie nicht – für keinen.«

Oberst Li zuckte die Achseln. »Ich sehe ein, daß ich mit Ihnen nur meine Zeit vergeude.« Er nahm die Schultern zurück, richtete sich militärisch stramm auf und streckte die Hand aus. »Leben Sie wohl, Paul.«

Ganz automatisch ergriff Chavasse die dargebotene Hand. Das spielte jetzt auch keine Rolle mehr. Dann führte ihn der Unteroffizier hinaus.

Vor seiner Zellentür blieb Chavasse stehen, doch der Unteroffizier schob ihn weiter bis zu einer anderen Tür ganz am Ende des Korridors. Er schloß die Tür auf und stieß Chavasse hindurch. Er stand in völliger Dunkelheit. Mit ausgestreckten Armen tastete sich Chavasse vor, bis sein Fuß an eine eiserne Bettstelle stieß. Genau in diesem Augenblick wurde ein grelles,weißes Licht eingeschaltet. Auf der Bettstelle lag ein Mann in blutgetränkten Lumpen. Er hatte die Hände wie ein Toter auf der Brust gefaltet. Seine Augen waren geschlossen, kein Laut kam von seinen geschwollenen Lippen. Das Gesicht sah wie Wachs aus. Die Haut wirkte so durchscheinend, daß man glaubte, bis auf die Knochen sehen zu können. Unglaubliche Leiden hatten ihre Male hinterlassen.

Chavasse ließ sich auf die Bettkante sinken. Sein Kopf bewegte sich von einer Seite zu anderen.

»Joro«, sagte er dumpf. »Joro!« Dann berührten seine Finger ganz zart das kalte Gesicht.

Unglaublich langsam öffneten sich die Augen. Sie starrten ihn ausdruckslos an, doch dann kehrte ein Funke Leben in sie zurück. Der Tibetaner öffnete die Lippen, brachte aber keinen einzigen Laut hervor. Sein Kopf fiel zurück, die Augen schlossen sich wieder.

Für Chavasse war alles so unwirklich wie ein Alptraum. Er saß neben dem Tibetaner und starrte auf die Wand. Dann näherten sich Schritte. Die Tür wurde aufgestoßen. Sie kamen zu fünft. Zwei Soldaten zerrten Joro hoch und schleppten ihn hinaus, zwei andere nahmen Chavasse in

die Mitte, und der Unteroffizier beschloß den kleinen Zug.
Durch eine Tür traten sie in den kalten Regen hinaus. Auf dem Hof wehte ein eisiger Wind, der die dunklen Wolkentürme am Himmel zusammenschob – ein grauer, trister Morgen.
Hauptmann Tsen stand mit dem sechsköpfigen Exekutionskommando mitten auf dem Hof und wartete, daß der Unteroffizier seinen Teil der Aufgabe möglichst rasch erledigte.
Vor der gegenüberliegenden Wand hatten sie im Abstand von zehn Schritten zwei starke Pfähle in den Boden getrieben. Der bewußtlose Joro wurde an den einen Pfahl gebunden, Chavasse an den zweiten.
Chavasse verspürte weder Furcht noch Todesangst. Er spürte nicht einmal, wie ihm die Fesseln ins Fleisch schnitten.
Als die Vorbereitungen beendet waren, traten die Soldaten zurück und stellten sich neben ihrem Unteroffizier an der Seite des Hofes auf. Alle warteten.
Oberst Li erschien auf den Stufen des Haupteingangs. Er trug die Parademütze und weiße Handschuhe und sah sehr korrekt aus. Hauptmann Tsen wandte sich ihm zu und salutierte.
Ganz langsam schritt Li die Stufen herunter. Nur wenige Schritte von Chavasse entfernt blieb er stehen, kreuzte die Arme auf dem Rücken und blickte ihm direkt ins Gesicht. Dann klappte er kurz die Hacken zusammen, grüßte und drehte sich um.
Tsen bellte einen Befehl. Die sechs Schützen des Todeskommandos traten vor und legten die Gewehre an. Chavasse hatte den Eindruck, das alles durch das falsche Ende eines Fernrohrs zu sehen. Auch alle Laute kamen aus unendlicher Ferne. Er sah, wie Tsen die Hand hob und sie fallen ließ. Da schloß er die Augen.

Die Salve rollte über die Flachdächer der Stadt und verebbte im Regen. Chavasse wartete auf den Tod, doch der kam nicht zu ihm.
In der Stille, die ihn einhüllte, hörte er rasche Schritte und öffnete die Augen. Joros geschundener Körper hing schlaff in den Fesseln. Vor ihm stand Oberst Li und betrachtete ihn völlig unbeteiligt.
Chavasse starrte ihn verständnislos an. Sein Gehirn war wie gelähmt, es weigerte sich, irgend etwas zu begreifen.
Wieder bellte Tsen einen knappen Befehl. Vier Soldaten stürzten auf Chavasse zu und banden ihn los.
Chavasse schaute zu dem armseligen, blutenden Bündel hinüber, das einmal Joro gewesen war. Da trat Li mit unbewegtem Gesicht vor.
»Gut so, Paul, sehen Sie ihn sich ganz genau an«, sagte er. »Sie sind daran schuld, daß dieser arme, unwissende Tor so an dem Pfahl hängt! Sie haben ihn in diese Lage gebracht, kein anderer!«
Die Fesseln fielen. Chavasse begann zu zittern.
»Warum?« ächzte er. »Warum?«
Oberst Li steckte sehr sorgfältig eine Zigarette in seine Jadespitze. In aller Ruhe ließ er sich von dem Unteroffizier Feuer reichen. Er blies den Rauch in die Luft und lächelte ein wenig. »Mein lieber Freund, Sie dachten doch nicht etwa, daß wir mit Ihnen schon fertig sind?«
Ein schrecklicher Schrei der Verzweiflung brach aus ihm hervor. Chavasse warf sich auf den Oberst, seine ausgestreckten Finger suchten den Hals über dem steifen Uniformkragen.
Er schaffte es nicht.
Ein Faustschlag traf ihn von hinten ins Genick, er stolperte über ein vorgestrecktes Bein und prallte aufs Pflaster.

12

Ein Licht schwebte bis dicht an ihn heran und entfernte sich wieder. Immer wieder kam dieses Licht und irritierte Chavasse. Alles in seinem Kopf drehte sich. Es kostete ihn eine ungeheure Anstrengung, die Lider zu öffnen.
Als er schließlich doch zu sich kam, fand er sich in einem weißen Bett, allein in einem kleinen, weißen Zimmer, in dem alles unverkennbar nach Sauberkeit, Hygiene und Krankenhaus roch.
Eine angenehme Halbdämmerung herrschte im Zimmer. Auf dem Schränkchen neben dem Bett stand eine verhüllte Lampe. In ihrem Lichtkreis saß eine junge chinesische Krankenschwester. Sie las in einem Buch, ließ es aber sinken, als Chavasse sich regte.
Leise huschte sie zur Tür, öffnete sie und sagte zu jemandem auf dem Flur: »Holen Sie den Doktor!« Dann schloß sie die Tür wieder.
Chavasse lächelte schwach. »Ich bin also immer noch im Reich der Lebenden? Muß schon sagen – das Leben ist voller Überraschungen!«
Sie legte ihm ihre kühle, sanfte Hand auf die Stirn. Die Berührung war so angenehm, daß er seufzend die Augen schloß. »Ruhen Sie sich aus«, sagte sie leise. »Sie sollten nicht einmal sprechen.«
Die Tür ging auf. Chavasse blinzelte und sah ein braunes, freundliches Gesicht, dessen Haut sich straff über die hohen Backenknochen spannte. Neben den Augen saßen Lachfalten. Der Arzt hob seine Hand, legte die Finger an den Puls und blickte auf die Uhr. »Wie fühlen Sie sich?« fragte er.
»Lausig.«
Der Arzt lächelte. »Ihre körperliche Verfassung ist bewundernswert. Die meisten Menschen wären an Ihrer Stelle längst gestorben.«

»Das könnte ich keinem verübeln – nicht nach den Kostproben von eurer hochentwickelten Kunst, den menschlichen Körper zu malträtieren.«
»Bitte, Politik geht mich nichts an«, bemerkte der Arzt achselzuckend. »Sie werden die Sache jedenfalls überleben, das ist jetzt am wichtigsten.«
»Auch das hängt vom jeweiligen Standpunkt ab.«
Leise wurde an die Tür geklopft. Die Schwester ging nachsehen. »Oberst Li ist da«, meldete sie.
Der Arzt ging zur Tür, als Li eintrat. »Bitte, nicht länger als fünfzehn Minuten, Oberst«, sagte er streng. »Er braucht noch viel Schlaf.« Er warf Chavasse einen freundlichen Blick zu. »Wir sehen uns dann morgen früh wieder.«
Li wartete, bis der Arzt und die Schwester das Zimmer verlassen hatten. Dann trat er aus dem Halbschatten und lächelte auf Chavasse herab. Er sah wie immer schlank und korrekt gekleidet aus.
»Na, Paul, wie geht es Ihnen?«
»Eine Zigarette hätte ich gern«, antwortete Paul. »Sie haben nicht zufällig eine bei sich?«
Li nickte. Dann zog er sich einen Stuhl heran, setzte sich und bot Chavasse eine Zigarette an. Chavasse nahm einen tiefen Lungenzug und seufzte wohlig auf. »Jetzt geht's mir schon viel besser.«
»Hier ist es aber auch hübscher, finden Sie nicht auch?« fragte Li. »Sauberes Bett, saubere Wäsche, frisch gebadet . . .« »Aber wie lange wird das Vergnügen dauern?«
Li zuckte die Achseln. »Das hängt ganz von Ihnen ab, mein lieber Freund.«
»Dachte ich es mir doch!« sagte Chavasse bitter. »Sie haben gehofft, daß ich sterben würde, wie? Oder sollten Sie es befürchtet haben? Das würde all diesen Luxus erklären. Aber sobald ich wieder auf den Beinen bin – husch husch in die niedliche kleine Zelle, und alles noch einmal von vorn. Stimmt's?«

»Stimmt Paul«, sagte Li ruhig. »Wir werden wieder ganz von vorn beginnen. An Ihrer Stelle würde ich es mir doch noch einmal überlegen.«
»Das werde ich, verlassen Sie sich darauf.«
Oberst Li stand auf, aber an der Tür drehte er sich noch einmal um. »Sie befinden sich hier übrigens im dritten Stock der Klinik. Vor Ihrer Tür sitzt eine Wache. Nur damit Sie nicht auf dumme Gedanken kommen.«
»In meiner augenblicklichen Verfassung könnte ich nicht einmal bis zur Toilette zu Fuß gehen«, erklärte Chavasse.
Ein schwaches Lächeln huschte über Lis Gesicht. »Schlafen Sie weiter. Ich besuche Sie morgen wieder.«
Die Tür schloß sich leise hinter ihm. Chavasse blickte zur Zimmerdecke hinauf und versuchte, seine Gedanken zu ordnen. Eins stand fest: Er wollte lieber sterben, als die ganze entsetzliche Folter noch einmal über sich ergehen lassen. Aus diesem Grund hatte er eigentlich nichts zu verlieren.
Mit einem Ruck warf er die Bettdecke beiseite und stand auf. Er schwankte ein bißchen, dann gelangen ihm die ersten Schritte. Es war, als ginge er auf Federmatratzen, aber er erreichte die gegenüberliegende Wand. Nach einer kurzen Rast machte er sich auf den Rückweg.
Auf seiner Bettkante mußte er sich eine Weile ausruhen, dann versuchte er denselben Weg noch einmal. In der hintersten Ecke befand sich ein kleiner Schrank. Voller Hoffnung öffnete er ihn und fand einen Bademantel und ein Paar Pantoffeln – sonst leider nichts. Er schloß die Tür wieder und blickte aus dem Fenster.
Nachdem sich seine Augen an die Dunkelheit gewöhnt hatten, mußte er erkennen, daß der Boden etwa zwölf Meter tief unter ihm lag. Entmutigt legte er sich wieder ins Bett. Kaum hatte er sich zugedeckt, da trat die Krankenschwester ein.
Sie schüttelte ihm die Kissen auf und strich die Decke

glatt. »Wie fühlen Sie sich?« fragte sie.
Er stöhnte und antwortete mit sehr schwacher Stimme: »Gar nicht gut. Ich werde doch lieber weiterschlafen.«
Sie nickte mitfühlend. »Ich sehe später noch einmal nach Ihnen. Versuchen Sie, jetzt etwas zu schlafen.« Dann verließ sie das Zimmer ebenso leise, wie sie gekommen war.
Chavasse lächelte vor sich hin und murmelte: »Das hätten wir.« Er schlug die Decke beiseite und schlich an die Tür. Von draußen kam Gemurmel, dann lachte die Schwester auf. Er hörte sie sagen: »Sie werden sich zu Tode langweilen, wenn Sie die ganze Nacht hier herumsitzen.«
Eine Männerstimme antwortete: »Bestimmt nicht, wenn ich etwas so Hübsches wie Sie in der Nähe habe, schöne Blume.« Sie lachte wieder. »Ich komme gegen halb elf wieder vorbei, um nach ihm zu sehen. Wenn Sie schön brav sind, dann besorge ich Ihnen etwas Heißes zu trinken.«
Ihre Schritte entfernten sich. Chavasse hörte das Knarren des Stuhls, auf den sich der Soldat offensichtlich niederließ.
Seine einzige Chance war das Überraschungsmoment. Er wußte, daß er es jetzt oder nie versuchen mußte. Nur in dieser einen Nacht ließen sie die Zügel locker, weil sie glaubten, er sei so krank und schwach, daß jeder Gedanke an einen Fluchtversuch lächerlich wäre.
Er zog den Bademantel und die Pantoffeln an und löschte die Lampe auf seinem Nachttisch. Dann blickte er wieder aus dem Fenster.
Etwas rechts von ihm und gut zehn Meter tiefer baumelte neben dem Haupteingang eine Laterne an ihrem eisernen Haken. Der feine Nieselregen sah gegen das gelbe Licht wie ein silberner Schleier aus. Er öffnete das doppelt verglaste Fenster und lehnte sich weit hinaus.
Links und rechts waren Fenster. Durch die Ritzen der

Rolläden fielen dünne Lichtstreifen. Nach oben konnte er nicht entkommen. Die Dachkante war außer Reichweite. Der Wind trieb ihm den Regen ins Gesicht, als er nach unten blickte. Das Fenster gleich unterhalb von seinem war dunkel. Er dachte keinen Augenblick lang an die Gefahr, der er sich aussetzte. Rasch zog er sein Bett ab und knüpfte zwei Laken und die Decke aneinander. Unterhalb des Fenstersimses verlief die eiserne Abflußleitung vom Waschbecken in der Ecke. Sorgfältig band er das eine Ende seines improvisierten Kletterseils an das Leitungsrohr und warf das andere Ende hinunter.

Mit den Füßen zuerst ließ er sich hinausgleiten, packte das Leinen und rutschte daran hinunter. Der Nachtwind schnitt ihm eiskalt durch den dünnen Stoff des Bademantels. Regenschauer machten ihn halb blind. Aber dann stieß sein Fuß gegen das Brett des unteren Fensters. Die erste Etappe war geschafft.

Für einen Augenblick baumelte er zwischen Himmel und Erde. Mit der einen Hand umklammerte er zitternd sein Rettungsseil, mit der anderen stieß er gegen das Fenster. Es war verschlossen, also drückte er einfach mit dem Ellbogen die Scheibe ein. Ein plötzlicher Windstoß pfiff um die Ecke und verschluckte fast das Geräusch klirrenden Glases. Er griff durch das Loch im Glas und öffnete den Riegel. Einen Augenblick später duckte er sich in eine dunkle Ecke.

Anscheinend war er in einem Lagerraum gelandet, denn die Regale zu beiden Seiten waren mit Decken vollgestapelt. Unter der Tür fiel ein dünner Lichtstreifen herein. Er öffnete sie vorsichtig und trat auf den leeren Korridor hinaus.

Leise schloß er die Tür hinter sich und ging den Korridor entlang. Alle seine Sinne waren aufs äußerste gespannt. Jeden Augenblick konnte eine unerwartete Gefahr auftauchen, doch dieses Risiko mußte er eingehen. Eine

seltsame Gleichgültigkeit ließ ihn ganz ruhig werden. Er spürte, daß er es schaffen würde.
Vom Ende des Korridors her hörte er leise Stimmen. Als er um die Ecke spähte, sah er zwei Soldaten am oberen Treppengeländer lehnen. Sie waren mit Maschinenpistolen bewaffnet. Oberst Li ging allem Anschein nach auf Nummer Sicher.
Lautlos schlich Chavasse den Weg zurück, den er eben gekommen war. Da näherten sich plötzlich vom anderen Ende des Korridors her Stimmen. Rasch öffnete er die schmale Tür, vor der er gerade stand, und huschte hindurch.
Zu seinem Erstaunen fand er sich am oberen Ende einer steinernen Wendeltreppe, die anscheinend innerhalb der dicken Außenmauer nach unten führte. Vorsichtig schlich er hinab und gelangte in einen langen, weißen Korridor.
Rasch ging er weiter und probierte im Vorübergehen alle Türen. Hinter der letzten, nur angelehnten Tür hörte er Männerstimmen. Er warf einen vorsichtigen Blick durch den Türspalt. Zwei Soldaten saßen an einem Tisch und lachten über irgendeinen Witz.
Chavasse schlich weiter und gelangte in einen kurzen Flur, der nur zwei Türen hatte.
Die erste Tür führte zu einem Waschraum, aber die zweite versprach mehr Erfolg. Hinter ihr lag ein Raum mit fünf Betten und mehreren Metallspinden, allem Anschein nach die Unterkunft der Wache.
Alle Spinde enthielten die gleichen Gegenstände: Uniformen, Gummistiefel und verschiedene persönliche Dinge. Chavasse griff nach der ersten Uniform, die ungefähr seine Größe hatte. Rasch zog er sich um und ergänzte seine Ausstattung mit einem Paar Stiefel.
Als er fertig war, musterte er sich in dem gesprungenen Spiegel. Mit ein bißchen Glück mußte er in der schmuck-

losen Uniform unerkannt entkommen können. Nur eine Kleinigkeit fehlte ihm noch: eine Kopfbedeckung.

Im letzten Spind fand er schließlich eine Militärmütze mit der Kokarde der Volksrepublik über dem Schild. Er zog sie tief ins Gesicht. In diesem Augenblick trat ein Soldat ein.

Es war ein junger, stämmiger Mann mit O-Beinen und derben Bauernfäusten. Zuerst blieb ihm vor Überraschung der Mund offenstehen, dann aber stürzte er sich auf Chavasse.

Chavasse hatte nicht die Absicht, dem Soldaten einen fairen Boxkampf zu liefern. Dazu hätte auch seine Kraft kaum ausgereicht. Hinter ihm lehnte ein alter, zerbrochener Stuhl an der Wand. Chavasse packte ihn und ließ ihn mit voller Wucht auf den Kopf des Unglücklichen herunterkrachen.

Stöhnend brach der Soldat in die Knie. Er versuchte, Chavasse festzuhalten, aber der befreite sich mit einem harten Fußtritt. Der Soldat sank in eine Ecke und blieb liegen.

Chavasse verließ den Raum, schloß die Tür hinter sich und ging rasch den Korridor entlang. Am Ende führten Stufen zu einer weiteren Tür hinauf. Sekunden später stand er in der Eingangshalle des Krankenhauses.

Gleich neben dem Eingang erhob sich ein Glaskasten, in dem zwei Wachen Tee tranken. Chavasse marschierte mit gesenktem Kopf weiter. Einer der Wächter drehte sich halb um und rief Chavasse lachend ein paar Worte zu.

Chavasse trat mit lässigem Winken in die Nacht hinaus.

Der Jeep parkte mit hochgeklapptem Verdeck gleich an der Treppe des Haupteingangs. Ohne zu zögern, schritt Chavasse die Stufen hinunter und schwang sich hinter das Steuerrad. Er ließ den Motor aufheulen, löste die Handbremse und fuhr langsam los.

Unwillkürlich horchte er hinter sich, weil er Warnrufe und das Heulen einer Alarmsirene erwartete, aber nichts geschah. Vorn am Haupttor stand ein Posten mit umgehängter Maschinenpistole unter dem Licht der Laterne. Chavasse verlangsamte die Fahrt, aber der Soldat winkte ihn vorbei. In weitem Bogen fuhr Chavasse über den Platz vor dem Krankenhaus und ließ den Wagen nach Changu hinunterrollen.
Als er im Hof vor Hoffners Haus hielt, nieselte es immer noch. Es war unangenehm kalt geworden. Alles war so einfach gewesen – fast zu einfach. In Chavasse kam kein rechtes Glücksgefühl auf, als er die Stufen zur Haustür hinaufstieg. Er war nur hundemüde und ein wenig schwindelig.
Er riß am Glockenstrang und hörte drin im dunklen Haus das Läuten. Dann lehnte er sich gegen die Tür. Als sie geöffnet wurde, fiel er fast vornüber.
Und dann war er in Sicherheit – wirklich in Sicherheit. Weiche und dennoch starke Arme streckten sich ihm entgegen, um ihn zu stützen. Aus dem Halbdunkel leuchtete ihm Katja Stranoffs Gesicht entgegen – glücklich und voller Liebe.

13

Er saß am Feuer und ließ sich wärmen von diesem wunderbaren Gefühl der Abgeschlossenheit gegen die feindliche, regnerische Welt draußen. Katja bereitete am Herd Tee.
Hoffner untersuchte ihn mit dem Stethoskop. Seine Miene war ernst und konzentriert. Nach einer Weile richtete er sich auf und schüttelte den Kopf. »Sie gehören ins Krankenhaus, Paul. Vom medizinischen Standpunkt aus gesehen, sind Sie ein Wrack.«

»Es dürfte meiner Gesundheit kaum zuträglich sein, wenn ich mich hier noch viel länger aufhalte«, antwortete Chavasse. »Sie müssen mir etwas geben, was mich wenigstens für einige Zeit wieder auf die Beine bringt. Gibt es so etwas?«
Hoffner nickte. »Das schon, aber es hilft nur für eine begrenzte Zeitspanne.« Er bückte sich über seine schwarze Arzttasche und holte eine Injektionsspritze und eine Ampulle heraus.
»Wie lang hält das vor?« fragte Chavasse.
»Unter normalen Umständen vierundzwanzig Stunden. Bei Ihrem augenblicklichen Zustand kann ich es allerdings nicht genau absehen. Ich kann Ihnen höchstens noch eine zweite Spritze dieser Art geben, nicht mehr. Das bedeutet eine Frist von zwei Tagen höchstens. Danach wird es mit Ihnen rapide bergab gehen.«
»Dann sind wir längst jenseits der Grenze in Kaschmir.«
Er spürte kaum den Einstich der Nadel und zog sich sofort wieder an. Katja reichte ihm eine Tasse mit siedendheißem Tee. Chavasse trank durstig.
»Wann wollen Sie aufbrechen?« fragte sie.
Er runzelte die Stirn. »Wann ich aufbrechen will? Wir werden alle gehen!«
Sie legte ihm die Hand aufs Knie und sagte sehr ernst: »Ich kann verstehen, daß Sie jetzt verschwinden müssen. Aber Dr. Hoffner ist ein alter Mann. Bis zur Grenze sind es mindestens zweihundert Kilometer, quer durch unwegsames Gelände. Er wird es niemals durchstehen.«
»Ich habe einen vollgetankten Jeep vor der Tür stehen. Damit können wir bis hinter Rudok fahren, den Jeep dort stehenlassen und die letzten fünf Kilometer über den Pangong-Tso-Paß zu Fuß zurücklegen.«
»Sein Herz wird die Höhe nicht aushalten!« erklärte sie beharrlich.
Hoffner zog sie hoch und legte ihr väterlich die Hand auf

die Schulter. »Katja ich muß mitgehen. Sie müssen das verstehen, aber Sie sollen auch wissen, daß ich Sie um jeden Preis bei mir haben möchte.«
Chavasse knöpfte sich den Uniformrock zu und stand auf. »Vergessen Sie nicht, daß wir keine Zeit zu verlieren haben. In spätestens einer halben Stunde werden sie meine Flucht entdeckt haben.«
Sie schüttelte den Kopf.
»Warum müssen Sie denn unbedingt von hier weg, Doktor? Irgend etwas an der ganzen Sache begreife ich nicht.«
Hoffner warf Chavasse einen fragenden Blick zu. Der nickte nur.
»Wir waren nicht ganz ehrlich, meine Liebe«, sagte er weich. »Sehen Sie, ich habe eine ziemlich bedeutsame Entdeckung gemacht. Einen wichtigen Beitrag zur mathematischen Theorie.«
»Das ist die tollste Untertreibung, die ich jemals gehört habe!« rief Chavasse.
Hoffner ignorierte ihn und fuhr fort: »Meine Entdeckung bedeutet, daß ich plötzlich ein wichtiger Mann geworden bin – für die ganze westliche Welt.«
Ihr Gesicht blieb völlig ausdruckslos, aber in ihren Augen lag ein schmerzlicher Ausdruck.
»Warum haben Sie mir das nicht gleich gesagt? Haben Sie mir nicht vertraut? Bedeute ich Ihnen so wenig?« Sie wandte sich an Chavasse. »Ihnen auch nicht?«
»Es wäre zuviel verlangt gewesen«, sagte Hoffner. »Sie hätten sich gegen Ihr eigenes Volk stellen müssen, Katja. Warum sollten Sie für den Rest Ihres Lebens unter Fremden leben?« Sie nahm seine Hand und preßte sie gegen ihre Wange. »Ihr seid meine Heimat – ihr beide!« Sie lächelte Chavasse an. »Wen habe ich denn sonst noch auf der Welt?«
Chavasse riß sie in seine Arme. Als er sie küßte, spürte er

die salzigen Tränen auf ihren Wangen. Sie blickte zu ihm auf und lächelte glücklich, aber dann gefror das Lächeln plötzlich auf ihren Lippen. Chavasse spürte den kühlen Luftzug , der seinen Nacken berührte. Ein kalter Schauer lief ihm über den Rücken. Er stieß Katja von sich und drehte sich ganz langsam um. Hauptmann Tsen stand in der Tür, neben ihm Hoffners chinesischer Diener, mit einer Maschinenpistole in der Hand.

Tsens Gesicht drückte teuflische Freude aus. »Nun wissen wir also die volle Wahrheit, Mr. Chavasse! Sie werden zugeben müssen, daß es eine kleine Kriegslist wert war, was wir soeben von Ihnen erfuhren. Aber das Spiel ist aus!«

Ich hätte es wissen müssen! sagte sich Chavasse bitter. Es war alles viel zu einfach gegangen. Oberst Li kannte seine Leute, er mußte mit dem Ausbruch aus dem Krankenhaus gerechnet haben. Das alles war nur ein Zug in seinem Schachspiel, und diesmal hatte er sich gelohnt.

Hoffner trat vor und schob Chavasse beiseite. »Hören Sie, Hauptmann«, begann er. »Ich . . .«

»Bleiben Sie stehen und rühren Sie sich nicht von der Stelle!« befahl Tsen eiskalt.

Der Blick des Dieners flog für einen Augenblick zu Hoffner hinüber. Mehr brauchte Chavasse nicht. Mit einem harten Stoß beförderte er Katja aus der Gefahrenzone und duckte sich hinter einen gewaltigen Ledersessel.

Der Diener riß die Maschinenpistole in einem Bogen herum. Kugeln klatschten in die Möbel. Katja lief schreiend auf ihn zu. »Nein, Paul! Nein, nein!« Dann schrie sie auf und brach zusammen. Regungslos lag sie auf dem Schaffell vor dem Kamin. Aus einer Wunde an der Stirn floß Blut. Chavasse kauerte hinter dem Sessel und spähte an der Seite vorbei.

Der Diener und Tsen standen immer noch an der Tür.

Hoffner hatte sich über Katja gebeugt.
»Sie entwischen mir nicht, Chavasse!« brüllte Tsen. »Stehen Sie auf und kommen Sie mit erhobenen Händen nach vorn!«
Chavasse kroch auf dem Bauch hinter das Sofa und nahm lautlos eine kleine chinesische Vase von dem Tischchen daneben. Für einen Augenblick wog er sie in der Hand.
»Chavasse, ich verliere die Geduld!« rief Tsen.
Chavasse schleuderte die winzige Vase in die entfernteste, dunkle Ecke des Zimmers. Der Diener fuhr herum und schoß sofort in die Richtung, aus der das Geräusch des Aufpralls gekommen war. Schon stand Chavasse hinter ihm und schlug ihm die Handkante ins Genick. Die Maschinenpistole fiel aus den kraftlosen Fingern. Chavasse fing sie auf.
Tsen wollte gerade seinen Revolver ziehen. Als er in den Lauf der Maschinenpistole blickte, ließ er ihn rasch fallen und hob die Arme. Chavasse bückte sich und steckte den Revolver ein.
»Euer Leben habt ihr nur der Tatsache zu verdanken, daß ich euch noch brauche«, erklärte Chavasse. »Nehmen Sie den Gürtel ab und drehen Sie sich um.«
Tsen gehorchte. In seinen Augen stand eine Mischung aus Haß und Angst. Chavasse fesselte ihm die Hände hinter den Rücken und stieß ihn in einen Sessel.
Dann wandte er sich ab und beugte sich über Hoffner und Katja. Der alte Arzt hatte die geöffnete Tasche neben sich stehen und tupfte behutsam das Blut von ihrem Gesicht.
»Schlimm?« fragte Chavasse.
»Sie hat Glück gehabt, es ist nur ein Streifschuß. Sie wird noch eine Weile ohne Besinnung sein, aber außer einem Schock und vielleicht einer leichten Gehirnerschütterung wird sie nichts zurückbehalten.«
»Kann sie reisen? Das ist das Wichtigste.«
Hoffner zuckte die Achsel, und begann dann mit dem

Anlegen des Verbandes.
»Sie wird müssen. Wir können sie so nicht zurücklassen.« Chavasse legte die Maschinenpistole neben sich auf den Boden. »Ich hole alle notwendigen Sachen aus dem Schlafzimmer. Die Maschinenpistole lasse ich Ihnen hier, falls unser Freund dort drüben Ihnen Schwierigkeiten machen will.«
Als er wenige Minuten später mit ein paar Felljacken und anderen warmen Kleidungsstücken auf dem Arm zurückkam, war Hoffner gerade mit dem Kopfverband fertig. Er gab ihr eine Injektion, dann schloß er die Tasche und erhob sich. »Wir können gehen. Mehr kann ich im Augenblick nicht für sie tun.«
Chavasse hob sie behutsam auf. Hoffner zog ihr eine Felljacke an und stülpte die Kapuze über ihren Kopf. Dann trug Chavasse sie zum Jeep hinaus, während sich Hoffner reisefertig machte.
Draußen regnete es immer noch, und ein eisiger Wind wehte von der Steppe herüber. Er machte es ihr auf dem Rücksitz so bequem wie möglich und lief dann ins Haus zurück.
Hoffner stand fertig angezogen, in dickem Fellmantel und einer Mütze mit Ohrenwärmern, mitten im Zimmer. Er hielt die Maschinenpistole auf Tsen gerichtet und wirkte mit der Waffe in der Hand beinahe komisch. Er trat an einen Schrank und holte eine abgeschabte Ledermappe heraus. »Das hier darf ich unter keinen Umständen vergessen«, sagte er.
»Die Papiere?«
Der alte Mann nickte. Dann schaute er sich seufzend im Zimmer um. »So viele Jahre!« Er schüttelte traurig den Kopf. »Ich lasse lieber alles genauso, wie es ist. Für sentimentale Erinnerungen habe ich nie etwas übrig gehabt, und jetzt bin ich zu alt, um noch mit diesem Unfug zu beginnen.«

Tsen hockte regungslos in dem Sessel und starrte sie wütend an. »Damit kommen Sie nie durch!« sagte er zähneknirschend. »Aber sicher werden wir durchkommen«, erklärte Chavasse. Er zerrte ihn hoch. »Sie werden nämlich neben mir sitzen, wenn wir gleich durch das Haupttor fahren.«

Tsen sah aus, als müsse er sich gleich übergeben. Aber Chavasse dachte an Joro. Er empfand nicht eine Spur von Mitleid. Mit einem Fußtritt beförderte er ihn hinaus und folgte ihm.

Hoffner stieg neben Katja auf den Rücksitz, Chavasse übernahm das Steuer, und Tsen mußte sich neben ihn setzen.

Die Straßen waren wie ausgestorben, als sie durch die nächtliche Stadt rollten. Kurz vor dem Tor zog Chavasse den Revolver aus der Tasche und hielt ihn auf dem Schoß, die Mündung auf Tsen gerichtet. »Sagen Sie bloß kein falsches Wort!« warnte er den Hauptmann.

Es gab hier kein Wachhaus. Der arme Kerl, der frierend neben dem geschlossenen Tor im Regen stand, war nur ein Häufchen Elend. Chavasse verringerte das Tempo. Der Soldat kam mit schußbereitem Karabiner auf den Jeep zu.

Tsen lehnte sich hinaus und schrie: »Steh nicht so dumm herum und mach schon das Tor auf! Ich hab's eilig!«

Dem Mann blieb vor Schrecken der Mund offenstehen. Hastig wandte er sich ab, wuchtete den mächtigen Holzriegel beiseite, der die beiden Flügel des Tores sicherte, und schob dann den einen Torflügel beiseite.

Chavasse hielt den Kopf gesenkt, damit sein Gesicht im Schatten des Mützenschirms blieb. Sie fuhren hindurch. Nach etwa hundert Metern blickte er sich noch einmal um und sah, daß das Tor gerade wieder geschlossen wurde. Er gab Gas, schaltete in den oberen Gang und raste in die Nacht hinaus.

Im Lager der Hirten bellten ein paar Hunde. Dann kletterte der Jeep aus dem Tal hinauf und ließ Changu hinter sich.
Zwanzig Minuten später hielt Chavasse an und befahl Tsen: »Aussteigen.«
»Aber – ich bin doch gefesselt!« jammerte der Hauptmann. »Soll ich so den ganzen Weg zurückmarschieren?«
»Aussteigen, habe ich gesagt!« brüllte Chavasse.
Tsen sprang hastig vom Jeep und machte sich auf den Rückweg. Nun stieg auch Chavasse aus und folgte ihm. »Hauptmann Tsen!« rief er. »Ich habe etwas vergessen. Etwas, was ich dir schulde – für mich und für viele andere.«
Tsen drehte sich mit einer müden Bewegung um. Da zog Chavasse den Revolver aus der Tasche und jagte ihm aus kurzer Entfernung zwei Kugeln durch den Kopf.
Sekundenlang stand er über den leblosen Körper gebeugt, dann stieg er wieder ein. Ohne sich um Hoffners entsetzten Gesichtsausdruck zu kümmern, fuhr er los.

14

Die Mauern von Yalung Gomba leuchteten im Grau des frühen Morgens wie ein orangeroter Farbpunkt vor dem stürmischen Himmel. Chavasse runzelte verstört die Stirn. Irgend etwas war anders als beim letzten Besuch hier – irgend etwas stimmte nicht. Als sie näher kamen, bemerkte er es. Diesmal war vor den Mauern kein Lager aufgeschlagen.
Die ganze Anlage wirkte vernachlässigt. Es war beinahe, als näherten sie sich einer alten, seit vielen Jahren verlassenen Ruinenstadt. Langsam fuhr er durch das weite offene Tor auf den Klosterhof und trat jäh auf die Bremse.

An der gegenüberliegenden Wand kauerten eine Reihe gelbgekleideter Mönche in verkrampfter Haltung. Einige hatten die Finger in den Sand gegraben, andere die Knie an den Leib gezogen, als sei ihnen der Tod besonders schwer geworden.
»Mein Gott!« flüsterte Hoffner voller Entsetzen.
»Vielleicht gibt Ihnen das hier einen zarten Hinweis darauf, wie die Chinesen dieses Land zu regieren versuchen«, sagte Chavasse. »Bleiben Sie im Jeep, ich sehe mich nur rasch um.«
Kurz zuvor hatte er im Handschuhfach des Jeeps eine ausgezeichnete Militärkarte der ganzen Gegend entdeckt, außerdem zwei Handgranaten und ein Magazin 45er-Munition unter dem Sitz. Die Munition gehörte anscheinend zu dem Maschinengewehr, das normalerweise auf dem Drehkreuz montiert war. Rasch lud er die Maschinenpistole nach und schob sich noch eine Handvoll Patronen in die Tasche. Dann ging er auf das Kloster zu.
Auf dem steinbelegten Korridor war es kalt und leer. Irgendwo in der Nähe hörte er ein leises, monotones Murmeln. Er trat durch einen niedrigen Torbogen und befand sich im Haupttempel.
Vor der riesigen Buddhastatue brannten Kerzen. Davor kniete ein Mönch im Gebet. Er drehte sich um und stand auf. Chavasse blickte in das vertraute, pergamentfarbene Gesicht des Abtes – des alten Mannes, den er bei seinem Erwachen nach dem Totentanz zuerst gesehen hatte. Wie lange war Kurbsky schon tot? Tausend Jahre?
»Es freut mich, Sie wiederzusehen«, sagte der Abt ruhig.
»Die Freude ist auf meiner Seite. Aber was ist hier vorgefallen?«
»Die Chinesen haben verfügt, daß alle Klöster geschlossen werden sollen. Wir wußten, daß es früher oder später so kommen mußte. Gestern waren sie hier, mit einem starken Reitertrupp.«

»Und Joros Männer?« fragte Chavasse. »Konnten die Ihnen nicht beistehen?«
Der alte Mönch schüttelte den Kopf. »Sie sind vor zwei Wochen weggezogen, um sich einer stärkeren Gruppe weiter südlich anzuschließen.« Seine alten, weisen Augen blickten Chavasse an. Er legte ihm eine Hand auf die Schulter. »Sie, mein Sohn, sind ein anderer Mann geworden. Sie sind durchs Fegefeuer gegangen.«
»Joro ist tot«, sagte Chavasse leise.
Der Abt nickte. »Für jeden Mann kommt einmal die Zeit. Man kann seinem Schicksal nicht entrinnen. Kann ich Ihnen irgendwie helfen?«
Chavasse schüttelte den Kopf.
»Nein, jetzt nicht. Ich will versuchen, zusammen mit zwei Freunden über die Grenze nach Kaschmir zu gelangen. Ich hatte mir von Joros Männern Hilfe erhofft.«
»Vor zwei Tagen ist eine Familie hier vorbeigekommen«, sagte der Abt. »Es waren Khazaken aus Sinkiang, ein Häuptling, seine Frau und zwei Kinder. Auch sie wollten über die Grenze. Da sie Pferde bei sich hatten, kommen sie oben im Gebirge nicht so schnell voran. Vielleicht können Sie die vier einholen.«
»Danke, dann muß ich mich jetzt beeilen.« Er zögerte. »Kann ich noch irgend etwas für Sie tun?«
Der Abt schüttelte mit ergebenem Lächeln den Kopf. »Nichts, mein Sohn, nichts.«
Er wandte sich ab und kniete wieder nieder. Seine leise, monotone Stimme füllte die Halle des Tempels, als Chavasse sich leise zurückzog. Mit einem Blick auf Katja schob er sich hinter das Steuerrad. »Wie geht es ihr?«
»Sie schläft jetzt tief und fest«, antwortete Hoffner. »Noch ein paar Stunden, dann hat sie das Schlimmste überstanden. Haben Sie niemanden gefunden?«
»Nur den alten Abt. Er wird bleiben, fürchte ich.« Er ließ den Motor an. »Wir müssen uns wieder auf den Weg

machen. Oberst Li hat inzwischen sicher unsere Fährte aufgenommen.«

»Wird er viele Männer bei sich haben?« fragte Hoffner.

Chavasse fuhr durch das Tor aus dem Klosterhof. Er schüttelte den Kopf. »Er kann uns nur mit dem Jeep einholen, und da wir einen haben, besitzt er auch nur noch einen. Höchstens zehn Mann kann er bei sich haben.«

»Gibt es nicht in Rudok eine Garnison?«

»Zehn Mann und ein Feldwebel, wie Joro mir sagte. Aber die leben in einer höchst gefährlichen Gegend und halten sich immer in der Nähe ihres Stützpunktes auf.«

»Li hat aber gewiß Funkverbindung mit ihnen.«

»Wahrscheinlich hat der Posten nicht einmal ein Funkgerät. In mancher Hinsicht sind die Chinesen erstaunlich primitiv. Sie haben jedenfalls keine große Chance, uns in der Steppe zu finden.«

»Aha.« Hoffner dachte eine Weile nach und fragte dann: »Glauben Sie denn wirklich, daß wir durchkommen können?«

»Anderen Leuten gelingt es doch immer wieder. Kaschmir ist voll von Flüchtlingen. Der Abt von Yalung Gompa sagte mir übrigens, daß vor zwei Tagen eine Khazakenfamilie vorbeigekommen ist. Kann sein, daß wir sie in der Nähe des Passes einholen. Sie könnten uns auf dem letzten Stück des Weges viel helfen.«

»Aber ich begreife nicht, warum sie aus Sinkiang geflohen sein sollen!« sagte Hoffner verwirrt. »Die Khazaken haben doch seit vielen Generationen dort ihre Heimat.«

»Oberst Li hat Ihnen etwas vorgemacht, Doktor«, erklärte Chavasse schonungslos. »1951 haben die Khazaken versucht, eine eigene Regierung auszurufen. Die Chinesen luden sie zu einer Besprechung ein und ermordeten sie bei dieser Gelegenheit.«

»Und was geschah dann?« fragte Hoffner.

»Wer noch übrigblieb, versucht seitdem in kleineren und größeren Gruppen über die Grenze zu entkommen. Als ich das letztemal in Kaschmir war, lebten dort eine ganze Menge von ihnen. Die türkische Regierung hat ihnen auf dem anatolischen Plateau ein neues Siedlungsgebiet zugewiesen.«
»Anscheinend war ich von den Ereignissen doch in viel stärkerem Maße abgeschnitten, als ich mir das vorstellen konnte«, meinte Hoffner bitter. Er lehnte sich mit düsterer Miene zurück und schwieg.
Etwa zwei Stunden später begann es in großen, leichten Flocken zu schneien. Chavasse mußte den Scheibenwischer einschalten. Sie kreuzten die breite Militärstraße nach Jarkend, und bald darauf erblickte Chavasse zur Rechten den See, an dem Kerensky vor unfaßbar langer Zeit mit seiner kleinen Sportmaschine gelandet war.
Er fragte sich, ob der Pole wohl den Rückweg geschafft hatte. Plötzlich mußte er lächeln. Das war wirklich ein Mann, mit dem er wieder einmal ein Glas zusammen trinken wollte.
Auf einmal stöhnte Katja auf. Hoffner tippte ihm auf die Schulter. »Sie wird wach!«
Chavasse hielt an und drehte sich rasch um. Ihr Gesicht hatte alle Farbe verloren und wirkte unter dem weißen Verband sehr schmal und bleich. Die Fellkapuze schien viel zu groß für sie.
»Hallo, mein Engel!« Er lächelte sie an.
In ihren dunklen Augen stand ein Ausdruck der Verwirrung. Sie wollte sich aufrichten, aber Hoffner drückte sie mit sanfter Gewalt zurück. »Nein, Katja, Sie brauchen viel Ruhe. Bleiben Sie schön liegen.«
Sie schob seine Hand beiseite, setzte sich auf und schaute sich um. »Ich verstehe das alles nicht«, murmelte sie. »Wo sind wir?«
»Irgendwo nördlich von Rudok, ungefähr fünfundvierzig

Kilometer von der Grenze entfernt.« Chavasse lächelte wieder. »Es dauert nicht mehr lange, dann sind wir zu Hause und sitzen schön im Trockenen.«
Sie tastete nach ihrem Verband. »Was ist – in Changu – eigentlich geschehen?«
»In meinem Haus kam es zu einer kleinen Auseinandersetzung. Dabei hat eine Kugel Ihre Stirn gestreift«, erklärte Hoffner in beruhigendem Ton. »Sie brauchen sich aber keine Sorgen zu machen. Ruhen Sie sich aus, Sie werden für den letzten Teil der Reise alle Kräfte brauchen.«
Sie lehnte sich in ihre Ecke zurück und zog die Kapuze enger um ihr Gesicht. Chavasse griff schon wieder nach dem Anlasser, da packte Hoffner ihn bei der Schulter.
»Einen Augenblick – haben Sie nichts gehört?«
Chavasse lauschte. Da – irgendwo hinter ihnen war ganz deutlich das Brummen eines Automotors zu hören!
Katja lehnte sich gespannt vor. »Was habt ihr gehört?«
»Oberst Li scheint uns auf den Fersen zu sein«, antwortete Chavasse verbissen und gab Gas.
»Er muß sich sehr beeilt haben!« rief Hoffner ihm zu.
»Das ist doch klar!« gab Chavasse zurück. »Wenn er uns entwischen läßt, dann ist er erledigt. Vielleicht haftet er sogar mit seinem Kopf für uns.«
»Das würde ihm wahrscheinlich noch am wenigsten ausmachen«, meinte Hoffner.
Chavasse antwortete nicht. Er war völlig damit beschäftigt, in höchster Eile dem gewundenen Karawanenweg zu folgen, der in ein Tal hinunterführte. Der Boden war uneben und stellenweise gefroren.
Der Abgrund wurde tiefer, das Tal breiter. Der Weg fiel auf dem letzten Stück steil zum Boden der Schlucht ab. Tief unter sich entdeckte Chavasse eine Brücke, die über den Fluß führte. Hier hatte sich der Fluß seinen Weg direkt durch die Berge gebahnt.

Er hielt für einen Augenblick an und zog die Landkarte zu Rate. Dann legte er den ersten Gang ein und steuerte den Wagen vorsichtig hinab.
Die Brücke war recht schmal und wackelig. Sie wurde von beiden Seiten der Schlucht aus nach dem Kandelaberprinzip von Holzbalken gehalten.
Chavasse hielt an und sprang auf den vereisten Boden hinab. Er betrat die Brücke und blieb auf der Mitte nachdenklich stehen. Acht Meter unter ihm floß das Wasser des Flusses träge über riesige Steinblöcke. Er lief zum Wagen zurück.
»Wird sie uns aushalten?« fragte Hoffner.
»Sie ist so stabil wie ein Felsen.« Chavasse bemühte sich, seiner Stimme einen zuversichtlichen Klang zu geben. »Sie würde mit Leichtigkeit einen Dreitonner tragen.«
Behutsam ließ er den Jeep auf die Brücke rollen. Auf jeder Seite war zum Geländer nur ein Abstand von knapp einem halben Meter. Als in der Mitte der Brücke die Planken bedrohlich knackten, brach ihm der kalte Schweiß aus, aber sie kamen heil hinüber.
Er hielt sofort wieder an, ergriff die Handgranaten und lief zur Brücke zurück. Er zog eine der Handgranaten ab und schleuderte sie mitten auf die Brücke. Als die Detonation erfolgte, drehte er sich halb um.
Steinbrocken und Holzteile wirbelten durch die Luft. Als sich die Rauchwolke etwas verzogen hatte, sah Chavasse, daß der ganze mittlere Teil der Brücke eingestürzt war. Er trat einen Schritt vor, um sein Werk genauer zu besehen.
In diesem Augenblick tauchte drüben am anderen Ufer ein Jeep auf, dicht dahinter der leichte Lastwagen aus Changu. Sie fuhren vorsichtig das letzte Steilstück zur Brücke hinunter.
Der erste Wagen trug ein leichtes Maschinengewehr und sechs Mann Besatzung. Um den zweiten Wagen kümmerte er sich gar nicht, sondern lief eilig zum Jeep zurück.

Einen Augenblick lang drehten die Räder auf dem vereisten Boden durch, dann kroch der Jeep immer schneller aus der Schlucht heraus. Chavasse fuhr so rücksichtslos, daß er am oberen Rande einen regelrechten Luftsprung vollführte. In diesem Augenblick ratterte hinter ihnen das Maschinengewehr los. Ringsum fuhren Steinsplitter in die Luft.
Der Jeep jagte um einen mächtigen Felsbrocken. Chavasse riß das Steuerrad herum, da stieß Katja einen schrillen Warnruf aus. Aber es war schon zu spät.
Unmittelbar hinter der Biegung war der Pfad von den Fluten weggespült worden. Ein tiefer Abgrund gähnte ihnen entgegen. Mit der Vorderachse blieb der Jeep an der Kante des Abbruchs hängen und rutschte langsam nach vorn. Verzweifelt zog Chavasse die Handbremse an. Für eine Sekunde sah es so aus, als würde sie den Wagen halten, aber dann gab es einen Ruck, und das Vorderteil des Wagens hing frei über dem Abgrund.
Nur Sekunden blieben ihnen noch. Chavasse schwang sich vom Sitz und hob Katja herab. Rasch folgte ihnen Hoffner. Seine dunkle Ledertasche preßte er fest gegen die Brust.
In diesem Augenblick hörten sie ein lautes Krachen; der Jeep rutschte ab. Chavasse griff hinauf und packte noch rasch die Maschinenpistole und die Handgranate, dann sprang er zurück. Der Wagen blieb an der Kante für eine halbe Sekunde hängen, dann stürzte er ab. Auf seinem Weg ins Tal hinunter krachte er dreimal dröhnend auf den Felsen auf, dann war es wieder still.
Chavasse ging auf dem Pfad zurück und spähte vorsichtig um den Felsbrocken. Der Wind jagte jetzt den Schnee wie einen dichten Vorhang von der Steppe herüber, aber er sah ganz deutlich am anderen Flußufer die beiden Wagen stehen. Die Soldaten stiegen zu Fuß hinunter zum Fluß, um ihn zu überqueren.

Er kehrte zu den beiden anderen zurück. »Sieht nicht gut aus. Sie überqueren die Schlucht zu Fuß.«
Katja machte einen nervösen Eindruck, aber Hoffner war sehr gefaßt. »Was machen wir nun, Paul?«
»Nach der Karte sind es nur noch fünfzehn Kilometer bis zur Grenze. Wenn wir an dieser Stelle den Pfad verlassen und den Bergrücken da überqueren, dann kommen wir genau an den Pangong-Tso-Paß. Drei Kilometer weiter ist ein alter tibetanischer Zollposten eingezeichnet. Kann sein, daß dort eine Wache ist, aber dieses Risiko müssen wir in Kauf nehmen.«
»Das geht nicht!« rief Katja. Der Wind peitschte ihr ins Gesicht und ließ den Ruf wie einen schrillen Schrei klingen. »In meinem Zustand kann ich nicht einmal einen Kilometer laufen. Der Doktor auch nicht.«
»Es bleibt uns aber nichts anderes übrig.« Er nahm ihren Arm und half ihr beim Anstieg. Hoffner hielt sie auf der anderen Seite fest. Sie senkten die Köpfe, um sich gegen den stiebenden Schnee zu schützen, und kämpften sich Schritt für Schritt voran. Im Schutz einiger Felsen legten sie eine kleine Pause ein. Plötzlich fuhr Hoffner hoch. Sein Gesicht war aschfahl.
»Meine Dokumente!« sagte er. »Paul, ich hab' sie im Jeep gelassen.«
Die Arzttasche hatte er mitgenommen. Chavasse starrte ihm erst verständnislos ins Gesicht, dann stieg die Wut in ihm hoch. All die Qualen der vergangenen Wochen, alle Strapazen umsonst!
Hoffner packte seinen Arm. »Es ist nicht wichtig, Paul! Ich habe alle Formeln im Kopf. Nur darauf kommt es jetzt an.«
»Davon haben wir nichts, wenn Li Ihre verdammten Papiere in die Finger bekommt. Kapieren Sie denn nicht?« Er reichte dem alten Mann die Handgranate. »Ich weiß, daß Sie mit einer Schußwaffe nicht umgehen kön-

nen. Wenn jemand etwas von Ihnen will, dann ziehen Sie einfach an diesem Knopf da und werfen ihm die Handgranate entgegen.«

Mit der Maschinenpistole in der Hand rutschte er den Hang hinunter zum abgebrochenen Pfad. Der Abhang setzte sich nach unten fort. Ohne zu zögern, ließ sich Chavasse weiter hinabgleiten, bis er zwölf Meter tiefer die Reste des Jeeps, zwischen große Steinbrocken eingeklemmt, entdeckte.

Er fand sofort die Aktenmappe, zog sie unter dem Sitz hervor und machte sich wieder an den Anstieg. Sein Blut pochte ihm in den Schläfen und am Hals, im Mund hatte er den Geschmack von Blut, aber er hielt Maschinenpistole und Aktenmappe in der Linken und zog sich mit der Rechten von einem Felsbrocken zum nächsten hinauf.

Als er den Pfad erreichte, rutschte er aus und fiel auf ein Knie. In diesem Augenblick hörte er Rufe durch das Schneegestöber dringen.

Rasch drehte er sich um und warf einen Blick zurück. Eine ganze Gruppe von Soldaten tauchte gerade an einer Biegung des Pfades unter ihm auf. Er legte die Maschinenpistole über den Arm und leerte das Magazin in einer einzigen, langen Salve.

Dann sprang er auf und jagte weiter den Hang hinauf. Sein Herz klopfte. Er hörte die Schreie seiner Verfolger. Und dann eine furchtbare Explosion, nach der die Schreie verstummten. Nur noch das Ächzen und Stöhnen der Sterbenden und Verwundeten war zu hören.

Chavasse war mit seiner Kraft am Ende. Er ließ sich vornüberfallen. Der Schneevorhang entzog das Tal seinen Blicken.

Mühsam kam Chavasse wieder auf die Beine. Da rollten ein paar Steine an ihm vorbei, losgeschlagen von Pferdehufen. Ein Reiter kam ihm entgegen, ein Mann mit Pelzmütze, einem Mantel aus Schneeleopardenfell und

weichen schwarzen Stiefeln. In der Armbeuge trug er eine Flinte.
Chavasse blickte hilflos zu ihm auf. Da verzog sich das braune, gutmütige Gesicht zu einem breiten Grinsen.

15

Der Steppenwind peitschte die Schneevorhänge über den Boden, aber im Windschatten der hohen Felsbrocken war es sonderbar still.
Chavasse lehnte mit dem Rücken an einem Stein und entblößte den Arm, damit ihm Hoffner die zweite Injektion geben konnte. Osman Sherif, der Khazakenhäuptling, kauerte grinsend neben ihnen.
»Allahs Wege sind unerforschlich, mein Freund«, sagte er auf chinesisch. »Das Schicksal hat uns anscheinend bestimmt, den letzten Teil unserer großen Reise gemeinsam zurückzulegen.« Drüben bei den Pferden stand Katja neben seiner Frau und den beiden kleinen Kindern, die – in dicke Felljacken gehüllt – schon hintereinander auf einem Pferd saßen.
Chavasse rollte den Ärmel herunter und stand auf. »Wenn wir uns nicht bald auf den Weg machen, dann erreichen wir nicht einmal die Grenze.«
Osman Sherif blickte in das Schneetreiben und schüttelte den Kopf. »Das Wetter wird eher noch schlimmer als besser. Eigentlich wollte ich für diese Nacht hier kampieren. Der Platz ist gut.«
»Aber nicht, wenn jeden Augenblick chinesische Soldaten auftauchen können.«
»Wir können aber nicht vor Einbruch der Nacht über die Grenze«, sagte der Häuptling.
»Das brauchen wir auch nicht. Wenn wir den Weg über den Bergrücken weitermarschieren, stoßen wir genau auf

den Pangong-Tso-Paß. Drei Kilometer vor der Grenze befindet sich ein alter tibetanischer Zollposten. Bis dorthin können es nur noch etwa zehn Kilometer sein. Wir könnten uns ausruhen und die Grenze später überschreiten.«

»Und wenn dort Chinesen sind?«

»Wir müssen es darauf ankommen lassen. Es werden nicht mehr als höchstens ein halbes Dutzend sein.« Er wandte sich an Hoffner. »Was meinen Sie, Doktor?«

»Ich glaube, wir haben keine andere Wahl.«

Osman Sherif zuckte die Achseln. »Alles steht bei Allah. Wir müßten vieles von unserem Besitz zurücklassen, damit jeder von euch ein Pferd bekommt.«

»Macht euch darum keine Sorgen«, sagte Chavasse. »Sobald wir in Kaschmir sind, werde ich mich um euch kümmern und dafür sorgen, daß ihr in die Türkei zu euren Landsleuten gebracht werdet.«

In den Augen des Khazaken leuchtete es warm auf. »Das hätten Sie gleich sagen sollen, mein Freund!« Er hängte sich die Flinte über die Schulter und begann, das erste Packpferd zu entladen.

Chavasse trat zu Katja hinüber und lächelte sie an. »Wie geht es Ihnen jetzt?«

Sie sah beunruhigend blaß aus und hatte dunkle Ringe unter den Augen. »Es wird schon gehen, Paul. Machen Sie sich um mich keine Sorgen. Werden wir es schaffen?«

Er klopfte ihr ermutigend auf die Schulter. »Ganz sicher schaffen wir es, nur keine Angst!« Dann ging er zu dem Khazaken hinüber, um ihm bei den Pferden zu helfen.

Zehn Minuten später verließen sie den geschützten Rastplatz. Osman Sherif führte den Zug an, Chavasse bildete die Nachhut. Die Pferde sanken tief in den Schnee ein. Chavasse hielt den Kopf gegen den böigen Wind gesenkt und war mit seinen Gedanken allein.

Die Furcht war verschwunden. Eine ruhige Gewißheit war an ihre Stelle getreten, das Gefühl, daß er es unter allen Umständen überleben würde. Trotz des Mannes, der ihn irgendwo dahinten in dem Schneetreiben verfolgte.

Er dachte über Oberst Li und die endlosen Verhöre nach, über die eigentümliche Freundschaft, die Li mit ihm hatte schließen wollen. Er war beispielsweise schon sehr bald dazu übergegangen, ihn beim Vornamen zu nennen, als wären sie die besten Freunde. Als ob irgend etwas sie hätte verbinden können!

Eine Freundschaft war natürlich von Anfang an unmöglich. Lis Versuch war nichts weiter als einer seiner fehlgeschlagenen psychologischen Tricks. Und dennoch hatte es zeitweise den Anschein, als ob der Mann es ernst meinte. Das war es, was Chavasse am allerwenigsten begreifen konnte.

Ein plötzlicher, stechender Schmerz im Gesicht ließ ihn zusammenzucken und anhalten. Er stellte erstaunt fest, daß sein Pferd fast knietief in den Schnee gesunken war. Als er den Handschuh auszog und nach der schmerzenden Stelle tastete, merkte er, daß sein Gesicht mit einer Schnee- und Eiskruste bedeckt war. An mehreren Stellen war die Haut gesprungen.

Er hielt neben einem hohen Felsbrocken, der wie ein regungsloser Wächter im weißen Nichts stand. Innerhalb von Sekunden hatte der heulende Sturm die Spuren der anderen verweht. Chavasse trieb sein Pferd an, aber von der Spur war nichts mehr zu erkennen.

Stunden schienen zu verstreichen. Er ritt blindlings drauflos und verließ sich auf den Instinkt des Tieres. Der Wind pfiff ihm um den Kopf und biß ins Gesicht, bis die Haut so gefühllos geworden war, daß er keinen Schmerz mehr spürte.

Als sein Pferd anhielt, hob er den Kopf. Genau vor ihm

erhob sich der einzelne Felsen, an dem er vor mindestens einer Stunde vorbeigekommen war. Er war im Kreis geritten.
Er duckte sich vor einem wütenden Windstoß und entdeckte im Schnee plötzlich frische Abdrücke. Eilig trieb er sein abgekämpftes Pferd an und folgte den Spuren.
Der Wind war stärker geworden. Schnee und Eis bedeckten sein Gesicht mit einer dicken Schicht, aber er ließ keinen Blick von den Spuren. Nach kurzer Zeit entdeckte er einen Fellhandschuh auf dem Boden.
Die Kälte schien auf sein Gehirn eingewirkt zu haben. Sein Verstand arbeitete nur noch mit halber Kraft. Er betrachtete die eigenen Hände – an beiden steckten Handschuhe. Wem konnte also dieser einzelne Handschuh am Boden gehören?
Ein Stück weiter fand er eine chinesische Militärmütze aus Pelz. Er stieg ab, hob sie auf und betrachtete sie verständnislos. Da tauchte plötzlich eine Gestalt aus dem wirbelnden Halbdunkel auf und fiel stolpernd gegen ihn. Undeutlich erkannte Chavasse so etwas wie eine gefrorene weiße Maske. Dann blickte er auf die Hand, die auf seiner Schulter ruhte. Sie war bloß und erfroren.
Er hob seine Hand und wischte den Schnee von dem Gesicht des anderen. Er starrte in die leeren, ausdruckslosen Augen von Oberst Li.
Eine ganze Weile stand er regungslos da und blickte ihm ins Gesicht, dann zog er den Handschuh aus und griff in die rechte Manteltasche. Er zog den Revolver heraus, den er Hauptmann Tsen abgenommen hatte, preßte ihn gegen Lis Brust und legte den Zeigefinger um den Drücker.
Plötzlich steckte er die Waffe wieder ein und zog den Handschuh an.
Warum bring ich dich nicht um, du Schweinehund? Warum bring ich dich nicht einfach um? Es gab keine Antwort auf diese Frage. Jedenfalls keine, die halbwegs

sinnvoll gewesen wäre. Oberst Li leistete nicht den geringsten Widerstand, als er ihn zum Pferd schleppte und mühsam in den Sattel hob.
Es war falsch gewesen, sich so anzustrengen. Er hatte die dafür nötigen Kraftreserven nicht mehr. Keuchend lehnte er sich an das Pferd, den einen Arm um die Schulter seines Feindes. Sein Gesicht fühlte sich tot und kalt an, alles wich vor ihm in eine unendliche Ferne zurück. Er spürte, wie ihn schnell die letzte Kraft verließ.
Aber tief in seiner Brust brannte noch eine kleine, heiße Flamme, ein Rest von Lebenswillen, der sich gegen die Selbstaufgabe aufbäumte. Er holte tief Luft und riß sich zu einer letzten Anstrengung zusammen. Dann hing Li mit dem Kopf nach unten quer über dem Sattel.
Chavasse zog sich selbst auf den Pferderücken hinauf und trieb den Gaul an. Da tauchte Osman Sherif aus dem Schneetreiben auf.

16

Die Hütte war niedrig und aus groben Steinblöcken errichtet. Draußen heulte der Sturm und häufte hohe Schneewehen an den Mauern auf.
Eigentlich war es mehr ein Stall, denn die Tiere nahmen über die Hälfte des vorhandenen Raums ein. Benommen saß Chavasse in einer Ecke und trank Tee, während sein Pelzmantel in der Wärme dampfte.
Auf der anderen Seite des Feuers schlief Katja zwischen den beiden Kindern den Schlaf der Erschöpfung. Die Mutter hockte am Feuer und wartete geduldig, bis ein neuer Topf voll Wasser kochte.
In der Ecke gegenüber dem Eingang flackerte eine Butterlampe in einer Nische. In ihrem trüben Lichtschein bemühten sich Hoffner und Osman Sherif um Oberst Li.

Er stöhnte mehrmals, und Hoffner redete beruhigend auf ihn ein. Einmal bäumte er sich krampfhaft auf. Der Khazakenhäuptling mußte ihn mit aller Gewalt zurückdrücken.
»Wie geht's ihm?« fragte Chavasse.
Hoffner seufzte. »Ich mußte drei Finger seiner linken Hand amputieren. Ein ziemlicher Eingriff, aber immer noch besser als Wundbrand. Gut, daß Osman Sherif Sie rechtzeitig gefunden hat.«
Der Wind heulte ohrenbetäubend durch den mächtigen Einschnitt des nahen Passes. Chavasse schüttelte sich unwillkürlich. »In einer solchen Nacht hätten wir es im Freien nicht lange ausgehalten. Er hat Mut; es gehört schon eine Menge dazu, mir allein in einem solchen Schneesturm zu folgen. Ich hatte gerade einen großen Kreis beschrieben, als ich Li fand.«
Hoffner stopfte sich nachdenklich seine Pfeife. »Ich habe immer geglaubt, ihn zu kennen. Ziemlich genau sogar. Aber jetzt werde ich unsicher. Was mag ihn dazu veranlaßt haben, uns in einem so furchtbaren Wetter zu Fuß zu verfolgen?«
»Weiß Gott, was es war. Ein Kommunistenverstand ist etwas so Kompliziertes, daß ich ihn beim besten Willen nicht verstehen kann.«
Osman Sherif hockte neben ihnen und nahm lächelnd einen Becher Tee von seiner Frau entgegen.
»Ihr seht alles viel zu kompliziert, ihr Männer aus dem Westen. Hier draußen sind die Probleme viel einfacher. Ein Jäger verfolgt sein Wild, bis er es zu Tode gehetzt hat – oder bis er selbst tot ist.«
Hoffner schüttelte den Kopf und sagte leise: »In diesem Fall muß mehr dahinterstecken. Oberst Li war in einer Verfassung, in der er schon einen mächtigeren Antrieb brauchte, um noch auf den Beinen zu bleiben.«
»Ganz einfach – er war hinter der Aktenmappe her«, sagte

Chavasse.
»Ausgeschlossen! Hauptmann Tsen kann ihm davon nicht berichtet haben, er wußte also nichts von der Mappe.« Hoffner schüttelte den Kopf. »Hinter Ihnen war er her, Paul.«
»Offensichtlich wollte er uns alle haben.«
Wieder schüttelte Hoffner ganz entschieden den Kopf. »Ich wollte eigentlich etwas anderes sagen, aber das ist jetzt nicht so wichtig.« Er legte sich auf den Rücken, den Kopf auf seiner Aktenmappe, und zog seinen Pelzmantel ans Kinn. »Ich denke, ich werde jetzt ein bißchen schlafen.«
Chavasse streckte sich neben ihm aus und starrte nachdenklich in die Flammen. Er versuchte, Sinn in Oberst Lis Verhalten zu bringen, aber er fand die richtige Antwort nicht. Nach einer Weile schlief er ein.
Als er erwachte, starrte er eine ganze Weile zu der niedrigen Decke auf und versuchte sich zu erinnern, wo er eigentlich war. So viele Plätze hatte er in so kurzer Zeit gesehen. Aber – wo war er jetzt?
Die Erinnerung kam ganz plötzlich. Er setzte sich auf. Seine Hände waren geschwollen und gefühllos, das Gesicht schmerzte. Er stöhnte unwillkürlich, als seine Finger einen tiefen Riß in der Backe berührten.
Die anderen schienen zu schlafen. Chavasse beugte sich vor, um das Feuer etwas zu schüren. Als die Flammen hochzüngelten, sah er Katja drüben bei Oberst Li.
Sie stand auf, stieg vorsichtig über die Beine der Schläfer hinweg und setzte sich neben ihn. Als sie ihre Hände den Flammen entgegenhielt, sah sie sehr bleich und krank aus.
»Wie fühlen Sie sich?« fragte sie.
»Unkraut vergeht nicht. Aber wie steht's mit unserem Freund?«
»Ich konnte nicht schlafen und hörte ihn stöhnen. Da

wollte ich lieber nachsehen. Was ist eigentlich mit seiner Hand?«
»Erfrierungen. Dr. Hoffner mußte drei Finger amputieren.«
Sie stöhnte auf. Er legte ihr seinen Arm um die Schulter.
»Ich weiß, das alles ist wie ein schrecklicher Alptraum, aber bald ist er vorbei. Sobald es etwas aufklart, können wir über die Grenze.«
Erst nach einer ganzen Weile sagte sie leise: »Paul, warum mag er uns in diesem Wetter allein und zu Fuß gefolgt sein?«
»Ich weiß es auch nicht, aber es muß eine starke innere Kraft gewesen sein«, antwortete er. »Dr. Hoffner glaubt, ich wäre ihm wichtiger als ihr beiden.«
»Wie hat er das gemeint?«
Er zuckte die Achseln. »Oberst Li ist ein Mann, der genau wie ein Priester nur seinem Glauben lebt. Sein ganzes Leben wird von seinem Glauben an eine politische Wahrheit beherrscht.«
»Aber was hat das mit Ihnen zu tun. – Mit dir, Paul«, verbesserte sie sich. Zum erstenmal seit jenem Ausritt gebrauchte sie wieder das vertrauliche Du.
»Ich kann nur Vermutungen anstellen. Aus irgendeinem sehr persönlichen Grund muß es ihm sehr wichtig erschienen sein, aus mir nicht nur einen reuigen Sünder, sondern darüber hinaus einen ehrlichen, überzeugten Kommunisten zu machen.«
»Wie kommst du auf diesen Gedanken?«
»Weil ich glaube, daß er mich mag, so seltsam das auch klingt.« Chavasse seufzte. »An einem anderen Ort und unter anderen Umständen wären wir vielleicht Freunde geworden.« Es war lange Zeit still, dann fragte Katja ganz leise: »Was geschieht nun weiter?«
Er wußte, was sie meinte, und schüttelte den Kopf.
»Wie soll ich das wissen? Ich habe seinen Glauben

erschüttert, weil ich mich auch unter Druck nicht zu seiner Überzeugung bekehren ließ. Er ist in eine Sackgasse geraten und sieht keinen Ausweg mehr. Wenn er mich nicht vernichten kann, dann wird er sich selbst vernichten.«

»Seltsam«, murmelte sie. »Du sprichst von ihm mit Worten, die Zuneigung verraten, aber deine Stimme ist dabei ganz unpersönlich.«

»Weil ich für ihn alles andere, nur kein Mitleid empfinden kann. An seinen Händen klebt zuviel Blut.«

»Was wirst du mit ihm machen, wenn du aufbrichst?«

»Ich werde ihm ein Pferd und ausreichend Proviant zurücklassen. Bis Rudok kann er es leicht schaffen, wenn er nur will. Nein – töten werde ich ihn nicht. Das ist nicht mehr nötig.«

»Weil du ihn ohnehin vernichtet hast, wie?«

Er nickte. »Ja, so ungefähr.«

Sie starrte schweigend in die Flammen. »Und ich, Paul?« fragte sie dann. »Was geschieht mit mir, wenn wir nach Kaschmir hinübergehen?«

Er gab ihr lächelnd einen Kuß auf die Wange. »Ich bin sicher, daß wir dich noch brauchen werden.«

»Dann besteht für uns immer noch Hoffnung?« Sie hatte auf einmal das Gesicht eines sehr jungen Mädchens.

»Es gibt immer Hoffnung, Katja«, sagte er ernst. »Sonst wäre das Leben nicht lebenswert.«

Sie legte ihren Kopf an seine Brust, und er hielt sie fest. Nach einer Weile war sie eingeschlafen. Er saß regungslos da, starrte ins Feuer und wartete auf die Morgendämmerung.

Kurz vor Tagesanbruch legte sich der Wind. Osman Sherif trat vor die Hütte. Als er zurückkam, lächelte er. »Es hat zu schneien aufgehört. Jetzt müßte es ohne Schwierigkeiten möglich sein, über den Paß zu kommen.«

Er führte die Pferde hinaus. Dabei wurden auch die

anderen wach. Seine Frau schürte das Feuer und setzte Wasser für den Morgentee auf.

Chavasse ging hinaus und half Osman Sherif beim Satteln. Dann erklärte er ihm, daß er Li ein Pferd zurücklassen wollte. Der Khazake war nicht damit einverstanden. »Das ist Verschwendung. Wir würden nur ein gutes Pferd verlieren.«

»Glauben Sie denn, daß er zu Fuß nach Rudok kommen wird?«

Der Khazake schüttelte den Kopf. »Ich meine etwas anderes, wenn ich von Verschwendung rede, mein Freund. Ich habe in seine Augen geblickt. Er ist eine wandelnde Leiche.«

Chavasse ging in die Hütte zurück und setzte sich neben Hoffner, der schon einen Becher Tee in der Hand hielt. Der alte Mann sah grau und verfallen aus, aber sonst war er guter Dinge.

»Sie scheinen ziemlich angegriffen, Paul!« begrüßte er ihn.

»Sie sehen selbst auch nicht gerade rosig aus.« Chavasse streckte die Hand nach dem Becher aus, den die Khazakenfrau ihm reichte.

Katja saß neben den Kindern auf dem Boden und starrte ins Feuer. Ihre Haut spannte sich straff über die vorstehenden Backenknochen. Sie sah schlecht aus.

»Es dauert nun nicht mehr lange«, ermunterte Chavasse sie. Sie fuhr hoch und starrte ihn für eine Sekunde wie einen Fremden an. Dann trat ein Lächeln auf ihre Lippen, ein fremdartiges, trauriges Lächeln, das ihn tief berührte. Er trank seinen Becher aus, ließ ihn sich noch einmal füllen und hockte sich neben Oberst Li, der mit dem Rücken an der Wand lehnte. Seine Beine waren in ein Schaffell gehüllt. Die bandagierte Hand hielt er gegen die Brust gepreßt. Sonst war er trotz seiner unnatürlichen Blässe sehr gefaßt. Mit gezwungenem Lächeln nahm er

den Tee an.
»Eigentlich müßte ich Ihnen jetzt gratulieren«, sagte er.
»Eines ist mir nicht klargeworden«, sagte Chavasse. »Warum hatte Tsen keine Soldaten bei sich, als er mich bei Hoffners Haus erwartete?«
Das schwache Lächeln lag immer noch um Oberst Lis Lippen. »Um Mitternacht sollten sich sechs Mann bei ihm melden, aber Sie waren zu schnell und haben unsere Pläne durcheinandergebracht. Ist von meinen Leuten noch jemand am Leben? Ich hatte drei Mann bei mir.«
»Wir haben keinen gesehen. Ich hatte mich selbst im Schneesturm verirrt, als ich auf Sie stieß.« Osman Sherif kam herein und hockte sich ans Feuer. Chavasse deutete auf ihn. »Sie haben Ihr Leben unserem Freund dort zu verdanken.«
Li leerte den Becher und stellte ihn vorsichtig neben sich. »Aber nicht für lange, nehme ich an.«
Chavasse schüttelte den Kopf. »Sie verstehen mich vollkommen falsch. Wir lassen Ihnen ein Pferd und Proviant zurück. Es sollte Ihnen nicht schwerfallen, Rudok zu erreichen.«
Oberst Lis Miene verzerrte sich. Auf seiner Stirn brach der Schweiß aus. »Soll das heißen, daß Sie mich nicht – erschießen wollen?«
»Das brauche ich nicht, Oberst. Ich fürchte, Sie sind auch so erledigt.«
Er wollte gerade aufstehen, da sagte eine gelassene Stimme: »Nicht ganz, Paul.«
Er drehte sich ganz langsam um. Katja stand auf der anderen Seite des Feuers und hielt sie alle mit der Maschinenpistole in Schach.
Hoffner fand als erster die Stimme wieder. »Katja!« rief er bestürzt. »Um Himmels willen, was soll das heißen?«
Die Blässe ließ sie nur noch schöner erscheinen. Das Gesicht war fast durchscheinend, und den gehetzten,

tieftraurigen Ausdruck ihrer dunklen Augen würde Chavasse für den Rest seines Lebens nie wieder vergessen.
Chavasse schob beide Hände in die Manteltaschen und machte einen halben Schritt auf sie zu. Leise lächelnd sagte er: »Warum erklärst du es ihm nicht, mein Engel? Sag's ihm – alles!«
Plötzlich stand in ihren Augen ein Ausdruck des Entsetzens. »Du hast es gewußt«, flüsterte sie. »Du hast es die ganze Zeit über gewußt.«
»Seit du das Bewußtsein wiedererlangt hast, warte ich darauf, daß du dein wirkliches Gesicht zeigst«, sagte Chavasse. »Dein Freund da hat dich verraten, wenn du's genau wissen willst. Als er in Hoffners Haus meine kleine Maskerade zunichte machte, da hat er behauptet, Kurbsky vor ein paar Tagen in einem kleinen Dorf namens Rangong kennengelernt zu haben. Leider hatte Kurbsky mir gesagt, daß sie sich nie begegnet waren.«
»Wir alle begehen Fehler«, sagte Katja.
»Aber nicht in einem Spiel, das um Leben und Tod geht«, antwortete Chavasse mit harter Stimme. »Du hast zwei entscheidende Fehler begangen. Bei unserem gemeinsamen Ausritt habe ich dir erzählt, daß ich dem Dalai-Lama bei seiner Flucht geholfen habe. Ich bin hundertprozentig sicher, daß der Geheimdienst in Peking von meiner Beteiligung nichts wissen konnte – aber Li hat davon gewußt. In beiden Fällen warst du die einzige Informationsquelle, die in Frage kam. Anscheinend hältst du dich immer an die richtigen Leute.«
»Er ist mein Bruder!« erklärte sie voller Stolz. »Wir wissen genau, was wir wollen und was wir zu tun haben.«
»Laß mich um Himmels willen mit diesem Geschwafel in Ruhe! Davon habe ich in den letzten Wochen gerade genug gehört. Wäre es zuviel verlangt, wenn ich frage, warum du den Doktor überwachen solltest?«
»Er war für uns eine wichtige Schlüsselfigur, weil die

Leute ihm vertrauten.« Sie zuckte die Achseln. »Es ging nicht anders, eine verläßliche Person mußte sich in sein Vertrauen einschleichen. Schon dieser Zwischenfall hat gezeigt, wie nötig das war.«
»Nur eine Kleinigkeit hat mir die ganze Zeit über Kummer gemacht«, sagte Chavasse. »Als ich auf deinen Bruder schießen wollte, da funktionierte die Mauser nicht. Das habe ich bei dieser Waffe vorher noch nicht erlebt.«
»Ich hatte in der vorhergehenden Nacht vorsichtshalber das Magazin geleert«, gab sie zu.
»Das war sehr klug von dir.« Er seufzte. »Du weißt doch, was mit uns geschieht, wenn wir nach Changu zurückkehren? Du weißt, wie wir dann behandelt werden?«
»Man wird nur das tun, was für den Staat erforderlich ist, nicht mehr und nicht weniger.«
»Katja!« Tiefer Schmerz lag in der Stimme des alten Arztes.
»Katja – mehr habe ich dir nicht bedeutet?«
»Nein, Doktor«, sagte sie eiskalt.
»Ich glaube es einfach nicht!«
Er wollte um das Feuer herum auf sie zugehen, aber da hob sie drohend die Maschinenpistole. »Bleiben Sie stehen, Doktor! Ich verspreche Ihnen, daß ich schießen werde!«
»Du wirst doch nicht das Gehirn umbringen, das deine Regierung so nötig braucht!« spottete Chavasse.
»Die Papiere sind in der Mappe dort«, erklärte sie gelassen. »Ich habe nichts zu verlieren.«
Hoffner ging trotz ihrer Warnung weiter und streckte die Hand nach ihr aus. »Katja – bitte, hör auf mich!«
»Ich warne Sie noch einmal!« rief sie.
Chavasse beobachtete schon die ganze Zeit über ihren Zeigefinger, der sich um den Abzug der Maschinenpistole spannte. In der Manteltasche hielt er Tsens Revolver schußbereit auf sie gerichtet. Als er merkte, wie ihr

Fingerknöchel weiß wurde, feuerte er zweimal durch das Fell des Mantels hindurch.
Die Wucht der beiden Treffer warf sie gegen die Steinwand der Hütte. Sie ließ die Maschinenpistole fallen und rutschte an der Wand herab.
Hoffner schlug mit entsetztem Aufschrei beide Hände vors Gesicht. Chavasse schob ihn beiseite und kniete neben Katja nieder. Sie blickte zu ihm auf, und wieder war ihre Stirn in der für sie charakteristischen Art leicht gefurcht. Dann schüttelte sie ein krampfartiger Husten. Blut floß über ihre Lippen. Als er sie sanft zu Boden gleiten ließ, rollte ihr Kopf haltlos auf die Seite.
Osman Sherif scheuchte seine Frau und die beiden Kinder hinaus. Chavasse erhob sich langsam und trat Hoffner gegenüber.
»Es tut mir wirklich leid, Doktor«, sagte er. »Ich weiß, was sie Ihnen bedeutet hat.«
Hoffner schüttelte langsam den Kopf.
»Sie – konnten nichts anderes tun, Paul. Zum erstenmal in meinem Leben erkenne ich, wie stark die Opposition ist. Ich weiß jetzt, daß wir energisch dagegen angehen müssen.«
Er nahm seine Arzttasche und die schmale Aktenmappe auf und verließ die Hütte. Chavasse folgte ihm. In der Tür drehte er sich um und warf einen letzten Blick auf Katja.
Oberst Li kniete neben ihr. Nach ein paar Sekunden stand er auf und sagte mit einer Stimme, die einem Fremden zu gehören schien: »Sie sind ein harter Mann. Ich hätte nie geglaubt, daß ein Mensch so hart sein kann.«
»Ich bin ein Profi, Oberst. Sie werden das nie verstehen können, aber Katja hätte es begriffen. Sie war nämlich selbst einer.«
Er wollte weggehen, aber Li folgte ihm und hielt ihn am Ärmel fest.
»Töte mich, Paul!« forderte er.

Schweigend machte Chavasse sich von ihm frei und ging hinaus. Der Himmel war noch grau, aber es klarte auf. Der Schnee glänzte in unglaublichem Weiß.
Die anderen saßen schon im Sattel. Osman Sherif hielt ein Pferd für Chavasse bereit. Er griff hinauf zum Knauf des hohen Holzsattels und zog sich hoch. Es kostete ihn einige Anstrengung, aber er schaffte es.
Sie brachen auf.
Chavasse hatte bemerkt, daß Oberst Li aus der Hütte gestolpert war und neben dem Pferd stand, das sie ihm dagelassen hatten. Als sie weiterritten, hielt er es nicht der Mühe wert, sich noch einmal umzudrehen.
Die Wirkung von Hoffners Injektion ließ nach. Chavasse fühlte sich ganz plötzlich erschöpft, aber das störte ihn jetzt nicht mehr. Nichts war mehr wichtig – bis auf die Erkenntnis, daß jetzt, in diesem Augenblick, das Leben ganz von vorn begann.
Eine Stunde später erreichten sie die Paßhöhe. Aus unendlicher Ferne rief jemand seinen Namen. Chavasse drehte sich um und glaubte eine schmale Gestalt zu sehen, die wie ein schwarzer Finger im Schnee neben der Zollhütte stand.
Da trieb er sein Pferd an und ritt den anderen nach – hinunter nach Kaschmir.